»Eine Mischung aus Liebesgeschichte, Kneipengesprächen, Pseudo-Philosophie und der Flüchtlingskrise«

Andreas Tank

Mein Engel auf Erden

Wertvoller als Gold

Roman

© 2015 Andreas Tank
Umschlag, Illustration: Michael Klein

Verlag: tredition GmbH, Hamburg

ISBN
Paperback   978-3-7439-3621-8
Hardcover   978-3-7439-3622-5
e-Book   978-3-7439-3623-2

Printed in Germany

Inhalt

Wertvoller als Gold

I. Wiedersehen macht Freude

Gemütlich streckte Clara ihre Arme und Beine aus, als die Ansage ertönte: »Wir nähern uns jetzt unserer Landeposition. Bitte bleiben Sie sitzen, bis wir unsere endgültige Position erreicht haben.« Sie nahm ihr Nackenkissen vom Hals, legte es auf ihren Schoß und hielt sich die Hand vor den Mund, als sie laut gähnte. Sie hatte einen Großteil des Fluges geschlafen und fühlte sich trotzdem ein wenig gerädert. Als das Flugzeug seine Parkposition erreichte, stand sie mit etwa dreihundert anderen Passagieren auf, nahm ihr Handgepäck aus den Ablagen über den Sitzen und wartete darauf, das Flugzeug verlassen zu können. Sie hatte sich extra einen dicken Pullover angezogen und doch fror sie fürchterlich, als die Tür aufging und sie die Gangway runterging. Seit letztem Jahr war ihr keinen Tag mehr kalt gewesen im heißen, tropischen Klima Tansanias. Höchstens nachts, wenn die Temperaturen manchmal auf +15°C runter gingen, hatte sie sich einen Pullover angezogen, aber in Frankfurt vermisste sie sofort ihre dicke Winterjacke. Die befand sich jedoch in ihrem Koffer, und den musste sie erst einmal erreichen. Glücklicherweise parkte der Bus direkt vor der Gangway und war beheizt. Clara betrat den Bus als eine der letzten und bot lächelnd einer Frau den letzten Sitzplatz an. Seufzend winkte sie in Gedanken dem Flieger zu. Der Rückflug vom Flughafen Kilimandscharo International war nach dem Hinflug der zweite Flug in ihrem Leben gewesen. Sie wurden zum Flughafengebäude gefahren und gingen in einer Menschentraube zum noch leeren Gepäckband. Drinnen war es zwar angenehm klimatisiert, aber für Claras Gewohnheit immer noch recht kühl.

Sie wartete zwar eine gefühlte Ewigkeit, aber empfand es nicht als unangenehm, da sie nach der langen Zeit im Flugzeug, so endlich wieder ihre Beine belasten konnte. Als sie ihren Koffer sah, nahm sie ihn vom Rollfeld und ging zu einem der nahegelegenen Sitzmöglichkeiten, um ihn aufzumachen und ihre Jacke hervorzukramen. Die zog sie auch gleich an, zog den Reißverschluss ihres Koffers wieder zu und begab sich langsam in Richtung Ausgang. Es war 22:35 Uhr und ihr Zug von Frankfurt nach Marktstadt fuhr erst um kurz vor 1 Uhr. So stand Clara etwas gedankenverloren im riesigen Gebäude des Frankfurter Flughafens und überlegte, ob sie noch etwas essen gehen oder sich bereits auf den Weg zum Bahnhof machen sollte.

»Clara?«, ertönte es hinter ihr.

Sie fuhr herum. Dort stand Axel und etwa fünf Meter hinter ihm stand Patrick, der breit grinste.

»Axel?«, machte Clara extrem erstaunt. »Was zum Teufel machst du denn hier?«

»Ich hätte dich fast nicht erkannt.«, grinste Axel. »Du bist ja tiefbraun geworden. Und abgenommen hast du offensichtlich auch ordentlich. Kein Wunder, dass ich dich nicht sofort gesehen habe.«

»Ja, sowas passiert schon mal in Afrika.«, grinste Clara zurück.

Sie standen sich gegenüber und wussten nicht so recht, was sie sagen sollten. Patrick, der sich zwei Schritte hinter Axel aufhielt, belächelte die beiden aus der Entfernung.

»Hallo Patrick.«, lächelte Clara ihn an.

»Hallo.«, lächelte er zurück. »Ich lass euch beide dann mal alleine. Axel, du rufst mich an, wenn du mich brauchst!?«

»Ja. Vielen Dank für alles.«, sagte Axel und Patrick verschwand.

»Was machst du hier?«, wiederholte Clara mit einem strahlenden Lächeln.

»Ich … wollte dich sehen.«, antwortete Axel.

»Och, wie süß.«, grinste Clara. »Aber woher wusstest du, dass ich heute um die Uhrzeit ankomme?«

»Von deinem Cousin.«, meinte Axel.

»Ruben hat dir das gesagt?«, fragte Clara, und ihr Gesicht wechselte von einem Grinsen zu großem Erstaunen.

»Ja.«, zögerte Axel. »Ach es gibt tausend Sachen, die ich dir erzählen müsste. Hast du Zeit? Möchtest du schlafen oder essen oder auf die Toilette oder was hast du geplant? Ich weiß nicht, was du vor hast, nach so einem langen Flug.«

»Ich habe bis gerade eben im Flugzeug geschlafen.«, antwortete Clara. »Und auf Toilette muss ich auch nicht. Mein Zug fährt um 1 Uhr, also habe ich eigentlich Zeit. Wir könnten was essen gehen. Das Flugzeugessen war nicht so das Wahre. Hast du Hunger?«

»Nein, aber ist egal. Ich komme mit.«, sagte Axel. Clara ging in irgendeine Richtung, in der sie ein Restaurant oder sonst etwas Essbares vermutete, und Axel folgte ihr. Axel hätte Clara am liebsten angesprungen wie ein Hundewelpe und sich mit ihr auf dem Boden gewälzt und sie geküsst, aber er hielt sich mit aller Kraft zurück. Clara fand kein Restaurant, das noch offen hatte, und so bestellte sie bei McDonalds missmutig eine Portion Pommes mit Ketchup, und sie setzten sich zusammen an einen Tisch. Langsam dippte Clara die Pommes in den Ketchup und aß sie, während Axel ihr zusah.

»McDonalds gibt es in Tansania auch, aber ich hatte mich eigentlich auf etwas Normales gefreut. Kartoffeln oder Lasagne oder so etwas.«, meinte Clara kauend.

»Magst du etwas erzählen, oder soll ich erst einmal mit dem Wichtigsten von der Heimat anfangen?«, fragte Axel unruhig.

»Naja, du könntest damit anfangen, wieso du Ruben kennen gelernt hast.«, sagte Clara.

»Das kam so«, kratzte Axel sich am Hinterkopf »dass du, als du ausgezogen bist, deine Wohnung natürlich wieder zur Miete freigegeben hast. Die Idee ist mir schon gekommen, da warst du noch nicht weg. Ich hab einfach deine Adresse gegoogelt und Ruben war als Kontaktperson angemerkt. Ich hab ihn angeschrieben und gefragt, ob ich die Wohnung mieten kann.«

Clara sah ihn halb belustigt, halb entsetzt an: »Du wolltest in meine Wohnung?«

»Ich bin in deiner Wohnung.«, antwortete Axel nervös, weil er nicht wusste, wie Clara das auffassen würde. »Ich wohne da, seit du ausgezogen bist. All dein Zeug ist noch da. Wenn du magst, kannst du sofort wieder einziehen und brauchst weder zu Ruben, noch in ein Hotel zu gehen. Falls du mich nicht sehen willst, würde ich in der Zeit natürlich wieder zu meiner Mutter zurückgehen.«

Clara starrte ihn jetzt völlig perplex an: »Du bist in meine Wohnung gezogen, mit all meinem Zeug drin? Ruben hat dich das machen lassen? Warum? Wieso?«

»Ich hab ihm gesagt, ich bin dein Ex-Freund, und ich übernehme all deinen Kram, sodass er keine Arbeit damit hat. Ich habe ihm allerdings auch gesagt, dass er dir das nicht sagen soll. Ich hoffe, du bist mir nicht böse deswegen.«

Clara begann zu überlegen. »Naja, etwas seltsam ist es schon. Aber gut, ich habe eigentlich damit gerechnet, dass ich mein ganzes Zeug nie wieder sehe. So ist immerhin noch alles da. Könnte ja schlimmer sein. Ich frage mich bloß, wieso du unbedingt in meine alte Wohnung wolltest. Kamst du dir da nicht etwas komisch vor, nachdem ich die Beziehung beendet habe und weggegangen bin?«

Axel lächelte gequält: »Ja, allerdings. Aber soweit hab ich zu diesem Zeitpunkt noch nicht gedacht. Diese Entscheidung hab ich völlig übers Knie gebrochen.«

»Inwiefern?«, fragte Clara belustigt.

»An dem Abend, als du mit mir Schluss gemacht hast, war ich auf einer Zwei-Tage-Sauftour. So betrunken war ich, glaube ich, vorher und nachher nie wieder. Als ich aufgewacht bin, habe ich mit gefühlten zwei Promille Restalkohol die E-Mail an deinen Cousin geschrieben, und als ich die Wohnungsbesichtigung tatsächlich hatte, war ich von deinem Geruch, der in der Wohnung lag etwas abgelenkt und wollte sie dann auch haben. Außerdem wollte ich sowieso bei meiner Mutter ausziehen, das ganze hatte also durchaus auch praktische Gründe.«, erklärte Axel.

»Verstehe.«, machte Clara vielsagend. »Und jetzt wohnst du da immer noch? Und wie läuft dein Studium?«

»Ach komm, hör auf!«, winkte Axel ab. Er machte eine künstlich gekränkte Miene: »Ich will von einer Frau mit einem Bachelor in Philosophie und einem Master in Mathematik nicht die Frage gestellt bekommen, wie mein armseliger Versuch läuft den Bachelor in Betriebswirtschaft zu bekommen. Spar dir dein Mitleid für die Leute in Afrika auf.«

Clara lachte herzlich: »Tut mir leid, so war es nicht gemeint, das weißt du doch.«

»Schon gut.«, lachte Axel mit. »Um deine Frage zu beantworten: Ich warte bloß noch auf die Note von der Bachelorarbeit, dann habe ich alles geschafft. Das Studium war dieses Semester nicht das Schwerste, was ich geleistet habe.«

»Was denn?«, fragte Clara neugierig.

Axel seufzte vielsagend: »Das wird ein sehr, sehr langes Thema. Magst du nicht vorher etwas darüber erzählen, wie es dir ergangen ist?«

Clara nickte: »Also: Ich bin von Marktstadt aus in die Schweiz gezogen. Für die Arbeit an meiner Masterarbeit habe ich einen Vertrag bekommen, dass ich das System, das ich hergestellt habe, nur bei dieser einen Firma verbreiten darf. Ich will dich jetzt mal nicht mit technischen Details von Optimierungsalgorithmen und Hilbert-Räumen nerven, obwohl ich darüber sehr viel erzählen könnte. Ich wurde für zwei Wochen in einem Hotel untergebracht, in der ich Zeit hatte, eine eigene Wohnung zu finden. Das hat auch recht schnell geklappt, da im Masterstudiengang nicht mehr allzu viele Leute waren und ich mich mit den wenigen direkt recht gut verstanden habe. Einer von ihnen hatte einen Platz in seiner WG frei, und dort bin ich nach vier Tagen eingezogen. Das Zimmer war zum Glück schon möbliert, und viel brauche ich ja nicht. Der Rest meines Alltags war jetzt nicht sonderlich spannend. Ich bin zur Uni gegangen, habe meine Arbeit geschrieben, dafür musste ich recht viel programmieren und die Uni-Computer belegen. Gelegentlich habe ich bei dem Professor nach Hilfe gesucht, aber die meiste Zeit war ich damit allein zugange. Die Mathematik-Studenten waren sehr nett, und wir sind in der Zeit ab und zu weg gegangen. Eigentlich wie mit dir in Marktstadt auch, nur, dass ich nicht mehr so viel Zeit mit Lernen verbringen musste, weil ich ja keine Klausuren oder Hausarbeiten mehr schreiben musste. Die Mathematiker in den höheren Studiengängen sind allerdings deutlich verkrampfter als du und deine Freunde. Es macht mir ab und zu Spaß, mich auch in der Kneipe noch über höhere Mathematik zu unterhalten, aber um Gottes willen nicht immer. Da gab es schon einige Leute, die so lächerlich klug waren, dass ich mich wie ein Vollidiot gefühlt habe. Ich mag das ja an der Uni, dass die schlauen Leute dort auch die gebührende Bewunderung bekommen, aber ab und zu muss man diesen Trott mal verlassen und sich mit Alltags-Menschen umgeben.

Jedenfalls habe ich meine Masterarbeit bequem in der vorgegebenen Zeit geschafft und ansonsten, wie in Marktstadt auch, meinen Hiwi-Job gemacht, indem ich Klausuren und Tests von den jüngeren Semestern kontrolliert habe. Als meine Masterarbeit abgeschlossen war, bin ich mit meinen gesammelten Ergebnissen in meine neue Firma gegangen. Dort lief alles ziemlich ähnlich ab, wie zu dem Zeitpunkt, als ich die Masterarbeit selbst noch geschrieben habe, nur, dass ich jetzt in einem Team war. Dort waren wir zu acht und mussten unsere Ergebnisse aufeinander abstimmen. Viel technischer Kram: Wir haben Bohrungen unter verschiedenen Gesteinsarten berechnet, geschaut, an welchen Stellen, in welchem Winkel, mit welchen Materialien man am besten bohrt und so weiter und so fort. Langweilig für dich. Im Endeffekt haben wir unsere Ergebnisse dann zusammengetragen und mussten vor einem Abteilungsleiter eine Präsentation halten. Die ist ganz gut ausgefallen, wir wurden gelobt und haben gesagt bekommen, dass wir das Team bilden, das vor Ort in Tansania die Wasserpumpstationen aufbauen darf. Einer von uns war bereits einmal in Afrika und hat uns erklärt, wie das Ganze ablaufen wird. Wir haben alle möglichen Vorbereitungen getroffen, die meisten hatten mit der Arbeit zu tun, aber auch mit Impfungen und Schutzmaßnahmen, die man in Afrika eben so braucht. Dann sind wir vom Flughafen Zürich zum Flughafen Kilimandscharo International im Nordosten von Tansania geflogen. Das war mein erster Flug. Ich war total aufgeregt. Als wir am Boden waren, fing der ganze Stress an. Stundenlanges Busfahren, Unterkünfte für uns alle abklären, Bauarbeiter instruieren und sich mit Einheimischen rumschlagen. Die eigentliche Arbeit hätte nicht mehr als ein paar Wochen gedauert, aber es gab Engpässe an allen Ecken und Enden. Jeder, der da involviert war, hat versucht, seinen Schnitt zu machen. Zwischendurch konnten wir tagelang nicht arbeiten und sind zu den Einheimischen in die Städte im Umkreis gefahren. Da habe ich dann einige extrem ernüchternde Wahrheiten erfahren, mit denen ich so nicht gerechnet hatte. Das Wasser, das abgepumpt wird, wird der Bevölkerung nicht kostengünstig zur Verfügung gestellt, sondern abgepackt und zu Preisen verkauft, die sich kein Mensch dort unten leisten kann. Deswegen waren die Leute dort auch nicht unbedingt gut auf uns zu sprechen. Tja, dann habe ich so langsam mal begriffen, in was für einer Raubtierkapitalismus-Firma ich mich eigentlich befinde. Ich wollte armen Menschen helfen, aber ich habe dabei geholfen sie auszubeuten. Auf der anderen Seite muss man dazu sagen, dass es nicht besser wird, wenn wir unsere Bohrungen unterlassen. Die Gewässer, die es dort überall gibt, sind verdreckt ohne Ende. Was wir gemacht haben, kannst du dir vorstellen, wie ein Kartenhaus in einem Tornado bauen zu wollen. Unsere Firma hat ein paar Leuten vor Ort Arbeitsplätze gegeben, und das ist immerhin besser als nichts. Ein Teil der anderen versucht dann aus der Nähe, in der wir gebohrt haben, mit Kanistern Wasser zu klauen und damit können sie ebenfalls ein bisschen besser überleben. Schön war das alles trotzdem nicht. Habe ich mir deutlich besser vorgestellt.«

Claras Blick nahm etwas Verzweiflung an und beruhigend meinte Axel: »Ich kann mir vorstellen, wie du dich gefühlt haben musst.«

14

»Wieso?«, fragte Clara interessiert.

»Egal. Erzähl erst mal weiter.«, meinte Axel.

»Unserer Firma vorzuwerfen, die Bevölkerung auszubeuten ist zwar berechtigt, aber für Afrika mehr als typisch. Aber das Zweitschlimmste, nach den Industriestaaten, die ihre Großkonzerne dort etablieren, um die Bevölkerung abzuzocken, sind leider die Einheimischen selber. Nicht, dass man Leuten, die kaum die Möglichkeit haben regelmäßig eine Schule zu besuchen, viel vorwerfen kann, aber die benehmen sich halt auch wie die Schweine. Was tust du, wenn du merkst, dass um dich herum alles im Müll und Dreck versinkt? Richtig: Du produzierst selbst noch mehr Müll und Dreck und wirfst alles auf den gleichen Haufen. Die Leute kümmern sich um ihre eigene Verschmutzung kein bisschen, sondern machen alles bloß schlimmer. Wenn ich als Arbeitslose im Dreck wohnen würde, würde ich die Zeit nutzen, soviel aufzuräumen wie möglich, aber die werfen ihren Müll einfach noch dazu. Die leben am Existenzminimum und erwarten, dass sie irgendjemand da raus holt, bemühen sich selbst aber kein bisschen. Vor allem als Weißer musst du dann wiederum aufpassen, denn die Leute sehen dich als Goldesel und wollen dich ausnutzen, wo sie nur können. Weißt du, was einen Safari-Urlauber in Afrika von einem Rassisten unterscheidet?«

»Keine Ahnung?«, antwortete Axel, überrascht, dass das eine ernst gemeinte Frage war.

»Zwei Wochen.«, bemerkte Clara zynisch.

»Was?«, lachte Axel »Du bist doch jetzt nicht rassistisch geworden!«

»Nein.«, flüsterte Clara. »Ich hasse bloß Dummheit, Faulheit und Egoismus. Aber die Leute, die dort unten dumm, faul und egoistisch sind, sind nun einmal nicht die

Weißen. Die Großkapitalisten, die die Bevölkerung abzocken, sind ja nicht vor Ort. Da sind Weiße wie ich, die tatsächlich versuchen zu helfen, aber kaum etwas tun können. Das ist unglaublich frustrierend.«

»Ich verstehe.«, sagte Axel mit einem beklemmenden Gefühl. »Und wie ist es ausgegangen?«

»Wie schon.«, zuckte Clara mit den Schultern. »Wir haben das Projekt abgeschlossen. Unsere Wasserpumpen sind installiert, die Bohrungen durchgeführt und der Großteil der Produktion läuft vollautomatisch. Für die Abfüllanlagen sind Einheimische eingestellt, die das Ganze überwachen und dort arbeiten. Dann haben wir Ingenieuren aus der nächsten Stadt erklärt, wie unser System zu warten ist. Sie haben behauptet, dass sie alles verstanden haben, aber ehrlich gesagt, glaube ich nicht, dass da viel passiert. Die nutzen das jetzt, bis es irgendwann kaputt geht und dann ist alles wieder so wie vorher. Die Ingenieure kümmern sich dort unten um einen Dreck. Die sind zufrieden, wenn etwas funktioniert und wenn es nicht mehr funktioniert, ist es ihnen egal. Im Endeffekt habe ich bei Weitem nicht den Beitrag geleistet, den ich mir erhofft hatte, aber ich bin mit meinem Latein am Ende. Ich weiß nicht, was ich sonst tun soll. Natürlich würde ich gern jedem Menschen auf der Welt so viel Wasser geben, wie er zum Überleben braucht, aber es nutzt nichts. Die Leute verstehen das nicht. Ich habe meinen Job bei der Schweizer Firma gekündigt, weil ich mit dem Konzern nichts mehr zu tun haben will, aber was will ich ihnen vorwerfen? Dass sie sich verhalten wie ein marktorientiertes Unternehmen? Ich habe den Arbeitslohn eines halben Jahres bekommen, eine Gratifikation, eine Masterarbeit von 1,0 und eine Einsicht in praxisorientierte Mathematik. Jetzt habe ich erst einmal die

Schnauze voll, werde mir in Deutschland einen Job suchen, in dem ich etwas Nützlicheres machen kann und denke darüber nach Produkte aus Afrika zu kaufen, die die dortige Wirtschaft fördern, sodass dort unten alles irgendwann einmal besser wird. Mehr kann ich meiner Ansicht nach nicht mehr tun.«

Axel sah sie bewundernd an, und nachdem Clara aus der Trance ihrer Rede wieder erwacht war, lächelte sie Axel an und fragte: »Und wie ist es bei dir gelaufen?«

Axel seufzte und stellte die Gegenfrage: »Tja, was hast du denn im letzten halben Jahr alles über Deutschland mitbekommen?«

»Ach, gar nicht so wenig, wie du glaubst.«, antwortete Clara gelassen. »Ich war in Tansania auch öfter im Internet und habe mich informiert, was zu Hause so läuft. Die Flüchtlingskrise hat Deutschland ja heftig getroffen, nicht wahr?«

»Ja, genau das.«, lächelte Axel zynisch. »Und ich bin mittendrin.«

»Wie meinst du das?«, fragte Clara, die die Augenbrauen zusammenzog.

Axel begann zu erzählen. Wie er nach Claras Trennung den Job als Security im Flüchtlingsheim angenommen hatte, das Chaos in der Turnhalle, die Restaurierung und die Eröffnung der Kaserne, die Containerbauten, wie er mit Phillipp und Quan RiM eröffnet hatte, Mashid und seine Übersetzungen ins Arabische, die Filmabende und den Projektor, den er mit Stone gestohlen hatte, seinen Vortrag vor den Professoren und dem Vertreter des Oberbürgermeisters, die Stimmung der Bevölkerung nach den Anschlägen von Paris und das Video, das die Flüchtlinge nach der Silvesternacht in Köln aufgenommen hatten. Er brauchte fast eine halbe Stunde und er hatte noch längst nicht jedes Detail erzählt. Clara hörte extrem gespannt zu. Als Axel fertig war, sah sie ihn bewundernd an: »Wow, das ist unglaublich. Du hast dir wirklich unfassbare Mühe gegeben. Das hätte ich ja nicht für möglich gehalten. Nicht, dass du mich falsch verstehst: Ich hätte dir das schon zugetraut, aber das überwältigt mich jetzt!«

Axel grinste, wurde aber gleich wieder ernst. »Das habe ich alles nur dir zu verdanken.«, flüsterte er.

»Wieso denn das?«, fragte Clara überrascht.

»Du hast mich erst auf den Gedanken gebracht, in einem Flüchtlingsheim auszuhelfen. Na gut, zugegeben, der Job ist mir wie von selbst zugeflogen, weil meine Cousine im Jobcenter arbeitet, aber auch die Tatsache, dass ich sie das fragen konnte, habe ich dir zu verdanken, weil du uns einander überhaupt erst näher gebracht hast.«, erklärte Axel.

Clara blieb der Mund für einen kurzen Moment offen stehen. Dann fing sie sich wieder und sagte: »Na, ich habe vielleicht einen Denkanstoß gegeben, aber du hast es durchgezogen. Die Idee, eine Internetseite für Flüchtlinge in Marktstadt aufzumachen, ist ja wohl vollkommen dir zuzuschreiben. Damit habe ich nicht das Geringste zu tun.«

»Kann sein.«, sagte Axel. »Jedenfalls wäre vieles anders, wenn ich dich nicht getroffen hätte.«

II. Alte Liebe rostet nicht

Clara war aufgestanden und hatte ihre leere Packung Pommes in den Mülleimer geworfen und ihr Tablett weggestellt. Damit andere Gäste sich setzen konnten, und weil Clara gerne wieder stehen wollte, gingen sie eine Weile sehr langsam nebeneinander über das Flughafengelände.

»Warum werde ich den Gedanken nicht los, dass du hier bist, weil du mich wieder zurückhaben willst?«, fragte Clara gerade heraus.

»Weil es so ist!«, antwortete Axel verblüfft. »Ich dachte, das wäre sowieso längst klar?«

Clara sah ihn erschrocken an: »Tut mir leid, haben wir irgendwie ein paar Schritte übersprungen, die ich nicht mitbekommen habe?«

»Was war denn jetzt dein eigentlicher Plan? Was wolltest du machen? Nach Marktstadt zurückkommen, ein paar Tage im Hotel oder bei Ruben verbringen und dir einen neuen Job suchen?«, fragte Axel.

»Ähm... ja, im Prinzip schon.«, antwortete Clara zögernd. »Du sagst das so, als ob es etwas Falsches wäre.«

»Nein, nichts Falsches.« Axel hob abwehrend die Hände. »Hättest du dich bei mir gemeldet, wenn ich dir nicht zuvor gekommen wäre?«

Clara sah Axel zögernd an und antwortete nicht gleich.

»Hab ich mir gedacht.«, antwortete Axel kurz angebunden. »Wo wärst du denn hin verschwunden? Andere Stadt? Anderes Land? Anderer Kontinent?«

»Ich weiß es nicht so genau.«, gab Clara zu. »Die Gedanken habe ich mir noch nicht gemacht, aber ich denke ich finde als Mathematikerin schon eine Arbeitsstelle. Jetzt kommst du an und willst wieder eine Beziehung führen und vermutlich auch, dass ich in Marktstadt bleibe, nehme ich an?«

Axel blieb stehen und Clara kurz darauf auch. Er holte tief Luft.

»Es ist so«, begann er langsam »du hast meine Sicht auf die Welt und vor allem auf Frauen für mich ziemlich drastisch geändert. Du bist nicht die unfassbar attraktivste Frau. Ich meine eine, die ich irgendwo sehen würde und sofort versuchen würde anzubaggern.«

Clara verzog die Lippen zu einem sarkastischen Schmollmund.

»Das meine ich jetzt gar nicht böse.«, lächelte Axel »Ich komme schon noch zum positiven Teil. Es gibt nun mal die Art Frauen, die ich zum Beispiel in der Kneipe sehe und die sind einfach heiß. Oft sind die sich dessen auch bewusst und gehen tatsächlich einfach nur aufgetakelt raus, mit der Absicht einen Kerl abzuschleppen. Das finde ich auch soweit ganz gut. Davon habe ich früher gelebt.« Er musste kurz lachen. »Das ist in der Regel die Kategorie Frau die ich abschleppe. Sie sind heiß, ich baggere sie an, gebe ihnen vielleicht ein Getränk aus und am Ende des Abends landen wir bei ihr oder mir im Bett, und am nächsten Morgen hab ich schon wieder keinen Bock mehr auf sie. Ich bin nüchtern und denk mir nur: Worauf hast du dich da eigentlich eingelassen? Wenn es besser läuft und sie mich nicht direkt nervt, tauscht man eventuell noch Handynummern aus und trifft sich vielleicht nochmal, aber Beziehungen entstehen daraus doch eher selten. Die zweite Kategorie Frauen sind die, die ich nicht ganz so heiß finde. Die sind oft eher schüchtern, haben ihre äußerlichen Fehler, aber haben Eigenschaften an sich, die heiß sein können. Manche haben ein total gewinnendes Lächeln oder ein Tattoo an der richtigen Stelle oder vielleicht auch einfach nur einen Blick der mich antörnt. Diese Mädels sind die, mit denen ich eher in einer Beziehung lande. Sie sind nach außen hin nicht unfassbar heiß, sondern süß und unscheinbar. Und dann kommst du! Du hast in keine Kategorie gepasst. Du hast die Kategorien quasi in die Luft gesprengt. Mit dir hätte ich unter Umständen, wären wir nur durch Zufall in ein Gespräch verwickelt worden, eine normale Freundschaft begonnen, weil du klug bist und es super ist, sich mit dir zu unterhalten. Du bist mir intellektuell total überlegen. Du bist super schlau, aber äußerlich nicht die Frau, mit der ich normalerweise etwas anfangen würde. Die Tatsache, dass wir nach einem Abend in der Kiste gelandet sind, ist hier nicht mal unbedingt ausschlaggebend. Ich habe Freunde, die mein normales Beuteschema kennen, und wenn ich denen damals ein Bild von dir als meiner neuen Freundin geschickt hätte, hätten sie mich gefragt, was zum Teufel mit mir los ist. Trotzdem finde ich dich so unglaublich toll, dass ich mit dir sogar eine Beziehung führen wollen würde, wenn du querschnittsgelähmt wärst. Ich habe noch nie in meinem Leben einen Menschen getroffen, mit dem ich lieber den ganzen Abend lang auf der Couch liegen, Fernsehen gucken und ihr dabei durch die Haare streicheln würde, statt mit meinen Kumpels einen saufen zu gehen. Ich weiß zwar, dass wir auch sexuell mehr als gut zu einander passen, aber du bist die erste, die ich nicht darauf reduzieren würde. Frauen hassen dich nicht, weil sie sich für attraktiver halten als dich. Männer mögen dich ohne dich flachlegen zu wollen, und ich hatte mit dir das erste Mal das Gefühl, eine Freundin zu haben, bei der es mir egal ist, ob alle meine männlichen Freunde eifersüchtig auf mich sind, weil sie nicht begreifen, wie toll du bist. Ältere Menschen lieben dich für deine Höflichkeit, meine ganze Familie mag dich, und die durften meine Ex-Freundinnen meistens nicht einmal kennen lernen. Überhaupt habe ich eigentlich noch keinen Menschen kennen gelernt, der an dir etwas auszusetzen hat. Du hast mich so manipuliert, dass ich mit dir im Bett gelandet bin und dir im Nachhinein doch nicht böse deswegen sein kann. Dann hast du mich davon überzeugt, dass ich eine Beziehung mit dir führen will. Dann hast du eigenständig sämtliche Hindernisse, die noch da waren, aus dem Weg geräumt. Ich habe mich sehr verbunden mit dir gefühlt, als du mir so viele Dinge deiner Vergangenheit anvertraut hast, und ich war ernsthaft verletzt, als du mich letztendlich doch verlassen hast. Ich weiß gar nicht, wie ich dir klar machen kann, dass ich nicht oberflächlich in dich vernarrt bin, was in der Zukunft und im Alltag wieder weggeht. Wenn ich dir in die Augen schaue, sehe ich nicht nur das wunderschönste Wesen, dass auf dieser Erde wandelt, sondern die Zukunft, und ich hoffe inständig, dass ich davon ein Teil sein kann. Ich bewundere dich, ich liebe dich, ich vergöttere dich geradezu. Sowas zu sagen ist nun wirklich nicht gerade leicht. Ich verstehe zwar deine Ansichten der Liebe in gewisser Weise, aber ich glaube, würdest du mich jetzt und hier noch einmal verlassen, hätte ich Liebeskummer, wie ich ihn noch nie verspürt habe. Ich kann mir nicht vorstellen, dass es eine andere Frau auf der Welt gibt, die mich in denselben Gefühlszustand versetzen könnte. Du bist der tollste Mensch, den ich kenne. Du bist mein Engel auf Erden!«

Clara sah ihn gebannt an. Axel, der das Gespräch über zwar in ihre Augen gestarrt hatte, aber wesentlich mehr darauf konzentriert war, was er sagte, als ihre Reaktion zu beobachten, sah sie jetzt aufmerksam an. Er wurde rot, als er sich bewusst wurde, wie angreifbar er sich gerade gemacht hatte. Clara blieb der Mund offen stehen. Axel bemerkte, dass sie das erste Mal, seit er sie kennen gelernt hatte, ganz offen rot anlief. Clara konnte ihren Blick nicht von Axel lassen. Sekunden wurden zu Minuten. Clara schien Axels Worte erst deutlich verdauen zu müssen. Dann bildeten sich in ihren Augen Tränen. Axel hatte viele Frauen zu den unterschiedlichsten Zeitpunkten weinen sehen, aber noch nie hatte er Clara weinen sehen. Er hatte sogar geglaubt, dass sie zu solchen Gefühlsregungen gar nicht fähig war. So wie er vor ihr stand, war er gleichzeitig unfassbar nervös und doch bierernst. Er hatte sich das Herz herausgerissen, es ihr in die Hand gedrückt und wartete darauf, dass sie es entweder wegwarf, oder ihm wieder einsetzte.

Clara ließ ihren Koffer los, sodass er umfiel und warf sich in Axels Arme. Sie umarmten und küssten sich eine halbe Ewigkeit, bevor Clara endlich wieder etwas sagte: »Ich glaube, jetzt bin ich soweit, dass ich auch ›Ich liebe dich‹ sagen möchte.«

Axel grinste über beide Ohren und meinte: »Dann sag es doch!«

»Ich liebe dich.«, schniefte Clara und wischte sich eine Träne aus dem Auge.

»War das dein einzigartiges, individuelles ›Ich liebe dich‹, das mehr beinhaltet als Dopamin-Ausschüttung, was Heroin vermutlich auch könnte?«, fragte Axel, der sich das Grinsen nicht aus dem Gesicht wischen konnte und auch nicht wollte.

Clara stieß ihm in die Rippen, musste aber ebenfalls grinsen und heulen. Ihre Stimme zitterte: »Ja! Ich weiß nicht, was ich sonst sagen soll. Ich bin sprachlos. Ich glaube, ich bin gerade einfach nur glücklich.«

»Wer hätte gedacht, dass du mal sprachlos bist.«, witzelte Axel.

»Halt die Klappe!«, sagte Clara und küsste Axel erneut.

Nach einer halben Ewigkeit lösten sie sich voneinander und gingen Arm in Arm über das Flughafengelände.

»Möchtest du jetzt nach Hause fahren?«, fragte Axel vorsichtig.

»Ja, bring mich nach Hause.«, lächelte Clara, für die die Worte »zu Hause« zum ersten Mal eine völlig neue Bedeutung zu haben schienen.

Axel nahm sein Handy aus der Hosentasche und rief Patrick an. Nach etwa fünfzehn Minuten trafen sie sich vor dem Eingang des Flughafens und als er sah, dass Clara in Axels Arm lag, seufzte er ein zufriedenes »Gott sei Dank!«

Clara gluckste und fragte: »Was hast du?«

Vermeintlich genervt lachte Patrick: »Ich bin froh, dass ihr wieder zusammen gefunden habt. So war die Fahrt wenigstens nicht umsonst. Axel hat die halbe Fahrt in Zweifeln gelegen, ob das mit euch wieder etwas wird.«

Clara sah Axel an, und der wurde leicht rot: »Naja, es hätte ja auch anders laufen können.«

Clara lachte und gab Axel einen Kuss auf die Wange: »Nicht nach der Ansprache. Seid ihr mit dem Auto hergefahren?«

Patrick gab einen lauten Lacher von sich: »Ja, so könnte man es nennen. Axel hat mich um 18 Uhr angerufen und ins Telefon gebrüllt, dass ich ihn nach Frankfurt fahren muss, weil du heute ankommst.«

Axel grinste, und Clara sah Patrick erstaunt an: »Und was hast du gesagt?«

»Was soll ich schon gesagt haben?«, antwortete Patrick schulterzuckend. »Ich hab ihn gefragt, ob ich ihn von der Arbeit abholen soll und ob wir noch bei McDonalds vorbei fahren.«

Clara lachte: »Na, dass nenn ich Freundschaft. Keine Fragen oder Ausreden, sondern direkt losfahren.«

Mit nun doch ernst gewordener Miene antwortete Patrick: »Wenn es nicht um dich gegangen wäre, hätte ich das auch niemals mitgemacht. Du hast uns auch in deiner Abwesenheit mehr begleitet, als du glaubst.«

»Ach?«, machte Clara wieder überrascht.

Axel nickte bestätigend: »Ich habe so viele Leute getroffen, die dich noch von früher kannten oder Leute die du durch mich kennen gelernt hast, bei denen du einen bleibenden Eindruck hinterlassen hast.«

»Wen denn?«, fragte Clara.

»Ich habe dir doch von den Filmeabenden erzählt. Die haben im Jugendzentrum in der Marienstraße stattgefunden, wo du früher immer gewesen bist. Herr Lang führt das Jugendzentrum immer noch und hat mir nur Positives über dich berichtet. Außerdem arbeite ich mit Yussuf Durmaz zusammen, und seine Cousine hat mich ins Sharazad eingeladen, wo ich seine Familie getroffen habe, die mir ebenfalls von dir erzählt haben.«

»Du hast die Durmaz-Brüder kennen gelernt?«, fragte Clara erstaunt.

»Ja.«, nickte Axel bestätigend.

»Lass mich raten? Sie haben dir erzählt, dass sie mich beschützen wollen, die kleinen Soldaten.«, verdrehte Clara die Augen.

»Ja, wusstest du das?«, fragte Axel.

»Natürlich.«, antwortete Clara genervt. »Die werden nie von dem Glauben wegkommen, dass sie in ihrer Großfamilie stark sind und dass man körperliche Gewalt braucht, um sich anderen gegenüber durchsetzen zu können. Die kapieren einfach nicht, dass für so etwas die Polizei verantwortlich ist und dass man mit der Polizei keine Probleme hat, wenn man sich vernünftig verhält. Wenn du nicht an totale Vollidioten gerätst, interessiert sich die Polizei auch eher für wichtige Probleme, wie

Diebstahl, Raub, Sachbeschädigung und Körperverletzung als für das halbe Gramm Gras, das du in deinen Taschen herumträgst.«

»Also mein Eindruck von ihnen war eigentlich recht positiv. Besonders, als sie wieder einmal erzählt haben, was du ihnen so beigebracht hast.«

»Ja, es sind ja auch nette Leute. Versteh mich nicht falsch, ich mag die, aber ich musste den Kontakt irgendwann abbrechen. Wenn du studierst und nicht allzu viel Zeit hast, kannst du nicht mehr jeden Tag im Jugendzentrum abhängen, wo die Leute nur kiffen und saufen. Ich brauche keinen körperlichen Schutz, sondern Leute, mit denen ich mich auch mal intellektuell unterhalten kann und das ist bei denen eher weniger der Fall.«, erklärte Clara.

»Ich will ja nicht drängeln.«, unterbrach Patrick die Unterhaltung. »Aber es ist kalt draußen. Wollen wir langsam mal nach Hause fahren? Wir werden einige Zeit brauchen.«

»Ja, natürlich.«, erklärten sich Clara und Axel einverstanden, und sie gingen zusammen nach unten ins Parkhaus.

»Was hast du eigentlich gemacht, während du auf uns gewartet hast?«, fragte Clara neugierig.

»Hauptsächlich rumgesessen und auf meinem Handy herumgespielt. Warum?«, meinte Patrick.

»Oh Gott, hättest du mal vorher was gesagt, wir hätten doch auf der Heimfahrt miteinander reden können.«, Clara schlug die Hände über dem Kopf zusammen.

»Kein Problem.«, grinste Patrick. »War bestimmt besser so, wenn ihr alleine miteinander redet, als wenn ich dabei auf dem Fahrersitz sitze.«

Spät in der Nacht kamen sie in Marktstadt an. Patrick setzte Axel und Clara vor Axels Haustür ab und fuhr selbst nach Hause. Lächelnd bemerkte Clara, wie Axel den Haustürschlüssel aus der Hosentasche zog, was sie vor knapp einem Jahr noch getan hatte. Axel nahm Claras Koffer, schleppte ihn die Treppen nach oben, schloss die Wohnungstür auf und stellte den Koffer in den Flur. Außer, dass Axels PC und sein Bildschirm nun auf ihrem Schreibtisch Platz fanden, statt ihrem kleinen Laptop und sich seine Wäsche im Kleiderschrank befand, hatte sich sehr wenig in der Wohnung geändert. Clara sah sich um. Ein wenig benutztes Geschirr lag auf der Spüle, einige von Axels Klamotten hingen über dem Schreibtischstuhl und ihr buddhistischer Ratgeber lag offen umgedreht auf dem Nachttisch.

»Oh mein Gott, du hast das gelesen?«, fragte Clara überrascht.

»Teilweise.«, grinste Axel. »Ich habe immer wieder mal einen Blick reingeworfen. Ist schon interessant. Besonders deine Notizen.«

»Die waren eigentlich nicht dazu bestimmt, dass jemand sie liest.«, meinte Clara leicht beschämt.

»Warum hast du dich eigentlich so viel mit dem Buddhismus befasst?«, fragte Axel. »Ich dachte, du lehnst Religion ab?«

»Buddhismus ist auch keine Religion.«, antwortete Clara. Axel sah sie erstaunt und fragend an.

»Buddhismus ist eigentlich nur eine Ansammlung an Weisheiten, die man in sich aufnehmen oder eben ablehnen kann.«, meinte Clara. Eigentlich wollte sie es dabei belassen, doch Axel fand Gefallen an dem Thema.

»Wenn du schon mein Buch gelesen hast, gehe ich davon aus, dass du die Grundzüge bereits kennst?«, fragte Clara.

»Naja, ich habe es nachgeschlagen.«, meinte Axel schulterzuckend. »Ich verstehe aber den Unterschied zu einer anderen Religion nicht. Auch wenn es keine Götter gibt, ist es dennoch eine Institution mit einer Hierarchie, genauso wie die Kirche.«

»Das ist aber für mich irrelevant.«, erklärte Clara. »Ich bin ja auch kein Mensch der gegenüber anderen sagt, dass er Buddhist ist. Ich will nicht missionieren, ich finde bloß den Gedanken von Karma sinnvoll.«

»Das ist das, was du meinst, wenn du immer wieder wiederholst: Sei kein Arschloch, oder?«, grinste Axel.

Clara seufzte: »Ein guter Mensch zu sein ist auch die Grundidee des Christentums oder anderer Religionen. Karma ist aber, im Gegensatz zum Glauben an einen Gott, keine Magie. Es bedeutet bloß Ursache und Wirkung. Tust du Schlechtes, widerfährt dir Schlechtes, tust du Gutes, widerfährt dir Gutes. Im Normalfall ist das auch noch darauf bezogen, dass das auch im nächsten Leben passieren kann. Aber den Glauben an die Wiedergeburt muss man meiner Meinung nach nicht haben. Das stammt aus dem Hinduismus, der der Ursprung des Buddhismus war.«

Clara hatte sich auf das Bett gesetzt, um zu schauen auf welcher Seite Axel in ihrem Buch gerade war. Der setzte sich neben sie auf das Bett und strich ihr eine Strähne aus dem Gesicht.

»Glaubst du daran?«, fragte Axel.

Clara sah ihn mit durchdringendem Blick an und sagte: »Denkst du, es wäre einfach an etwas zu glauben? Glauben ist noch einfach, wenn man ein Kind ist. Glauben ist auch einfach, wenn man dumm ist oder nicht viel Bildung genossen hat, egal ob man nicht wollte oder nicht die Gelegenheit dazu hatte. Dann glaubt man fast alles, was einem gesagt wird, ohne es in Frage zu stellen. Aber was unterscheidet Glauben denn schon von Wissen? Woher weißt du, dass dieses Buch auf den Boden fällt und nicht nach oben schwebt, wenn ich es loslasse?«

Axel sah Clara misstrauisch an: »Zum einen aus Erfahrung und zum anderen, weil ich grobe Kenntnisse über Schwerkraft auf der Erde habe.«

Clara grinste überzeugt: »Das ist eben der Punkt. Unsere Erfahrungen machen aus, woran wir glauben. Niemand hätte je bezweifelt, dass Dinge zu Boden fallen, wenn man sie in der Luft loslässt, und dann hat man festgestellt, dass diese Gesetze im Weltraum nicht gelten. Man musste also das Gesetz ›alles fällt runter‹ ersetzen durch andere Bedingungen, wie ›große Masse bewirkt eine Anziehungskraft‹. So ist unsere Wissenschaft aufgebaut. Alles funktioniert unter gewissen Rahmenbedingungen. Der Glaube an Gott bildet in diesem Sinne keine Ausnahme. Dein Geist ist wie ein Gefäß. Als Kind ist es klein und der Glaube an ein überirdisches Wesen, der als Inhalt in deinen Geist gegossen wird, füllt dein Gefäß sehr schnell auf. Wenn du größer wirst, wächst das Gefäß mit dir, aber es hängt irgendwann von dir ab, wie viel Glaube du dazu gießt. Manche behalten den Glauben an Gott bei, andere hinterfragen das früher gelernte und schütten den Inhalt, mit dem sie gefüllt wurden wieder aus. Wieder andere blicken über den Rand ihres Gefäßes und erblicken andere Gefäße, stellen fest, dass diese mit anderem Inhalt gefüllt werden und wechseln dazu. Religiöse Menschen argumentieren in der Regel entweder mit ihren Erfahrungen, die sie dann als Wissen darstellen oder mit der Tatsache, dass es sie erfüllt. Beides möchte ich diesen Menschen nicht nehmen. Meine Einstellung zur Religion ist aber im Endeffekt eine andere. Ich frage einfach bloß nach der Zweckmäßigkeit. Judentum, Christentum und Islam sagen, dass man nach dem Tod ins Paradies oder in die Hölle kommt. Das ist mir viel zu plastisch und der Gedanke, dass ein Zustand unendlich ist, ist mathematisch gesehen im besten Fall zweifelhaft. Der Buddhismus dagegen behauptet, dass man das Nirwana erreichen kann, einen erwachten Zustand, der unabhängig von Gefühlen ist. Quasi eine innere Ruhe. Das, finde ich, klingt erstrebenswert. Und wenn ich ihn nicht erreiche, habe ich trotzdem nichts verloren. Der Buddhismus ist nicht dogmatisch, macht keine Vorschriften, warnt vor blindem Autoritätsglauben, hebt die Selbstverantwortung jedes Menschen hervor und erklärt, dass er sich ebenfalls ändern muss, wenn die Welt sich ändert. Theoretisch könntest du gleichzeitig Buddhist und Christ, Jude oder Moslem sein. Jedenfalls vom Buddhismus aus. Die anderen Religionen würden sich dagegen vermutlich eher sperren. Ich habe einige Meditationsübungen aus dem Buddhismus gelernt, und die haben mir geholfen, mich zu entspannen, meine Depressionen in den Griff zu bekommen und das Bedürfnis zu kiffen aufzugeben. Das ist erfolgreicher als alles, was ich je aus dem Christentum mitgenommen habe. Es gibt hier in Marktstadt ein buddhistisches Zentrum, in dem ich einmal gewesen bin, aber die Leute dort gehen mir wieder zu weit. Sie institutionalisieren das Ganze auf eine Art, die mir nicht gefallen hat, und deshalb übe ich das lieber für mich alleine aus.«

Axel hatte gespannt zugehört. Er hatte es generell vermisst Clara zuzuhören. Er lächelte sie an, und Clara bemerkte Axels Bewunderung. Sie lächelte zurück und Axel küsste sie mit den Worten: »Ich habe dich so vermisst.«

Grinsend erwiderte Clara den Kuss und wünschte sich aufrichtig, dasselbe sagen zu können.

III. Zurück in Marktstadt

Als Axels Wecker klingelte, wurden beide jäh aus dem Schlaf gerissen. Axel war wesentlich früher eingeschlafen, weil er den ganzen vorherigen Tag gearbeitet hatte, und seine Nacht war nur sehr kurz gewesen. Müde stolperte er ins Bad, während Clara im Bett liegen blieb. Sie hatte die halbe Nacht darüber nachgedacht, was ihr passiert war. Nicht im Traum hatte sie daran gedacht, dass alles so laufen würde. Dass Axel sie am Flughafen abholen würde, ihr seine Liebe gestehen würde und sie wieder zurück in die Zeit fallen würde, wie es war, bevor sie Marktstadt verlassen hatte. Ruben hatte ihr erzählt, er würde sie in Marktstadt am Bahnhof abholen, wenn sie aus Frankfurt ankommen würde, und sie könnte bei ihm und seiner Frau schlafen. Sie hatte gedacht, sie würde dort vielleicht ein paar Tage auf dem Sofa schlafen und sich in der Zeit überlegen, ob sie zurück an die Universität in der Schweiz gehen und ihren Doktor machen sollte, oder ob sie sich, völlig ungebunden an einen Ort, einen neuen Job suchen sollte. Sie hatte in Marktstadt so viel Schlechtes erlebt, dass es sie nicht im Mindesten gestört hätte, der Stadt für immer den Rücken zu kehren. Mit Axel hatte das plötzlich eine völlig unerwartete Wendung genommen. Natürlich hatte sie in ihrer Zeit in der Schweiz und in Afrika auch ab und zu an die glückliche Zeit mit Axel denken müssen, aber sie war sich sicher gewesen, dass Axel schnell über die Beziehung mit ihr hinwegkommen würde und eine neue Beziehung anfangen würde. Sie hatte in ihrem Leben schon vielen Leuten geholfen und es war nicht so, dass die meisten nicht auch ihre Dankbarkeit dafür gezeigt hätten, aber so deutlich wie Axel hatte das noch niemand getan. Ihr Motto lautete in der Regel »Taten sprechen lauter als Worte« und auf

Axel hatte das wohl voll zugetroffen. Sie hatte ihm vorgeworfen bloß halbe Dinge zu tun, und er hatte sich diesen Vorwurf offensichtlich zu Herzen genommen und etwas auf die Beine gestellt. Natürlich wollte sie sich noch persönlich von seiner Arbeit im Flüchtlingsheim überzeugen, aber sie war dennoch beeindruckt, wie viel er sich sozial engagiert hatte. ›Selbst, wenn ich jetzt gehe und nie wieder zurückkomme, könnte es sein, dass ich nie wieder einen Mann finde, der so in mich verliebt ist.‹, dachte Clara. ›Ich glaube Axel meint es tatsächlich ernst.‹

Eine leise Stimme in ihr sagte ihr zwar, dass sie ihr Glück nicht von einem Mann abhängig machen sollte, aber eine lautere Stimme sagte ihr, dass es sie glücklich machte, geliebt zu werden.

Axel kam gerade in Boxershort aus der Dusche, rubbelte sich die Haare trocken und zog sich seine Hose an. Clara hatte die Decke noch bis hoch ans Kinn gezogen und sah ihn verschlafen an.

»Bleib hier, solange du magst.«, sagte Axel. »Ich habe um 18 Uhr Feierabend, dann komme ich wieder. Ich habe natürlich leider keinen extra Schlüssel für dich, aber ich könnte dir meinen geben, wenn du rechtzeitig wieder hier wärst. Ansonsten kannst du mich auch einfach anrufen und wir treffen uns irgendwo in der Stadt?«

»Ich wollte mich vielleicht mit Sabine treffen, aber das haben wir noch nicht ausgemacht.«, antwortete Clara. »Du brauchst mir deinen Schlüssel nicht dazulassen. Ich habe meine alte SIM-Karte noch, du kannst mich also auch anrufen, wann du möchtest. Ich bin aber, wenn, dann erst gegen späten Nachmittag bei Sabine, vorher ist sie bestimmt unterwegs. Vielleicht können wir uns bei ihr treffen? Du weißt doch noch, wo sie wohnt?«

»Solange ich nicht auf Hamid treffe.«, sagte Axel abwertend.

»Ich hoffe nicht.«, stimmte Clara zu. »Aber was ist denn dein Problem mit ihm?«

»Das erzähle ich dir später, soviel Zeit habe ich jetzt nicht mehr.« Axel war inzwischen angezogen und hatte schon keine Zeit mehr zu frühstücken. Er lehnte sich über das Bett, gab Clara einen Abschiedskuss und ging zur Arbeit.

›Keine Ahnung, was Axels Problem mit Hamid ist.‹, dachte Clara. ›Ich kann ihn nicht leiden, weil er Sabine durch Erpressung in eine Beziehung gezwungen hat und sich unberechenbar verhält. Jede Konversation mit ihm ist wie ein Kampf um die Oberhand.‹

Sie dachte noch eine Weile nach, schlief dann noch einmal ein und wachte einige Stunden später wieder auf, als die Mittagssonne bereits durch das Fenster schien. Dann stand sie auf, packte einige Klamotten aus dem Koffer aus, stellte ihren Laptop auf einen freien Platz auf dem Schreibtisch und ging duschen. Dann machte sie sich ein halbwegs passables Frühstück zurecht und setzte sich vor den Laptop. Sie verschickte verschiedene E-Mails, sah sich auf Jobportalen in Marktstadt um und surfte auch eine Weile einfach nur auf Facebook und der Marktstädter Tageszeitung herum, um sich einen Überblick über die Neuigkeiten in Marktstadt zu verschaffen. Sie stieß nach einiger Zeit auf RiM und erinnerte sich, dass Axel davon erzählt hatte, dass er die Seite mit Phillipp zusammen entworfen hatte. Sie öffnete die Seite und schaute sich alles genau an. Alles in allem war sie recht beeindruckt davon, wie knapp und präzise die Seite alles Wichtige für Flüchtlinge vereint hatte. Zwischendurch hatte sie Sabine angerufen, doch die war nicht an ihr Handy gegangen. Sie verschickte noch eine SMS an Ruben, in der sie ihm dankte, dass er das mit Axel möglich gemacht hatte und eine an Sven, in der sie ihm mitteilte, dass sie wieder da war. Sven schrieb als erstes zurück und schien sich wahnsinnig zu freuen. Sie verabredeten sich nach Svens Vorlesung um 15:45 Uhr auf dem Mensavorplatz, und Clara ging schon um 15:15 Uhr aus dem Haus. Da sie aber schnell bemerkte, dass ihr draußen viel zu kalt war, weil sie noch das heiße Klima Afrikas gewohnt war, beschloss sie, eine Runde im Mathegebäude zu drehen. Sie ging in ihr altes Büro, in dem ihr alter Kollege immer noch seinem Hiwi-Job nachging, und sie tranken zusammen einen Kaffee und lachten über alte Zeiten. Auf dem Weg zum Mensavorplatz stieß sie kurz mit ihrem Professor zusammen, der sie auch überglücklich begrüßte, was Clara ebenfalls sehr freute. Dann traf sie auf Sven, der sie lange umarmte. Das sah zwischen ihnen zwar immer ein wenig so aus, wie das Verhältnis zwischen Bernhardiner und Dackel, aber Clara war doch froh, ihn wieder zu sehen. Die allgemeine Wiedersehensfreude wollte nicht so recht vergehen. Sven wollte alles von ihr wissen, und sie begann erst mit Axels Wiedersehen am Frankfurter Flughafen, bevor sie alles über die Schweiz und Afrika erzählte. Sven zeigte sich mehr als begeistert und erzählte bruchstückhaft, wie viele gute Abende er mit Axel erlebt hatte und dass er froh war, dass sie wieder zusammen waren. Er berichtete ebenfalls von dem Abend, als er mit Axel so lange auf Tour gewesen war, an dem Abend, als Clara Schluss gemacht hatte und Clara schämte sich fast ein bisschen. Sie hatte keine Ahnung gehabt, wie sehr sie Axel getroffen hatte. Umso glücklicher war sie jetzt, da sich offenbar alles zum Besten entwickelt hatte.

Gegen 16:30 Uhr erhielt sie einen Anruf von Sabine: »Hey, Süße. Bist du wieder da? Ich musste gerade Sam vom Kindergarten abholen. Hast du Zeit vorbei zu kommen?«

»Natürlich.«, grinste Clara über beide Ohren. »Du bist zu Hause?«

»Ja, ich bin zu Hause.«, Sabines Stimme überschlug sich. »Komm vorbei sobald du kannst!«

Sven begleitete Clara noch mit dem Bus nach unten in die Stadt, dann verabschiedete er sich. Sabine machte die Tür auf, und als sie ihre dritte überschwängliche Umarmung bekam, fing sie an, es doch für keine allzu schlechte Idee zu halten, in Marktstadt zu bleiben.

Auch Sabine wollte viel davon wissen, wie es Clara ergangen war, doch sie fing schneller an von sich zu erzählen, als die anderen das bisher getan hatten. Als Clara erzählte, dass Axel sie vom Flughafen abgeholt hatte und sie wieder mit ihm in einer Beziehung war, kamen Sabine die Tränen, und sie schluchzte: »Freut mich, dass es wenigstens bei dir so gut läuft.«

»Was ist los? Was ist bei dir passiert?«, wollte Clara sofort wissen.

»Hamid hat sich ja schon lange mehr und mehr zurückgezogen. Früher war er so offen und oftmals gut gelaunt, aber das hat sich, seit du weg warst, stark geändert. Er hat kaum noch mit mir geredet und sich fast gar nicht mehr um Sam gekümmert. Wir waren eigentlich eine so gute Familie, und dann ist er immer öfter weggeblieben, kam spät nach Hause und hatte getrunken, was er vorher nie gemacht hatte. Wenn ich ihn darauf angesprochen habe, wurde er richtig böse und hat mir gedroht. Ich war verzweifelt und habe schon das Ende der Beziehung gesehen. Dann hat er gemeint, dass ihm gekündigt wurde, weil seine Firma keine Ausländer beschäftigen wollte. Ich habe ihm das zunächst einfach geglaubt, weil ich keinen Grund hatte, ihm nicht zu vertrauen. Er hatte dann viel Zeit zu Hause zu sein, und ich habe meinen Job von Teilzeit zu Vollzeit gewechselt. Gegen Ende Mai hat er vorgeschlagen, dass wir zusammen in den Urlaub fliegen, damit wir zwischen uns die Wogen glätten können. Ich war natürlich begeistert und habe sofort zugesagt. Hamid hat für zwei Wochen einen Urlaub in der Türkei gebucht. Das war zuerst auch total schön, aber dann waren wir nicht nur am Strand, sondern sind auch mal in der Stadt herumgelaufen, und er hat einen Freund aus Jordanien getroffen. Einfach so und völlig zufällig. Die beiden haben nur arabisch miteinander gesprochen, und ich habe natürlich nichts verstanden, aber Hamid hat mir erzählt, sein Freund hätte Probleme und würde ihn brauchen. Er hat dann gesagt, dass er für ein paar Wochen mit ihm zu ihm nach Hause fahren würde und ich alleine mit Sam zurück nach Deutschland fliegen sollte. Das habe ich auch gemacht. Aber Hamid kam fast vier Monate lang nicht wieder. Er hat sich in der gesamten Zeit überhaupt gar nicht gemeldet. Ich wusste nicht einmal, ob ihm etwas passiert ist. Ich war krank vor Sorge und habe die Polizei und alle möglichen Ämter informiert, aber die konnten mir überhaupt nichts sagen. Eines Tages stand er wieder vor der Tür. Er hat mich in den Arm genommen und erzählt, dass er seinem Freund helfen musste, sie wären in einer schlimmen Notlage gewesen, aber etwas Genaues wollte er mir nicht erzählen. Ich habe natürlich immer wieder nachgefragt, aber je mehr Details ich erfahren wollte, desto mehr ist er mir ausgewichen. Trotzdem war ich in der nächsten Zeit, das war in etwa im Oktober, total froh darum, ihn endlich wieder bei mir zu haben. Er war auch total lieb und nett und freundlich und hat mich immer wieder in den Arm genommen und mir und Sam gesagt, wie sehr er uns liebt, aber dann habe ich angefangen ihn auszuspionieren, weil mir sein Verhalten so seltsam vorkam. Er hing oft stundenlang vor dem Computer, was er vorher nie gemacht hat, und er hat sich manchmal, wenn er gedacht hat, ich würde es nicht bemerken, im Schlafzimmer eingesperrt. Ich habe an der Tür gelauscht und ich glaube, er hat darin gebetet. Allerdings auf Arabisch und nicht, wie früher, auf Hebräisch. Den Unterschied kann ich inzwischen dann doch heraushören. Ich habe ihn gefragt, ob er zum Islam konvertiert ist, daraufhin hat er mich geschlagen und gesagt, ich solle keinen Unsinn reden und mich nicht in Dinge einmischen, die mich nichts angehen. Früher haben wir uns einen Computer geteilt, aber jetzt hat er seinen eigenen Laptop, den er im Schreibtisch verschließt. Ich habe die Schublade geknackt und versucht seinen Browserverlauf nachzuvollziehen, aber er surft immer im Inkognito-Modus. Ich kenne mich mit solchen Dingen zwar nicht sonderlich gut aus, aber ich bin nicht zu blöd, um google zu benutzen. Er hat den TOR-Browser auf seinem Laptop, und den kann man benutzen, um seine Suchen im Internet zu verschlüsseln. Außerdem habe ich in seiner Werkstatt angerufen und gemeint, dass etwas von Hamid noch dort liegen würde. Die haben mir gesagt, er wäre schon seit über einem Jahr nicht mehr da gewesen, seit er gekündigt hatte. Das hat mich alles stutzig gemacht und ich habe mich gefragt, warum er mich so viel anlügt. Ich habe aber versucht mir ihm gegenüber, nichts anmerken zu lassen. Nach einiger Zeit hat er wieder angefangen viel wegzugehen und sich mit Leuten zu treffen, aber wenn ich ihn gefragt habe, wo er gewesen ist, habe ich nie eine Antwort erhalten. Ich habe dann irgendwann angefangen zu heulen und ihm gesagt, dass ich in unserer Beziehung keinen Sinn mehr sehe, wenn er mir nicht offen und ehrlich sagt, was er macht. Zuerst hat er, wie immer, versucht Ausreden zu erfinden, aber ich bin ja nicht bescheuert. Ich habe nach immer mehr Details gefragt, bis er angefangen hat sauer zu werden und mich wieder schlagen wollte. Dann habe ich ihm gedroht, dass ich mich von ihm trenne und Sam an mich nehmen werde und ihn verlasse. Da hat er gemeint, dass ich das bereuen würde und ist gegangen. Das war erst vor drei Wochen. Seitdem habe ich ihn nicht mehr gesehen und von mir aus kann er mir auch gestohlen bleiben, aber ich weiß einfach nicht, was mit ihm passiert ist.«

Sabine hatte gerade zu Ende geredet, als Claras Handy klingelte. Axel war dran und fragte, ob sie noch bei Sabine wäre und Clara sagte ihm, dass er vorbeikommen solle. Clara tröstete Sabine und erzählte ihr, dass sie Hamid noch nie gemocht hatte. Schon die Tatsache, dass er sie praktisch zu einer Beziehung erpresst gehabt hatte, indem er sie zu einem Date bekommen hatte, damit er nicht die Polizei rufen würde, sei einfach kein Start für eine Beziehung. Sabine schluchzte weiter und meinte nur: »Du hast ja Recht. Du hast eigentlich immer Recht gehabt. Ich sollte viel mehr auf dich hören, und wir sollten uns viel öfter sehen. Immer, wenn du in meiner Nähe warst, ist alles gut für mich gegangen. Immer, wenn du nicht in meiner Nähe warst, ist so vieles schiefgegangen.«

Clara nahm Sabine in den Arm und versuchte sie zu beruhigen. »Jetzt bin ich wieder da, und ich bleibe erst einmal auch in Marktstadt. Ich habe eigentlich gedacht, ich würde Marktstadt den Rücken kehren, aber mit Axel und mit dir, glaube ich, ich werde hierbleiben.«

Sabine wischte sich mit einem Taschentuch die Tränen aus dem Gesicht. »Das wäre toll.«, schniefte sie.

Eine knappe halbe Stunde später klingelte Axel an der Tür. Weil Sabine immer noch ein verheultes Gesicht hatte, fragte Axel auch sofort was los sei und Sabine musste, mit Claras Unterstützung, die ganze Geschichte noch einmal erzählen. Axel erzählte daraufhin das, was er bereits von Hamid wusste. Sabine reagierte völlig überrascht, dass er im Flüchtlingsheim als Security gearbeitet hatte und dass er sich in einer Kneipe wie dem Steinbock herumtrieb. Clara war weniger überrascht. Das Misstrauen kam langsam in ihr hoch.

»Ich will keine voreiligen Schlüsse ziehen, aber so langsam beginne ich Hamid für ziemlich gefährlich zu halten.«, überlegte Clara. »Ich weiß nicht, ob er einfach bloß ein Lügner ist, der eine Affäre hat oder ob da mehr dahintersteckt.«

»Was soll denn groß dahinterstecken?«, meinte Axel missmutig. »Hamid ist ein Sprücheklopfer, ein Lügner und ein Versager. Ich habe keine Angst vor ihm, er fühlt sich einfach bloß nirgendwo zugehörig und lässt das an anderen aus. Erst will er Jude sein, dann Moslem, dann Rechtsradikaler? Das zeigt doch deutlich, dass er nicht mehr alle Tassen im Schrank hat.«

Darüber musste Sabine nun doch lachen. »Dabei hat er es mit der jüdischen Tradition immer sehr ernst genommen. Die Chanukka-Feste in der jüdischen Gemeinde in Berlin haben wir mit sehr viel Traditionsbewusstsein miterlebt. Hamid wollte alles darüber wissen und ich glaube, dass er ein guter Jude gewesen ist. Ich kann mir auch nicht vorstellen, dass man vom jüdischen Glauben einfach so zum Islam wechselt. Das passt doch nicht zusammen.«

Clara wollte etwas sagen, doch Axel unterbrach sie lautstark: »Das zeigt doch nur einmal mehr, dass er nicht weiß, was er will. Glaub mir, der ist einfach nur nicht ganz dicht.«

Sabine musste grinsen, doch Clara schwieg betreten und nachdenklich.

»Vielen Dank, für eure Aufmunterung.«, machte Sabine. »Ich gehe mal eben ins Bad und mache mich frisch, ich sehe ja schrecklich aus.«

»Ach, du siehst immer noch toll aus.«, entwich es Axel, und Clara sah ihn mit einem schrägen Blick an.

»Was denn?«, fragte Axel, doch Clara schürzte nur die Lippen. »Wenn du das nächste Mal Zeit hast und dich nicht um dein Kind kümmern musst, dann kommst du mal mit uns mit, und ich stelle dir einen netten Kerl vor, der auch etwas in der Birne hat.«

Sabine warf ihm über die Schulter auf dem Weg ins Bad ein herzerwärmendes Lächeln zu.

»Axel, kommt dir das nicht alles sehr merkwürdig vor?«, flüsterte Clara.

»Ach, scheiß auf Hamid.«, sagte Axel bestimmt. »Was soll er schon groß machen? Kümmere dich lieber um deine Freundin. Sabine braucht jetzt Zuspruch, Trost und Leute die sich um sie kümmern.«

Clara nickte langsam, aber die Zweifel blieben.

Als Sabine zurückkam, ließen sie das Thema Hamid beiseite, und Clara und Axel erzählten aus ihrer Vergangenheit, um sie abzulenken. Das klappte auch größtenteils, und als die beiden sich nach ein paar Stunden verabschiedeten, war Sabine schon wieder deutlich besser gelaunt und hatte zwischenzeitlich viel gelächelt.

Auf dem Weg zur nächsten Bushaltestelle schlug Axel ein anderes Thema an: »Weißt du schon, was du demnächst vor hast?«

»Ich habe mich heute Morgen auf einigen Jobportalen umgesehen.«, meinte Clara. »Ich habe auch meinen Professor wiedergesehen, und er hat mich gefragt, ob ich schon weiß, was ich machen möchte, jetzt, wo ich wieder da bin. Er hat mir ebenfalls das Angebot gemacht, dass ich bei ihm am Lehrstuhl anfangen könnte an einer Doktorarbeit zu schreiben. Ich weiß noch nicht, ob ich das mache, aber ich werde mich in den nächsten Tagen umsehen. Außerdem überlege ich, ob ich mir eine andere Wohnung suchen soll, denn mein, beziehungsweise dein kleines Studentenapartment ist auf Dauer recht ungeeignet für zwei Leute. Wenn ich wieder an die Uni zurückgehe, wäre es noch in Ordnung, aber wenn ich mir einen Job suche, habe ich keine Lust mir jedes Mal ein Busfahrticket zu kaufen, um bis zu meiner Wohnung zu kommen. Wie läuft es bei dir? Was hast du vor, wenn du deinen Bachelorabschluss hast? Du scheinst ja keinen Master dranhängen zu wollen, sonst hättest du längst damit angefangen!?«

Axel seufzte: »Irgendwie habe ich keine Lust darauf. Aber ich weiß auch nicht, was ich sonst machen soll. Was bekomme ich schon für einen Job mit einem Bachelor in Betriebswirtschaftslehre? Den haben doch tausende andere ebenfalls.«

Clara verdrehte die Augen: »Du musst dich verkaufen können. Welche Schwerpunkte hast du denn gehabt?«

»Human Resources und strategisches Management.«, meinte Axel.

»Dann bewirb dich in irgendeiner Firma, die eine extra Abteilung für Personalplanung hat. So schwer wird das schon nicht werden.«

»Machen so etwas nicht immer junge Frauen?«

»Mensch, Axel. Du allein bist Herr deiner Lage. Du kannst natürlich auch weiterhin als Vollzeitkraft als Security arbeiten, aber ob das die berufliche Erfüllung ist, musst du wissen.«

Axel grinste und wischte mit einem »Ja, Schatz.« das Thema beiseite.

Sie stiegen in den Bus ein. Clara kaufte eine Fahrkarte und setzte sich neben Axel auf einen Platz im hinteren Drittel.

»Kann ich, solange ich noch nach Jobs suche, eigentlich bei dir vorbeikommen und schauen, was du so machst? Du hast doch sowieso so viele ehrenamtliche Helfer bei dir, da kann ich mich doch zwischenzeitlich auch mal nützlich machen.«, fragte Clara.

»Gerne.«, lächelte Axel. »Willst du morgen schon kommen? Da arbeite ich nämlich mit Yussuf, dann kannst du ihn auch mal wieder treffen, wenn du Lust hast.«

»Ach herrje.«, machte Clara. »Na, das wird ein Wiedersehensfest. Vermutlich arbeiten die Hälfte der Kanacken aus Waweln als Security im Flüchtlingszentrum.«

Auf dem Sitz vor den beiden drehte sich eine junge Studentin um und warf Clara einen abwertenden Blick zu.

»Was ist?«, fragte Clara belustigt.

Sie hatte sich zwar bereits wieder nach vorne umgedreht, aber nachdem Clara auf ihren Blick reagiert hatte, drehte sich sie noch einmal um, musterte Clara verächtlich und meinte: »Kein Grund rassistisch zu werden!«

»Wieso rassistisch?«, fragte Clara verblüfft.

»Hast du die Securities nicht gerade als Kanacken bezeichnet?«, schnaubte die Studentin. Sie war leicht pummelig, hatte einen Nasenring, eine lange Bommelmütze, unter der keine Haare hervorlugten und eine Brille, die deutlich zu groß für ihr Gesicht war, auf.

»Ach, das war nicht böse gemeint.«, lachte Clara. »Ich bin damals mit denen allen ins gleiche Jugendzentrum gegangen. Ich kenne die. Die nennen sich selbst Kanacken, und das stört sie auch nicht, wenn ich sie ebenfalls so nenne.«

»Das lassen wir sie doch lieber selbst entscheiden.«, meinte das Mädchen überheblich. »Dazu hast du wohl kaum ein Recht.«

»Wie Recht? Was für ein Recht?«, fragte Clara erstaunt.

»Du bist zwar eine Frau, aber du bist immerhin weiß. Dir steht es nicht zu, jemanden aufgrund seiner Herkunft mit einem Titel zu belegen, den der- oder diejenige nicht selbst gewählt hat. Überprüf mal deine Privilegien!«, erklärte sie.

Axel begann lauthals zu lachen, doch das schien sie noch mehr zu reizen: »Du hast schon dreimal nichts zu sagen. Weiße Heteros, die sich einbilden mit Ausländern umzugehen, wie es ihnen passt, haben wir in diesem Land nun wirklich mehr als zu viel. Ihr Nazipack! Euch sollte man einsperren!«

Axel begann noch heftiger zu lachen, und Clara war nun vollends perplex.

»Entschuldige mal!«, machte Clara, doch sie wurde sofort lautstark unterbrochen: »Nein, ich entschuldige nicht! Rassisten wie ihr in einem Flüchtlingsheim? Ich glaube ich spinne! Ich hoffe … ihr solltet … ich weiß gar nicht was ich zu Leuten wie euch sagen soll!«

Clara sah Axel verblüfft an, der immer noch verhalten gluckste.

»Ich habe nichts Rassistisches getan. Im Gegenteil, ich möchte Ausländern helfen hier besser Fuß zu fassen. Du hast mich wohl falsch verstanden. Ich meinte das nicht so, als ich Kanacken gesagt habe.«, versuchte Clara das Mädchen zu beruhigen, doch die war vollends in Rage.

»Jetzt wiederholst du es auch noch? Zügle mal deinen rassistischen Wortschatz!«, schrie sie Clara fast entgegen.

Axel umarmte Clara und gab ihr einen Kuss auf die Wange, sodass sie sich beruhigte. Clara, die eigentlich weiterreden wollte, verstummte daraufhin, und das Mädchen in der Reihe vor ihnen, warf ihm einen giftigen Blick zu.

»Schatz?«, machte Axel grinsend zu Clara. »Vergiss es! Gegen die kommst du nicht an! Ich arbeite seit fast einem Jahr im Flüchtlingsheim, helfe Leuten sich hier in Deutschland zu integrieren und mache währenddessen mein BWL-Studium fertig. Ich habe Lob und Anerkennung von hunderten von Flüchtlingen erhalten und Projekte für sie ins Leben gerufen, aber das ist alles Schall und Rauch, wenn du dich gegenüber einer radikalen Feministin bloß einmal im Ton vergreifst. Denn Rassismus ist keine Meinung und was Rassismus ist, dass definieren Frauen wie sie nach ihrer eigenen Laune. Sie studiert vermutlich Gender-Studies im achtunddreißigsten Semester, arbeitet nicht, sondern hängt Daddy auf der Tasche, muss aufgrund ihres stressigen Studiums mindestens vier Stunden täglich meditieren, erzählt jedem, dass sie Veganerin ist, und aus reiner Weltoffenheit lässt sie sich von irgendeinem Schwarzafrikaner vögeln, der ihre unrasierte Möse zwar nicht geil findet, aber sich dadurch eine Aufenthaltserlaubnis in Deutschland erhofft. Etwas Wirkliches geleistet oder gearbeitet hat sie in ihrem Leben vermutlich noch nie. Du dagegen warst ja bloß ein halbes Jahr in Afrika und hast Leute vor Ort mit Trinkwasser versorgt. Damit und mit deinem Mathematikstudium hast du zwar mehr geleistet als sie und die Kommilitoninnen aus ihrem Semester, aber das wird sie niemals einsehen. Denn ein politisch inkorrektes Wort zu benutzen hebt alle deine guten Taten wieder auf und macht dich quasi zu Adolf Hitler persönlich.«

Wenn Blicke tödlich gewesen wären, hätte das Mädchen Axels gesamten Familienstammbaum ausradiert. Sie sprang von ihrem Sitz auf, kreischte unzusammenhängende Worte, von denen man nur »Scheiß Nazis!« und »Mit euch kann ich nicht im selben Bus sitzen!« verstehen konnte, drückte, beinahe hyperventilierend, auf Stopp und als der Bus an der nächsten Haltestelle anhielt, stieg sie schimpfend und zeternd aus.

»Axel, das war nicht nett von dir!«, sagte Clara halbherzig, doch der lachte laut.

Vom Sitz gegenüber blickte eine ältere Dame Axel an und meinte laut: »Also ich fand das gut! Es ist doch wichtiger, dass man Leuten wirklich hilft, als dass man bloß die richtigen Worte wählt. Ich bin vierundachtzig Jahre alt und glauben Sie vielleicht ich weiß, wie man die ganzen Ausländer, die zu uns kommen, nennt? Ich weiß, dass ich nicht mehr Neger oder Mohr sagen darf, aber das habe ich als Kind noch so gelernt. Das war auch gar nicht rassistisch gemeint, obwohl zu unserer Zeit natürlich viel Rassismus geherrscht hat. Viel mehr als heute.«

Clara lächelte und Axel nickte und sagte laut: »Da haben Sie recht. Kein Mensch blickt bei der politischen Korrektheit heute noch durch. Etwas einfach anders zu nennen hilft nicht gegen Rassismus.«

IV. Schwere Körperverletzung

Auch am Mittwoch ging Axel wieder früh zur Arbeit und Clara blieb zu Hause und surfte im Internet herum. Zusätzlich zu Stellenangeboten suchte sie auch noch nach Wohnungen in der Innenstadt und der näheren Umgebung, was in Marktstadt allerdings nicht allzu leicht war. Die nächsten freien Wohnungen, die in einer für Clara akzeptablen Preisklasse lagen, befanden sich in und um Waweln. Dort wollte sie nur im Notfall hinziehen und doch schrieb sie insgesamt sechs Makler an, dass sie eine Wohnungsbesichtigung machen wollte. Die erste Antwort auf ein Stellenangebot hatte sie bereits bekommen, mit einem möglichen Termin für ein Vorstellungsgespräch am Freitag um 12 Uhr. Es handelte sich um eine Unternehmensberatung, die mathematische Unterstützung im Bereich Buchhaltung und Controlling suchte. Nicht unbedingt Claras Favorit, aber sie hatte auch keine Lust sich beim Arbeitsamt als arbeitssuchend zu melden und entschied sich, dass auch eine kurzfristige Arbeit, die sie wieder kündigen würde, eine bessere Möglichkeit wäre, als auf das perfekt Passende zu warten. Also sagte sie zu. Als es begann Nachmittag zu werden, wollte sie sich etwas zu essen machen, doch in Axels Kühlschrank herrschte gähnende Leere. Da sie keinen Schlüssel für die Wohnung hatte, konnte sie auch nicht mal eben einkaufen gehen. Seufzend schmierte sie sich ein Brot mit Nutella und räumte anschließend den Rest ihrer Klamotten und sonstigen Utensilien aus ihrem Koffer in ihren Kleiderschrank neben Axels Sachen und in den Badezimmerschrank. Dann hievte sie den Koffer oben auf den Kleiderschrank und räumte noch einige Kleinigkeiten auf. Sie überlegte, ob sie die Wohnung noch putzen sollte, aber im Grunde war sie sehr sauber und nur um Zeit herumzukriegen, war es ihr dann doch nicht wichtig genug. Sie blickte auf die Uhr. Es war erst knapp 15:30 Uhr, und so saß sie auf dem Schreibtischstuhl und wusste nicht so recht was sie tun sollte. Weil es ihr aber zu blöd war weiter herumzusitzen, beschloss sie sich auf den Weg zu Axel ins Flüchtlingsheim zu machen. Im besten Fall konnte sie dort irgendetwas Produktives tun, und im schlechtesten Fall würde sie ihn einfach nach seinem Schlüssel fragen, einkaufen gehen und so den Kühlschrank füllen. Sie fuhr mit dem Bus bis zum Bahnhof und stieg dann um, um nach Waweln zu fahren. Gedankenverloren blickte sie aus dem Fenster auf die Strecke, die ihr aus ihrer Jugendzeit so vertraut war. Nur verlief sie diesmal in die andere Richtung. Immer wenn sie aus Waweln in die Schule gefahren war, war es ihr vorgekommen, als ob sie ein Stück weit in die Freiheit fahren würde. Weg von der Familie, weg von St. Helena, weg von all dem schlechten Umfeld. Und immer, wenn sie zurückgefahren war, war es, als müsste sie zurück in ihr Gefängnis. Zurück zu all den dummen Menschen, die sie schlecht behandelten, obwohl sie sie doch gar nicht verstanden. Natürlich hatte sich die Zeit irgendwann geändert und sie war den Weg in den letzten Schuljahren gefahren, ohne besorgt zu sein, dass sie wieder zurück nach Waweln musste. Trotzdem ließ sie der schlechte Eindruck nicht los. Kurz vor der Turnhalle stieg sie aus. In der Grundschule hatte sie hier ihren Abschluss gefeiert. Zusammen mit ihren Cousinen Katrin und Annika. Sie hatte das beste Zeugnis ihres Jahrgangs bekommen und ihre Klassenlehrerin, die auch die Schuldirektorin war, hatte ihr die Hand geschüttelt und gesagt, dass sie sich auf einem guten Weg befinden würde. Ihre Tante und ihr Onkel hatten sie auf dem Nachhauseweg verhöhnt und ihr gesagt, dass Schule für das Leben unwichtig wäre. Natürlich war Clara inzwischen erwachsen und längst darüber hinweg, aber schlechte Erinnerungen gehören nun einmal zum Leben dazu.

Es war schon beinahe ganz dunkel draußen, als sie die Eingangstür zur Turnhalle öffnete. Yussuf saß hinter dem Tresen und guckte nach unten auf sein Handy, weshalb er Clara nicht sofort bemerkte. Sie schlich sich auf Zehenspitzen zum Tresen, und ohne aufzuschauen stieß Yussuf ein lautes aber gelangweilt klingendes »Ja?« hervor.

»Einmal Döner, ohne Zwiebeln, ohne Kraut, aber mit viel Scharf!«, grinste Clara.

Yussuf blickte auf, sah Clara und sein Gesicht verzog sich zu einem breiten Grinsen.

»Clara!«, rief er laut. »Wie geht's dir? Dich hab ich ja ewig nicht gesehen!«

Er ging um den Tresen herum und schloss sie in die Arme. Bei Yussuf, der fast genauso groß, aber nochmal deutlich breiter als Sven war, kam sie sich vor, als würde sie unter einem Berg begraben werden.

»Mir geht's gut.«, grinste sie, als er sie wieder losließ. »Wie läuft es bei dir?«

»Wunderbar, wunderbar!«, antwortete Yussuf. »Du warst in Afrika, habe ich von Axel gehört?«

»Ja, richtig.«, sagte Clara.

»Immer auf der Mission, die Welt zu retten, was?«

»Du kennst mich doch.«

»Natürlich, immer die weltverbessernde Clara. Ich habe nichts anderes von dir erwartet.«

»Wo steckt denn mein Herzblatt?«, fragte Clara sarkastisch.

»Axel?«, fragte Yussuf. »Der ist vor zwei Stunden mit einem Kollegen rüber in die Kaserne gegangen, um ein paar Leute von hier nach drüben zu verlegen. Der sollte eigentlich schon wieder hier sein. Der andere Kollege ist gerade auf Rundgang. In einer Stunde sollten die Caterer da sein und das Essen bringen, dann haben wir wieder Beschäftigung. Ansonsten ist es hier ruhig.«

»Ach so.«, machte Clara. »Schön, schön. Und wie geht es deiner Familie? Deinem Vater und Mehmet? Grüß sie mal von mir!«

»Mach ich! Mach ich!«, versprach Yussuf. »Du musst unbedingt mal wieder bei uns im Sharazad vorbeikommen! Die würden sich alle freuen.«

»Ich schaue mal wann ich die Zeit dazu finde.«, lächelte Clara. »Ich bin erst seit zwei Tagen wieder hier. Ich wollte jetzt erst einmal Axels Haustürschlüssel haben, damit ich einkaufen gehen kann. In seinem Kühlschrank gibt es nämlich nur Senf und Licht und ich habe Hunger.«

In dem Moment kam Axel mit einem Security-Kollegen zur Tür herein. Als er Clara sah, grinste er breit, doch sein Kollege rief laut: »Clara? Meine Güte, dass ich dich nochmal sehe. Und dann hier? Das hätte ich ja nicht gedacht!«

»Hallo Ömer!«, grinste Clara. »Wie geht's dir?«

Axel gab Clara einen Kuss zur Begrüßung, daraufhin begrüßte sein Kollege Clara mit einem Küsschen auf die linke und die rechte Wange. Gleich darauf wandte er sich an Axel und sagte: »Entschuldigung, ich will nicht deine Freundin anmachen. Wir kennen uns von früher, weißt du?«

»Kein Thema.«, winkte Axel lächelnd ab. »Dass sie Yussuf kennt, wusste ich schon. Woher kennt ihr euch?«

»Jugendzentrum Marienstraße«, meinte er lachend.

»Tja, so sieht man sich wieder. Die Erstaufnahmeeinrichtung, der Treffpunkt 2016.« lachte Axel zynisch mit.

»Schatz, ich bin eigentlich vorbeigekommen, weil ich dich nach dem Haustürschlüssel fragen wollte, damit ich einkaufen und etwas kochen kann, aber wenn du magst, kann ich auch alleine einkaufen gehen, komme dann wieder her und wir gehen zusammen nach Hause. Was ist dir lieber?«, fragte Clara.

Axel überlegte kurz und meinte dann: »Also hier kommt demnächst das Essen, und dann ist schon Schichtwechsel. Wie lange würdest du denn zum Einkaufen brauchen?«

»Wenn ich mir Zeit lasse, kann ich das auf eine dreiviertel Stunde strecken.«

»Wenn es dir nichts ausmacht danach kurz auf mich zu warten?«

»Nein, kein Problem.«, machte Clara, doch Yussuf und Ömer blickten Axel etwas schräg an.

»Du willst Clara um die Uhrzeit alleine hier in Waweln einkaufen schicken?«, fragte Yussuf.

»Ich bin ein großes Mädchen, ich werde das schon schaffen.«, brauste Clara auf, doch Yussuf hob beschwichtigend die Hand: »Das weiß ich doch. Ich weiß auch, dass du Kampfsport beherrschst, aber hier sind ein Haufen Nordafrikaner in Gruppen unterwegs. Ich würde es für besser halten, wenn du eine männliche Begleitung dabei hättest.«

Axel neigte zwar dazu Yussuf zuzustimmen, aber Clara wehrte sich heftig.

»Dann lass mich dir wenigstens meine Handynummer geben, falls irgendetwas sein sollte.«, warf Yussuf ein.

»Die will ich dir sowieso geben, dann kannst du mir Bescheid geben, wenn du mal wieder im Sharazad vorbeikommen möchtest.«

Dazu ließ Clara sich dann doch überreden, aber gerade weil Yussuf Bedenken äußerte, wollte sie aus Trotz erst

Recht alleine einkaufen gehen und führte diesen Entschluss auch durch. Sie drehte sich auf dem Absatz um und ging zur Tür hinaus. Yussuf kratzte sich am Hinterkopf, sah Axel an und meinte nur: »Vielleicht hätte ich nichts sagen sollen. Clara ist da recht hitzköpfig.«

»Da kannst du nichts machen.«, bestätigte Axel.

Clara ging in die nahe gelegene Einkaufspassage, ließ sich viel Zeit und hatte am Ende ihres Einkaufs einen vollen Rucksack. Es war 17:30 Uhr als sie sich wieder auf den Rückweg machte, und es war draußen inzwischen stockdunkel. Der Parkplatz der Turnhalle war schlecht beleuchtet, weil viele Laternen offenbar kaputt geworfen worden waren. Sie sah, dass mehrere Transporter bereits auf dem Parkplatz angekommen waren und um nicht zu stören, blieb sie, obwohl ihr kalt war, lieber auf dem Parkplatz stehen, als wieder in die Turnhalle zu gehen. Sie stellte ihren Rucksack auf einer Parkbank ab und blieb ein wenig zitternd davor stehen. Sie war gerade dabei ihre Jacke zu öffnen, um ihren Schal zurechtzurücken, als drei Nordafrikaner ihre Nähe aufsuchten.

»Hallo, hübsche Frau.« tönten sie noch aus einiger Entfernung und Clara lächelte und meinte: »Es gibt drinnen schon essen, die Caterer sind glaube ich da.«

»Nix essen! Hübsche Frau!«, kam es zurück, und einer der drei nahm sie in den Arm. Clara stieß ihn unsanft weg und wollte gerade ihre Jacke wieder zumachen, als ein anderer in ihre noch offene Jacke fasste und sie um die Hüfte umarmte.

»Pfoten weg!«, schrie Clara laut und schubste den Kerl mit beiden Händen von sich.

»Was Problem, hä?«, rief der dritte und stieß Clara gegen die Schulter, sodass sie einen Meter zurückwich. Das reichte ihr, um den nötigen Abstand zu gewinnen, und als der erste sich wiederum an sie heranmachte, trat sie ihm mit voller Wucht derart in den Schritt, dass er zusammensackte. Das machte die anderen beiden deutlich aggressiver, und der eine warf sich auf Clara. Sie verlor den Halt und fiel mit dem Rücken auf den Boden, hatte ihren Kopf aber hoch genug gehoben, um nicht auf den Hinterkopf zu fallen. Mit dem rechten Knie trat Clara ihm in den Bauch, sodass er seitlich von ihr herunterfiel. In dem Moment ging die Eingangstür auf, die sich jedoch noch fast fünfundzwanzig Meter von Clara und den drei Nordafrikanern wegbefand.

»Hey!«, ertönte laut die Stimme von Axel und Yussuf, und sie kamen herbeigerannt. Der Kerl, dem Clara in den Schritt getreten hatte und der, der sie noch nicht angegriffen hatte, liefen daraufhin eilig weg. Der Kerl am Boden jedoch rappelte sich auf, und auch Clara stand schon wieder aufrecht. Er holte weit aus und wollte Clara mit der Faust einen Schlag ins Gesicht verpassen, doch Clara wich dem Schlag aus, sodass er ins Leere ging und stach ihm mit ausgestrecktem Zeige- und Mittelfinger ins linke Auge. Er schrie vor Schmerz auf und Clara schlug ihm mit der Faust gegen den Unterkiefer, dass man es krachen hörte. Sie wich einen Schritt zurück und trat ihm auch noch mit voller Wucht gegen das Knie, sodass man abermals einen Knochen knacken hörte, und er blieb jaulend am Boden liegen. Sein Gebiss fing an zu bluten, und in dem Moment kamen Yussuf und Axel neben ihr an. Axel fasste Clara sanft an der Schulter und versuchte sie vom Geschehen wegzuziehen, während Yussuf sich über den Verletzten beugte.

»Alles klar bei dir?«, fragte Axel und Clara antwortete ruhig, obwohl sie das Adrenalin durch ihren Körper pumpen spürte: »Bei mir ist alles klar. Ich glaube, um ihn musst du dir mehr Sorgen machen. Ruf einen Krankenwagen!«

Yussuf begutachtete den am Boden liegenden und vor Schmerz winselnden jungen Mann, der kaum eine Regung von sich gab. Dann bestätigte er: »Axel, ruf einen Krankenwagen. Alter, den hast du ja richtig kalt gemacht.«

Axel zückte sein Handy und wählte die 112. Der Krankenwagen kam nach knappen zehn Minuten auf den Parkplatz gefahren, und die Rettungssanitäter sahen den fast reglosen jungen Mann am Boden liegen. Während ein Rettungsassistent die Bahre aus dem Krankenwagen holte, fragte der andere kurz: »Was ist hier passiert?«

Axel wollte antworten, doch Clara kam ihm zuvor: »Er und zwei Kollegen haben mich angegriffen. Dann hab ich ihn K.O. geschlagen.«

Der Rettungsassistent sah den sich vor Schmerzen krümmenden Kerl am Boden und schaute dann auf Clara. Dann fiel sein Blick auf Yussuf und Axel, und er fragte: »Und was ist mit euch?«

»Die kamen erst danach.«, antwortete Clara prompt. »Die sind erst aufgetaucht, als alles vorbei war. Die anderen beiden sind weggelaufen.«

Die Polizei kam kurz darauf ebenfalls auf den Parkplatz gefahren, und Clara wiederholte ihre Aussage. Während die beiden Rettungssanitäter den am Boden liegenden Nordafrikaner auf die Bahre hievten und in den Krankenwagen beförderten, notierte ein Polizist den Tathergang auf einem Zettel.

»Wo bringen Sie ihn hin?«, wollte Clara wissen.

»Ins Krankenhaus, was denken Sie denn?« war die bissige Antwort des einen Rettungssanitäters, der gerade wieder auf den Fahrersitz klettern wollte.

»Schon klar, ins Krankenhaus, Sie Witzbold. In welches?«, brüllte Clara ihn an.

»Das Elisabeth-Krankenhaus.«, antwortete der Sanitäter, erschrocken über Claras Art.

»Yussuf, bist du mit dem Auto da?«, fragte sie.

»Ja, wieso?«, fragte der erstaunt.

»Fahr mich hinterher!«

»Wieso das?«, gab Yussuf von sich und »Bist du verrückt?«, fragte Axel verblüfft.

»Fragt nicht so bescheuert, tut was ich euch sage!«, herrschte Clara die beiden an. Der Polizist, der bis gerade den Tathergang notiert hatte, grinste breit.

»Bin ich hier fertig? Brauchen Sie noch etwas von mir?«, fragte Clara den Polizisten barsch.

»Ihren Personalausweis.«, antwortete der Polizist.

Clara ging zu ihrem Rucksack, kramte unter den Einkäufen ihr Portemonnaie hervor, zog ihren Ausweis heraus und überreichte ihn dem Polizisten.

»Frau Schmiedhammer. In Ordnung, wir brauchen eventuell eine Zeugenvernehmung, aber dazu brauchen wir zunächst einmal die Aussage des Verletzten. Das wird vermutlich noch eine Weile dauern und ich gehe nicht davon aus, dass er Anzeige gegen sie erstatten wird, aber wir werden natürlich nachfragen. Wenn Sie das möchten, können wir sie mit ins Krankenhaus nehmen.« erwiderte der Polizist.

Clara sah Axel an: »Kannst du meinen Rucksack mit den Einkäufen nehmen?«

Axel reagierte nicht sofort, und Clara trat einen Schritt näher an ihn heran und schüttelte ihn.

»Äh, ja, sicher, mach ich.«, antwortete Axel daraufhin.

»Gut, dann fahren Sie mich dem Krankenwagen hinterher!«, befahl Clara.

Der Polizist warf Axel und Yussuf einen belustigten, aber beinahe mitleidigen Blick zu. Clara nahm auf dem Rücksitz des Polizeiautos Platz und ließ Axel und Yussuf etwas perplex auf dem Parkplatz stehen. Der Krankenwagen war bereits mit Blaulicht vorausgefahren, und die Polizisten fuhren ohne Blaulicht mit normaler Geschwindigkeit in Richtung Krankenhaus. Der Polizist, der Claras Aussage aufgenommen hatte, drehte sich interessiert zu ihr herum: »Wie haben Sie es geschafft, sich gegen drei Leute gleichzeitig zu wehren?«

»Ich habe über vier Jahre lang Kampfkunst gelernt.«, antwortete Clara desinteressiert.

»Mit mehr Frauen wie Ihnen wäre die Silvesternacht in Köln sicherlich anders gelaufen.« gluckste der Polizist.

Clara sah ihn ernst an, schwieg aber, was er offensichtlich als Bestätigung auffasste.

»Diese Leute sind aber auch dreist, heutzutage. Ist mal was Neues, dass man einen Notruf erhält, weil ein deutsches Mädchen einen Nordafrikaner verprügelt hat, statt dass man eine potenzielle Vergewaltigung oder Körperverletzung aufnehmen muss, bei dem man die Täter nicht mehr ermitteln kann. ›Die Täter sahen nordafrikanisch aus‹ ist immer so wenig hilfreich bei der Täterbeschreibung.«

»Sparen Sie sich Ihren Rassismus!«, blaffte Clara den Polizisten an. »Ich bin nicht gerade stolz darauf, dass ich einen Kerl ins Krankenhaus geprügelt habe. Wo der herkommt ist mir dabei ziemlich egal.«

Verblüfft starrte der Polizist sie an: »Ich bin nicht rassistisch, ich schaue nur auf die Fakten und dass…«

»Ja, ja.«, unterbrach Clara ihn. »Ist mir egal! Ich will mich jetzt bei ihm entschuldigen und hoffentlich auch mit ihm in Ruhe reden können. Natürlich haben die drei mich angegriffen, und ich bin ihnen körperlich unterlegen, deswegen musste ich mich so wehren, sonst hätte ich keine Chance gehabt. Ich bin aber nun einmal in der Lage dazu und wenn sie das vorher gewusst hätten, hätten sie es ganz sicher nicht versucht. Wenn ich Pech habe, fühlt er sich in seiner Ehre verletzt und will mich umbringen. Das will ich jetzt versuchen zu verhindern, indem ich mit ihm rede und ihm erkläre, dass ich mich wehren musste. Wenn er seinen Verstand, statt seinen Stolz benutzt, funktioniert das vielleicht.«

Der Polizist sah Clara mit einem Stirnrunzeln an. Clara bemerkte, dass er eher skeptisch als beeindruckt war und dass er ihr Unternehmen als ziemlich zwecklos einstufte, aber das war ihr egal. Einige Minuten später hielten sie vor dem Krankenhaus. Der Krankenwagen stand noch mit Blaulicht, aber ohne Martinshorn in der Einfahrt der Notaufnahme. Die Polizisten parkten das Auto, und sie gingen zu dritt in das Krankenhaus. Die Rezeptionistin zeigte ihnen den Weg zur Notaufnahme, und sie gingen den Gang entlang. Vor der Notaufnahme warteten vier Leute, die wohl ebenfalls auf ihre Behandlung warteten, und in dem dahinterliegenden Raum konnte man durch die angelehnte Tür die Bahre erkennen, auf der der Mann lag, den Clara so zugerichtet hatte. Die zwei Rettungssanitäter unterhielten sich mit dem Arzt, der dabei war, den Verwundeten zu versorgen, aber sie kamen nach ein paar Minuten wieder heraus auf den Gang. Der eine bemerkte Clara sofort und sagte: »Das wird bestimmt einige Zeit dauern, bis der da wieder herauskommt. Wollen Sie wirklich so lange warten?«

»Ja!«, sagte Clara fest entschlossen.

Rettungssanitäter und Polizisten warfen sich gegenseitig ein leichtes Schmunzeln zu, dann gingen die Rettungssanitäter zurück zu ihrem Krankenwagen. Der Polizist, der das Auto gefahren war, klopfte an die Tür und trat kurz darauf ein. Der Arzt blickte ihn an und fragte laut »Was gibt es?« ohne seine Versorgung dabei auch nur im Mindesten zu unterbrechen.

»Können Sie uns sagen, wann der Verletzte vernehmungsfähig sein wird? Wir müssen den Tathergang noch bestimmen.«, fragte der Polizist höflich.

»Kann ich Ihnen nicht genau sagen.«, murmelte der Arzt. »Er hat zwei Knochenbrüche im Knie und die unteren, vorderen Schneidezähne sind herausgeschlagen worden. Der kriegt heute vermutlich erst einmal Schmerzmittel und kommt morgen zum Zahnarzt. Ich denke, heute brauchen Sie damit nicht mehr zu rechnen.«

Der Polizist nickte, bedankte sich und begab sich wieder nach draußen. Clara hatte das Gespräch durch die angelehnte Tür gehört und sah den Polizisten fragend an. Der schaute seinen Kollegen an und meinte: »Lass uns morgen wiederkommen. Von ihr...« er zeigte auf Clara. »haben wir die Personalien und ihn können wir morgen immer noch befragen. Das hat jetzt auch keinen Zweck mehr. Ich denke sowieso nicht, dass er eine Anzeige aufgeben will.«

Clara sah ihn perplex an: »Sagen Sie mal: Müssten Sie mich nicht wegen schwerer Körperverletzung verhaften, oder so etwas?«

Die beiden Polizisten sahen sich an und schienen sich das Grinsen verkneifen zu müssen. Der Beifahrer meinte letztendlich: »Wir haben Ihre Personalien. Wir gehen nicht davon aus, dass sie weglaufen werden. Wir werden überprüfen, ob sie tatsächlich von drei Leuten angegriffen wurden. Das wird der Verletzte bestimmt verneinen, falls er überhaupt etwas sagt. Aber Sie haben immer noch zwei Zeugen, die mit Sicherheit das gleiche aussagen, wie Sie. Darüber hinaus sind Sie eine Frau, die einen körperlich kräftigeren Mann niedergeschlagen hat und trotzdem hinterher ins Krankenhaus gefahren ist, um die Wogen wieder zu glätten. Ich glaube Ihnen einfach. Sollte sich das als falsch erweisen, kann immer noch eine Anzeige erfolgen.«

Clara schien damit zwar nicht so recht einverstanden zu sein, aber weil es zu ihrem Vorteil war, schwieg sie, und die beiden Polizisten gingen und ließen Clara alleine im Gang vor der Notaufnahme sitzen.

Dort saß sie über eine Stunde, bevor eine Krankenschwester kam, die Tür aufging und der Verletzte aus dem Behandlungszimmer gefahren wurde. Clara ging mit einem größeren Abstand hinterher, worauf die Krankenschwester sie seltsam ansah.

»Ist das dein Freund?«, fragte sie interessiert.

»Nein.«, machte Clara düster. »Ich hab ihn so zugerichtet.«

Das schien der Verletzte gehört zu haben und hob ein wenig seinen Kopf, erkannte Clara, zeigte auf sie und machte einige dumpfe Geräusche.

Die Krankenschwester stoppte die Bahre und sah Clara etwas verdutzt an. Sie schien nicht zu wissen, ob sie Clara nun mitnehmen konnte, aber Clara beruhigte sie: »Ich will ihn nicht noch weiter verletzen, ich will sehen, dass es ihm gut geht. Es tut mir alles so wahnsinnig leid, was passiert ist, verstehen Sie?«

Die Krankenschwester nickte und schob die Trage weiter, während der Patient darauf keine Ruhe gab. Nur lag sein Bein in einem Gips, er hatte mehrere Tücher im Mund, sein linkes Auge war rot und geschwollen und er hatte offensichtlich eine erhebliche Menge an Schmerzmitteln bekommen. Sie fuhren mit dem Aufzug in den vierten Stock, und der Patient kam in das Zimmer Nummer 411.

»Wissen Sie, wie er heißt?«, fragte Clara die Krankenschwester, während sie ihr dabei half, den Patienten von der Trage ins Bett zu bugsieren.

»Nein, aber ich habe auch nicht gefragt. Ich werde aber gleich noch einmal nach unten gehen und seine Sachen holen. Wollen wir mal hoffen, dass er einen Ausweis hat. Bei Flüchtlingen ist das ja nicht unbedingt immer der Fall.«, antwortete die Krankenschwester.

Clara nickte stumm, und die Krankenschwester ging aus dem Zimmer. Der Nordafrikaner lag in seinem Bett und starrte Clara mit großen Augen an. Clara rückte einen Stuhl ans Bett und setzte sich zu ihm.

»Es tut mir leid, was passiert ist. Ich wollte dich wirklich nicht so zurichten. Ich hoffe du bist nicht allzu sauer auf mich. Ihr habt mich zu dritt angegriffen, ich musste mich verteidigen! Verstehst du mich überhaupt?«, fragte Clara mit trauriger Stimme.

Der Patient blinzelte und gab ein kaum merkliches Nicken von sich.

»Wie heißt du?«, fragte Clara, doch weil sie wusste, dass sie keine Antwort erhalten konnte, zog sie ihr Handy aus der Tasche, öffnete eine neue Datei, auf der man Notizen machen konnte, drückte es ihm in die Hand, zeigte erneut auf ihn und fragte: »Dein Name?«

Er schien zu verstehen, senkte den Blick auf das Handy und gab sehr langsam die Buchstaben »A-b-d-e-l-a-z-i-z.« ein und drehte das Handy in seiner Hand um. Clara nahm es vorsichtig mit beiden Händen entgegen und las: »Abdelaziz?«

Er nickte leicht.

»Verstehst du deutsch?«, fragte Clara und Abdelaziz hob seine linke Hand und legte den Zeigefinger mit etwas Abstand über den Daumen.

»Ein bisschen, also!«, verstand Clara und Abdelaziz nickte wieder leicht.

»Kann ich etwas für dich tun?«, fragte Clara. »Soll ich jemanden anrufen? Willst du jemanden sehen oder irgendetwas anderes?«

Abdelaziz schien nicht zu verstehen oder wusste nicht wie er antworten sollte, denn er starrte Clara nur mit großen Augen an. Clara, die ihr Handy immer noch in der Hand hielt, sah, dass es blinkte und sie mehrere verpasste Anrufe von Axel hatte. Sie rief zurück und Axel ging nach kaum zwei Sekunden dran: »Hey, Schatz. Alles in Ordnung?«

»Ja, ich bin im Elisabethkrankenhaus in Zimmer 411. Bist du schon zu Hause?«

»Nein, ich bin nach Ende der Schicht mit Yussuf ebenfalls zum Elisabethkrankenhaus gegangen. Wir warten unten an der Rezeption auf dich. Es ist keine eigentliche Besuchszeit. Ich weiß nicht, ob wir zu dir hoch dürfen.«

»Ist auch egal, ich komme gleich zu euch nach unten. Ich wollte bloß wissen, ob dir der Name Abdelaziz etwas sagt. So heißt der Kerl. Ich wollte dich fragen, ob du vielleicht mit Yussuf im Flüchtlingsheim dafür sorgen kannst, dass seine Freunde, Familie oder wen er auch immer hat, Bescheid wissen, dass er hier ist.«

»Vom Namen her nicht. Ich kann ja nun nicht alle kennen. Sein Gesicht habe ich bloß schon öfters gesehen. Mach am besten ein Foto von ihm, wir drucken das aus und machen einen Aushang.«

Clara sah Abdelaziz an, wie er mit geschwollenem Auge und dicken Lippen, da er Tücher im Mund hatte, da lag und wie ein Häufchen Elend aussah. Die Idee gefiel ihr nicht wirklich, aber eine bessere hatte sie auch nicht. Sie legte auf, gab Abdelaziz auf Deutsch und auf Englisch zu verstehen, dass sie ihn fotografieren würde, damit seine Angehörigen, Familienmitglieder, Freunde oder Bekannten ihn finden würden und letztendlich gab er wieder ein leichtes Nicken von sich. Sonderlich schön wurde das Foto zwar nicht, aber er war erkennbar und das musste vorerst reichen. Clara versprach ihm, dass sie morgen wiederkommen und etwas für ihn mitbringen würde und ging dann nach draußen. Sie fühlte sich schlecht. Sie hatte das Gefühl, dass ihre Anwesenheit ihn mehr gequält als beruhigt hatte, und deswegen wollte sie lieber gehen. Er schien in ihrer Anwesenheit gegen die Schmerzmittel und gegen den Schlaf anzukämpfen, weil er ihr nicht vertraute, was Clara ihm allerdings nicht übelnehmen konnte. Auf dem Weg Richtung Fahrstuhl begegnete sie noch einmal der Krankenschwester, die Abdelazizs Sachen brachte und ihr erklärte, dass er keinen Ausweis oder sonst irgendein Dokument dabei hatte, von dem auf seinen Namen geschlossen werden konnte. Clara erzählte der Krankenschwester, dass sein Name Abdelaziz war, und sie notierte sich den Namen. Dann verabschiedete sie sich und fuhr nach unten, wo sie auf Axel und Yussuf traf.

»Wie geht es ihm?«, fragte Yussuf mit einem leichten Grinsen, worauf Clara säuerlich entgegnete: »Er ist ziemlich fertig. Ich werde morgen noch einmal nach ihm sehen. Ich hoffe er hat sonst noch irgendwen, der ihn besuchen kommt. Ihr müsst morgen unbedingt im Flüchtlingsheim schauen, wer ihn dort so kennt. Es wäre ja schrecklich, wenn keiner weiß, wo er ist.«

Axel umarmte Clara und meinte nur: »Dafür, dass du diejenige warst, die angegriffen wurde, finde ich es mal wieder überwältigend, was du dir für Gedanken machst. Wir machen das mit dem Aushang morgen, mach dir keine Sorgen.«

Das brachte Clara das erste Mal seit Stunden wieder zum Lächeln.

V. Im Krankenhaus

Donnerstag war der erste Tag, an dem Clara früher wach war als Axel. Während er noch in Ruhe eine Schüssel mit Haferflocken frühstückte, nervte sie ihn schon damit, wieder ins Krankenhaus gehen zu wollen.

»Was glaubst du, was du um die Zeit machen kannst? Vermutlich wird Abdelaziz erst mal seinen Zahnarzttermin haben und gar nicht da sein.«, meinte Axel.

Clara stimmte ihm zwar zu, aber sie wollte trotzdem so schnell wie möglich wieder da sein, um ihm gegebenenfalls etwas bringen zu können. Sie verließen die Wohnung früher als gewöhnlich, damit Axel noch an einer Foto-Sofort-Ausdruckmaschine das Foto drucken lassen konnte, bevor er zur Arbeit ins Flüchtlingsheim ging. Das taten sie in der Einkaufspassage in Wawcln, die morgens um 8 Uhr menschenleer war. Dann ging Axel zur Arbeit und Clara ins Elisabethkrankenhaus. Sie kaufte im Krankenhauskiosk eine Genesungskarte und ging hoch in Zimmer 411, das leer war. Daraufhin ging sie ins Schwesternzimmer und fragte, ob Abdelaziz noch da wäre, und als die beiden Schwestern erwarteter Weise antworteten, dass sie nicht wüssten, wer das ist, erklärte sie, dass er gestern in Zimmer 411 angekommen war. Daraufhin bekam Clara die Antwort, dass er heute Morgen gleich als erster zum Zahnarzt gefahren wurde. Da sie aber nicht wussten, wie lange es dauern würde, bis er zurück wäre, setzte sich Clara in Zimmer 411 und wartete.

Sie wartete fast zweieinhalb Stunden und abgesehen davon, dass zwischendurch ein älterer Herr in das Zimmer verlegt wurde, verbrachte sie die Zeit damit, auf ihrem Handy ihre E-Mails zu überprüfen und nach Wohnungen zu suchen. Eine Maklerin hatte ihr geschrieben und sie gefragt, ob sie heute Nachmittag Zeit für eine

Wohnungsbesichtigung kurz vor Waweln hätte und Clara sagte zu. Der Termin war um 15 Uhr und sie fand, dass ihr das genug Zeit gab, um auf Abdelaziz zu warten und noch einmal mit ihm zu sprechen. Als er, von einer Schwester begleitet, mit Krücken wieder in sein Zimmer hineingehumpelt kam, sah er Clara ins Gesicht und murmelte etwas Unverständliches. Die Krankenschwester fragte Clara, ob sie auf ihn gewartet hätte, was Clara bejahte. Abdelaziz setzte sich auf sein Bett, hievte sein Gipsbein darauf und zog sein anderes Bein hinterher. Sein Mund schien vom Zahnarztbesuch noch taub zu sein, aber er hatte seine oder neue Zähne wieder eingesetzt bekommen. Sein linkes Auge war blau geschwollen und im Inneren noch stark gerötet, aber er konnte es inzwischen wieder öffnen.

»Wie geht es dir?«, fragte Clara mitleidig.

Abdelaziz schnaufte stark aus der Nase und sah Clara sauer an.

»Ich habe dir eine Genesungskarte mitgebracht.«, sagte Clara und deutete auf die Karte, die sie ihm auf den Nachttisch gestellt hatte. Darauf abgebildet war ein traurig schauender Teddybär mit einem Arm in einer Schlinge und darüber stand in großen, roten Buchstaben »Gute Besserung«. Abdelaziz sah die Karte an, danach Clara und verzog seine Mundwinkel leicht. Weil ihm das jedoch Schmerzen zu verursachen schien, fuhr er sich direkt mit der linken Hand an den Mund und stöhnte leicht.

Clara versuchte ihm auf Deutsch, Englisch und mit Händen und Füßen zu erklären, dass Axel versuchen würde, seine Freunde oder Familie mit einem Foto von ihm im Flüchtlingsheim zu kontaktieren, damit sie wussten wo er sich befand.

Abdelaziz schien das zu verstehen und nickte verhalten. Ohne dabei zu sprechen zeigte er auf den Kleiderschrank, der sich neben dem Bett des alten Mannes befand und tippte sich auf die Beine. Clara stand auf, ging zum Kleiderschrank hinüber, zog Abdelazizs Hose hervor, hob sie hoch und sah ihn fragend an. Der nickte bekräftigend. Clara brachte ihm seine Hose, und er nahm sie, zog sein Handy aus seiner Hosentasche hervor und begann darauf herum zu klicken. Clara fragte sich schon, ob er sie loswerden wollte, da hielt er ihr das Handy entgegen. Er hatte einen arabischen Satz auf der Google-Übersetzungsmaschine eingetippt, die deutsch den Satz ausspuckte: »Vielen Dank, du da! Du nett.«

Clara sah ihn an und lächelte breit. Sie nahm ihr eigenes Handy heraus, öffnete den Google-Übersetzer und tippte ihrerseits ein: »Wie geht es dir?«

Sie hielt Abdelaziz das Handy mit der arabischen Übersetzung entgegen, und der tippte auf seinem Handy etwas und hielt ihr die Übersetzung »Viele schmerzstillende Mittel« hin.

Clara nickte. Sie fragte ihn per Übersetzer, ob sie etwas für ihn tun könne, ob sie jemanden benachrichtigen sollte und viele weitere Dinge, bei der sie das Gefühl hatte, dass viele ihrer Fragen nur schlecht übersetzt wurden und Abdelaziz daher nicht verstand, was sie wollte, aber sie gab sich trotzdem alle Mühe. Außerdem sagte sie jeden Satz, den sie in den Übersetzer eingab laut auf Deutsch und Englisch, nur für den Fall, dass er es auch so verstand. Sie fand heraus, dass er seine Familie bereits darüber benachrichtigt hatte, dass er im Krankenhaus lag, aber diese sich nicht in Deutschland befand und ihn deshalb nicht besuchen kommen würde. Auf die Frage, ob denn seine Freunde ihn besuchen kommen würden, sah Abdelaziz Clara sehr seltsam an und wehrte mit den Händen ab,

aber Clara ließ nicht locker. Er tippte mehrmals »Nein!«
auf seinem Handy ein und Clara sah ihn mit zugekniffenen Augen an. Sie fragte ihn, ob er nicht wollte, dass die
beiden Kerle, mit denen zusammen er sie überfallen
hatte, ihn besuchen kämen, weil er nicht wollte, dass sie
sich über ihn lustig machten, weil er von einer Frau ins
Krankenhaus befördert wurde, aber sie befürchtete, dass
der Satz für eine Eingabe in den Übersetzer deutlich zu
lang war, um richtig anzukommen. Er antwortete auch
nicht darauf, egal wie oft Clara den Satz auf Deutsch,
Englisch und in dem von Google übersetzten Arabisch
wiederholte. Die einzige Reaktion, die sie bekam, war
von dem Herrn im anderen Bett, der Clara belustigt
fragte, ob sie wirklich dafür verantwortlich wäre, dass er
nun im Krankenhaus lag. Eigentlich wollte sie ihm
»Kümmern Sie sich um Ihren Dreck!«, zurufen, aber sie
entschied sich bloß für einen bösen Blick und verächtliches Schweigen. Sie verbrachte noch einige Zeit damit,
mit Abdelaziz in kurzen Sätzen über banale Dinge zu
kommunizieren, wie die Frage, seit wann er in Deutschland sei und wie es ihm gefalle, aber nach einiger Zeit
wurde er müde und schien nur noch sehr widerwillig zu
antworten. Es war auch beinahe 13 Uhr, und so verabschiedete sich Clara, allerdings nicht ohne das Versprechen wiederzukommen. Sie überlegte, ob sie irgendwo
etwas essen gehen sollte, bevor sie zu ihrer Wohnungsbesichtigung gehen würde, entschied sich aber dafür, erst
zu Axel ins Flüchtlingsheim zu gehen.

Axel saß hinter dem Tresen in der Turnhalle und unterhielt sich mit Mashid, der gerade auf einen Termin wartete, als Clara hereinkam. Die meiste Zeit des Tages hatte
er damit verbracht administrativen Aufgaben, wie der
Korrektur der Neuankömmlinge, nachzugehen und alle

möglichen Leute zu fragen, ob sie einen Abdelaziz kannten. Viele hatten den Namen zwar bereits gehört, aber als sie das Foto sahen, wirkten sie entweder etwas verstört oder gaben zu verstehen, dass das nicht derjenige war, den sie kannten. Mashid war erst seit ein paar Minuten da und beschwerte sich bei Axel darüber, dass er immer pünktlich bei seinen Terminen sein musste, aber die meisten Leute nicht pünktlich kamen. Das amüsierte Axel sehr, weil Mashid früher selbst nicht gerade viel Wert auf Pünktlichkeit gelegt hatte. Als Clara hereinkam, begrüßte Axel sie mit einem Kuss und stellte ihr freudig Mashid vor. Clara lächelte ihn an und gab ihm die Hand: »Hallo Mashid, Axel hat schon von dir erzählt. Es freut mich, dich kennen zu lernen.«

»Axel hat auch schon von dir erzählt. Es freut mich ebenfalls.«, lächelte Mashid zurück.

»Nur Gutes, hoffe ich doch!«, grinste Clara.

»Aber natürlich, nur Gutes!«, meinte Mashid und mehr Ernst als nötig lag in seiner Stimme.

»Was treibst du hier?«, fragte sie freundlich.

»Ich muss Gespräche führen. Dolmetschen. Aber die Leute kommen nicht pünktlich und ich muss warten.«, sagte Mashid einigermaßen verärgert.

Clara nickte verständnisvoll, und dann kam ihr eine Idee. »Bis wann musst du heute arbeiten?«, fragte sie interessiert.

»Um 16 Uhr habe ich den letzten Termin, hier.«, meinte Mashid.

»Hast du danach Zeit, oder hast du etwas vor?«, fragte Clara.

Mashid sah Clara verwirrt an und sah danach Axel ins Gesicht, der aber bloß mit den Schultern zuckte.

»Ich habe frei.«, sagte er schließlich.

»Kannst du mit mir danach ins Krankenhaus kommen? Da liegt jemand, der kein Deutsch kann und ich bräuchte Hilfe beim Übersetzen.«, fragte Clara.

»Ach so. Ja, das kann ich tun.«, bot Mashid netterweise an.

»Das wäre großartig. Wollen wir uns dann hier treffen, sobald du fertig bist?«, fragte Clara. »Ich muss gegen 15 Uhr bei einer Wohnungsbesichtigung sein. Ich weiß nicht wie lange das dauert, aber sicherlich keine ganze Stunde und dann bin ich bestimmt gegen 16 Uhr wieder hier.«

»Du willst eine Wohnung besichtigen?«, fragte Axel leicht schockiert.

»Ja, natürlich!«, meinte Clara. »Axel, wir können unmöglich auf Dauer zu zweit in meiner alten, winzigen Studentenbude bleiben. Wenn wir die ganze Zeit weg sind, geht das, aber warte mal auf Tage, an denen wir beide frei haben und zu Hause bleiben wollen. Dann wird das zu eng und wir gehen uns gegenseitig auf den Geist. Wir brauchen mehr Platz.«

»Auf den Geist?«, grinste Mashid. »Ist Geist nicht sowas wie Gespenst? Buhu! Schlossgespenst.«

Axel und Clara mussten beide lachen, und Axel erklärte Mashid, dass »auf den Geist gehen« nur eine Redensart für »auf die Nerven gehen« war und Mashid nickte verständnisvoll.

»Ich dachte schon, du wolltest alleine ausziehen.«, sagte Axel, der nach Mashids Frage wieder deutlich entspannter war, als zuvor.

»Nein.« lächelte Clara ihr breites, gewinnendes Lächeln. »Du wolltest mich haben, jetzt wirst du mich auch nicht mehr los!«

»Sehr gut!«, grinste Axel und gab Clara einen langen Kuss.

Sie unterhielten sich noch einige Zeit über Abdelaziz und andere Kleinigkeiten, dann wurde Mashid angerufen und musste zu seinem Termin gehen. Clara entschied sich dazu, in der Stadt einen Döner essen zu gehen und danach zur Wohnungsbesichtigung zu fahren. Sie hatte sich inzwischen ein Zehner-Bus-Ticket gekauft, aber für das ständige Hin- und Herfahren andauernd Geld bezahlen zu müssen, war ihr doch auf Dauer zu teuer, und sie spielte mit dem Gedanken, sich ein Auto zuzulegen. Allerdings würde sie das nicht tun, ohne vorher einen festen Job zu haben. Anfangs hatte Clara noch Befürchtungen, dass die Wohnung entweder zu klein oder eine abgehalfterte Sozialwohnung wäre, aber das Gebäude sah neu und gut renoviert aus. Um zum Eingang zu gelangen, musste man einmal außen herum in einen kleinen Hof gehen und dort warteten bereits einige andere Interessenten. Zwei davon waren sehr junge Studentinnen, die ihre Eltern mitgebracht hatten, und die anderen sahen aus wie Studenten in etwas höheren Semestern. Die Maklerin kam exakt um 15 Uhr, schloss die Haustür auf, bat die anderen ihr zu folgen und sie gingen die Treppe hinunter in den Keller. Dort lag eine Wohnung auf der linken Seite und rechts die, die zu vermieten war. Die Maklerin schloss die Tür auf und die Interessenten sahen sich um. Die Wohnung bestand aus einem kleinen Flur, rechts einem großen Wohnzimmer mit angeschlossener Küche, die durch eine halbe Wand abgegrenzt war, geradeaus einem Badezimmer und links einem Schlafzimmer und einem begehbaren Kleiderschrank. Obwohl es draußen ziemlich kalt gewesen war und drinnen die Heizung nicht brannte, war es in der Wohnung recht angenehm. Clara gefiel die Wohnung auf Anhieb. Die anderen Interessenten stellten der Maklerin allerlei Fragen und begutachteten die Wohnung bis ins kleinste Detail. Die beiden älteren Studenten verließen die Besichtigung vorzeitig, denn sie schienen sehr schnell gemerkt zu haben, dass die Wohnung nicht in ihrer Preisklasse liegen würde, und eine der jungen Studentinnen geriet mit ihren Eltern in Streit, die ihr erklärten, dass die Wohnung zu groß für sie allein wäre. Die Maklerin verdrehte die Augen, und Clara fing ihren Blick auf und musste grinsen.

Als nur noch eine der beiden jungen Studentinnen mit ihren Eltern übrig blieb, ging Clara in die Offensive: »Wollen Sie dieses Sommersemester anfangen hier zu studieren?«

»Ja.«, antwortete ihr Vater und das Mädchen nickte bekräftigend.

»Also, ich will mir natürlich nicht zu viel herausnehmen, aber finden Sie diese Wohnung für eine Studentin nicht ziemlich untauglich? Sie brauchen doch kein riesiges Wohnzimmer, es sei denn, Sie möchten jede Woche Partys feiern. Was sie eigentlich brauchen, ist ein großer Schreibtisch und ein Bücherregal, aber dafür finden Sie hier kaum Platz.«

»Das lassen Sie mal unsere Sorge sein.«, sagte die Mutter des Mädchens giftig.

»Ja, natürlich.«, entschuldigte sich Clara. »Ich wollte auf folgendes hinaus: Ich war selbst Studentin und habe eine Wohnung direkt an der Universität. Als ich fertig war, hat mein Freund die Wohnung übernommen und jetzt wohnen wir zusammen in einer kleinen Studentenwohnung und wollen in eine größere ziehen, weil wir inzwischen beide arbeiten gehen. Ich habe bloß überlegt, ob wir Ihnen nicht meine Wohnung überlassen könnten. Natürlich bloß, falls Sie das wollen. Die liegt halt direkt an der Universität. Praktischer geht es kaum.«

Das Mädchen begann sich heftig zu wehren, aber ihren Eltern schien diese Idee gut zu gefallen. »Die Wohnung hier gefällt mir. Warum kann ich die nicht haben?«, fragte sie. »Ich will nicht in eine winzige Studentenwohnung direkt an der Uni.«

»Natürlich willst du das nicht, Fräulein.«, lachte ihr Vater sie aus. »Du willst eine Luxuswohnung auf meine Kosten mitten in der Stadt, damit du Partys feiern kannst, statt zu studieren. Aber das kannst du mal schön vergessen. Wir überlegen uns das Angebot. Könnten wir denn Ihre Wohnung besichtigen?«

Clara sah das Mädchen entschuldigend an und meinte: »Meine Wohnung ist wirklich schön. Ich habe dort jahrelang gewohnt. Aber wenn Ihre Tochter das nicht möchte…«

Die zukünftige Erstsemester-Studentin belegte Clara mit einem bitterbösen Blick. Beschwichtigend hob die Mutter die Hände und meinte: »Wir können uns die Wohnung ja zumindest ansehen. Nein sagen kannst du immer noch.«

Clara gab den Eltern des Mädchens ihre Handynummer und nahm sich das Formular der Maklerin. Die schien nicht unbedingt begeistert darüber, dass Clara eher ein Verkaufsgespräch über ihre Wohnung geführt hatte, als sie über diese Wohnung, doch Clara versprach sich bei ihr zu melden.

»Wie ruhig ist es eigentlich in diesem Haus?«, fragte Clara. »Könnten Sie mir den Gefallen tun und einmal kurz im Treppenhaus Krach machen, während ich mich in der Wohnung befinde?«

Die Maklerin und die Eltern des Mädchens sahen sie belustigt an, schienen dem aber Folge leisten zu wollen. Kurz bevor sie die Wohnungstür hinter sich zu ziehen konnten, zog Clara das Mädchen an der Jacke wieder in die Wohnung und warf die Tür vor ihrer Nase zu. Die sah Clara verdutzt an und Clara flüsterte ihr zu: »Wenn du hierher ziehst, bist du nur unter Einheimischen. Als Erstsemester lernst du aber viel schneller Studenten kennen, wenn du direkt an der Uni wohnst, und im Studi-Haus, direkt um die Ecke von meiner jetzigen Wohnung, sind jede Woche Partys. Vertrau mir! Ich mein es wirklich gut mit dir! Ich habe es geliebt, aber ich bin jetzt mit dem Studieren fertig und habe keine Zeit mehr für Partys!«

Das war nur die halbe Wahrheit, denn es fanden zwar tatsächlich viele Partys im Studi-Haus statt, aber Clara war lediglich in ihren ersten Semestern bei den Partys der Mathematik- und Philosophie-Fachschaft gewesen. Das Mädchen sah Clara an, zögerte einen Moment und grinste dann breit. Dann öffnete Clara wieder die Tür und meinte: »Waren Sie schon laut? Wir haben überhaupt nichts gehört.«

»Wir haben laut mit den Füßen auf den Boden gestampft und uns laut unterhalten.«, meinte die Maklerin lächelnd.

»Wow, dann muss die Wohnung ja wirklich beinahe schalldicht sein, oder?«, meinte Clara bewundernd zu der zukünftigen Erstsemester-Studentin.

»Äh. Ja. War wirklich nichts zu hören.«, meinte sie und ging grinsend an Clara vorbei.

»Wann hätten Sie denn Zeit, sodass wir Ihre Wohnung besichtigen könnten?« fragte der Vater Clara.

Clara sah auf die Uhr. Es war 15:37 Uhr. »Um 18 Uhr hat mein Freund frei und im Augenblick ist es ja seine Wohnung. Wäre Ihnen 19 Uhr recht?«

»Oh Gott, nein. Wir kommen nicht von hier, da müssten wir jetzt fast vier Stunden lang in Marktstadt verbummeln. Dann machen wir lieber einen anderen Termin aus.

Vielleicht an einem Wochenende, wenn Ihr Freund nicht arbeiten muss?«, meinte die Mutter.

»Sie haben meine Nummer. Rufen Sie mich einfach an und nennen Sie mir Termine, zu denen Sie Zeit haben, und ich sage Ihnen, wann wir Zeit haben.«, lächelte Clara.

Darauf verabschiedeten sich die drei und Clara blieb mit der Maklerin zurück. »Da waren Sie ja heute erfolgreicher als ich.«, murmelte die Maklerin Clara etwas genervt, aber dennoch freundlich zu.

»Tut mir leid, wenn ich Ihnen die Kunden vergrault habe.«, lächelte Clara »Aber ich bin wirklich interessiert an der Wohnung. Wenn Sie die Wohnung einfach loswerden wollen, bin ich vermutlich die Richtige für Sie. Wenn Sie mir aber erzählen wollen, dass Sie mich noch gegen andere Interessenten ausspielen wollen, muss ich Ihnen sagen, dass ich keine große Lust auf Machtspielchen habe.«

Die Maklerin sah Clara abschätzend an: »Sie scheinen wohl Erfahrungen mit schlechten Maklern zu haben? Ich möchte bloß gute Mieter in der Wohnung haben. Leute die keinen Ärger machen und ihre Miete rechtzeitig bezahlen. Ich vermute, dass Sie da sowieso die bessere Wahl sind, wenn Sie und Ihr Freund beide arbeiten gehen. Die andere Interessentin war ja Studentin, und auch wenn der Vater mit Sicherheit immer rechtzeitig die Miete zahlt, kann es bei Studenten immer wieder mal zu Lärmbelästigung kommen. Was arbeiten Sie, wenn ich fragen darf?«

Clara überlegte, ob sie lügen sollte, aber seufzend entschied sie sich zur Wahrheit: »Ich bin erst seit vier Tagen wieder hier. Ich hatte hier Mathematik studiert, war dann für meine Masterarbeit in die Schweiz gezogen und bei einer großen Firma als angewandte Mathematikerin eingestellt. Von diesem Job habe ich noch einiges an Rücklagen, aber ganz so schnell habe ich hier noch keine Anstellung bekommen. Ich bin aber auf der Suche, und es wird auch mit Sicherheit nicht lange dauern, bis ich einen Job finde. Mein Freund arbeitet als Security im Flüchtlingszentrum. Um rechtzeitige Mietzahlungen brauchen Sie sich bei uns auf jeden Fall keine Sorgen zu machen.«

»Sie sind Mathematikerin?«, die Maklerin zog die Augenbrauen hoch.

»Davon ist irgendwie jeder beeindruckt.«, lachte Clara. »Ich schicke Ihnen also die Formulare zu, in Ordnung?«

»Ja, gerne.«, sagte die Maklerin. Dann verabschiedeten sie sich voneinander.

Clara beeilte sich wieder, um rechtzeitig in der Turnhalle zu sein, doch Mashid war noch nicht da, als sie eintraf. Axel dagegen schon, und sie erzählte ihm mit Begeisterung von der Wohnung. Axel wollte ihren Enthusiasmus nicht trüben, aber er erklärte ihr, dass er die beiden anderen Kerle, die sie überfallen wollten, getroffen hatte und sie zu Abdelaziz ins Krankenhaus geschickt hatte.

Clara fuhr sich mit beiden Händen durch die Haare. Wenn auch schwer verständlich, so hatte Abdelaziz ihr doch zu verstehen gegeben, dass er keinen Besuch haben wollte. Auch wenn es jetzt zu spät dafür war, bezweifelte sie, dass ein weiterer Besuch ihrerseits allzu gut wäre. Jedenfalls alleine. Sie hatte zwar keine Angst vor den beiden, aber sie hielt es für eine Provokation jetzt ins Krankenhaus zu gehen, wo die drei zusammensaßen und sich eventuell überlegten, wie sie es Clara heimzahlen könnten. Axel teilte diese Befürchtungen. Yussuf kam von einem Rundgang wieder, begrüßte Clara und ließ sich von ihren Befürchtungen unterrichten. Er schlug ihr vor, seinen Cousin anzurufen und ihn mit Clara mitzuschicken.

Clara zögerte. Sie fand die Idee, mit Verstärkung im Krankenhaus aufzutauchen auch nicht viel besser, als alleine dort aufzukreuzen. Letztendlich überzeugte Yussuf sie aber, dass sein Cousin sich zurückhalten würde und bloß eingreifen würde, wenn die beiden sich überlegen würden, sie noch einmal anzugreifen. Yussuf ging vor die Tür, um zu telefonieren und in dem Moment kam Mashid herein. Sie begrüßten sich kurz und Clara erklärte Mashid, dass sie vor dem Krankenhaus noch auf Yussufs Cousin warten müssten, da die anderen beiden Kerle, die sie angegriffen hatten, sich eventuell bei Abdelaziz befänden. Mashid nickte. Dann gingen sie zusammen in Richtung Krankenhaus.

»Wie ist dein Dolmetscher-Job eigentlich so?«, fragte Clara interessiert.

»Es ist komisch.«, gab Mashid zu verstehen. »Ich bin jetzt seit fast einem Jahr hier und ich habe schon viel über Deutschland gelernt. Ich habe gelernt, dass man hier viel arbeiten muss. Ich wusste das vorher nicht. Die Leute, für die ich übersetzen muss, wissen das auch nicht. Die verstehen gar nicht, was da passiert. Die wollen bloß Geld haben. Oft muss ich viel mehr erklären, als die Frauen sagen, aber sie hören gar nicht zu. Sie lassen sich gar nichts sagen, schon gar nicht von einer Frau. Es gibt Leute die kommen mehrmals zu verschiedenen Frauen und sagen, dass sie jemand anderes wären.«

Clara blickte ihn wenig überrascht an: »Was machst du dann?«

Mashid grinste: »Ich übersetze nur was sie sagen. Aber meistens bleibe ich nach Gespräch bei der Frau und sage ihr, dass sie lügen. Die glauben, ich wäre auf ihrer Seite, weil ich arabisch spreche, aber ich sage der Frau oft, dass sie falsche Sachen sagen. Gerade war ein Mann da, den habe ich schon einmal gesehen. Er hat gesagt, er wäre aus

Syrien, aber sein Akzent klingt gar nicht syrisch. Ich weiß das, weil ich komme aus Syrien. Ich habe der Frau das gesagt, aber ich weiß nicht, was die dann machen. Sie sagen aber dann ganz viel Danke und dass ich das gut mache.«

Clara sah Mashid erstaunt an und sagte: »Das finde ich großartig von dir. Du hilfst uns wirklich dabei. Es sollte viel mehr Leute wie dich geben.«

Mashid grinste sie dankbar an: »Ich verstehe das nicht. Die Leute kennen mich gar nicht, aber die geben mir Dolmetscher-Job. Ich könnte alles erzählen was ich will. Wieso gibt es keine Deutschen, die arabisch lernen? Deutsche, denen die Frauen vertrauen könnten. Dolmetscher machen nur Araber und die könnten sagen was sie wollen, die Frauen müssen ihnen immer glauben. Das ist gefährlich. So kommen viele falsche Menschen hierher.«

»Das stimmt.«, nickte Clara. »Umso besser, dass du deinen Job ernst nimmst.«

»Axel hat mir viel geholfen.«, erklärte Mashid. »Er hat mir erklärt, dass ich Asyl hier habe und sicher hierbleiben kann. Er hilft mir vielleicht meine Familie hierher zu bringen. Deswegen glaube ich, vertraue ich lieber Deutschen. Die sind nett. Die Muslime in meinem Land haben mich erst aus meiner Heimatstadt vertrieben.«

Clara nickte wieder verständnisvoll. Sie war sich nicht sicher, wie viel Hass gegenüber Muslimen in Mashid steckte, aber ihn diesbezüglich zu kritisieren, hielt sie in dem Moment für absolut unangebracht. Es war nicht das erste Mal, dass sie sich Gedanken darüber machte, dass mutmaßliche Terroristen oder Asylbetrüger nach Deutschland kommen könnten, aber es war das erste Mal, dass sie es aus erster Hand erfuhr. Es beruhigte sie ein wenig, dass Mashid offensichtlich dagegen vorging. Dennoch beunruhigte sie die Tatsache, dass Marktstadt bloß eine kleine Stadt war und die Situation in vielen anderen Städten in Deutschland mit Sicherheit wesentlich schlimmer aussah. In einer Stadt mit deutlich mehr Flüchtlingen stellte sie sich die Situation für Mitarbeiterinnen des BAMF geradezu grauenhaft vor. Sie kannte schon aus ihrer Jugend die Zeiten, in denen eine deutsche Erzieherin zwei jungen Türken eine Moralpredigt gehalten hatte und die sich gegenseitig ansahen, Sätze auf Türkisch wechselten, darauf die Erzieherin ansahen und laut lachten. Asoziales Verhalten, auf das man aber nun einmal nicht reagieren kann, wenn man die Sprache nicht beherrscht.

VI. Schlichtung

Als Clara und Mashid vor dem Krankenhaus ankamen, wartete bereits ein gut gekleideter, junger Türke vor dem Eingang, der Clara mit einem breiten Grinsen ansah, als er sie bemerkte.

»Hallo, Mehmet.«, grinste Clara. »Wie geht's dir?«

»Wunderbar! Freut mich wirklich, dich mal wieder zu sehen.«, grinste er zurück, und sie umarmten sich zur Begrüßung. Darauf gab Mehmet Mashid die Hand, und sie stellten sich vor. Mehmet war der Cousin Yussufs, dem Clara damals Mathe-Nachhilfe gegeben hatte. Er war nach der Realschule auf das Gymnasium gewechselt, hatte das Abitur gemacht und daraufhin eine Ausbildung in einer örtlichen Bankfiliale.

»Kommst du von der Arbeit oder warum bist du so schick angezogen?«, fragte Clara lächelnd.

»Ja, ich bin direkt von der Arbeit hergekommen, als Yussuf mir gesagt hat, ich soll mich mit dir treffen. Er hat gesagt, du bekommst vielleicht Stress?«

»Naja, ich hoffe, dass es nicht so weit kommt.«

»Gut, wollen wir also reingehen?«

Sie betraten das Krankenhaus und Clara führte Mehmet und Mashid durch den Eingang, zum Fahrstuhl und in Zimmer 411. Sie war etwas nervös, als sie die Türklinke nach unten drückte, doch nachdem sie sie geöffnet hatte, fand sie den älteren Herrn und Abdelaziz, beide in ihren Betten liegend vor und am Fernsehen. Clara seufzte innerlich erleichtert und trat an Abdelaziz Bett heran. Der blickte sie und danach Mehmet und Mashid an.

»Guten Tag, wie geht es?«, fragte er in gebrochenem Deutsch, aber zum ersten Mal mit vernehmbarer Stimme.

»Gut. Viel wichtiger ist die Frage, wie es dir geht.«, antwortete Clara und rückte sich einen Stuhl an sein Bett.

Mehmet und Mashid blieben mit etwas Abstand zum Bett stehen. Da Abdelaziz nicht antwortete und nur verwirrt in Claras Augen blickte, drehte sich Clara zu Mashid um und sagte: »Ab jetzt werde ich wohl deine Hilfe brauchen.«

»Oh, natürlich.«, machte Mashid und übersetzte Claras Antwort.

Abdelaziz schien einigermaßen erleichtert zu sein, dass er endlich in seiner Heimatsprache mit Clara sprechen konnte und begann sofort damit eine Menge loszuwerden. Mashid musste ihn immer wieder bremsen, damit er zwischendurch alles für Clara übersetzen konnte. Er erklärte, dass Mohammed und Hassan, welches, so vermutete Clara, seine beiden Freunde waren, mit denen er Clara überfallen hatte, hier gewesen wären, obwohl er doch ausdrücklich darum gebeten hätte, dass sie die beiden nicht vorbeischicken würde. Sie hätten im Flüchtlingsheim sein Bild gesehen und von Axel erfahren, dass er hier im Krankenhaus liegen würde. Sie hatten davon gesprochen, dass sie Clara umbringen müssten und vielleicht auch Axel und Yussuf, weil sie zur Hilfe gekommen waren. Sie hatten im Allgemeinen viel von Stolz und Ehre gesprochen und davon, dass sie es niemals auf sich sitzen lassen könnten, dass er von einem Weib verprügelt worden ist. Clara war sich nicht immer ganz sicher, wann Mashid Schwierigkeiten mit der Übersetzung hatte und wann er etwas bloß vorsichtig formulieren wollte, damit Clara nicht geschockt wäre. Mehmet stand die ganze Zeit daneben und machte eine finstere Miene. Abdelaziz erzählte weiter, dass er Fußball spielen wollte und dass er in dem Flüchtlingsverein spielen würde, genauso wie seine beiden Freunde, die allerdings nicht so gut wären wie er und nur auf der Ersatzbank saßen, wenn Spiele seien. Gerade deshalb waren seine Freunde noch wütender darauf, dass Clara ihm das Knie gebrochen hatte, weil er nun eine lange Zeit nicht Fußball spielen können würde.

Clara seufzte und ließ Abdelaziz durch Mashid fragen, was sie denn seiner Meinung nach hätte tun sollen. Sie hätten sie zu dritt angegriffen. Sollte sie sich vielleicht nicht wehren und vergewaltigen oder ausrauben lassen? Abdelaziz schwieg mit einem roten Gesicht. Er fuhr sich mit den Händen durch seine kurzen, schwarzen Haare und antwortete, dass er wüsste, dass er Scheiße gebaut hatte, aber er es nun nicht mehr rückgängig machen könnte. Clara nickte, lachte etwas sarkastisch und meinte, dass er da wohl Recht hatte. Dann fragte sie laut: »Und wie lösen wir nun das Problem?«

Abdelaziz erklärte, dass er sie nicht umbringen wollte, worauf Clara sehr zynisch lachte und meinte: »Na, das ist doch schon mal ein Anfang.«

Mehmet mischte sich zum ersten Mal ein und sagte: »Clara, ich weiß, du regelst deine Probleme gern selbst, aber überlass das mit den anderen beiden Witzfiguren einfach uns. Ich gehe mit Yussuf und vielleicht noch zwei oder drei anderen zum Fußball, suche mir die beiden heraus und erkläre ihnen klar und deutlich, dass sie dich in Ruhe lassen. Du kannst in dieser Situation einfach nichts machen. Erstens als Frau und zweitens als diejenige, die ihn ins Krankenhaus befördert hat. Wir werden den beiden nichts tun, sondern ihnen nur verdeutlichen, dass sie die Füße stillhalten und ihren Stolz runterschlucken müssen. Wenn es nicht sofort funktioniert, werden wir vielleicht ein bisschen drohen, aber nichts weiter. Das verspreche ich dir!«

Mashid sah Clara an und meinte: »Ich glaube, das wäre wirklich das Beste für dich.«

Widerwillig sah Clara auf den Boden, strich sich eine Strähne aus dem Gesicht und flüsterte dann: »Na gut. Macht das. Ich möchte aber trotzdem mitkommen.«

Mehmet wollte etwas dagegen einwenden, aber da er Claras Beharrlichkeit kannte, schwieg er. »Wann findet das Fußballtraining denn statt?«, fragte Clara, und nachdem Mashid von Abdelaziz erfahren hatte, dass es immer donnerstags um 18 Uhr stattfand und heute Donnerstag war, wusste Clara sofort, was sie an diesem Abend noch tun würde. Erneut fragte sie Abdelaziz, ob er etwas brauchen würde, doch der zuckte nur mit den Schultern. Eine Zeit lang unterhielten sie sich noch miteinander, doch als es langsam auf 17:30 Uhr zuging, beschlossen Clara, Mashid und Mehmet zu gehen. Clara versprach beim Abschied noch einmal, dass sie ihn wieder besuchen kommen würde, und das erste Mal schien Abdelaziz das nicht als Drohung aufzufassen. Mehmet hatte sein Auto auf dem Besucherparkplatz des Krankenhauses geparkt und fragte, ob er Clara und Mashid mitnehmen sollte. Mashid bot sich freiwillig an, auch mit zum Fußballtraining zu kommen, um dort seine Dienste als Dolmetscher wieder anzubieten, was Clara dankend annahm. So fuhren sie zu dritt zur Turnhalle, unterhielten sich eine Weile im Auto über dieses und jenes und warteten darauf, dass Axels und Yussufs Schicht vorüber war. Als die beiden mit zwei weiteren Securities auf den Parkplatz traten, erklärte Mehmet ihnen die Lage. Axel war ein wenig bange, als Mehmet erzählte, dass tatsächlich Pläne geschmiedet worden waren, Clara und eventuell Yussuf und ihn umzubringen. Yussuf dagegen reagierte, als wäre er der Pate und als seien mafiamäßige Drohungen sein tägliches Geschäft. Die anderen beiden Securities schienen ebenfalls eher begeistert darüber zu sein, dass sie zwei Flüchtlingen drohen sollten, als dass sie versuchen sollten, ein schlimmes Schicksal von Clara, Axel und Yussuf abzuwenden und stiegen enthusiastisch mit Yussuf ins Auto. So fuhren sie zu siebt zum Fußballplatz. Sie betraten das Stadion, an dessen Rand Herbert mit seiner Trillerpfeife und der Stoppuhr stand. Als er sieben Leute in Straßenklamotten, wovon vier Security-Westen trugen, sah, schaute er verblüfft und wandte sich sofort an Axel: »Was macht ihr hier? Gibt es ein Problem?«

»Allerdings! Wir suchen zwei Leute. Wie heißen die beiden nochmal?«, meinte Axel an Clara gerichtet.

»Mohammed und Hassan.«, antwortete Mehmet.

»Marokkaner, vermutlich. Vielleicht auch Algerier.«, meinte Mashid.

Herbert stieß einen lauten Pfiff in seiner Pfeife aus und wirbelte mit erhobenem rechten Zeigefinger im Kreis. Seine Mannschaft, die vorher Rundenläufe gemacht hatte, sah ihn an und kam langsam herbeigelaufen. Axel, Clara und den anderen war sofort klar, wer die beiden waren, die sie suchten, denn außer zweien schien die gesamte Mannschaft nicht zu wissen, was gerade vor sich ging. Die beiden jedoch liefen bloß bis auf etwa zwanzig Meter heran, bevor sie deutlich langsamer wurden und sich Blicke zuwarfen. Sie schienen zu überlegen, ob sie wegrennen sollten, aber das Stadion war zu drei Seiten von einem acht Meter hohen Zaun eingegrenzt und die Umstehenden befanden sich knapp vor dem Ausgang. Als sie sich doch den anderen näherten, blieben sie mit knappen zwei Meter Abstand stehen und schauten verwirrt.

Yussuf ergriff das Wort: »Hassan und Mohammed?«

»Ja.«, erwiderten beide eher leise.

Er zeigte auf sie und dann auf die Seite, um ihnen deutlich zu machen, dass er sie alleine sprechen wollte. Sie wollten zunächst protestieren, aber sie wurden von fast dreißig Leuten angesehen und sahen schnell ein, dass sie keine große Wahl hatten. Sie traten an den Rand und Yussuf, Axel, Clara, Mehmet, Mashid und die beiden anderen Securities gingen auf sie zu. Mashid fragte gleich auf Arabisch, ob sie Deutsch sprechen würden, was sie verneinten. Mit kräftiger Stimme begann Mashid ihnen etwas auf Arabisch zu erklären, was vom Rest der Leute niemand zu verstehen schien. Er zeigte zwischendurch auf Clara, auf Axel und Yussuf und auf den Rest, und dabei wurde seine Stimme immer wieder etwas lauter. Die beiden hoben abwehrend ihre Hände, stammelten offenbar Unschuldsbekundungen und gestikulierten wild umher. Als Mashid aufgehört hatte zu reden, sahen die anderen ihn fragend an.

»Ich habe ihnen gesagt, dass sie Clara, Axel und Yussuf in Ruhe lassen sollen. Sie haben Scheiße gebaut, und Clara hat sich gewehrt, und nun liegt Abdelaziz im Krankenhaus. Das ist nicht Claras Schuld. Wenn einer von ihnen ihr etwas antun will, legt er sich mit uns allen an. Sie haben nur gesagt, dass sie nichts gemacht hätten. Ich habe gesagt, dass es dabei auch bleibt.«, grinste Mashid.

Yussuf und die anderen beiden Securities machten noch einige Drohgebärden, dann ließen sie die beiden zurück. Axel ging noch kurz zu Herbert und entschuldigte sich dafür, dass er das Training gestört hatte, aber dass es wichtig gewesen sei. Herbert schien nicht gerade erfreut zu sein, aber er nahm es hin. Zu siebt gingen sie wieder zurück auf den Parkplatz zu ihren Autos und Herbert nahm sein Training wieder auf.

Als sie außer Hörweite waren, rieb sich Yussuf laut lachend die Hände und fragte: »So, jetzt wo wir Clara vor ihrer ersten Todesdrohung gerettet haben: Wer hat Lust das mit einer Shisha zu feiern?«

Axel und Clara mussten nun doch grinsen, und sie sahen sich gegenseitig fragend an. Keiner wollte zuerst sagen, dass sie sich doch gerne dazu überreden lassen würden mitzugehen und so beschloss Yussuf für sie beide, dass Mehmet sie ins Sharazad fahren sollte. Mashid und die anderen beiden Securities ließen sich ebenfalls gerne dazu überreden, und so fuhren sie den kurzen Weg mit beiden Autos bis zum Sharazad. Die Shisha Lounge war am Donnerstagabend nur durch eine Gruppe von vier Leuten besetzt, und so breitete Yussuf sich auf der größten Sitzecke hinter dem Fenster aus und die anderen folgten ihm.

Clara wurde ein klein wenig nostalgisch und meinte: »Hier war ich schon ewig nicht mehr.«

»Hast du es vermisst?«, fragte Mehmet grinsend.

»Das Shisha rauchen nicht. Bloß eure Gesellschaft, manchmal.«, gab Clara grinsend zu.

Yussufs Vater kam hinter dem Tresen hervor, und als er Clara erblickte klatschte er laut in die Hände und sagte freudig: »Du bist wieder einmal gekommen, Clara. Ich mich freuen.«

»İyi akşamlar[1], Herr Durmaz«, lächelte Clara.

Mehmet fragte die Anwesenden, was sie zu trinken haben wollten und verschwand mit seinem Onkel hinter dem Tresen, um eine Shisha vorzubereiten. Axel begann daraufhin das Gespräch: »Mashid, meinst du die beiden vom Fußballplatz haben die Drohung tatsächlich kapiert?«

»Ich bin sehr sicher.«, bestätigte Mashid. »Die beiden haben, wie sagt ihr auf Deutsch, die Hosen voll.«

Axel und Yussuf grinsten breit, nur Clara war eher nachdenklich gestimmt. Darum richtete Mashid das Wort

---

[1] Guten Abend.

direkt an sie und sagte: »Clara, was du gemacht hast, war sehr klug. Du bist ins Krankenhaus gegangen und hast mit Abdelaziz geredet und ihm gute Besserung gewünscht. Du hast ihm gleich eine Hand gereicht, deswegen glaube ich nicht, dass du Angst haben musst.«

Clara lächelte Mashid an: »Ich danke dir, dass du mitgekommen bist.«

»Das habe ich gerne gemacht.«, lächelte Mashid zurück.

Mehmet kam wieder und brachte eine große Shisha mit Traubengeschmack. »Was möchtet ihr trinken?«, fragte er in die Runde gerichtet.

»Ich nehme einen Apfeltee.«, sagte Yussuf und Mashid, die beiden Securities und Axel nickten dazu.

»Ich hätte gerne ein Bier.«, meinte Clara.

Axel sah sie ein wenig erstaunt an. Er war überrascht, dass diese Möglichkeit bestand und änderte seine Bestellung ebenfalls zu Bier, was Clara zum Lachen brachte.

»Mashid, was ist eigentlich so dein weiterer Plan, wenn ich fragen darf? Seit wann bist du hier und wie hast du vor weiterzumachen?«, fragte Clara wieder ernst.

Mashid schien nicht ganz glücklich damit im Mittelpunkt der Aufmerksamkeit zu stehen, aber weil er so direkt gefragt wurde, antwortete er: »Ich bin seit letztem Jahr April hier. Ich habe Asyl bekommen, weil ich ein Christ aus Homs bin und nachweisen konnte, dass dort Christen verfolgt werden. Ich möchte bald meine Familie nach Deutschland holen. Dafür spare ich. Im Moment geht es aber meiner Familie noch gut und sie haben gesagt, es ist deswegen nicht ganz so eilig. Ich brauche mehr Geld für eine größere Wohnung, denn wie ich jetzt wohne, kann meine ganze Familie nicht wohnen.«

Axel erzählte Clara, was er mit Mashid in Claras Abwesenheit alles erreicht hatte und wunderte sich ein wenig über ihr gesteigertes Interesse an seinem Schicksal.

»Warum willst du das alles so genau wissen?«, fragte Mashid mit einem Grinsen im Gesicht.

»Weil du gesagt hast, dass du den Behörden hier in Deutschland auf so ehrliche Weise hilfst. Ich glaube, du bist ein Musterbeispiel an Integration, im Gegensatz zu so vielen schlechten Beispielen, und deswegen interessiert mich dein Schicksal. Ich glaube, man sollte das dokumentieren und den Deutschen zeigen, damit sie besser verstehen, warum man Syrern in Not helfen sollte und vielen anderen Immigranten, die hier bloß eine Möglichkeit sehen, um ihr Leben eventuell zu verbessern, nicht.«, antwortete Clara.

Yussuf und die beiden Securities belustigte die Aussage ein wenig, aber Axel zog die Stirn in Falten. Er überlegte eine Minute, während Mehmet kam, die Getränke brachte und sich dann ebenfalls zu ihnen setzte.

»Weißt du was?«, meinte Axel. »Ich glaube, das ist tatsächlich eine sinnvolle Idee. Statt, dass wir eine große Diskussionsrunde machen, wie ich sie vor den Filmeabenden gemacht habe, sollte ich dich interviewen und manchen Leuten ein Einzelschicksal vor Augen führen, damit die Flüchtlingspolitik für viele Deutsche klarer wird. Natürlich nur, wenn du nichts dagegen hast.«

Mashid runzelte jetzt ebenfalls die Stirn, sagte dann aber: »Also, wenn du glaubst, dass das gut wäre, können wir das machen.«

Clara, Axel, Mehmet und Yussuf zogen ihre Handys heraus und überprüften, wer in dem gedimmten Licht der Shisha Lounge die beste Aufnahmequalität hinbekam. Mehmet hatte das beste Handy, tauschte den Platz mit

Mashid, damit der unter einer der Lampen deutlich sichtbar war und stellte sein Handy so auf, dass Mashid gut im Bild war. Axel setzte sich neben ihn, war jedoch nur, wenn er sich ein wenig vorbeugte im Bild zu sehen, und nachdem Mehmet den Aufnahmeknopf gedrückt hatte, stellte Axel seine erste Frage: »Magst du dich zuerst einmal vorstellen?«

»Ich heiße Mashid Jenyat, ich bin sechsundzwanzig Jahre alt und ich komme aus Homs in Syrien.«, sagte Mashid.

»Wie bist du nach Deutschland gekommen?«, fragte Axel weiter.

»Als die Christenverfolgung in Homs angefangen hat, bin ich mit meiner Familie nach Libanon geflohen. Wir sind in einem Flüchtlingslager gelandet und haben unsere Ersparnisse zusammengezogen, damit ich nach Deutschland konnte. Ich habe es nach langer Zeit geschafft, mit dem Flugzeug in die Türkei zu fliegen. Von dort bin ich mit Zügen immer weitergefahren. Manchmal bin ich zu Fuß gelaufen.«, erklärte Mashid.

»Warum musstest du aus Homs fliehen?«

Mashid sah Axel irritiert an. »In Syrien, es herrscht Bürgerkrieg seit Jahren. Die Regierung von Assad gegen Rebellen. In Homs waren viele Rebellen, die gegen Assad gekämpft haben. Deshalb ist die Regierung nach Homs gegangen und hat dort alles kaputt gemacht. Mit Panzern haben sie Häuser beschossen. Als Christ ist man noch schlimmer dran, als wenn man Muslim ist. Die Leute mögen Christen nicht. Wir waren eine Minderheit, aber früher war das noch okay. Dann hat mein Vater gesagt, dass es zu gefährlich wird und wir sind geflohen. Mit der ganzen Familie.«

»Wie war es, als du nach Deutschland gekommen bist?«

»Ich habe in Österreich ein Fahrrad gefunden, damit bin ich sehr weit gefahren. Ich habe immer wieder das Handy benutzt, um zu schauen, wo ich bin. Ich bin in Österreich gestürzt, bin mit dem Bein in das Fahrrad gefallen und habe mir das Bein verletzt. Ich habe viel geblutet und habe meine Kleidung benutzt, um das Bein zu verbinden. Manchmal habe ich sie im Fluss gewaschen. So bin ich mehrere Wochen gefahren, bis ich an der deutschen Grenze war. Damals kam man noch leichter durch. Aber ich hatte einem Polizisten an der Grenze mein Bein gezeigt, und sie haben mich in ein Krankenhaus gebracht. Ich konnte fast nicht mehr laufen, und das Bein war sehr stark infiziert. Ich habe Antibiotika bekommen, und sie haben mich dann, als es ein bisschen besser war, nach Marktstadt gefahren. Dort bin ich nochmal in ein Krankenhaus gekommen, aber ich konnte wieder laufen und habe nur noch Medizin bekommen. Danach bin ich in das Flüchtlingsheim gegangen, und dort habe ich dich getroffen.«

Mashid und Axel grinsten beide und Axel blickte dabei das erste Mal ein wenig in die Kamera. »Wie ist es weitergegangen? Wie kamst du hier an, was hast du dann gemacht?«

»Ich musste ganz viel Bürokratie-Scheiß machen. Viele Leute haben mich gefragt wer ich bin, woher ich komme und alles. Ich habe immer die Fragen beantwortet, und dann warst du dabei, als ich beim Amt mein Asyl bekommen habe. Bis dahin habe ich in dem Flüchtlingsheim in der Turnhalle gewohnt. Das war sehr eng und ganz schlecht. Aber als ich Asyl hatte, waren wir zusammen eine Wohnung gucken, von eine ältere Ehepaar, und die haben mich dort aufgenommen. Dort wohne ich jetzt immer noch. Ich habe in Syrien Englisch studiert, und deshalb konnte ich bestimmt viel besser, als die meisten anderen Flüchtlinge, verstehen, was die Leute mich alles fragen. Ich habe schon zwischendurch versucht Deutsch zu lernen, aber eine Frau vom Amt hat mir eine Lehrerin gegeben. Eine Studentin. Sie hat mir persönliche Nachhilfe gegeben. Das war sehr gut, deshalb spreche ich jetzt viel deutsch und kann fast alles verstehen. Am Anfang habe ich einen Job gemacht, wo ich Inventur machen musste, aber inzwischen bin ich Dolmetscher für andere Flüchtlinge. Ich spreche Arabisch, Englisch und Deutsch, und ich bekomme dafür gutes Geld.«

»Wie geht es weiter? Was sind deine Zukunftspläne?«

»In Zukunft möchte ich meine Familie aus Libanon nach Deutschland holen. Ich schicke immer wieder etwas Geld zu ihnen und sie sagen immer, es geht ihnen gut, ich muss mir keine Sorgen machen, aber ich weiß, dass es ihnen in Libanon nicht gut geht. In Deutschland wäre es besser. Ich verdiene als Dolmetscher Geld, und ich spare, damit ich eine bessere Wohnung kaufen kann, in der meine Familie leben kann. Wir sind acht Menschen. Mein Großvater, mein Vater, meine Mutter, drei Schwestern und zwei Brüder. Ich bin der älteste von meinen Geschwistern.«

»Wenn deine Familie hier ist, was dann? Möchtest du in Deutschland bleiben oder möchtest du wieder zurück nach Syrien?«

Mashid hatte die ganze Zeit sehr ernst geredet, doch jetzt begann seine Stimme zu zittern: »In Syrien war es einmal schön. Ich habe schöne Kindheit gehabt. Doch seit Krieg ist, ist alles vorbei. Homs ist zerstört. Ich weiß nicht, wie es weiter gehen soll mit Syrien. Ich will schon wieder zurück in meine Heimat, aber was soll ich da machen? Selbst wenn der Krieg mit dem IS und Al Nusra vorbei wäre, wären dort noch Rebellen und die Regierung. Assad ist skrupellos und er wird die Regierung nicht aufgeben. Die Rebellen werden nicht aufhören sich gegen die Regierung zu wehren.«

Eine Träne lief aus Mashids Auge, und er gab sich keine Mühe sie wegzuwischen.

»Wie sähe denn deiner Meinung nach die Lösung aus?« fragte Clara, da Axel offensichtlich nicht weiter fragte.

Mashid sah sie an und damit von der Kamera weg: »Ich weiß nicht genau. Ich bin kein Politiker. Russland unterstützt Assad, und deswegen werden wir ihn nicht los. Deswegen kann auch Amerika nicht eingreifen, weil sie sonst Krieg mit Russland führen müsste. Das geht auch nicht. Alle die radikalen Gruppen in Syrien müssten erst einmal besiegt werden. Wie das gehen soll, weiß ich nicht, wenn Amerika und Russland nicht zusammen kämpfen. Wenn die erst weg wären, würde Assad wieder die Macht übernehmen. Das wäre zwar nicht gut und die Bevölkerung würde wieder versuchen ihn zu stürzen, so wie viele andere Länder das gemacht haben, wie in Tunesien und Libyen, aber man hat ja gesehen, was passiert ist. Radikale Muslime kamen an die Macht und das ist für Christen, wie mich, noch schlimmer als ein Diktator. Ich will doch nur in Frieden leben. Syrien war einmal ein schönes Land. Wenn irgendwann einmal das Leben dort wieder friedlich möglich ist, möchte ich gerne mit meiner Familie zurück. Ich habe als Kind mit Christen und mit Muslimen gespielt und Religion war kein so großes Thema wie heute. Vielleicht wird es in vielen Jahren wieder so. Wenn ich so lange in Deutschland bleiben kann, werde ich das vielleicht machen. Ich danke Frau Merkel, dass ich überhaupt hier sein darf, denn im Libanon würde es mir nicht so gut gehen, wie hier.«

Axel und Clara schwiegen, und Mashid blickte noch für ein paar Sekunden in die Kamera, bevor Axel sie abstellte.

VII. Deutsch-Türken

»Das war wirklich bewegend.«, konstatierte Clara, die sich als erstes gefangen hatte. Axel nickte zustimmend, während Yussuf feste am Shishaschlauch zog und Mehmet und die beiden Securities betreten zu Boden blickten. Mashid wischte sich die Träne aus dem Gesicht und nippte an seinem Tee. Der eine der beiden Securities klopfte Mashid auf die Schulter: »Tut mir echt leid, deine Situation. Ich komme aus Jordanien, da sieht es auch nicht viel besser aus. Der ständige Konflikt mit Israel brennt die Bevölkerung in Palästina auch ziemlich aus. Ist vielleicht nicht ganz so schlimm, aber auch nicht gerade schön.«

Axel blickte ihn mit Falten in der Stirn an und meinte: »Die Situation ist dort aber doch eine andere.«

Aufbrausend antwortete er: »Hey, also mal im Ernst: Das was Israel mit Palästina macht, kannst du doch nun wirklich nicht gutheißen.«

Clara seufzte laut: »Also, ich will dir jetzt nicht ins Wort fallen, aber wir werden heute Abend, hier im Sharazad, nicht den Nah-Ost-Konflikt lösen. Ich bin auch keine Expertin in dem Gebiet, aber um es mal vereinfacht auszudrücken: Die Hamas und Hizbollah-Milizen in Jordanien und dem Libanon führen immer wieder Anschläge auf Israel aus und Israel antwortet mit überzogener Härte. Das ist von beiden Seiten nicht schön, aber wir sind uns wohl darüber einig, dass keiner von uns dafür verantwortlich ist und wir hier jegliche Gewalt auf beiden Seiten ablehnen. So weit so einfach. Wir können uns jetzt hinsetzen und die Politik Israels verteufeln, aber das bringt hier heute Abend niemanden weiter. Israel ist ein anerkanntes Land mit Atomwaffen und Unterstützung der USA und hat in ihrer Umgebung praktisch ausschließlich muslimische, ihr feindlich gesinnte Staaten. Ich kritisiere Anschläge auf Israel genauso, wie das Verhalten Israels gegenüber den Palästinensern. Wobei es als Deutsche immer schwierig ist Israel zu kritisieren, denn immerhin ist Deutschland mitverantwortlich dafür, dass es Israel überhaupt gibt. Aber auch das liegt weit in der Vergangenheit und zwar nicht in meiner. Die Israelis müssen gemäßigter werden, und die muslimischen Hardliner, die dafür demonstrieren, dass Israel ausgelöscht werden muss, sind ebenfalls ein Haufen Wahnsinniger. Dabei möchte ich das Thema gerne belassen. Mit Sicherheit weißt du im Detail mehr darüber als ich, aber wir können die ganze Nacht darüber diskutieren, und wir werden dabei zu keinem Ergebnis kommen.«

Der Security wollte eigentlich weiterreden, aber die anderen stimmten Clara weitestgehend zu, und daher beließ er es dabei. Die Tür zum Sharazad ging auf und drei Mädchen kamen herein. Mehmet und Yussuf winkten ihnen zu und Axel erkannte, dass es sich bei einer um Yussufs Cousine handelte, die ihn im Jugendzentrum angesprochen hatte. Sie setzten sich zu ihnen und begrüßten die Runde fröhlich. Yussuf stellte zuerst die Mädchen vor: »Das ist Fatima, meine Cousine und das sind Sara und Mira, ihre Freundinnen.«

»Geht ihr zusammen zur Schule?«, fragte Clara lächelnd.

»Ja, aber jetzt gerade kommen wir vom Schwimmen.«, erklärte Fatima. »Was macht ihr alle hier?«

»Ach, wir sind etwas durch die Gegend gezogen, haben Leute bedroht und uns etwas über den Syrien-Konflikt angehört und jetzt feiern wir das mit einer Trauben-Shisha.«, grinste Yussuf, was Axel und die anderen zum Lachen brachte.

»Sehr witzig.«, grinste Fatima. »Und was macht ihr wirklich?«

»Leider ist das nicht so weit von der Wahrheit weg.«, murmelte Clara.

»Wer bist du?«, fragte Fatima interessiert. »Du bist das einzige Mädchen in der Jungen-Runde.«

»Ich bin Clara.«, antwortete Clara lächelnd, worauf Fatima große Augen machte, ihren Blick wandern ließ, Axel wiedererkannte und daraufhin Yussuf anstarrte: »Etwa die Clara?«

Clara blickte Yussuf irritiert an, worauf der laut lachte und bestätigte: »Ja, das ist tatsächlich die Clara.«

»Kennst du mich?«, fragte Clara erstaunt.

»Wir haben uns nicht getroffen, glaube ich, aber Mehmet hat oft von dir erzählt. Du hast ihm bei Mathe geholfen, und wegen dir ist er so gut in der Schule geworden.«, antwortete Fatima.

»Bin ich etwa berühmt in eurer Familie?«, fragte Clara Mehmet mit breitem Grinsen.

»Schon ein bisschen.« gab Mehmet zu. »Du hast uns viel geholfen. Was hast du erwartet?«

»Wegen dir bin ich im Schwimmverein!«, behauptete Fatima ein wenig stolz, was Clara noch mehr irritierte.

»Wie meinst du denn das?«, fragte Clara.

»Als Kind in der Schule durfte ich nicht zum Schwimmen. Da hat mein Papa immer gesagt, ich brauche das nicht zu lernen. Ich bin sowieso ein Mädchen, und außerdem ist es nicht gut für mich, wenn Mädchen zu viel Haut zeigen oder halbnackte Jungs sehen. Es hat ganz schön lange gedauert, bis die darin mal lockerer geworden sind und begriffen haben, dass ich bloß schwimmen lernen will und nicht mit Jungs rumknutschen will.«, lachte Fatima laut. Yussuf und Mehmet lachten zwar mit, aber man konnte in ihrer Lache spüren, dass es einen ernsten Hintergrund hatte.

Clara verstand immer weniger: »Und was habe ich damit zu tun?«

»Du, nur indirekt. Mehmet hat uns immer erzählt, was du so erzählt hast. Der hat meine Brüder und Cousins immer mehr überzeugt, dass wir kein Kopftuch tragen müssen, und die haben das meinem Papa und meinem Onkel beigebracht. Meine Mutter trägt zwar heute noch ihr Kopftuch, aber nur noch, weil sie es will.«, erklärte Fatima.

»Man kann das einem ja auch nicht verbieten.«, bestätigte Sara.

Clara sah Sara belustigt an: »Man kann jemandem nicht verbieten Kopftuch zu tragen?«

»Richtig! Jeder darf die Religion haben, die er möchte und wenn man als Frau ein Kopftuch tragen will, dann soll man das auch dürfen. Ich bin zwar keine Muslima, aber ich will es vielleicht werden. Dann will ich nicht von anderen gesagt bekommen, dass ich das nicht darf!«, sagte Sara mit kräftiger, aber zitternder Stimme.

Fatima lächelte sie an, und Mira schien sie in dem Gedanken ebenfalls zu bestärken. Clara lehnte sich auf dem Sofa zurück und schlug die Beine über Kreuz: »Natürlich darfst du dir deine Religion aussuchen. Wer soll denn etwas dagegen haben?«

»Meine Eltern!«, erklärte Sara.

Die beiden Securities sahen sich an, nickten sich zu, tranken ihren Tee leer und standen auf: »Vielen Dank für die Einladung Yussuf, wir sehen uns morgen bei der Arbeit.«

Sie wollten jeder fünf Euro auf den Tisch legen, doch Yussuf hob abwehrend die Hände und bestand darauf, dass die Rechnung auf ihn ginge. Daraufhin verließen sie das Sharazad, und Fatima, Sara und Mira rutschten auf.

»Warum wollen deine Eltern nicht, dass du Muslimin wirst, Sara?«, fragte Axel höflich.

»Weiß ich nicht, aber es ist meine eigene Entscheidung. Ich kenne viele Muslima, und ich fühle mich unter ihnen wohl. Ich bin sechzehn Jahre alt und ich kann diese Entscheidung für mich alleine treffen!«, erklärte Sara entschieden.

»Da stimme ich dir zu, Sara.«, sagte auch Clara freundlich. »Du darfst natürlich jede Religion annehmen, die dir gefällt. Mich interessiert bloß, warum du Muslimin werden willst. Warum nicht Christin, Buddhistin oder Hindu?«

Sara verzog das Gesicht: »Christin bin ich schon, aber das ist langweilig. Der Islam ist viel interessanter. Vom Buddhismus oder Hinduismus habe ich noch nie etwas gehört. Der Islam ist dagegen in aller Munde.«

»Dann willst du nur zum Islam konvertieren, weil alle das machen? Das klingt aber nicht so durchdacht, finde ich.«, lächelte Clara.

Sara verschränkte beleidigt die Arme: »Und wenn schon. Das ist allein meine Sache. Und wenn ich ein Kopftuch tragen will, ist das genauso meine Sache. Niemand kann mir das verbieten!«

Fatima rollte mit den Augen: »Das ist das einzige, wo wir nicht der gleichen Meinung sind. Ich will kein Kopftuch tragen, sie aber schon.«

»Warum möchtest du denn ein Kopftuch tragen?«, fragte Clara vorsichtig.

»Weil ich das schön finde. Und ich kann mich dahinter ein bisschen verstecken, wenn ich will.«, antwortete Sara.

Mehmet riss der Geduldsfaden: »Nein, Sara! Das Kopftuch ist kein Modeschmuck! Das Kopftuch dient Männern zur Unterdrückung der Frau und ist im Koran überhaupt nicht vorgeschrieben. Du legst dir selbst Fesseln an und freust dich darüber, dass die Kette lang genug ist, aber hast nicht den Weitblick zu sehen, dass du sie nicht wieder losmachen kannst, wenn du dich eines Tages dann doch dagegen entscheiden solltest.«

Sara verschränkte weiterhin beleidigt ihre Arme, und Clara sah Mehmet beeindruckt an: »Dass ich so etwas aus deinem Mund höre, hätte ich mir vor zehn Jahren nicht mal träumen lassen. Du hast dich ja um hundertachtzig Grad gedreht.«

Mehmet lächelte, doch Fatima unterbrach die beiden: »Wieso soll sie das Kopftuch nicht wieder ablegen können, wenn sie es irgendwann nicht mehr tragen will? Das verstehe ich nicht.«

Mira und Sara nickten bekräftigend. Clara versuchte sie etwas zu besänftigen: »Hör mal. Du hast vollkommen Recht, wenn du sagst, dass dir niemand verbieten kann, dass du deine Religion selbst bestimmen oder ein Kopftuch tragen willst. Da stimme ich mit euch überein. Das kann dir übrigens rein rechtlich niemand verbieten, denn wir haben in Deutschland die Religionsfreiheit. Jeder darf glauben woran er will. Und selbstverständlich darf sich auch jeder auf den Kopf ziehen, was er will. Theoretisch dürftest du in Deutschland auch Niqab oder Burkha tragen, denn das ist nicht verboten. Die Frage müsste eher lauten, ob du das willst. Das Problem an der Sache ist, dass die meisten Frauen das nicht wollen und von Männern dazu gezwungen werden. Das ist das, was Mehmet gemeint hat. Aber was du machst, ist, die Freiheit, die dir der deutsche Staat gibt, zu nehmen und sie gegen ihn auszuspielen, indem du dich dem Islam zuwendest, der in seiner Ideologie derselben Freiheit widerspricht. Das ist gefährlich…«

»Aber das ist…« unterbrach Fatima Clara, wurde aber ihrerseits sofort von der lauten Stimme Mehmets unterbrochen: »Nein, Fatima, hör zu! Nicht, weil ich der Boss sein will, sondern einfach, weil ich glaube, dass Clara die Situation besser überblicken kann als du. Ich hab dir das schon hundertmal erklärt. Vielleicht ist es besser für dich, wenn du einer Fremden zuhörst. Sie ist eine sehr gebildete Frau, mit einem weiten Horizont. So weit wie sie kannst du mit deinen sechzehn Jahren noch nicht in die Zukunft blicken!«

Beleidigt verschränkte Fatima die Arme. Clara sah Mehmet mit hochgezogenen Augenbrauen an und wandte sich dann wieder Sara zu: »Das größte Problem an der ganzen Diskussion ist, dass Menschen nicht wirklich an Meinungsfreiheit interessiert sind. Sie möchten bloß, dass andere Menschen ihre Meinung ebenfalls vertreten. Das ist im Grunde überall so, nicht nur in der Religion. Das möchte ich dir nahelegen. Ich schätze Menschen, die meine Meinung haben. Aber Menschen, die meiner Meinung widersprechen, schätze ich noch mehr, denn sie bringen mich dazu, meine eigene Meinung zu überdenken. Das ist sehr wichtig. Man muss immer kritisch sein und beide Seiten prüfen. Der Islam duldet aber keine Kritik, sondern unterdrückt sie. Deshalb mag ich den Islam nicht. Ich mag aber sehr wohl viele Muslime, die meine Meinung über den Islam akzeptieren, eine andere Meinung dazu haben, aber mich deswegen nicht verachten. Viele verstehen nicht, dass man unterschiedlicher Meinung sein kann, aber sich deswegen trotzdem miteinander vertragen kann. Du verstehst dich doch auch mit deinem Bruder, obwohl ihr in einigen Dingen unterschiedlicher Meinung seid, oder Fatima?«

»Vermutlich ist sie deshalb auch Buddhistin.«, warf Axel ein. »Der Buddhismus ist nämlich eine friedliche Religion, der eher sich selbst verändert, als feste Vorschriften zu machen.«

Clara sah Axel an und schlug sich mit der flachen Hand gegen die Stirn.

»Was denn?«, fragte Axel verwirrt.

»Axel, der Buddhismus ist absolut keine friedliche Religion. Der Buddhismus aus Tibet ist in etwa genauso grausam wie die katholische Kirche oder der Islam. Die Karma-Lehre ist, wenn sie falsch ausgelegt wird, und das wurde sie, ebenso brutal wie die Auslegung der Hölle in den abrahamitischen Religionen. Religion dient immer bloß der Unterwerfung des Volkes durch den Klerus. Wenn ich sage, ich bin Buddhistin, meine ich damit, dass ich die Lehren von Buddha und von Konfuzius lese und mich in meiner Weltanschauung in gewisser Weise daran orientiere.«, erklärte Clara genervt.

»Also, das ist mir jetzt völlig neu. Ich dachte immer, der Buddhismus wäre gewaltlos?«, erwiderte Axel erstaunt.

»Ist er nicht. Soll ich dir noch ein paar Weisheiten nennen?«, rollte Clara mit den Augen. »Tibet wird nicht von China unterdrückt, der Dalai-Lama und Mutter Theresa sind bei weitem nicht so gute Menschen, wie sie immer dargestellt werden, der Papst unterstützt keine friedliche Koexistenz zwischen Christen, Juden und Muslimen, Rassismus gibt es nicht nur bei Weißen und der Bürgerkrieg in Syrien ist nicht die Ursache der Massenimmigration nach Deutschland.«

Axel, Mashid, Yussuf, Mehmet, Fatima, Sara und Mira lachten verhalten, obwohl ihnen dabei ein dicker Kloß im Hals zu sitzen schien.

Mira meldete sich das erste Mal zu Wort: »Also, findest du, dass der Islam eine schlechte Religion ist?«

Clara seufzte laut: »Fanatismus ist schlecht. Religion zu wörtlich zu nehmen ist schlecht. Es geht niemals um die Frage, ob etwas gut oder schlecht ist, sondern immer bloß darum, wie man eine Idee verwirklicht. Wenn du glaubst, dass Moses, Jesus oder Mohammed der Prophet Gottes ist und seine Botschaft den Menschen auf der Erde helfen soll, dann kannst du das glauben, ohne damit jemandem weh zu tun. Wenn du fünfmal täglich betest, den Fastenmonat Ramadan einhältst, einmal im Leben nach Mekka pilgerst, Almosen an die Armen gibst und daran glaubst, dass es nur einen Gott gibt, dann schadest du damit niemandem. Das kannst du alles tun, und ich schätze dich als Mensch dafür nicht mehr und nicht weniger. Im Endeffekt sollte Religion den Anspruch darauf haben, dass du ein guter Mensch bist. Hilf deinen Mitmenschen, sei nett zu jedem und biete deine Hilfe an, soweit es in deiner Macht steht. Ansonsten kümmere dich um dich selbst und mach nicht das, was du für die Probleme anderer hältst, zu deinem persönlichen Anliegen.«

»Sei kein Arschloch!«, sagten Axel, Mehmet und Yussuf im Chor, und als sie fertig gesprochen hatten, sahen sie sich gegenseitig an und begannen zu lachen.

»Ja, sei kein Arschloch!«, bestätigte Clara. »Und vor allem, zwing deine Religion niemandem auf! Es ist in Ordnung, wenn du religiös bist, aber behalte es für dich, denn Religion ist Privatsache!«

»Früher hat sie das noch viel krasser gesagt.«, grinste Yussuf.

Fatima sah Yussuf fragend an und auch Axel fragte belustigt: »Was hat sie denn früher gesagt?«

»Früher hat Clara immer gesagt: Religion ist wie ein Penis. Du kannst dich gerne damit amüsieren, aber mach das entweder alleine oder mit jemandem, der ihn sehen will. Und stecke ihn nicht in wehrlose Menschen, vor allem keine Kinder!«, leierte Mehmet herunter.

Fatima, Sara und Mira prusteten laut, und auch Axel musste breit grinsen.

»Naja, im jugendlichen Alter sind obszöne Vergleiche noch lustig und treffen viel eher den Nerv der Leute, als heutzutage.«, Clara zuckte mit den Schultern. »Heute sind alle immer gleich schockiert, beleidigt oder fühlen sich persönlich angegriffen.«

Fatima, Sara und Mira lachten noch eine Weile, bis Clara noch einmal das Wort an Sara richtete: »Ich weiß nicht, ob du etwas von dem, was ich dir gesagt habe, aufgenommen hast. Von einem einzelnen Gespräch mit mir wirst du sicherlich nicht weise. Wenn du zum Islam konvertieren willst, dann tu das. Wenn du ein Kopftuch tragen willst, dann tu das. Aber bitte tu es nicht aus Trotz oder bloßem Zugehörigkeitsgefühl, sondern weil du eine Botschaft gefunden hast, die dir etwas gibt, was du auf andere Art und Weise nicht erreichen kannst. Halte dir bitte vor Augen: Es war der Islam, der Fatima verboten hat, als Kind Schwimmunterricht zu nehmen und die Freiheit, die es ihr erlaubt hat. Verhalte dich nicht wie ein Schaf, das einer Herde folgt, weil es der Meinung ist, dass das, was die anderen tun, schon richtig sein wird. Denke immer kritisch!«

Sara sah Clara mit großen Augen an und konnte einen kleinen Funken Bewunderung nicht verbergen. Fatima stellte Clara noch allerhand persönliche Fragen, wie, ob sie selbst Erfahrung mit dem Islam gemacht hatte und wieso sie darüber so gut Bescheid wusste. Geduldig erzählte Clara aus ihrer Erfahrung, und die drei Mädchen hörten aufmerksam zu. Yussufs Vater kam zwischendurch zum Tisch und fragte die Anwesenden, ob sie noch etwas zu trinken haben wollten. Axel und Clara bestellten jeder noch ein Bier, und als Herr Durmaz mit den Getränken zurückkam, setzte er sich zu ihnen.

»Waren Sie eigentlich noch einmal in der Türkei, Herr Durmaz?«, fragte Clara freundlich.

»Es ist schon eine Zeit her.«, antwortete er lächelnd.

»Was sagen Sie denn zu Präsident Erdoğan?«, lächelte Clara, wohlwissend, dass sie damit eventuell eine weitere, heftige Diskussion vom Zaun brach.

»Erdoğan ist guter Präsident, er macht alles gut.«, sagte Herr Durmaz lächelnd und bekräftigte seine Worte mit heftigem Kopfnicken.

Axels Wissen um die Türkei war zwar nicht allzu ausgeprägt, aber hier fühlte er sich doch in seinem Wissen beleidigt: »Erdoğan macht alles gut? Das kann doch nicht Ihr Ernst sein! Die Türkei ist gerade auf dem Weg in die Diktatur.«

Yussuf und Mehmet brausten nun stark auf: »Moment mal, bitte! Erdoğan ist demokratisch gewählt. Rede hier nicht von Dingen, von denen du keine Ahnung hast!«

»Erdoğan verfolgt systematisch Journalisten in der Türkei. Die Pressefreiheit in der Türkei ist ungefähr so gut wie die in Russland, und das bezeichnet ihr doch wohl auch nicht als Demokratie!« fuhr Axel Yussuf an. »Erdoğan verfolgt Christen, knüppelt die Kurden nieder und ist der beste Freund des Islamischen Staates. Und die Türkei will in die EU? Ich habe absolut nichts gegen Deutsch-Türken, aber ich kann ein Land gut und seine politischen Vertreter schlecht finden, ohne dass ich mir widerspreche. Ich mag Merkel auch nicht besonders und liebe trotzdem Deutschland.«

»Erdoğan hat für ein erhebliches Wirtschaftswachstum gesorgt.«, entgegnete Yussuf Axel sauer. »Das kannst du doch nicht einfach weg reden, bloß weil dir seine Nase nicht passt. Die Kurden sind außerdem auch nicht gerade friedlich.«

Clara sah Axel schweigend an, und Axel war es zum ersten Mal egal, ob sie seiner Meinung war oder nicht.

»Yussuf. Mehmet. Ich kann euch gut leiden, aber in Bezug auf Erdoğan werfe ich euch wirklich Blindheit vor. Ihr seid doch in Deutschland aufgewachsen und zur Schule gegangen. Das bedeutet, ihr habt in der Schule mehr als einmal das Thema des 3. Reiches und den Aufstieg Hitlers behandelt. Wie Hitler sich auf demokratischem Wege eine Mehrheit geschaffen hat und dann die Demokratie abgeschafft hat. Das Gleiche passiert im Augenblick in der Türkei und ihr wundert euch, dass die Deutschen die Türkei dafür kritisieren? Das geht nicht gegen euch persönlich, sondern das ist Politik. Ich bin ein Verfechter von Menschenrechten und Erdoğan tritt die Menschenrechte mit Füßen. Das muss euch auffallen!«

Herr Durmaz hatte mit Sicherheit nicht viel des Gespräches verstanden, aber er hatte die Reaktionen von Yussuf und Mehmet mitbekommen und versuchte sie zu beruhigen: »Bleibt ruhig, Jungs. Wir wollen nur reden in Frieden. Keine Stress!«

Clara lächelte Herrn Durmaz an und bestätigte ihn: »Lasst uns friedlich bleiben.«

Mehmet sah Clara entsetzt an: »Du findest das nicht auch, was Axel sagt?«

»Größtenteils schon.«, nickte Clara. »Was Erdoğan tut ist eine Gefahr für den Frieden und die Demokratie. Möchtet ihr, dass die Türkei eine Diktatur wird?«

»Diktatur oder nicht. Erdoğan hat die Wirtschaft der Türkei stark verbessert. Überall gibt es Wachstum, die Arbeitslosigkeit ist gesunken, die Städte wurden ausgebaut und den Menschen geht es besser. Das haben wir Erdoğan zu verdanken.« Yussuf sah Clara überlegen an.

»Das will ich nicht kleinreden.«, antwortete Clara. »Wie schon gesagt, habe ich nichts gegen die Türkei, und ich freue mich, wenn es dem Land wirtschaftlich gut geht. Ich habe nur Angst vor einer unberechenbaren Diktatur. Erdoğan institutionalisiert den Islam für seine Zwecke und führt ihn als Pflichtfach in der Schule ein. Er zwingt Frauen wieder Kopftücher auf, wogegen euer Nationalheld Atatürk immer gekämpft hat. Und er unterstützt den Islamischen Staat, die größte Terrororganisation der Welt, und davor habe ich Angst. Denn das reicht bis zu uns nach Deutschland. Viele Moscheen werden hier von türkischen und saudi-arabischen Organisationen finanziell gefördert. Das schafft Terrorismus, und das ist mein eigentliches Problem mit Erdoğan. Einen Diktator kann man nicht loswerden, wenn er Schlechtes tut, aber einen demokratischen Herrscher schon. Putin ist auch eine Art Diktator, aber bei ihm überwiegen oftmals die positiven Effekte, weswegen er nicht auf dieselbe Art und Weise kritisiert wird wie Erdoğan. Wegzudenken aus der russischen Politik ist er aber auch nicht. Wenn Angela Merkel das Gesetz erlassen könnte, dass der Islam ab sofort Staatsreligion in Deutschland ist, dann würde sie den nächsten Wahlkampf verlieren, und es würde ein neues Staatsoberhaupt gewählt, dass den Wünschen der Bevölkerung entspricht. Wenn Erdoğan oder Putin das aber tun, dann kann die Bevölkerung nichts machen. Das führt in der Regel zu Bürgerkriegen mit vielen Toten, und deswegen bin ich ein Befürworter der Demokratie.«

Mashid nickte bekräftigend und sagte: »Sie hat Recht, dass Erdoğan den Islamischen Staat unterstützt. Die bekommen alle Waffen aus der Türkei oder von Saudi-Arabien. Darüber habe ich Videos von Freunden bekommen, die mir das auch gesagt haben.«

Yussuf und Mehmet schwiegen. Deshalb meldete sich Herr Durmaz wieder zu Wort und fragte, nach Bestätigung suchend, laut: »Also was Erdoğan macht mit Islam nicht gut, aber Erdoğan für Türkei manchmal gut?«

Clara, Axel, Fatima, Sara und Mira lachten, Axel hob seinen rechten Daumen in die Höhe, Yussuf und Mehmet schmunzelten leicht.

»Darauf können wir uns einigen.«, grinste Clara.

»Habe ich das richtig gesagt?«, lachte Herr Durmaz.

»Wunderbar!«, antwortete Clara.

Mashid war als einziger ernst geblieben und ergriff wieder das Wort: »Axel, du hast einmal Karim getroffen, richtig?«

Axel nickte und Mashid fuhr fort: »Karim ist aus Irak. Er hat erzählt, er war in einer Moschee in Deutschland, und die sagen viel härtere Sachen, als bei ihm zu Hause. In Irak, es gibt Terroristen, aber die meisten Leute sind normal. Da geht man zum Beten in die Moschee, und der Vorbeter sagt nur normale Sachen, wie: Alkohol ist schlecht und Sex vor der Ehe ist schlecht und man soll sich immer gut verhalten. In Deutschland war er sehr erstaunt, weil die Vorbeter sagen: Du musst Ungläubige töten, du bist hier im Land des Feindes, und du musst den Islam leben. Ich habe ihm zuerst nicht geglaubt, weil ich dachte, dass wir hier doch in Deutschland sind und der Terrorismus weit weg ist. Aber er hat gesagt, dass die Muslime hier viel heftiger sind, als in Irak.«

Axel und Clara sahen sich ernst an. Fatima nickte und meinte: »Das glaube ich dir. Die Ausländer in meiner

Klasse sagen manchmal schon zu den anderen Kuffar[2] und dass sie es schwer haben werden, wenn der Islam erst mal die Oberhand gewinnt. Am schlimmsten ist ein Tschetschene. Mich lassen sie meistens in Ruhe, aber nicht, wenn ich die anderen verteidige. Ich glaube, dass ist der Grund, warum Sara Muslimin werden will. Früher mochten sie sie nämlich nicht, aber seit sie so positiv über den Islam redet, sind sie sehr nett zu ihr.«

Sara lief rot an, und Axel schlug die Hände über dem Kopf zusammen: »In was für Zeiten wir hier in Deutschland leben. Wenn man so etwas hört, wundern sich manche Leute noch darüber, dass viele Deutsche radikaler werden. Das ist gefundenes Fressen für Nazis. Die unterscheiden nämlich nicht zwischen dem friedlichen Deutsch-Türken, der hier lebt und arbeitet und dem radikalen Salafisten. Die Deutschen sind geduldig und tolerant, aber nur bis zu einer gewissen Grenze. Wenn man die überschreitet, wird es knallen. Und wenn es bei Deutschen knallt, dann wird es heftig. Die Nazis haben es in zwölf Jahren Regierungszeit ohne mehrheitliche Unterstützung der Bevölkerung geschafft sechs Millionen Juden in einer ritualisierten Tötungsmaschinerie umzubringen. Wenn die Probleme Überhand nehmen, kann man auch davon ausgehen, dass sie das wieder schaffen, aber diesmal Muslime, statt Juden das Ziel sind. Wir müssen unsere Probleme im Keim ersticken und bei dem, was wir mit RiM, im Flüchtlingsheim und so weiter im Augenblick machen, sind wir, denke ich, auf einem guten Weg.«

Claras Lippen kräuselten sich und Mehmet und Yussuf stimmten Axel sogar zu. Es war spät geworden, und Mashid wollte nach Hause gehen. Axel und Clara stimmten dem zu und machten sich ebenfalls auf den Weg.

---

[2] Ungläubige

Mehmet versprach Axel, das Video, das er von Mashid aufgenommen hatte, im Internet hochzuladen und Axel zu schicken. So verabschiedeten sie sich voneinander. Clara gab Sara ihre Handynummer und erklärte ihr, dass sie sich bei ihr melden solle, wenn sie einmal einen Rat brauchen würde, was Sara schüchtern, aber dankbar annahm.

Als Axel und Clara zu Hause angekommen waren, hatte Mehmet das Video von Mashid bereits an Axel geschickt und zusammen fügten sie ein paar Schnitte und Verbesserungen hinzu. Dann stellte Axel das Video auf RiM mit der Überschrift:

»Deine Geschichte: Du bist als Flüchtling nach Marktstadt gekommen? Erzähl uns, was du erlebt hast, was du tust, wie du aufgenommen wurdest und wie deine Zukunftspläne in Deutschland sind! Schicke uns dein Video mit deiner Geschichte und wir veröffentlichen es auf www.refugees-in-marktstadt.de.«

VII. Neuer Job, neues Glück

Am Freitagmorgen wachte Axel wieder ziemlich müde auf, und Clara bemühte sich gar nicht erst mit aufzustehen. Sie hatte ihr Vorstellungsgespräch bei der Unternehmensberatung um 12 Uhr und hatte deswegen noch Zeit. Axel war längst weg, als sie gegen 10 Uhr aufstand, duschte, sich fertigmachte und beim Frühstück noch einmal Informationen über das Unternehmen, bei dem sie sich bewerben wollte, suchte. Gegen 11 Uhr packte sie ihre Unterlagen in ihren Rucksack und betrachtete sich im Spiegel. Ihre lockigen Haare, die sie seit ihrer Zeit in der Schweiz nicht mehr geschnitten hatte, reichten ihr bis knapp über die Schulter, aber waren ansonsten so ungezähmt, wie immer. Sie trug so gut wie nie Make-Up und änderte auch heute nichts daran. Ihre Bräune aus Afrika war noch gut erhalten, und sie trug die einzige Bluse, die sie besaß. Sie fand sich selbst nicht überragend schön, aber annehmbar. Und wenn ihr Aussehen, statt ihrer Qualifikation, das sein sollte, was beim Bewerbungsgespräch entscheidend sein würde, wollte sie den Job sowieso nicht haben. So verließ sie die Wohnung und fuhr mit dem Bus in die Stadt. Am Hauptbahnhof stieg sie um und fuhr in den Süden von Marktstadt. Der Gebäudekomplex, an dem sie ankam, erschien ihr riesig und undurchsichtig, aber sie fand die Firma ohne langes Suchen. Sie war einige Minuten zu früh dran und wurde von der Rezeptionistin auf einen Stuhl gesetzt, auf dem sie warten sollte. Um kurz nach 12 Uhr kam ein älterer Mann in einem gut sitzenden Anzug zur Tür herein, sah Clara an und fragte freundlich: »Wollen Sie zu mir?«

»Wenn ich mit Ihnen das Bewerbungsgespräch führe?«, lächelte Clara.

»Folgen Sie mir!«, forderte der Mann sie auf.

Das Bewerbungsgespräch, das folgte, verlief noch unspektakulärer, als Clara es erwartet hatte. Der Mann fragte sie kurz und knapp, was sie über das Unternehmen wisse und Clara antwortete: »Soweit ich es gesehen habe, sind sie eine Unternehmensberatung, die sich zwar hauptsächlich auf Head Hunting spezialisiert hat, die aber auch Mathematiker einstellt. Da ich meinen Master in Angewandter Mathematik gemacht habe, denke ich, dass ich für die Stelle geeignet bin. Ich bin noch nicht allzu vertraut mit Aufgaben über Buchhaltung und Controlling, aber ich denke, da finde ich mich sehr schnell ein, wenn ich die richtigen Anweisungen erhalte.«

Der Mann ging Claras Lebenslauf durch, zeigte sich recht beeindruckt von ihrer Arbeit bei der Schweizer Firma in Tansania und stellte dazu einige Fragen, die mehr auf Interesse seinerseits beruhten, als auf Nutzen für seine Firma, die Clara freundlich beantwortete. Dann stellte er Clara eine Reihe an Fragen, wie, mit welchen Programmen sie umgehen könne, ob sie sich vorstellen könne Überstunden zu machen, wenn es erforderlich wäre und ob sie auch damit klarkäme, wenn ihre Arbeitszeit gelegentlich flexibel wäre. Clara antwortete unbeeindruckt, dass sie bei festem Gehalt, bezahlten Überstunden und bei einem halbwegs geregelten Schichtplan gerne dazu bereit sei, was ihr Gegenüber sofort bestätigte. Er begann ein wenig aus dem Nähkästchen zu plaudern, dass sie eher mit verschiedenen Projekten betraut wären, als eine einmalige feste Position inne zu haben, sie teilweise mit Firmen in anderen Ländern arbeiten würden, bei denen sie Outsourcing planten und auch wenn die Arbeit meist vor Ort erledigt werden könnte, sie sich mit Kollegen rund um die Welt unterhalten müssten, die sich erstens in einer anderen Zeitzone befanden und zweitens die englische Sprache deswegen unabdingbar sei. Clara hörte interessiert zu, nickte hier und da und stellte ab und zu Zwischenfragen. Am Ende fragte er Clara nur noch, ab wann sie bereit wäre anzufangen und grinste breit, als sie so tat, als würde sie auf die Uhr schauen und mit »Nach der Mittagspause.« antwortete. Da Clara keine weiteren Fragen mehr hatte, schüttelte er ihre Hand, erzählte ihr, dass seine Personalabteilung sich bei ihr melden würde und er sehr dankbar für ihre Bewerbung wäre. Clara sah ihn lächelnd an, bedankte sich ebenfalls und fragte noch, ob er grob einschätzen könnte, wie lange das dauern würde. Auch diese Frage nahm er mit viel Humor und antwortete: »Sie scheinen es ja eilig zu haben, bei uns anzufangen?«

Clara grinste und meinte: »Ich bin erst seit Montag wieder in Marktstadt. Ich habe keine Lust mich arbeitslos zu melden, und ich habe noch ein paar andere Bewerbungsgespräche, auch wenn Ihres das erste ist. Ich bin nicht so sehr auf ein hohes Gehalt fixiert, wie darauf, erst einmal eine Anstellung zu bekommen. Daher werde ich den ersten Job nehmen, den ich bekommen kann. Wenn Ihre Personalabteilung mich heute noch anrufen würde, um mich zu fragen, ob sie mir schon den Arbeitsvertrag zuschicken kann, damit ich ihn am Montag unterschrieben herbringe, dann hätten Sie mich. Wenn sie sich einige Wochen Zeit lassen, könnte es zu spät sein. Verstehen Sie mich bitte nicht falsch, ich möchte Ihnen keine Pistole auf die Brust setzen. Ich kann selbstverständlich verstehen, dass Ihre Personalabteilung auch andere Dinge zu tun hat, als nur meine Bewerbung zu prüfen und dass sie auch das gründlich tun will. Ich will auch nicht so tun, als müssten Sie dankbar dafür sein, mich einstellen zu dürfen. Ich denke lediglich, dass wir uns gegenseitig von großem Nutzen sein würden.«

Der Mann sah Clara ernst an und antwortete: »Wir erledigen solche Dinge in der Regel recht schnell. Auch für den Fall, dass wir sie nicht einstellen, würden Sie von uns einen Telefonanruf bekommen. Das ist bei uns üblich und im Übrigen auch fair. Ich werde mal mit den Damen der Personalabteilung sprechen, vielleicht können die Ihre Bewerbung tatsächlich heute noch bearbeiten.«

Clara sah ihn etwas erstaunt an und sagte: »Das wäre natürlich toll.«

»Auf mich machen Sie jedenfalls einen positiven Eindruck. Ich würde sie sofort einstellen.«, zwinkerte er ihr zu. »Da hab ich schon ganz andere erlebt.«

Er schüttelte nochmals Claras Hand, und dann gingen sie beide tatsächlich zur Tür hinaus und verabschiedeten sich voneinander. Das Gespräch hatte kaum eine halbe Stunde gedauert, und so stand Clara in der kalten Februarluft in Marktstadt-Süd und überlegte, was sie mit dem halben Tag anfangen sollte.

Sie entschied sich dafür, Abdelaziz noch einmal besuchen zu gehen, wofür alleine die Busfahrt beinahe eine halbe Stunde dauerte. Abdelaziz sah schon um einiges besser aus, sein Auge war fast gar nicht mehr geschwollen und sein Gebiss schien in Ordnung. Er klagte noch darüber, dass er Schmerzen hatte, aber Clara vermutete, dass er bald aus dem Krankenhaus entlassen würde. Da Abdelaziz inzwischen wieder reden konnte, unterhielten sie sich über einen sprachgesteuerten Übersetzer. Das funktionierte zwar nicht hervorragend, brachte Clara aber gleich auf das Thema, ob er dabei wäre Deutsch zu lernen. Er wich dieser Frage recht ungeschickt aus, und Clara fragte, ob er von den Studenten, die Axel immer wieder in das Flüchtlingszentrum bringen würde, nicht einmal jemanden getroffen hätte, um sich mit ihm oder ihr auf Deutsch zu unterhalten. Abdelaziz zuckte nur mit den Schultern, aber auf Claras Drängen versprach er ihr schließlich, dass er sich Mühe geben würde, Deutsch zu lernen. Clara gab zwar nicht viel auf das Versprechen, aber betonte, wie wichtig das wäre. Sie tauschten ihre Handynummern aus, damit er sie anrufen könnte, wenn er einmal Hilfe brauchte. Abdelaziz bedankte sich dafür, obwohl er das wieder eher skeptisch betrachtete und sich fragte, ob Clara sich ihm annähern wollte. Nach etwa einer halben Stunde wurde der Gesprächsfaden dünner, und so entschloss Clara sich aufzubrechen. Sie machte sich auf den Weg zur Turnhalle, um Axel nach dem Haustürschlüssel zu fragen und währenddessen bekam sie einen Anruf der Personalabteilung der Unternehmensberatung. Eine Frau bat sie, ihre E-Mail-Adresse zu bestätigen und wollte ihr eine Rohversion des Arbeitsvertrages schicken, damit sie ihn bereits überprüfen konnte, und Clara bedankte sich herzlich. ›Das klappt wie am Schnürchen.‹, dachte sie jubelnd. Als sie die Turnhalle betrat, fand sie Axel in der Eingangshalle, wie eine Gruppe aus sieben Flüchtlingen vornübergebeugt auf sein Handy starrte. Sie wartete geduldig, bis das, was immer er ihnen gerade zeigte, vorbei war und er ihr Aufmerksamkeit schenken würde. Nach kurzer Zeit erkannte Clara, dass es das Interview mit Mashid war, und Axel erklärte ihnen, dass sie ebenfalls ein Video drehen sollten, wenn sie Lust darauf hätten, und wenn ihre Geschichte spannend genug wäre, würde sie vielleicht auch so groß werden, wie die von Mashid.

»Wie weit hat sich das Video denn schon verbreitet?«, fragte Clara laut und Axel fuhr herum.

»Hey, Schatz.«, grinste er und antwortete: »Es ist der Wahnsinn. Auf RiM hat es sich wie ein Lauffeuer verbreitet, und das Video wurde auf YouTube geladen und bereits über zehntausendmal angeklickt. Die Leute scheinen Mashids Geschichte zu feiern. Und das erst seit knappen zwölf Stunden. Warte mal ab, was nach einer Woche passiert. Das könnte ein Durchbruch werden.«

Clara freute sich für ihn und überbrachte ihrerseits die gute Nachricht, dass sie vermutlich einen Job gefunden hatte.

»Großartig!«, freute sich Axel für sie. »Wenn es einmal läuft, dann läuft es wohl!«

»Ich habe gerade eine E-Mail mit dem Arbeitsvertrag bekommen. Gibst du mir bitte deinen Haustürschlüssel, damit ich zu meinem Laptop kommen kann. Ich war schon bei Abdelaziz, und ich möchte heute nicht noch stundenlang hier oder in der Stadt bleiben.« meinte Clara.

Axel übergab ihr den Haustürschlüssel aus seiner Hosentasche, gab ihr einen Kuss und fragte: »Hast du ansonsten schon etwas vor? Wenn ich heute Abend frei habe, ist erst einmal Wochenende.«

Clara lächelte: »Das heißt, du willst einen trinken gehen, richtig?«

»Nicht unbedingt!«, grinste Axel. »Nur, wenn du willst. Ich wäre aber auch froh, wenn ich dich für mich allein hätte.«

Clara lachte und nickte zustimmend: »Absolut! Ich warte dann zu Hause auf dich.«

Axel gab Clara einen Abschiedskuss und widmete sich wieder den Leuten, denen er gerade noch sein Video gezeigt hatte.

Clara fuhr nach Hause. Dort überprüfte sie zunächst lange und gründlich ihren Arbeitsvertrag. Er war natürlich ein wenig in juristischem Fachchinesisch geschrieben, aber die wichtigen Teile waren doch verständlich. Außerdem erschien ihr der Vertrag standardisiert und professionell. Er enthielt keine Klauseln darüber, dass sie nur für gewisse Arbeitsschritte bezahlt wurde oder dergleichen, und daher sah sie keinen Bedarf dazu, etwas genauer von einem Rechtsanwalt prüfen zu lassen. Ansonsten stand in der E-Mail, dass sie am Montagmorgen um 9 Uhr bereits zu Ihrem ersten Arbeitstag in der Firma erscheinen solle. Den Arbeitsvertrag brauche sie nicht extra mitzubringen, der diene lediglich zur Information, und sie erhalte einen neuen Ausdruck vor Ort.

Auf dem Schreibtisch fiel ihr außerdem ihr Vertrag mit der Maklerin für die Wohnung ins Auge, und sie beschloss kurz, sie ebenfalls zu kontaktieren. Sie schrieb der Maklerin eine SMS, dass sie gerade eine Arbeitsstelle gefunden hatte und sich aufgrund ihrer finanziellen Verhältnisse nun definitiv für die Wohnung entschieden hätte. Dass Axel die Wohnung noch nicht gesehen hatte und sie gar nicht wusste, ob er ebenfalls dorthin ziehen wollte, fiel ihr erst hinterher auf und verursachte ihr plötzlich heftige Gewissensbisse. So wie sie Axel kannte, war ihm die Entscheidung zwar relativ egal, aber sie wollte doch zumindest nachgefragt haben. Nachdem sie allerdings einige Minuten darüber nachgedacht hatte, konstatierte sie, dass es Axel mit Sicherheit recht war, in eine wesentlich größere Wohnung zu ziehen, zumal er Ende März exmatrikuliert werden würde, dann weder an die Universität musste, noch umsonst Bus fahren konnte und mit der neuen Wohnung deutlich näher an seiner Arbeitsstelle wäre. Sie erhielt nach einiger Zeit die Antwort-SMS der Maklerin: *»Es freut mich, dass Sie sich für die Wohnung entschieden haben. Sie scheint mir für ein junges Pärchen auch wirklich gut geeignet. Ich setze mich mit dem Inhaber auseinander und mache alles fertig für Sie. Ich gebe Ihnen dann Bescheid, wenn Sie den endgül-*

tigen Mietvertrag unterzeichnen können. Den Maklerver-
trag könnten wir bereits Montag abschließen, wenn
Ihnen das Recht ist?«

Clara klatschte in die Hände: ›Axel scheint Recht zu
behalten: Wenn es einmal läuft, dann läuft es!‹

Nachdem sie ihre wichtigen Dinge soweit erledigt
hatte, surfte sie ein wenig im Internet herum. Zuerst
scrollte sie etwas durch Facebook, was sie sonst nur sehr
selten tat, aber das langweilte sie schon nach kurzer Zeit.
Dann ging sie auf RiM und sah sich noch einmal das Interview von Mashid an, das sie und Axel erst gestern
Abend online gestellt hatten. Im Gegensatz zu den anderen Bildern und Videos waren diesmal ungewöhnlich
viele Kommentare unter dem Video. Viele davon nicht
auf Deutsch. Die meisten Kommentare lobten das Video,
manche Kommentare waren sehr lang und erzählten eine
eigene Geschichte oder bestätigten Teile des Interviews.
Nur wenige waren kritisch und äußerten sich besonders
bezüglich des spekulativen Teils über Politik am Ende
auf negative Art. Jemand hatte den YouTube-Link des Videos auf RiM gepostet, und Clara klickte darauf. Auf
YouTube hatte das Video inzwischen über zwölftausend
Klicks, und die Kommentare waren vom Grundprinzip
her ähnlich wie auf RiM, nur zahlenmäßig größer und mit
deutlich mehr Grammatik- und Rechtschreibfehlern. Irgendwer schrieb »*Ist mir egal ob das ein guter Flüchtling*
sind. Die gehören Ruasgeschmissen!!!! Scheiß Flücht-
linge! Bald ist Deutschland Germanistan! Ist es dass was
ihr wolld?«

Clara scrollte die Seite zurück nach oben, bevor sie
vom Schreibtischstuhl aufstand und vor Wut ein paar
Schritte im Kreis ging. ›Erstens ist Mashid Christ, was er
in dem Video auch erwähnt und zweitens hat ein so be-
scheuerter Rassist, der Freitagmorgens die Zeit findet

YouTube-Videos zu kommentieren und eine derart beschissene Rechtschreibung und Grammatik aufweist, vermutlich keinen Job, im Gegensatz zu Mashid und daher meiner Meinung nach weniger Existenzberechtigung in Deutschland als er! Ach, worüber rege ich mich eigentlich auf? Keinerlei Bildung, aber im Internet seinen Hass auskotzen müssen! Darin sind die Leute natürlich großartig. Ganz ruhig Clara. Er ist es nicht wert!‹, dachte sie und fuhr sich zur Beruhigung mit den Händen durchs Gesicht.

In der Zeit hatte, dank der Autoplay-Version von YouTube, ein neues Video angefangen. Es war ein Musikvideo der HAS-Crew, und Clara starrte auf den Bildschirm. Das Video zeigte eine kleine Gruppe, die vermutlich IS-Terroristen darstellen sollten. Sie hatten lange Bärte, teilweise Sturmmasken auf, Kalaschnikow-Gewehre in der Hand und einer hatte sogar einen Sprengstoffgürtel umgeschnallt. Das Schlagzeug spielte dunkel und kräftig, während der Beat hart und gewaltverherrlichend wirkte. Dann fing einer der Leute im Vordergrund mit einer künstlich übertrieben harten Stimme an zu rappen:

»Eure Unterdrückung
lassen wir uns nie wieder gefallen.
Die arabische Welt
wird jetzt auf euch niederprallen.
Seid ihr Feinde von Allah?
Fürchtet um euer Leben!
Kugeln und Granaten!
Wir lassen es Feuer regnen!
Schickt uns eure Truppen,
wir werden euch bekämpfen!
Wir schlachten euch ab

und sei es mit bloßen Händen!
Wir rekrutieren schon Kinder
und bringen euch den Krieg,
unter eurem Gewimmer,
mitten in euer Wohnzimmer.
Wir ziehen bis nach Deutschland
unsere neue Frontlinie.
Beleidige den Gesandten
und du wirst nach einer Bombe liegen.
Der Islam wird sich verbreiten
bis du unsere Wahrheit siehst.
Anschläge auch in Deutschland,
bald bin ich im Paradies.«

Statt einem Refrain folgte ein Zusammenschnitt von verschiedenen Politikern und ab und zu Bilder vom Kriegsgebiet in Aleppo. ›Das wirkt wie Kriegspropaganda.‹ dachte Clara, verwirrt darüber, dass das Video offensichtlich so erfolgreich war. Der Schnitt wechselte und es folgten, vor einem anderen Hintergrund, ein Trupp Neonazis. Die meisten trugen, sehr klischeehaft, Springerstiefel mit weißen Schnürsenkeln und Bomberjacken und hatten eine Glatze. Zwei trugen schlecht nachgemachte SS-Uniformen, der eine davon mit Hakenkreuzbinde. Der mit der Hakenkreuzbinde begann ebenfalls mit übertrieben harter Stimme und leichtem Hitler-Akzent den zweiten Teil des Liedes zu rappen:

»Aus Asche und Staub wird sich bald
das vierte Reich erheben
und unsere Feinde werden sich
schneller als Frankreich ergeben.
Glaubt mir, ihr werdet bröckeln
wie eine bloße nasse Fassade.

Dies ist der Beginn einer
schwer lodernden Hasstirade.
Ausländer raus oder spürt
meine schonungslose Faust.
Treibt ihr es noch weiter,
erlebt ihr einen wahren Holocaust.
Ihr könnt euch verstecken,
doch wir sehn euch klar wie eine Sternennacht
und stürmen ein in eure Länder,
so heftig wie die Wehrmacht.
Wir schultern die Waffen
und eure erbärmlichen Haufen werden bleich.
Erzittert, denn dies ist der Beginn
des tausendjährigen Reichs.
Alleine euer Angstschweiß füllt drei Liter.
Deutsche, hebt den Arm und schreit mit uns im Chor...«

Das angedeutete »Heil Hitler« ging in einem Bombenanschlag unter und eine Menge Rauch und aufwirbelnder Staub verdunkelte das Bild.

›Klingt ziemlich genau wie der erste Teil, bloß auf der anderen Seite.‹ grinste Clara und war doch etwas erstaunt, was heutzutage alles unter künstlerische Freiheit fiel. Die Kamera zoomte durch den Rauch hindurch, und als das Bild klarer wurde, konnte man erkennen, dass die beiden Rapper sich zusammen in einem Hausflur befanden. Der Islamist zog seine Sturmmaske ab und der Neonazi seine Hakenkreuzbinde. Sie blickten sich tief in die Augen. Dann legte der Neonazi seine Arme auf die Schultern des Terroristen. Sie schoben ihre Gesichter aufeinander zu und gaben sich gegenseitig einen wilden Zungenkuss. Als Clara das sah, konnte sie sich vor Lachen nicht mehr halten, doch im gleichen Moment fingen beide, die Zeilen abwechselnd, mit sehr sanfter Stimme wieder an zu rappen:

»Was Allah nicht weiß
macht Allah nicht heiß.
Was der Führer nicht weiß
macht den Führer nicht heiß.
Wir warten nicht mehr.
Als ob ein Wunder geschähe.
Als ob zwischen uns beiden
ein Unterschied wäre.
Was uns heute noch trennt
kann auch wieder vergehen.
Und aus geteiltem Hass
kann auch Liebe entstehen.
Gefangenschaft unserer Seiten
macht uns beide zum Opfer,
doch um die Zeit nicht zu nutzen
ist sie leider zu kostbar.«

Der Beat und die Stimmen wurden langsam leiser und man hörte, während sie zusammen in einer der Wohnungen verschwanden noch ein leises: *»Hast du einen harten Tag gehabt?«* und *»Ach, das übliche. Macht demonstrieren, Hakenkreuze schmieren. Du weißt ja, wie das ist...«*
Clara sah mit offenem Mund auf den Bildschirm und konnte ihren Lachanfall nur mit Mühe zügeln. ›Da haben sie aus den beiden homophobsten Gruppierungen zwei Schwuchteln gemacht. Es wundert mich nicht, wenn das Video Staub aufwirbelt.‹, dachte sie und beschloss, es gleich Axel zu zeigen, wenn er nach Hause kommen würde.
Axel kannte das Video jedoch schon, wie er Clara mit einem Lächeln und recht unbeeindruckt erzählte.

»Ich kenne die ganze Gruppe nicht.«, erklärte Clara. »Seit ich angefangen habe zu studieren ist Musik ein wenig an mir vorbeigegangen. Früher, im Heim, war es eines der wichtigsten Dinge in meinem Leben, aber irgendwann habe ich den Bezug dazu verloren. Was heißt HAS-Crew überhaupt?«

»Hustler auf Streife.«, gluckste Axel und als Clara ihn verwirrt ansah, ergänzte er: »Es gibt keine richtige Abkürzung dafür. Das waren früher mal ein paar Sprüher, die das Wort ›Hass‹ an die Wand gesprüht haben, weil es angeblich so aussagekräftig war. Dann sollen sie wohl gefragt worden sein, was das bedeutet und einer hat aus Spaß gesagt, es hieße ›Huren am Straßenstrich‹. Das haben aber viele Leute ernst genommen, und weil das dann doch nicht so cool klingt und sie in der Künstlerszene wohl nicht so richtig Fuß fassen können, wenn sie mit dem Namen ›Hass‹ auftreten, haben sie das letzte ›s‹ weggelassen und sich mehr oder weniger offiziell ›Hustler auf Streife‹ genannt. Eigentlich benutzt man aber nur die Abkürzung. Außerdem hat das noch damit zu tun, dass sie wegen dem Nazi-Verein kein doppeltes S in ihrem Namen haben wollten.«

»Verstehe.«, nickte Clara.

Da Axel nicht allzu viel geschlafen hatte, war er schon relativ müde und fragte Clara, wozu sie sich entschieden hatte. Ob sie noch in die Stadt gehen oder bloß mit ihm zu Hause bleiben wollte.

»Apropos zu Hause.« Clara biss sich auf die Lippe. »Ich muss da noch etwas mit dir besprechen.«

Argwöhnisch sah Axel Clara an: »Was gibt es?«

»Ich habe dir doch erzählt, dass ich die Wohnung besichtigt habe?«

»Und? Gefällt sie dir?«

119

»Ich habe sogar schon mit der Maklerin gesprochen. Bei der Besichtigung habe ich vermutlich die gesamte Konkurrenz ausgestochen. Die Maklerin spricht mit dem Inhaber, und ich will am Montag den Maklervertrag unterschreiben. Ich habe aber noch gar nicht mit dir darüber gesprochen. Ich weiß gar nicht, ob dir die Wohnung gefällt. Ich habe das so schnell und über deinen Kopf hinweg entschieden. Das ist mir erst aufgefallen, als ich der Maklerin schon zugesagt habe. Ich möchte nur, dass du weißt, dass du da natürlich noch mitzureden hast, und wir das ganze wieder streichen, wenn dir die Wohnung nicht gefällt…«

»Mach dir um mich keine Sorgen.«, unterbrach Axel sie mit einer wegwerfenden Handbewegung. »Solange ich mit dir zusammen umziehe, können wir von mir aus in ein Rattenloch ziehen.«

Clara grinste breit und umarmte Axel fest, was dieser erwiderte.

VIII. Der Umzug

Axel und Clara verbrachten fast das gesamte Wochenende im Bett. Sie bestellten sich Essen bei einem Lieferdienst, kuschelten unheimlich viel und sahen sich zusammen die ersten Videos an, die Axel zugeschickt bekommen hatte. Die meisten Videos waren in ziemlich schlechter Qualität, sowohl von der Kamera, als auch vom Inhalt her. Eine Menge Flüchtlinge erzählte in Räumen mit hohem Hintergrundgeräuschpegel auf sehr schlechtem Deutsch, dass es ihnen in ihren Heimatländern schlecht ginge und sie sich deshalb auf den Weg nach Deutschland gemacht hatten. Als sie letztendlich in Deutschland angekommen waren, hatten sie bemerkt, dass es hier nicht so einfach war Geld zu verdienen, wie sie erwartet hatten. Neunzig Prozent der Videos klang wie eine Mischung aus Beschwerden und Selbstmitleid. Allerdings gab es auch viele gute und tatsächlich interessante Videos. Axel und Clara sahen diese Videos, die teilweise sehr lang gingen, im Bett mit Claras Laptop auf Axels Schoß und versuchten die wenigen guten Stellen herauszufiltern, um die eigentliche Botschaft deutlich zu machen.

»Frustriert dich deine Arbeit eigentlich nicht?«, fragte Clara, nachdem sie das Video eines Irakers geschlossen hatte, der fast zwanzig Minuten darüber geredet hatte, dass die Lebensbedingungen im Irak besser seien, als in Deutschland und er viele Freunde hatte, die aus diesem Grund bereits wieder zurückgegangen wären.

»Doch. Sehr sogar.«, antworte Axel naserümpfend. »Das Problem ist ähnlich wie das, das du mir damals beschrieben hast, was dich in die Klapsmühe gebracht hat. Die positiven Fälle siehst du sehr schnell nicht mehr. Die

Negativbeispiele dagegen siehst du täglich. Daran versuche ich mich festzuhalten. Was bleibt mir auch sonst übrig? Glaubst du, es wäre eine bessere Lösung gewesen, diese ganzen Leute nicht nach Deutschland kommen zu lassen?«

Clara lachte: »Zweifelst du daran? Die meisten Menschen fliehen nicht vor Krieg und Gewalt, sondern suchen nach einer Möglichkeit ihr Leben zu verbessern. Vermutlich würde ich es nicht anders tun, wenn ich in der gleichen Position wäre. Für die Leute, die wirklich vor dem Krieg fliehen, wären, glaube ich, Auffanglager in Nachbarländern besser und obendrein billiger gewesen. Im Jemen herrscht ebenfalls Krieg, aber von den Flüchtlingen in Deutschland kommen nur selten welche aus dem Jemen. Zugegeben, das hat auch geographische Gründe, aber ein ebenfalls wichtiger Grund dafür ist mit Sicherheit, dass Leute aus dem Jemen nicht das Geld haben, um bis nach Deutschland zu kommen. Der Iraker aus dem letzten Video jedenfalls, hat sicherlich keinen Schutz nötig, aber offensichtlich genug Geld, um es nach Deutschland zu schaffen.«

»Ich weiß ja nicht viel über den Irak.«, gab Axel zu. »Bloß das, was man in den Medien gehört hat, als der Krieg losging. Dann hat man immer wieder über Bombenanschläge gehört. Und jetzt kommen Leute nach Deutschland und sogar zu mir ins Flüchtlingszentrum, die nach ein paar Tagen schon wieder gehen. Ich frage die dann, ob es im Irak etwa keine Leute mehr vom IS gibt und wieso sie die Belastung der Reise auf sich genommen haben, um dann schon wieder zu gehen. Die erzählen mir, dass es in Deutschland nicht gut ist und sie sich umentschieden haben. Da komme ich einfach nicht mehr mit.«

Clara klatschte sich gegen die Stirn: »Axel, zähl mal zwei und zwei zusammen. Das sind Schlepper!«

»Schlepper?«, Axel sah Clara verwirrt an.

»Das sind die Leute, die für viele tausend Euro andere Leute bis nach Deutschland bringen. Dann ruhen sie sich in Deutschland ein paar Tage, vielleicht auch ein paar Wochen, aus, lassen sich vom Staat bezahlen, und dann gehen sie zurück in den Irak und bereiten die nächste Reise vor.«

Bei Axel schien der Groschen gefallen zu sein. »Und wir bezahlen sie auch noch. Meine Güte.«

»Sowas musst du halt erst mal nachweisen. Das ist nicht das Einzige, was der deutsche Staat verkehrt macht.« lächelte Clara und kuschelte sich wieder an Axels Arm. »Es wird auch nicht der letzte Fehler gewesen sein. Sieh halt zu, dass du das Beste daraus machst. Vor allem, wenn du es besser weißt!«

Gegen Samstagmittag rief die Mutter des Mädchens an, der Clara die Wohnung streitig gemacht hatte und fragte nach, ob sie und Axel am Wochenende zu Hause wären. Sie hätten nämlich noch eine andere Wohnungsbesichtigung für ihre Tochter ausgemacht und würden die Gelegenheit nutzen, um bei ihr vorbeizuschauen, wenn sie schon ein weiteres Mal nach Marktstadt kämen. Clara erklärte ihr kurzerhand, dass sie das ganze Wochenende zu Hause sein würden und sie vorbeikommen könne, wann sie wollte. Sie solle bloß kurz vorher noch einmal anrufen. Dann gab sie der Frau die Adresse durch.

Am frühen Sonntagnachmittag kam Sven bei ihnen vorbei und hatte einen neuen Freund dabei. Abgesehen davon, dass er sich mit Sascha vorstellte und den laschesten Händedruck hatte, den Axel je erlebt hatte, sprach er allerdings kein Wort. Sven sprach dagegen viel und ließ sich auch viel von Clara erzählen, was sie bei ihrem letzten Treffen nicht geschafft hatten. Als er hörte, dass Axel und Clara demnächst vermutlich eine neue Wohnung hatten, bot er ohne Umschweife seine Hilfe beim Umzug an, was Axel dankbar annahm.

Sie unterhielten sich knappe anderthalb Stunden, und als Sven letztendlich Sascha, der die meiste Zeit eng an ihn gekuschelt da saß, fragte, ob sie wieder gehen wollten, nickte er grinsend. Das traf sich zeitlich ziemlich gut, denn in dem Moment rief die Frau, die ihre Wohnung besichtigen wollte an und fragte, ob sie und ihr Mann in einer halben Stunde vorbeikommen könnten. Clara und Axel verabschiedeten sich von Sven und Sascha, räumten ihre Wohnung ein wenig auf, lüfteten und bereiteten sich auf die Besichtigung vor. Das Mädchen und ihre Eltern kamen auch relativ pünktlich und ließen sich kurz die Wohnung zeigen. Viel gab es nicht zu sehen, und nachdem sie ihre kleine Wohnung inspiziert hatten, erzählte Axel den Eltern mehr über die Nähe zur Universität und den verschiedenen Einkaufsmöglichkeiten, als über die Wohnung selbst. Beim Wort Studi-Haus horchte die angehende Erstsemesterstudentin auf und blickte Clara an, worauf Clara ihr zuzwinkerte. Die Größe der Wohnung schien sie inzwischen gar nicht mehr zu stören, und so verabschiedeten sie sich bald mit einem sehr positiven Eindruck. Clara versprach, sich zu melden, sobald sie umgezogen und die Wohnung frei wäre. Somit war ein weiterer Punkt für sie abgehakt und sie könnten, wenn alles glatt liefe, ihre Kündigungsfrist umgehen.

Gegen Abend bekam Axel ein Video von Mattes geschickt, mit den Worten: *»Das musst du dir unbedingt ansehen. Ähnlich gut, wie das von Mashid.«*

Das Video hatte ausnahmsweise keine vertikale Wackelkameraqualität und darin erzählte ein Schwarzafrikaner aus Ruanda, dessen Alter Axel und Clara auf über fünfzig Jahre schätzten, in sehr klarem Deutsch, dass er tatsächlich vor dem Krieg geflohen war. Er erzählte kurz und knapp, dass in Ruanda die Hutus einen Völkermord an den Tutsis begangen hatten und er, obwohl er selbst eigentlich Hutu war, mit seiner Familie fliehen musste, bloß weil er sich selbst nicht aktiv am Völkermord der Armee beteiligt hatte. Er war mit seiner Frau und seinen vier Töchtern geflohen, war von der Armee aufgehalten worden, sie hatten seine Frau und seine drei ältesten Töchter aus dem Auto gezerrt und vor seinen Augen vergewaltigt. Seine jüngste Tochter war gerade einmal vier Jahre alt gewesen und sie hatten sie erschossen. Als er letztendlich in Deutschland angekommen war, hatte er jede Möglichkeit genutzt, um die deutsche Sprache zu lernen und dort als Arzt praktizieren zu können. Er war schon in Ruanda Arzt gewesen, aber die deutschen Behörden verweigerten ihm die Zulassung. So arbeitete er seit Jahren als Taxifahrer. Mit einem Schulterzucken erklärte er, dass die Deutschen ihn nicht besonders mögen würden und ihm oftmals Sprüche an den Kopf werfen würden, wie: »Geh zurück nach Afrika!« Ihn kümmere das allerdings nicht sonderlich, denn auch wenn die Deutschen ihn nicht mögen würden, sei es sicherlich besser, als zurück in ein Land zu gehen, in dem solche Zustände herrschen würden, wie er sie erlebt hatte. Er berichtete das alles, ohne dabei in seinem Tonfall auch nur ein wenig emotional zu werden. Gegen Ende sagte er bloß noch: »An alle, die den deutschen Staat verfluchen, Forderungen stellen und sich laufend beschweren: Kommt mal wieder ein wenig runter! Was ihr erlebt habt ist ein Witz, gegen meine Geschichte. Seid froh über das, was Deutschland euch bietet!«

Axel und Clara waren beide zutiefst beeindruckt und hingen noch mehrere Minuten ihren Gedanken nach, bevor sie wieder sprachen. Mattes hatte das Video bereits auf RiM gestellt und mit der Zeit tauchten die ersten Kommentare darunter auf.

»Hast du so eine Geschichte schon einmal gehört?«, fragte Clara Axel nachdenklich.

»Nein.«, antwortete Axel. »Schon gar nicht so klar, deutlich und detailliert. Aber es überrascht mich nicht. Die Schwarzafrikaner sind fast immer die schlimmsten Gestalten, die bei uns rumlaufen. Meistens kommen sie aus Eritrea. Viele von denen sehen aus wie wandelnde Leichen. Das sind auch nicht die, die bloß nach Deutschland kommen, damit sie ihre Familien in ihrem Heimatland versorgen können. Die sind tatsächlich meistens erst einmal dankbar darüber, etwas zu Essen und ein Dach über dem Kopf zu haben. Im Gegensatz zu dem Mann aus dem Video sind diese Leute aber leider meistens keine Ärzte. Bestimmt sind unter dieser Gruppe sogar die meisten Analphabeten. Wie soll so jemand in Deutschland Arbeit finden? Bei denen bin ich aber dann meistens wieder ziemlich froh, wenn sie sich ein richtiges Leben aufbauen können. Die sind auch deutlich dankbarer. Recht hat er auf jeden Fall mit dem Spruch: Seid froh über das, was Deutschland euch bietet.«

»Nur nutzt das halt nicht viel.«, sagte Clara. »Irgendjemandem geht es immer schlechter. Aber deshalb geht es mir nicht besser. Du glaubst doch nicht wirklich daran, dass sich jetzt irgendjemand anderes das Video so zu Herzen nimmt, dass er die Einstellung, dass Deutschland scheiße sei, deshalb ändert.«

»Wünschenswert wäre es.«, lächelte Axel. »Aber vermutlich hast du Recht.«

Sie diskutierten noch eine geraume Zeit über das Video und seine Auswirkungen. Letztendlich beschlossen sie jedoch früh schlafen zu gehen, weil am Montag wieder viel zu tun war. Axel musste wieder arbeiten, und Clara würde ebenfalls ihren neuen Job anfangen.

Die Woche verging für beide wie im Flug. Während Axel fleißig weiter Videos sammelte und Beschäftigungstherapie für Flüchtlinge anbot, wurde Clara in ihrem neuen Job ins kalte Wasser geworfen. Sie unterzeichnete allerlei Verträge, die meisten über Geheimhaltung, lernte neue Kollegen kennen und machte sich mit dem System vertraut. Das meiste empfand sie als recht angenehm, obwohl sie darauf wartete, dass sich nach den ersten Wochen ihre Arbeit dramatisch erhöhen würde. Am Montagabend unterschrieb sie den Maklervertrag und am Donnerstag erhielt sie zwei Paar Schlüssel zu ihrer neuen Wohnung. Als sie Axel nach der Arbeit abholte, um ihm die Wohnung zu zeigen, war er ziemlich begeistert, was Clara stark erleichterte. Zu unterschiedlichen Zeiten kauften beide ein und fingen damit an den Kühlschrank ihrer neuen Wohnung zu füllen und kleinere Sachen, wie Bücher und Küchenutensilien hinüber zu transportieren. Sie mussten darüber lachen, dass Clara nur Essen und Axel nur Bier gekauft hatte, aber beides erfüllte seinen Zweck. Axel hatte nämlich Marc, Patrick, Dennis und Stone engagiert, um ihnen beim Umzug zu helfen und wie sollte man besser kostenlose Umzugshelfer bekommen, als durch die Bereitstellung von Bier? Marc, Dennis und Stone sagten auch sofort zu, während Patrick zwar ungerne sein Auto zur Verfügung stellen wollte, dafür aber mit Umzugskartons dienen konnte. Weder Clara noch Axel besaßen überhaupt genügend Möbel, um die neue Wohnung komplett zu füllen, aber das war ihnen ziemlich egal.

Als sich Freitagabend der Feierabend näherte, hatte Axel auch noch Phillipp und Dirk gefragt, ob sie ihnen am Samstag beim Umzug helfen würden, unter dem Versprechen, dass es sehr schnell gehen und ihnen eine Gratis-Versorgung mit Bier und Essen winken würde, sagten die beiden auch gerne zu. Als er zu Hause ankam, hatte Clara bereits den Großteil der kleineren Teile auf einen leicht zusammenräumbaren Haufen gelegt und war damit beschäftigt, den Kleiderschrank auszuräumen.

»Das wird unsere letzte Nacht hier.«, grinste Axel und Clara nickte fröhlich. Zusammen schraubten sie Kleiderschrank und Schreibtisch auseinander und räumten alles aus, was sie nicht mehr unbedingt brauchten.

Patrick traf am Samstagvormittag zuerst ein und brachte ihnen fünf große Umzugskisten mit, von denen sie bloß vier brauchten. Gegen 11 Uhr trafen zuerst Marc und kurz darauf Dennis und Stone ein. Marc, Dennis und Stone begrüßten Clara erst einmal recht herzlich und hielten sich eine Weile damit auf ihr zu erzählen, wie sehr sie sich darüber freuten, dass sie und Axel wieder zusammengefunden hatten. Schließlich unterbrach Axel aber den Smalltalk, und die fünf starken Jungs schleppten alle schwereren Möbelstücke durch das Treppenhaus in die Autos, während Clara die kleineren Gegenstände in Kisten und Taschen verpackte. Dirk rief Axel an und fragte, ob er mit dem Bus nach oben zu seiner Wohnung fahren sollte, doch Axel gab ihm eine Wegbeschreibung zu seiner neuen Wohnung und sagte ihm, dass er dort auf ihn warten sollte. Marcs Auto war mit Schreibtisch und Kleiderschrank voll beladen und er fuhr in die neue Wohnung, während sich in Stones Auto das Bett und einige

Kisten befanden. Sie hatten insgesamt kaum eine dreiviertel Stunde gebraucht und als die drei vor der neuen Wohnung ankamen, stand Dirk schon vor der Haustür. Zusammen räumten sie erst die Autos leer und Stone fuhr zurück zur Wohnung, um Clara und Patrick abzuholen. Mehr als eine größere Kiste und Axels Computer war sowieso nicht mehr zu transportieren und die Zeit, die sie für den Weg gebraucht hatten, hatte Clara gereicht, um die alte Wohnung etwas zu putzen und die meisten Rückstände ihrer und Axels langer Anwesenheit in der Wohnung zu beseitigen. Als Clara und Patrick ebenfalls vor der neuen Wohnung eintrafen, waren Bett, Schreibtisch und Kleiderschrank bereits hereingetragen worden. Clara war begeistert, über den Arbeitseifer ihrer freiwilligen Helfer und wollte anfangen an diversen Stellen zu helfen, doch Dirk befahl ihr, sich bloß in den Eingang zu stellen und allen Anweisungen zu erteilen, was sie wohin räumen sollten. Da sie mit dem bloßen Umzug so schnell fertig geworden waren, begannen Stone, Patrick und Dirk damit den Kleiderschrank, das Bett und den Schreibtisch an den Orten aufzubauen, die Clara ihnen genannt hatte. Marc, Axel und Dennis fuhren zu Axels Mutter, um aus Axels altem Zimmer sein Sofa und den Fernseher samt Schrank darunter abzuholen. Zu dritt brauchten sie dafür etwas länger und da das Sofa zunächst nicht in Dennis Auto passte, mussten sie es auf komplizierte Art und Weise in Marcs Auto umräumen. Letztendlich schafften sie dennoch alles in einer großen Tour mit zwei Autos, während Axels Mutter ihnen bewundernd zusah und fragte, ob sie ihnen noch bei etwas helfen könne. Axel gab ihr den Schlüssel zu seiner alten Wohnung, damit sie sich umsehen konnte, falls sie noch etwas aufzuräumen oder zu putzen fand, was Clara vielleicht übersehen hatte, was Ute gerne tat. Dann fuhren Marc, Dennis und Axel zurück in die neue Wohnung, wo Stone und Dirk bereits mit dem Aufbau von Bett und Schreibtisch fertig waren und gerade Patrick bei den letzten Teilen des Kleiderschranks halfen. Abgesehen von ihren Klamotten hatte Clara die meisten Kisten, vor allem sämtliche Küchenutensilien, bereits in die Schränke gepackt und war dabei eine riesige Portion Chili con Carne zu kochen. Gerade als der Kleiderschrank fertig war, Marc den Fernseher und Axel seinen Computer angeschlossen hatte, rief Phillipp auf Axels Handy an. Er entschuldigte sich sofort und erklärte, dass er verschlafen hatte, aber er wäre in fünf Minuten mit Selena da. Axel lachte und erklärte ihm, dass er gleich wieder umdrehen und zu seiner neuen Wohnung fahren könne, da der Umzug mehr oder weniger schon gelaufen sei. Phillipp reagierte erstaunt und traf eine knappe halbe Stunde später mit Selena zusammen in Axels und Claras neuer Wohnung ein.

Er fand Axel, Patrick, Dennis, Stone, Marc und Clara gut gelaunt im Wohnzimmer auf der Couch vor, wie sie bereits genüsslich Bier tranken. Nur Dirk war noch einmal schnell einkaufen gegangen, weil »ein Kasten Bier doch nie im Leben reicht!«

Selena begrüßte Clara erst einmal mit einer heftigen Umarmung, und Clara musste zum x-ten Male erzählen, was sie im vergangenen Jahr alles erlebt hatte. Es war erst kurz nach 14 Uhr und das Chili blubberte im Kochtopf auf dem Herd vor sich hin, da war der gesamte Umzug quasi schon gelaufen. Clara und Axel besaßen jeder bloß zwei Schreibtischstühle, keinen Ess- oder Couchtisch und auch keine normalen Stühle, aber sie nahmen sich vor, das zu erledigen, wenn die Zeit gekommen wäre. Clara bemerkte erst, als sie ihre Jacke aus der letzten Umzugskiste im Schlafzimmer fischte, dass sie vergessen hatte, auf ihr Handy zu schauen. Sven hatte sie mehrmals angerufen und ihr anschließend eine SMS geschrieben mit dem Text: *»Ab wann soll ich zum Umzug kommen? Habt ihr schon angefangen?«*

Amüsiert rief Clara ihn an, und als Sven nach bloß einem kurzen Klingen abnahm, rief sie unter Lachen: »Hallo, Sven. Tut mir leid, ich habe dich ganz vergessen. Der Umzug ist schon gelaufen, aber du kannst vorbeikommen, um einen zu trinken!«

Sven lachte genauso, wie die andere Seite des Telefongesprächs in Claras Wohnzimmer und versprach, sich auf den Weg zu machen.

»Das war der entspannteste Umzug, den ich je erlebt habe!«, lachte Axel. »Euch rufe ich jetzt nur noch zum Umziehen!«

»Du brauchst halt Handwerker dafür.«, lachte Marc. »Leute vom Bau, die anpacken können und keine Studenten!«

»Hey!«, rief Patrick entrüstet, aber breit grinsend.

»Du bist die Ausnahme!«, lachte Marc.

»Deswegen habe ich Nora nicht mitgenommen, sondern ihr erst gerade eben gesagt, dass sie nachkommen soll.«, meinte Stone, nicht weniger amüsiert.

Sven kam wieder nicht alleine, aber es war nicht Sascha, den er diesmal dabei hatte. Er traf noch vor dem Eingang auf Dirk, der ihm den Weg zeigte und einen prall gefüllten Rucksack auf hatte, der verdächtig klirrte. Sven stellte Jens, seinen neuen Freund, vor, worauf Clara ihm einen etwas verächtlichen Blick zuwarf. Der Rest begrüßte Jens jedoch freundlich. Er war deutlich extrovertierter als Sascha und erklärte, dass er eigentlich mitgekommen war, um beim Umzug zu helfen. Dirk stellte währenddessen einige Schnapsflaschen, Kurzen-Plastikbecher und zwei Flaschen Tetra-Pack Wein auf den Boden in die Mitte.

»Heute gibt's den ganz edlen Stoff?«, spöttelte Patrick, und Dirk bekam ein breites Grinsen im Gesicht.

»Man gönnt sich ja sonst nichts!«, antwortete er, goss sich ein Glas sauren Apfel in eines der Kurzen-Becher und kippte ihn herunter.

»Dirk, trinkst du gern alleine?«, fragte Axel vorwurfsvoll.

»Ja!«, antwortete Dirk, als würde er von einem Lügendetektor überprüft. »Sag mal, wie lange kennen wir uns jetzt? Weißt du das immer noch nicht von mir?«

Axel begann zwar leicht zu grinsen, aber meinte leicht ironisch: »Das freut mich für dich.«

»Trinkst du wirklich gerne allein?«, fragte Marc.

»Natürlich!«, bestätigte Dirk mit vollem Ernst. »Vor zwei Wochen habe ich mir eine Flasche Whisky gekauft, mir ein Schnitzel gemacht und die dazu getrunken. Vier Stunden lang. Das war ein super Abend! Keine Ahnung, was ihr habt.«

Der Rest musste lachen, doch Dirk nahm eine Packung Tetra-Pack-Wein, schraubte den Deckel auf und setzte ihn an. Als er wieder absetzte, verzog er entsetzlich das Gesicht und rief etwas heiser: »Hui! Schmeckt im Abgang leicht nach Tankstelle!«

Darauf brachen die anderen in Gelächter aus. Sie unterhielten sich und tranken noch einige Zeit, bis Nora auftauchte und Clara begann das Chili zu servieren. Als sie für einen kurzen Moment alleine in der Küche waren, fragte Axel vorsichtig: »Schatz? Eine Frage! Du kannst es natürlich ablehnen, wenn du willst…«

»Spuck es einfach aus!«, forderte Clara.

»Was hältst du davon, jetzt, wo wir mal alle zusammen sind, auch Ruben zu uns einzuladen? Wir haben Samstag, da muss er sicherlich nicht arbeiten, und ich würde ihm gerne dafür danken, dass er es möglich gemacht hat, dass wir wieder zusammengefunden haben.«

Clara zögerte kurz, gab dann aber nach und meinte: »Eigentlich wäre das eine nette Geste. Ich rufe ihn gleich an und frage, ob er Zeit hat.«

IX. Clara rastet aus

Ruben stieß eine knappe Stunde später ebenfalls zur Gruppe um Axel und Clara. Am Telefon schien er zunächst unsicher, ob die Einladung bloß aus einem lästigen Pflichtgefühl heraus kam, aber als Clara ihm zu verstehen gab, dass sie es ernst meinte, schien er sich sogar zu freuen.

Dennis und Marc waren zwischenzeitlich noch einmal einige Kästen Bier kaufen gefahren, und die Runde wurde gemütlicher und ausgelassener. Man unterhielt sich über Gott und die Welt, und es schien, als könnte im Augenblick nichts die Stimmung trüben. Bloß Clara machte zwischenzeitlich einen gequälten Gesichtsausdruck, als sie einmal von der Toilette wieder kam und Axel starrte sie an und fragte: »Alles in Ordnung bei dir?«

»Alles bestens.«, gab Clara zurück.

»Du siehst aber nicht aus, als ob alles bestens ist.«, gab Axel zurück.

»Ich habe meine Tage gekriegt, okay?«, gab Clara mit einem Augenrollen zurück.

»Bäh!«, riefen Axel und Dirk gleichzeitig, während Selena lachte.

»Dann stell keine Fragen, auf die du keine Antwort haben willst.«, antwortete Clara genervt.

»Na dann.«, meinte Patrick. »Jetzt wo dein Wochenende im Arsch ist, gehen wir wohl nachher noch in die alte Schenke?«

Er erntete Gelächter der Runde und einen giftigen Blick von Clara. Um das Thema zu wechseln, sprach sie Nora an: »Wir kennen uns noch gar nicht. Wie bist du eigentlich mit Stone zusammengekommen?«

Nora wurde leicht rot, blickte erst Stone an, dann Axel und dann wieder Clara. Sie stotterte eine Weile herum, und Clara bemerkte, dass sie mit dem Thema offensichtlich in ein Fettnäpfchen getreten war, denn der Rest der Runde schwieg ebenfalls betreten.

Axel erklärte Clara knapp, dass er sie mit Patrick und Phillipp getroffen hatte, als sie Deutsch-Lehramtsstudenten gesucht hatten, um Deutschkurse für Flüchtlinge anzubieten und sie daraufhin mit in die alte Schenke gekommen war. Clara spürte instinktiv, dass das nicht das Ende der Geschichte war und fragte, wie es gekommen war, dass sie nun mit Stone zusammen war. Stone seufzte und sprach es aus: »Eigentlich war sie an Axel interessiert, Axel aber nicht an ihr. Da sie bei ihm nicht landen konnte, hat sie etwas mit mir angefangen.«

Nora war scharlachrot im Gesicht, und obwohl sie das so eigentlich nicht auf sich sitzen lassen wollte, schwieg sie. Clara dagegen strahlte Axel an.

»War das noch wegen mir?«, fragte sie.

»Mehr oder weniger.«, zuckte Axel mit den Schultern und Claras Strahlen wurde noch breiter.

»Naja, du hast dich ja dann anders orientiert.«, kommentierte Marc das Ganze.

Schlagartig fiel das Strahlen aus Claras Gesicht.

»Wie meint er das denn?«, fragte sie an Axel gewandt.

Der grinste dümmlich und versuchte sich der Frage zu entziehen, worauf Marc antwortete: »Na, du bist doch mit der Einen aus der alten Schenke dann nach Hause gegangen!«

Clara sah Selena an, die sofort abwehrend die Arme hob und sagte: »Nicht mich!«

»Sarah?«, fragte Clara.

»Nein, Yvonne.«, antwortete Dirk.

»Du hast mit Yvonne geschlafen?«, fragte Clara nun sichtlich sauer, worauf das gesamte Wohnzimmer in ein peinliches Schweigen verfiel.

»Ja, schon.«, zuckte Axel mit den Schultern.

»Warum gerade Yvonne?«, giftete Clara. »Ist Marktstadt dir nicht groß genug? Gibt es nicht genügend Frauen, dass du dir unbedingt eine aus meinem Freundeskreis aussuchen musst? Sonst noch jemand? Vielleicht Sabine?«

»Nein.«, antwortete Axel abwehrend. »Das war sowieso eine einmalige Sache.«

»Einmalig. Ah ja.«, Clara verschränkte die Arme.

Jetzt reichte es Axel, und er sah Clara fest in die Augen: »Jetzt wirst du aber unfair. Du hast mit mir Schluss gemacht! Du hast mich verlassen! Du hast überhaupt kein Recht sauer auf mich zu sein! Ich war single und das nicht freiwillig! Wenn ich single bin schlafe ich wann, wo und mit welcher Frau ich will!«

Clara traten Tränen in die Augen, aber sie legte auch eine extrem finstere Miene auf und Ruben flüsterte leise, aber gerade so hörbar für alle: »Oh, oh. In Deckung!«

Clara drehte sich zu ihm um, machte den Mund auf, schloss ihn aber wieder, ohne etwas zu sagen. Selena, die rechts von Clara saß, wollte sie in den Arm nehmen, aber Clara schüttelte sie ab.

»Ich will jetzt nicht beruhigt werden!«, raunzte sie Selena an.

Sven sah sie etwas mitleidig an: »Clara. Du bist doch sonst immer so rational! Du kannst Axel in der Situation wirklich keinen Vorwurf machen!«

Auch der Rest der Runde stimmte Sven zu, und das brachte für Clara das Fass zum Überlaufen. Sie sprang auf. Alle Blicke waren auf sie gerichtet. Sie wollte sich umdrehen und zur Tür hinausgehen, entschied sich dann aber um.

»Nein, ich entziehe mich jetzt nicht der Situation, wie kleine Mädchen das machen!«, sprach sie mit zitternder Stimme. »Gut, ich habe mit Axel Schluss gemacht. Ich hatte mir keine Gedanken darüber gemacht, dass er etwas mit einer anderen gehabt haben könnte, als er mir am Flughafen seine Liebeserklärung gemacht hat. Ich bin einfach davon ausgegangen. Mein Fehler! Aber wisst ihr was? Ihr habt alle mehr als genug Fehler! Sven, du kommst hierher und schleppst schon wieder einen anderen Kerl an, als letzte Woche? Muss ich mir seinen Namen überhaupt merken oder ist der hier nächste Woche auch schon wieder abgeschrieben? Selena, du denkst immer nur kurzfristig und emotional, statt einmal sachlich und bis zum Ende. Phillipp, glaubst du echt, sie ist mit dir aus einem anderen Grund zusammen, als weil es einfach und bequem ist? Stone, du bist ein stinkfauler Kiffer und kriegst anscheinend nur die Krümel, die Axel dir übrig lässt. Patrick, du wirst ebenfalls immer in Axels Schatten stehen. Selbst wenn du mit vierzig Jahren als Investmentbanker Millionär wirst und Axel Hausmeister einer Reihenhaussiedlung ist, wird er mehr Weiber abschleppen als du. Dirk, du bist Alkoholiker und das ist ein trauriges Schicksal, auch wenn du das selbst im Augenblick noch unheimlich komisch findest. Und Dennis und Marc? Ihr seid Bauern und mit euch kann man kein Gespräch weiter führen als über Sport, das Wetter oder Essen, denn für mehr reicht euer Horizont nicht.«

Alle starrten Clara an. Der Hälfte der Anwesenden stand der Mund offen, und sie hatten im Leben nicht mit einem solchen metaphorischen Amoklauf gerechnet. Die Tränen liefen Clara über das Gesicht und kurz bevor ihre Stimme versagte, fügte sie schluchzend hinzu: »Und ich habe meine Tage und bin das erste Mal in meinem Leben so eifersüchtig, dass es weh tut.«

Das Entsetzen in den Augen der Anwesenden schlug auf der Stelle in Mitleid um. Axel stand auf, umarmte Clara und hielt sie fest. Sie schluchzte in seinen Pullover hinein und erwiderte seine Umarmung. Clara brauchte mehrere Minuten, bevor sie ihre Arme wieder löste.

»Es tut mir leid.«, heulte Clara. »Ich liebe euch alle und ihr solltet euch um nichts in der Welt verändern. Es hat mich wütend gemacht, dass ich wütend geworden bin. Ich hasse mich selbst!«

Die anderen waren immer noch in Stillschweigen gehüllt und Axel sah Clara fest in die Augen und sagte: »Ich habe dich nicht betrogen, sondern bloß etwas mit Yvonne gehabt, weil du nicht da warst. Ich liebe dich über alles, das habe ich dir schon gesagt und das habe ich ernst gemeint. Daran wird sich auch so schnell nichts ändern!«

Clara lächelte ein wenig, putzte sich die Nase und wischte sich die Tränen aus dem Gesicht. Nachdem nochmal einige Minuten vergangen waren, setzte sie sich wieder hin. Die anderen fingen nun langsam an zu grinsen, und die Spannung löste sich wieder. Einer nach dem anderen begann mit der Zeit sich zu rechtfertigen. Dirk machte den Anfang, grinste Clara an und erklärte ihr, dass er bestens mit dem Wissen klarkäme, Alkoholiker zu sein. Marc und Dennis lachten herzlich darüber, dass Clara sie dumm und ungebildet genannt hatte und machten Witze darüber, dass sie von allen noch mit am besten weggekommen seien. Auch Stone überging Claras Schimpftirade sehr leicht und erklärte ihr, dass er gut damit leben konnte faul zu sein. Dass er Nora bloß über Axel kennen gelernt hatte, fand er überhaupt nicht schlimm und auch Nora bestätigte, dass sie im Nachhinein froh gewesen sei, dass alles so gelaufen war. Selena erklärte Clara, aber indirekt eigentlich viel eher Phillipp, dass sie nur am Anfang ihrer Beziehung tatsächlich gedacht hatte, dass sie die Beziehung aufrechterhalten würde, weil es einfach war Phillipp zu behalten. Dann zählte sie Kleinigkeiten an Phillipp auf, die ihr an ihm gefielen, worüber sie offensichtlich schon oft nachgedacht, aber es Phillipp nie gesagt hatte. Phillipp schien das unheimlich zu bestätigen und man konnte sehen, wie es sein Ego aufbaute, als Selena erklärte, warum sie Phillipp liebte.

Sven entschuldigte sich dafür, dass er letzte Woche Sascha zu ihr und Axel mitgebracht hatte und erklärte sehr emotional, dass er eigentlich von vorneherein an Jens interessiert gewesen war und Sascha nur zwischenzeitlich als Affäre benutzt hatte, um Jens eifersüchtig zu machen. Jens schlug ihm spielerisch auf den Oberarm, als er das hörte und meinte lachend »Du Schwein!«, was die anderen sehr zum Lachen brachte.

»Schwule sind einfach nicht beziehungsfähig! Jedenfalls nicht monogam!«, lachte Jens. »Und dann wundern sie sich über Leute, die was gegen die Schwulenehe haben.«

Axel sah ihn verwundert an: »Na, das ist aber kein Argument. Was geht es denn mich an, wie andere Leute ihre Ehe führen? Ob sie sich treu sind oder nicht, ob ihre Ehe irgendwann in die Brüche geht oder nicht, ist doch kein Argument dagegen.«

Sven schnaubte stark: »Weißt du was? Leute die auf dem Christopher-Street-Day als Drag Queen verkleidet rumlaufen und glauben, sie würden für Akzeptanz oder Schwulenrechte demonstrieren, haben nicht mehr alle Tassen im Schrank. Ich finde das lustig und feiere da gerne mit, aber mit Gleichberechtigung oder Akzeptanz hat das nicht das Geringste zu tun! Dass es die Ehe nur zwischen Mann und Frau geben sollte finde ich gar nicht so verkehrt.«

Fast alle aus der Runde sahen ihn erstaunt an.

»Und das sagt jemand, der selbst schwul ist!«, entfuhr es Dennis.

»Natürlich!«, rief Sven. »Ich habe die Schnauze voll davon, von irgendwelchen liberalen Weibern, die von dem Problem gar nicht betroffen sind, verteidigt zu werden. Kümmert euch gefälligst um euren Scheiß! Die Schwulen- und Lesbenrechte gehen dich überhaupt nichts an! Bist du lesbisch? Nein? Dann solltest du dich daran gar nicht beteiligen! Enthaltung ist ebenfalls eine Meinung! Wenn dich jemand auf dem Christopher-Street-Day oder sonst wo fragt, ob du für die Schwulenehe bist, dann zuck mit den Schultern und sag: ›Ich bin davon nicht betroffen. Ist mir doch egal‹ und damit hat es sich!«

»Aber das Problem ist doch, dass die Schwulen und Lesben nicht darüber entscheiden, ob die Homo-Ehe erlaubt wird, sondern der Gesetzgeber!?«, versuchte Marc Svens emotionalen Ausbruch zu beruhigen.

»Ja, das stimmt leider.«, gab Sven, schon sehr viel ruhiger, zu.

»Was sagst du dazu, Clara?«, fragte Axel, der sie wieder in das Gespräch einbeziehen wollte.

Sehr ruhig antwortete Clara: »Ehrlich gesagt, habe ich mich damit noch nie beschäftigt. Soweit ich weiß gibt es auf der staatlichen Seite eine eingetragene Lebenspartnerschaft, die der Ehe prinzipiell ähnlich ist. Ich habe aber kein Jura studiert. Ich weiß gar nicht wo da die Unterschiede liegen. Wenn ich das wüsste, könnte ich darüber diskutieren, aber solange ich das nicht weiß, lohnt sich das Besprechen des Themas kaum. Für die meisten

Leute ist eine Hochzeit doch viel weniger eine staatliche, beziehungsweise standesamtliche Sache, als eine kirchliche, die eine Beziehung auf eine mystische Art und Weise emotional bindender macht. Kirchlich wird die Homo-Ehe aber sowieso niemals anerkannt. Dafür sind die Christen doch viel zu engstirnig. Fortschritt kann nur außerhalb der Religion stattfinden.«

Selena mischte sich nun doch in das Gespräch ein, obwohl sie befürchtete, genau gegen das zu verstoßen, was Clara ihr vorhin noch vorgeworfen hatte: »Also ich verstehe trotzdem nicht, wie man gegen die Homo-Ehe sein kann. Ich gebe zu, dass ich auch nicht weiß, wo die Unterschiede zwischen Ehe und eingetragener Lebenspartnerschaft liegen, aber ich bin dafür, dass Schwule und Lesben die gleichen Rechte bekommen wie Hetero-Pärchen. Wie könnt ihr denn der Meinung sein, dass sie das nicht sollten?«

»Ich bin gar nicht der Meinung, dass sie das nicht sollten.«, antwortete Sven. »Ich bin der Meinung, dass du das Thema nur besprechen solltest, wenn du auch im Detail weißt, worüber du redest. Deswegen muss ich Clara da eigentlich absolut Recht geben. Wenn jetzt, theoretisch, eine Volksabstimmung gemacht werden sollte, ob die Schwulenehe morgen eingeführt wird, dann würde ich natürlich mit ja stimmen. Aber nur, weil ich weiß, dass irgendwo religiöse Spinner sind, die mit nein stimmen, weil sie ihren moralischen Stempel allen anderen aufdrücken wollen. Wenn nur Schwule und Lesben darüber abstimmen dürften, dann würde ich mit nein abstimmen. Das Ergebnis fände ich aber viel interessanter. Vermutlich käme es mit über neunundneunzig Prozent durch, aber es wäre eben ein Ergebnis der Leute, die auch davon betroffen sind.«

»Vielleicht sollte man eine Befragung durchführen.«, sagte Phillipp halb ernst.

»Wie soll denn das gehen?«, lachte Jens. »Wie willst du nur Leute die schwul oder lesbisch sind dazu kriegen? Die kannst du nicht einfach so bestimmen. Was ist mit Bisexuellen, wie mir? Schließt du die ein oder aus? Überhaupt ist schwul oder nicht schwul sein keine schwarzweiß Frage. Du bist nicht entweder schwul oder nicht. Auch Sven ist nicht so schwul, dass es nicht denkbar wäre, dass er nicht theoretisch auch mit einer Frau schlafen könnte. Das ist alles eine Grauzone. Im Gegensatz zu Geschlechtern. Die sind ziemlich eindeutig, im Gegensatz dazu, was uns Gender-Studenten einreden wollen.«

»Was?«, fragte Clara schockiert, aber auch belustigt. »Es gibt Leute, die behaupten, es gibt mehr als zwei Geschlechter?«

»Hast du das nicht gewusst?«, fragte Axel. »Angeblich sind Geschlechter bloß soziale Konstrukte, und es gibt Debatten über dritte und noch mehr Geschlechter. Transgender und so weiter und so fort. Es wird debattiert, ob man drei verschiedene Toiletten oder eben Unisex-Toiletten einführt und all so einen Schwachsinn.«

Clara sah nachdenklich aus: »Also biologisch gesehen ist die Aussage, dass Geschlechter bloß soziale Konstrukte sind doch unhaltbar. Man benötigt Spermium und Eizelle, um Leben zu erschaffen. Männer produzieren das eine, Frauen das andere. Was soll es denn sonst geben?«

»Das ist keine biologische Diskussion, sondern eine soziale.«, erklärte Jens in genervtem Unterton. »Menschen, die sich nicht ihrem angeborenen Geschlecht zugehörig fühlen. Das nimmt lächerliche Dimensionen an. Schwule Männer kleiden sich wie lesbische Mannsweiber und fühlen sich diskriminiert, wenn Leute auf einmal irritiert sind, weil sie nicht wissen, ob sie ihn mit Herr oder Frau anreden sollen.«

Clara kratzte sich am Kopf: »Ich bin ja immer dafür, nicht in Schubladen zu denken, aber ich halte es für schwierig bis unmöglich etwas zu erfinden und die ganze Welt zu zwingen, sich daran anzupassen. Ich kann mir eine gegenderte Sprache außerdem nicht merken, auch wenn ich niemanden diskriminieren will.«

»Eben! Wir haben wichtigere Probleme!«, stimmte Sven zu.

»Das ist kein Argument für irgendetwas.«, schnaufte Clara. »Nur, weil du dich mit etwas nicht beschäftigen willst, können andere das trotzdem tun. Mich wundert nur die Diskussion über die Toiletten, denn das hat praktische Gründe.«

»Das hat überhaupt keine praktischen Gründe.«, lachte Stone. »An dieser Debatte beteiligen sich fast ausschließlich Frauen, und die wollen einfach nur nicht so lange auf dem Frauenklo anstehen, weil die immer überfüllt sind.«

Clara runzelte die Stirn. Weil die anderen das Thema wechseln wollten, fügte sie noch hinzu: »Also ich glaube nicht, dass diese Debatten sinnlos sind, sonst würden sie abgeschmettert und im Keim erstickt werden. Mein Problem bei einer Diskussion, wie den Toiletten oder einem dritten Geschlecht, ist aber, dass man dabei über Diskriminierung von einer sehr kleinen Gruppe redet. Ich bin absolut für Minderheitenschutz, aber man hat damit einen schweren Stand, wenn man dafür die Mehrheit drastisch einschränken würde. Wie will man eine demokratische Mehrheit für ein Thema erreichen, dass wenige betrifft, aber viele einschränkt? Indem man allen normalen Leuten einredet, dass sie Sexisten sind, wird es ganz sicher nicht funktionieren!«

143

Damit stimmten ihr die meisten in der Runde zu und beendeten dadurch das Thema.

Ruben meldete sich zu Wort und meinte grinsend: »Mich hast du übrigens ausgespart bei deiner Hasstirade von vorhin. Hast du über mich gar nichts zu sagen?«

Betreten schaute Clara zu Boden und sagte: »Alles Negative, was ich über dich zu sagen habe, liegt in meiner Kindheit. Das hast du schon wieder gut gemacht. Ich bin dir dankbar für das, was du für mich getan hast.«

Ernst sah Ruben Clara an und sagte: »Das wollte ich dich sowieso noch fragen: Hat sich Katrin bei dir gemeldet gehabt?«

»Nein, wieso?«, fragte Clara mit weit geöffneten Augen.

»Mama hat vorgestern Geburtstag gehabt, und da musste ich natürlich hin. Katrin und Annika waren auch da, und ich habe beiläufig erwähnt, dass du wieder in Marktstadt bist. Sie haben mich gefragt, was ich eigentlich mit dir zu tun habe. Ich habe ihnen erklärt, dass ich, im Gegensatz zu ihnen, mit dir klarkomme, und Katrin hat mich gefragt wo du wohnst. Ich habe sie gefragt, warum sie das wissen will, und sie meinte, sie wolle sich vielleicht auch mal bei dir melden, um sich mit dir auszusprechen. Soll ich ihr deine Adresse geben?«

Clara sah nachdenklich aus und schien innerlich zu zittern.

»Ich weiß nicht, ob das so eine gute Idee ist.«, meinte Axel, doch Clara unterbrach ihn: »Lass das meine Sorge sein. Du kannst ihr sagen, dass ich mit Axel zusammengezogen bin und dass sie gerne mal vorbeikommen kann, wenn sie tatsächlich Wert darauf legt, sich bei mir zu entschuldigen.«

»Ich werde es ausrichten.«, versprach Ruben.

Die Anwesenden unterhielten sich und tranken noch einige Stunden weiter, und die Stimmung wurde mit der Zeit wieder ausgelassener. Als das Bier knapp zu werden begann, überlegten sie, ob sie den Abend in die alte Schenke verlegen sollten. Nach etwa einer dreiviertel Stunde waren sie so weit, dass sie tatsächlich aufbrechen wollten, und sie gingen in den Flur, um ihre Jacken anzuziehen. Alle waren gut gelaunt und rissen Witze. Nur Patrick verhielt sich schweigsam. Als sie die Wohnung verließen, erklärte er, dass er nicht mit in die alte Schenke kommen wollte. Er hatte es eigentlich leise und bloß zu Axel gesagt, aber Dirk hatte es mitbekommen und rief laut: »Wie? Du kommst nicht mit? Wieso das?«

»Was ist los?«, fragte Clara Patrick.

»Ihr könnt ruhig schon mal vorgehen.«, sagte Patrick zu den anderen, und etwas verwirrt gingen sie die Treppen nach oben, und Clara blieb mit ihm alleine vor der Wohnungstür stehen. Clara sah ihn erwartungsvoll an.

»Weißt du?«, begann Patrick. »Ich habe mich dir gegenüber immer fair verhalten. Ich bin mir nicht bewusst, dass ich dir irgendwann einmal etwas getan hätte. Und du gehst einfach hin und sagst zu mir, dass ich immer schlechter dastehen werde als Axel. Was sollte das bitte? Versteh mich nicht falsch: Es ist nicht so sehr das, was du gesagt hast. Ob ich in meinem Leben mehr Frauen abschleppe als Axel ist mir völlig egal. Aber warum war das nötig? Als Axel mich gebeten hat, dich vom Flughafen in Frankfurt abzuholen, habe ich ohne Zögern zugesagt. Das habe ich für Axel und für dich getan. Warum musstest du mir so etwas an den Kopf werfen?«

Clara sah ihn ernst an: »Es tut mir leid. Ich habe aus Wut heraus einen Rundumschlag gemacht. Das war nicht fair von mir. Ich habe es nicht so gemeint.«

»Das war richtig scheiße von dir!«, erklärte Patrick mit enttäuschter Stimme. »Ich habe dir immer die Hand gegeben und du hast mir ins Gesicht geschlagen. Woher soll ich wissen, dass das nicht wieder passiert? Axel ist mein bester Freund, aber was du heute abgezogen hast, war falsch und unnötig. Und du hast es bei mir, im Gegensatz zu allen anderen Leuten, auch nicht für nötig befunden, dich bei mir zu entschuldigen. Bis jetzt, wo ich dich von selbst darauf angesprochen habe. Das ist keine Freundschaft für mich, tut mir leid.«

Patrick wandte sich zur Treppe um und wollte gehen, da packte Clara ihn an der Schulter: »Du hast Recht! Das war unmöglich von mir! Bitte komm mit uns mit! Es tut mir leid, dass ich deine Freundschaft nicht wertgeschätzt habe. Es war keine böse Absicht von mir.«

Patrick sah Clara an, schnaufte durch die Nase und sagte: »Das war die schlechteste Entschuldigung von allen!«

Clara sah ihn entsetzt an. Patrick löste sich aus ihrem Griff und ging die Stufen nach oben. Clara blickte ihm hinterher und wusste nicht mehr, was sie sagen sollte. Einige Sekunden später ging sie ebenfalls hinterher, doch Patrick war schon weg. Axel und der Rest sahen sie an und Axel fragte sie, was los sei.

»Er ist sauer auf mich, wegen dem was ich gesagt habe.«, flüsterte Clara mit immer noch erschrockenem Gesicht. »Ich habe mich entschuldigt, aber er hat es nicht angenommen. Verdammt nochmal! Ich wollte ihn gar nicht beleidigen. Es tut mir so leid.«

»Ach, vergiss es!«, brüllte Dennis laut, in der Hoffnung, dass Patrick, der schon um die Ecke gebogen war, es noch hörte. »Die Diva soll sich wieder einkriegen! Lass ihn abziehen, der fängt sich schon wieder! Es erträgt wohl nicht jeder so gut, wenn er einen Spiegel vors Gesicht gehalten bekommt. Mach dir nichts draus! Der kommt schon zurück!«

Axel, Dirk und Stone bestätigten Dennis, und so ließ Clara sich mitziehen und wieder auf andere Gedanken bringen.

X. Frauen und Männer

Als sie in der alten Schenke ankamen, war diese schon relativ voll. Yvonne stand hinter der Theke und begrüßte die Hereinkommenden. Axel, der mit als Erster die Kneipe betrat, drehte sich sofort um, als er sah, dass Yvonne, statt Sarah heute die Frühschicht hatte und sah Clara mit skeptischem Blick an. Als Clara Yvonne bemerkte, brachte sie ein halbwegs gequältes Lächeln hervor, sah dann Axels Blick und lächelte.

»Mach dir keine Sorgen, ich mache dir keine Szene.«, flüsterte sie ihm ins Ohr.

Axel grinste, und sie verteilten sich ein Stück weiter hinten um den Tresen. Yvonne winkte Clara fröhlich zu und rief: »Hey, Süße! Freut mich, dich wiederzusehen! Wie geht's dir?«

»Super, danke!« grinste Clara.

»Was darf ich euch bringen?«, fragte Yvonne in die Runde.

»Bier!«, riefen Dirk und Axel im Chor, während Marc, Dennis, Phillipp, Ruben, Sven, Selena und Clara nickten.

»Für euch?«, richtete Yvonne die Frage an den Rest.

»Weißwein, wenn ihr habt?«, sagte Jens und Nora grinste und sagte kaum hörbar »Oh, das nehme ich auch!«

»Zwei Komma acht Gramm White Widow und eins Komma zwei Gramm Amnesia.«, sagte Stone. »Und wenn du ran kommst noch ein Gramm schwarzer Afghane.«

»Das ist eine Kneipe und kein Coffee-Shop!«, antwortete Yvonne.

»Ihr solltet an eurer Einstellung arbeiten!«, rief Stone. »Das gibt einen Stern Abzug für Kundenzufriedenheit!«

»Das zieht der so noch eine halbe Stunde durch.«, meinte Selena genervt. »Wenn du darauf keine Lust hast, mach ihm ein Cola-Bier!«

»Sie zahlt!«, rief Stone, als sich Yvonne wieder umgedreht hatte.

Der Rest der Runde grinste.

»Ach, Stone.«, seufzte Clara lachend. »Schön zu sehen, dass du der Alte geblieben bist.«

Stone sah sie an: »Du hast mir schon lange kein Portemonnaie mehr mitgebracht!«

Nora sah Stone verwirrt an und erhielt als Antwort von Axel und ihm die Geschichte, wie er Clara kennen gelernt hatte. Die gesamte Geschichte über sah Clara Nora an, was sie zwar bemerkte, aber aus Scham den Blick felsenfest auf Stone oder Axel richtete. Sie sah nur einmal auf, als Yvonne die Getränke an den Tisch brachte.

»Ich stelle gerade fest, dass ich dir besonders Unrecht getan habe.«, sagte Clara, als die beiden fertig waren. Nora blickte sie an, blinzelte und fragte: »Wie meinst du das?«

»Du hast Stone durch Axel kennen gelernt, ich habe Axel durch Stone kennen gelernt. Anscheinend sind wir uns ja ähnlicher als ich dachte.«

Nora lächelte, aber sie schwieg schüchtern. Das wollte Clara allerdings so einfach nicht hinnehmen und versuchte Nora in ein Gespräch zu verwickeln: »Wie kommt ihr beiden denn eigentlich zueinander? Ihr wirkt so unterschiedlich. Nicht, dass das Stones einziges Merkmal wäre, aber der Name spricht ja schon für sich und du wirkst auf mich nicht so, als ob du etwas mit Drogen zu tun hättest?«

»Nein, überhaupt nicht!«, antwortete Nora.

»Was ist es dann?«, bohrte Clara nach.

»Er ist witzig und er mag mich.«, Nora errötete wieder.

»Ja, natürlich.«, bestätigte Clara. »Ich will ihn auch gar nicht schlechtmachen. Er ist ein netter Kerl. Ihr wirkt bloß so unterschiedlich, deswegen frage ich so interessiert.«

Stone grinste breit: »Sie ist so unschuldig. Ist sie nicht süß?«

»Jeder braucht die Frau, die das Beste in ihm hervorruft!«, lachte Axel. »Für Stone ist das ein Unschuldslamm und für mich eine Frau, die mich kaputt hauen könnte, wenn sie wollte.«

Stone lachte sein lautes, kehliges Lachen und sagte zu Nora: »Denk immer dran: Wenn ein Fremder dir Drogen geben will, sag ›Danke!‹, denn Drogen sind teuer!«

Jetzt musste sogar Nora lachen, aber kurz darauf fragte sie doch: »Wieso könntest du Axel kaputthauen? Der ist doch viel größer als du!«

Während Clara grinsen musste, lachte Axel laut: »Sie hat jahrelang Kampfkunst gelernt! Das hat sie in ihrer ersten Woche hier auch gleich mal unter Beweis gestellt und eine Gruppe von Flüchtlingen so zusammengeschlagen, dass einer im Krankenhaus gelandet ist.«

Nora, aber auch die anderen, sahen Clara erstaunt an, und Clara blickte etwas betreten auf den Boden.

»Im Ernst?«, fragte Marc laut.

»Glaub mir, mit ihr willst du dich nicht anlegen.«, grinste Ruben.

Lachend schlug Clara Ruben leicht mit der flachen Hand auf die Schulter, um ihm zu sagen, dass er nichts sagen sollte. »Ich wurde von drei Leuten angegriffen und musste mich verteidigen.«, erklärte sie. »Ja, ich beherrsche ein bisschen Jiu-Jitsu und ich habe den einen Typ ins Krankenhaus gebracht, aber ich bin darauf nicht stolz, sondern habe mich nur verteidigt. Ich habe ihn mehrmals besucht und ihn gefragt, ob es ihm wieder gut geht und er hat mir auch verziehen.«

Alle, außer Axel sahen Clara beeindruckt an. Für ein paar Sekunden war es sehr still.

»Wie ist es so, die Frau in der Beziehung zu sein, Axel?«, fragte Jens mit breitem Grinsen.

Ein extrem lautes, aber entrüstetes Lachen ging durch die Runde. Selbst Axel lachte laut mit, obwohl er leicht rot geworden war. Jeder in der Runde konnte förmlich spüren, dass der Punkt gerade überschritten worden war, an dem Jens noch ein Außenstehender des Freundeskreises war.

»Axel ist ganz sicher nicht die Frau in unserer Beziehung!«, grinste Clara und umarmte seinen Arm.

»Vielen Dank, Schatz! Jetzt, wo du mir das bestätigt hast, fühle ich mich gleich viel männlicher!«, sagte Axel extrem ironisch.

»Ach ja, ich vergaß. Männer können Bestätigung ja nur von anderen Männern erhalten.«, verdrehte Clara die Augen.

»Wie meinst du denn das?«, fragte Marc.

Clara sah ihn an und zuckte mit den Schultern. »Naja, tendenziell ist das so. Frauen können Bestätigung von Männern und Frauen bekommen, Männer können sie nur von anderen Männern bekommen. Deshalb gehen Männer so gerne in Kneipen und reißen Machosprüche. Das finde ich zwar oft recht amüsant, aber eigentlich ist das kein Zeitvertreib für mich. Aber ich glaube, Männer brauchen das.«

Die Männer der Runde sahen sich an und warfen sich seltsame Blicke zu.

»Irgendwie stimmt das, glaube ich.«, bestätigte Dennis.

»Aber ganz kann man es doch auch nicht ausschließen,

dass man als Mann keine Bestätigung von einer Frau bekommen kann, oder?«

»Natürlich nicht.«, stimmte Clara zu. »Aber da spielen noch andere Faktoren mit hinein. Autorität, zum Beispiel. Wenn dein Chef eine Frau ist und dir etwas zu sagen hat, vor allem, wenn du weißt, dass sie es besser weiß als du, dann ordnest du dich dem zwar unter, aber holst dir deine Bestätigung daher, dass du etwas richtig gemacht hat. Also aus deiner eigenen Leistung. Das ist natürlich wichtig! Deshalb kann man jetzt nicht allen Frauen sagen, dass sie ihre Männer nicht mehr loben sollen. Das ist natürlich Quatsch. Aber ein Mann erkennt das Lob in der Regel nicht aufgrund der Tatsache an, dass es eine Frau gesagt hat, sondern wegen dem Punkt an sich. Wenn Männer aber unter sich sind, dann beleidigen sie sich meistens, obwohl sie genau wissen, dass sie es nicht so meinen. Wenn man das als Frau nicht weiß oder nicht gewöhnt ist, müsste man die Männer deshalb für völlig bescheuert halten, weil sie es nicht schaffen, sich auf ehrliche Weise gegenseitig zu bestätigen.«

Selena lachte laut: »Das stimmt! So habe ich das noch nie gesehen. Ich dachte immer, dass wäre nur Spaß. Ich hätte ja nie gedacht, dass dahinter ein Konzept steckt.«

»Oh doch!« nickte Clara. »Im Prinzip ist das sogar recht einfach und ganz gut erforscht, aber es findet nicht so viel Anwendung. Die Leute, die ›Diskriminierung!‹ schreien, sind leider meistens lauter. Stattdessen müssten die Leute lernen, dass Männer und Frauen, beziehungsweise Jungs und Mädchen völlig unterschiedliche Denk- und Verhaltensmuster besitzen.«

»Aber deswegen gibt es doch trotzdem Diskriminierung!«, meinte Sven erstaunt. »Du kannst doch jetzt nicht einfach allen Leuten sagen, dass sie keine Ahnung von Psychologie haben und sich damit besser beschäftigen sollten. Viele Leute, die diskriminiert werden gehen zu weit, damit stimme ich dir zu. Dabei ist vermutlich das größte Problem, dass die, die am lautesten schreien, am meisten gehört werden. Aber trotzdem haben die meisten Diskriminierungsdebatten doch in der Regel trotzdem einen realen Hintergrund.«

»Das habe ich doch gar nicht bestritten.«, verteidigte sich Clara. »Ich wollte bloß sagen, dass die Umgangsformen zwischen Männern und Frauen unterschiedlich ablaufen. Zum Beispiel habe ich da diese Kollegin, die ich etwas anstrengend finde, obwohl sie es vermutlich einfach nur gut meint.«

»Was ist mit ihr?«, fragte Axel.

»Ach.«, winkte Clara ab. »Nichts weiter Wildes. Ich mag es bloß nicht, wenn man mir etwas erklärt und mich dabei wie ein kleines Kind behandelt. Ich bin neu und weiß noch nicht alles. Wenn sie etwas erklärt, dann sehe ich das und muss mir viele Schritte auf einmal merken. Beim zweiten Mal soll ich es dann alleine machen und statt, dass sie es mir noch einmal erklärt, steht sie da und sagt: ›Überleg mal! Wie würdest du das jetzt machen?‹ Ich hasse das! Diese Art hat mich schon an Mathetutoren genervt. Ich weiß, dass du es besser weißt. Wenn ich etwas vergessen habe, dann erkläre es mir halt nochmal und grins mich dabei nicht überlegen an und versuch mich selbst darauf kommen zu lassen. Ich habe fast zehn Jahre lang Mathe-Nachhilfe gegeben und es geschafft, nie arrogant rüber zu kommen. Sie erklärt etwas fünf Minuten und schafft das sofort. Der eigentliche Grund, warum ich mich darüber aufrege ist aber der, weil ich weiß, dass ihr die Kommunikation mit mir eigentlich wichtiger ist, als die Tatsache, dass ich begreife, was ich tue. Und das ist eben ein Frauending.«

»Und ich dachte immer, es wären Männer, die sowas bei Frauen machen.«, lachte Jens.

»Hä?«, blickte Clara ihn fragend an.

»Das ist auch so eine Diskriminierungsbezeichnung, die sich Feministinnen ausgedacht haben.«, lachte Jens. »Wenn ein Mann einer Frau etwas auf herablassende Art und Weise erklärt.«

»Nein.« Clara verdrehte die Augen. »Das nennt man bloß: ›Sich-wie-ein-Arschloch-verhalten.‹ Das können Männer und Frauen beide gleich gut.«

»Und von Arschlöchern soll man sich ja bekanntlich fernhalten.«, grinste Axel.

»Ja.«, lachte Clara. »Die zwei Weisheiten des Lebens: ›Sei kein Arschloch!‹ und ›Halte dich fern von Arschlöchern!‹«

Die anderen lachten laut.

»Großartige Weisheit!«, klatschte Dirk.

»Gib mir mal einen praktischen Tipp, warum Frauen so kompliziert sind!«, lachte Stone.

Clara zuckte gelangweilt mit den Schultern. »Das ist eine unglaublich schlecht gestellte Frage. Du erwartest einfache Antworten über ein unfassbar großes Gebiet? Das kann nicht funktionieren. Stell lieber eine Detailfrage, darauf kann ich antworten. Und bitte nicht so was Langweiliges, wie die Frage, warum Frauen gerne Schuhe kaufen oder so ein bescheuertes Klischee.«

»Okay.«, machte Stone knapp.

»Warum sind im Informatik-Studiengang und anderen technischen Studiengängen kaum Frauen?«, fragte Phillipp.

Clara strahlte breit: »Das ist eine gute Frage! Das kann ich dir tatsächlich beantworten!«

Phillipp grinste bestätigt.

»Das liegt an der Art und Weise wie Frauen im Gegensatz zu Männern lernen. Frauen lernen auswendig, Männer durch Ausprobieren. Keine Methode ist besser oder schlechter, sie sind eben einfach nur anders. In technischen Studiengängen, in der Mathematik und in der Informatik geht es um Logik. Wie man ein Problem löst. Männer stürzen sich auf das Problem und probieren rum. Wenn es nicht funktioniert, probieren sie es anders. Frauen gehen das ganz anders an. Die schauen sich das Problem erst einmal genau an und untersuchen das Problem auf seine Beschaffenheit. Da wird dann analysiert und geschaut, dass man die Musterlösung findet.«, erklärte Clara.

»Da erscheint mir aber die Herangehensweise des Mannes sinnvoller.«, meckerte Marc. »Klingt mir sowieso recht abstrakt.«

»Für logische Probleme, wie Ingenieure sie haben, ist die Herangehensweise der Männer auch oft geeigneter. Das ist die Antwort auf Phillipps Frage. Aber lass es mich für dich konkreter machen.«, antwortete Clara lächelnd. »Jeder von euch hat vermutlich schon einmal ein Möbelstück von Ikea zusammengebaut, oder?«

Sie sah sich in der Runde um und alle nickten.

»Frauen lesen die Anleitung!«, rief Clara lachend. »Für Männer unvorstellbar! Ich wette, jeder von euch Männern hat schon einmal auf die Anleitung geguckt und dann etwas falsch oder seitenverkehrt zusammengesetzt. Das ist eben der Unterschied. Frauen versuchen auf die Musterlösung zu kommen, indem sie auswendig lernen und das Problem erst auseinandernehmen, bevor sie sich an die Lösung setzen. Männer machen Fehler und lernen dadurch. Das ist eben anders, aber weder besser noch schlechter.«

»Ich glaube, das stimmt!«, bestätigte Jens. »Ich studiere Jura und meine Professoren haben auch schon mal erzählt, dass Frauen in den Klausuren eher gut darin sind, die Gesetze zu kennen, Männer aber besser darin sind sie anzuwenden.«

»Ja, das ist der Punkt dahinter.«, nickte Clara.

»Und was sagst du zu einer Frauenquote?« fragte Sven.

»Eine Frauenquote ist nichts anderes als eine Diskriminierung.«, meinte Clara. »Diskriminierung im statistischen Sinne bedeutet ja lediglich Unterscheidung. Eine Quote verfälscht ein Gleichgewicht, das auf natürliche Weise entsteht. Wenn man der Meinung ist, dass Frauen aufgrund von Diskriminierung durch Männer nicht in höhere Positionen gelangen und dann eine Frauenquote einführen will, dann bekämpft man Diskriminierung in unrechtmäßigem Sinne mit Diskriminierung in statistischem Sinne. Es sollte Chancengleichheit geben, aber sie zu erzwingen halte ich für schwierig. Das kann ja auch nicht so gewollt sein.«

Clara hatte so viel geredet, dass sie als einzige noch kaum etwas von ihrem ersten Bier getrunken hatte, während die meisten schon nachbestellt hatten. Lediglich Dirk war schon bei seinem dritten Bier und hörte der Unterhaltung mit halbem Ohr zu.

XI. Weitere Kneipengespräche

Als zwischenzeitlich eine längere Pause entstand, war es Ruben, der irgendwann wieder ein ernsteres Thema anschlug: »Was machst du eigentlich genau, Clara? Du hast eben von einer Arbeitskollegin gesprochen. Hast du wieder einen neuen Job gefunden?«

»Ja.«, antwortete Clara. »Ich bin bei einer Unternehmensberatung.«

»Ah.«, machte Ruben und seine Stimme ließ durchblicken, dass er so viel Ahnung hatte, was eine Unternehmensberatung tat, wie ein Goldfisch, dem man etwas über Raketentechnik erklärte.

»Und, was macht man da so?«, fragte er interessiert.

»Nichts!«, gluckste Axel. »Jedenfalls nicht arbeiten!«

»Ich arbeite total viel!«, blickte Clara Axel mit seltsam angemutetem Gesichtsausdruck an.

»Was ist denn deine Arbeit?«, rief Axel laut. »Unternehmensberatung bedeutet, dass du anderen Unternehmen sagst, was sie tun sollen. Du gehst quasi hin und sagst: ›Macht das anders! Macht das besser! Macht das weniger scheiße!‹ Das ist dein Job!«

Die anderen grölten vor Lachen und auch Clara konnte nicht umhin breit zu grinsen.

»Und jetzt wirklich?«, fragte Ruben.

»Eigentlich ist das gar nicht so falsch.«, grinste Clara und Ruben nickte.

»Wieso bist du eigentlich nicht schon früher dabei gewesen, Ruben?«, fragte Marc.

Er hatte damit ein kritisches Thema angesprochen, doch Ruben antwortete lachend: »Ich habe eine Frau und ein Kind. Ich habe keine Zeit so oft in die Kneipe zu gehen, wie ihr Singles.«

Marc schien jedoch daran interessiert das Thema auszuweiten: »Und vorher? Clara scheint sich ja offensichtlich nicht allzu gut mit ihrer Familie zu verstehen, so viel habe ich schon mitbekommen. Mit dir geht das aber schon?«

Axel und Dennis, die als einzige bereits wussten, wie es um das Verhältnis zwischen Ruben und Clara bestellt war, sahen etwas betreten zu Boden.

»Meine Familie willst du nicht kennen lernen!«, sagte Ruben ernst. »Wir, und damit will ich mich jetzt nicht ausschließen, auch wenn ich mich geändert habe, haben Claras Kindheit ziemlich beschissen gestaltet und meine Geschwister Steffen, Sören, Annika und Katrin haben sich bis heute kein bisschen verändert. Ein bisschen gebe ich mir selbst die Schuld daran. Ich habe sie mit Sicherheit negativ beeinflusst, aber ich bin wieder auf die richtige Bahn gekommen.«

»Was war denn?«, hakte Marc nach.

»Rechtsradikales Gedankengut eben.«, zuckte Ruben mit den Schultern. »Alle Ausländer sind scheiße und sollen aus Deutschland raus, der Holocaust ist nie passiert, alle anderen sind schuld, bloß man selbst nicht.«

Die anderen sahen Ruben ein wenig geschockt an.

»Na, dann bin ich ja froh, dass du diese Einstellung nochmal überdacht hast.«, meinte Selena.

»Das kam nicht ganz von alleine.« erklärte Ruben. »Dafür musste eine ganze Menge passieren, das kannst du mir glauben. Am wichtigsten war es, einen Job zu finden, der mich komplett ausgelastet hat. Ich bin Gerüstbauer, da bist du am Ende des Tages vollkommen fertig, gehst nach Hause und schwingst keine Parolen mehr. Dann hatte ich einen Arbeitskollegen, mit dem ich gut befreundet war und erst nach einem halben Jahr habe ich herausgefunden, dass er Ausländer ist. Hätte ich das von

Anfang an gewusst, hätte ich ihn gleich von mir gestoßen, aber ich habe das erst gemerkt, als er bereits einer meiner besten Freunde war. Durch ihn kam ich erst auf die Idee Clara wieder aufzusuchen und mich mit ihr auszusprechen. Dazu war eine ganze Menge Überwindung nötig. Ich musste mir meine Fehler selbst eingestehen, und das hat lange gedauert. Als ich mich dann mit Clara ausgesprochen habe, hat sie auf die bestmögliche Art reagiert. Sie hat mir eine praktische Möglichkeit gegeben mich zu entschuldigen, indem ich die Bürgschaft für ihre Wohnung übernehmen und ihr beim Umzug helfen durfte. Damit, hat sie gesagt, sei unsere Rechnung beglichen. Das kann ich ihr gar nicht hoch genug anrechnen. Nur ab und zu hat sie mich noch ganz subtil auf meine frühere Einstellung angesprochen. Was mein Arbeitskollege durch direkte Konfrontation geschafft hat, hat Clara dann durch Gespräche noch erweitert. Ich bin nach wie vor nicht unbedingt der klügste Kopf, aber ich kümmere mich jetzt nur noch um meinen eigenen Kram. Was andere machen interessiert mich nicht mehr. Bist du nett zu mir, bin ich nett zu dir. Bist du ein Arschloch, versuche ich dich zu ignorieren oder dir aus dem Weg zu gehen. Bis jetzt bin ich damit ganz gut gefahren und ich hoffe es bleibt dabei.«

Der Rest der Runde nickte anerkennend. Selena wollte etwas sagen, doch weil Clara sie mit aufgerissenen Augen anstarrte, blickte sie irritiert zurück und fragte: »Was ist?«

»Sag ruhig, was du sagen willst.«, lächelte Clara. »Ich höre dir gerne zu.«

»Das klingt, als würdest du mir widersprechen wollen, noch bevor ich etwas gesagt habe.«, lachte Selena.

»Egal was du sagst, ich kann immer eine Gegenposition dazu einnehmen. Das ist argumentativ nicht schwierig, solange du eine Position einnimmst, die einfach genug ist.«

Selena war nun noch verwirrter als vorher: »Ich wollte doch bloß sagen, dass ich es gut finde, wenn man sich gegen rechte Positionen äußert.«

»Klar!«, bestätigte Clara sie lächelnd. »Geht ja nichts gegen ein einfaches Feindbild.«

»Wie meinst du das denn?«, fragte Selena.

Clara holte wieder weit aus: »Rechts zu sein ist falsch und dagegen muss man sich wehren, nicht wahr?«

»Ja, schon.«, nickte Selena.

»Du darfst dein Feindbild aber nicht so einfach instrumentalisieren.«, erklärte Clara. »Es gibt Positionen auf der rechten Seite, die nicht verkehrt sind und denen du zustimmen solltest, obwohl sie jemand geäußert hat, den du abgrundtief verachtest.«

Selenas Augen verengten sich zu Schlitzen: »Was soll das denn heißen? Mach mal ein Beispiel!«

Clara überlegte kurz, sah dabei in die Luft und schaute nach ein paar Sekunden Ruben an: »Ruben? Bist du der Meinung, dass man den Muslimen in Deutschland erlauben sollte Minarette und Moscheen zu bauen?«

Ruben rümpfte die Nase: »Nein!? Natürlich nicht!«

»Aber da bin ich doch auch nicht dafür!«, entrüstete sich Selena.

»Dann bist du der gleichen Meinung wie die Nazis!«, sagte Clara gelassen.

»Na, aber es gibt doch mehr als schwarz und weiß!«, antwortete Selena verblüfft.

»Genau das meine ich.«, grinste Clara. »Dieser Punkt ist jetzt ganz konkret und das ist es, worüber du dir Gedanken machen solltest. Wäge im Detail ab, wofür und wogegen du bist und entscheide dann. Entscheide unabhängig davon, wer sonst noch deine Meinung vertritt. Das ist das große Problem mit den Leuten. Sie suchen sich ein Feindbild und kämpfen dann dagegen. Dabei haben sie gar keine eigene Position, sondern sind bloß gegen ihren vermeintlichen Feind. Wenn der Feind aber viele Positionen vertritt, musst du eben schauen, welche Positionen du ablehnst und welche du befürwortest. Lass mich ein Beispiel machen: In der Flüchtlingsdebatte gibt es Menschen, die die Willkommenskultur verteidigen und Menschen, die sich dagegen aussprechen. Nicht jeder, der sich dagegen ausspricht, ist ein Nazi und nicht jeder der die Willkommenskultur verteidigt ist ein leichtgläubiger Trottel. Das ist eben vielschichtiger.«

»Das habe ich auch versucht, dir zu erklären.«, bestätigte Axel. »Du wolltest mit ›Refugees welcome‹-Schildern zum Bahnhof gehen und Flüchtlinge willkommen heißen, und ich habe dir erklärt, dass das nicht sinnvoll ist.«

»Ich bin doch kein Vollidiot!«, unterbrach Selena Axel aufgeregt. »Ich weiß selbst, dass es unter Flüchtlingen schwarze Schafe gibt. Für wie naiv haltet ihr mich eigentlich? Aber ob links oder rechts: Ich bin einfach gegen Hass, Gewalt und Ausgrenzung!«

Clara richtete den Finger auf Selena: »Das ist genau der Punkt, auf den ich hinauswill! Das machst du dir zu einfach! Auch kritische Stimmen gegen Flüchtlinge sind gegen Hass, Gewalt und Ausgrenzung! Glaubst du vielleicht, du hast die Moral gepachtet? Glaubst du, jemand stellt sich auf die Straße und demonstriert ›Ich hasse andere Menschen! Ich will Flüchtlinge ausgrenzen! Ich bin für Gewalt!‹? Niemand tut das und wenn doch hat er einen unhaltbaren Standpunkt. Solltest du so jemanden finden, bin ich sofort auf deiner Seite. Aber in der Regel sind

Hass, Gewalt und Ausgrenzung nur Ideen, gegen die du antrittst. Du machst dir dein Weltbild zu einfach, weil du in Kategorien wie Gut und Böse denkst. Du hältst dich selbst für gut, und damit machst du denjenigen, der deine Position kritisch sieht zu deinem Feindbild und hältst es für richtig ihn zu bekämpfen. Deine vermeintliche moralische Überlegenheit macht dich aber selbst zum Feind der freien Meinungsäußerung. Wenn du als Gegendemonstrant auf eine Nazidemonstration gehst und deinen Feind so niederpfeifst, dass er nicht zu Wort kommt, dann bist du diejenige, die die Meinungsfreiheit mit Füßen tritt!«

Selena war rot im Gesicht geworden und schien sich vollkommen missverstanden zu fühlen, weswegen Clara ein wenig zurückruderte: »Versteh mich bitte nicht falsch, Selena. Du meinst es sicherlich gut und willst Leuten helfen. Dagegen habe ich absolut nichts einzuwenden. Du bist natürlich kein schlechter Mensch.«

»Es gibt Leute, die predigen Hass. Die wollen alle Ausländer rausschmeißen und Asylantenheime abfackeln und so etwas. Soll ich diese Leute etwa ihren Hass ausleben lassen?«, fragte Selena verblüfft und schockiert.

Ruben mischte sich ein: »Ich glaube, was Clara sagen will geht nicht in solche extremen Richtungen. Bei tatsächlicher Gewalt und tatsächlichem Hass sind wir sofort deiner Meinung. Es geht aber darum, das Ganze wirklich kritisch zu hinterfragen und das tun viele Leute nicht. Du sollst dich nicht zu leicht beeinflussen lassen. Wenn du auf der Straße einen Typen mit Glatze und Bomberjacke siehst, der sich mit einem Ausländer prügelt, dann hast du ihn auf der Stelle als Nazi abgestempelt, siehst das als zum Himmel schreiende Ungerechtigkeit und willst eingreifen. Du sollst aber überlegen, ob es nicht vielleicht so

war, dass der Ausländer den vermeintlichen Nazi angegriffen hat und der sich bloß verteidigt. Du sollst dir einen Überblick über die Gesamtsituation verschaffen und
nicht vorverurteilen!«

Noch bevor Selena etwas sagen konnte, ergriff Clara
wieder das Wort: »Es geht mir um wahre Probleme und
keine gefühlten Probleme. Das ist das, wo ich den Unterschied sehe. Wenn Phillipp irgendeinen Machospruch ablässt, bei dem du dich beleidigt fühlst, dann ist das vielleicht nicht nett, aber es ist kein reales Problem. Wenn
Phillipp dich aber schlägt, ist das sehr wohl ein Problem.«

»Das würde ich nie tun!«, entrüstete sich Phillipp,
lachte dabei aber.

»Weiß ich doch!«, grinste Clara. »War nur ein Beispiel.«

»Willst du mich für blöd verkaufen?«, fragte Selena,
die krebsrot im Gesicht war. »Glaubst du, ich wüsste das
nicht?«

»Phillipp ist zu nah an dir dran. Geh von dem Problem
weiter weg: Wenn ein Politiker im Fernsehen irgendeinen
Machospruch ablässt, dann kreischen tausende Frauen,
dass er ein Frauenhasser und ein Schwein wäre. Macht
ihn das zu einem schlechten Politiker?«, fragte Clara.

»Es macht ihn jedenfalls auch nicht zu einem guten.«,
verschränkte Selena die Arme.

Axel, Marc, Sven, Jens und Dennis verdrehten die Augen und ließen ein genervtes »Oh« ertönen.

»Ja, was?«, meinte Selena zickig. »Soll ich jemanden
vielleicht gut finden, wenn er Frauen beleidigt?«

»Du sollst dich nicht beleidigt fühlen.«, Clara riss der
Geduldsfaden. »Deine Gefühle interessieren niemanden!
Vergiss deine Gefühle! Das ist das große Problem heut-

zutage. Da rettet ein Feuerwehrmann drei Kinder aus einem brennenden Haus und bekommt eine Beförderung und wird von der Stadt zum Helden erklärt, und ein halbes Jahr später wird er gefeuert, weil er einer Frau auf den Arsch gehauen hat. Natürlich sind das zwei unterschiedliche Dinge und Unrecht macht zuvor ausgeübtes Recht nicht wieder wett, aber betrachte das Ganze doch bitte verhältnismäßig! Ich will nicht in einer Welt leben, in der Männer Angst haben müssen wegen sexueller Diskriminierung gefeuert zu werden, weil sie einer Arbeitskollegin ein Kompliment machen. Bei realem Unrecht stehe ich auf deiner Seite! Sofort und bedingungslos! Bei gefühltem Unrecht frage ich mich, ob du noch alle Tassen im Schrank hast. Heutzutage fühlen sich Leute wegen jedem Mist beleidigt und fordern Gerechtigkeit, und ich befürchte, dass reales Unrecht damit verharmlost wird. Das gilt es zu unterscheiden!«

»Also das mit dem Feuerwehrmann finde ich krass.«, stimmte Selena zu. »Ist das wirklich passiert?«

»Ich habe mal so etwas in einem Zeitungsartikel gelesen, aber das ist schon einige Zeit her.«, antwortete Clara. »Aber der Punkt ist klar, oder?«

»Ja.«, gab Selena zu. »Es ist schon heftig, wenn ein Mann seinen Job gut gemacht hat und dann wegen etwas, was eigentlich eine Lappalie ist, gefeuert wird.«

»Etwas anderes wollte ich auch nicht sagen.«, nickte Clara. »Verhältnismäßigkeit beim Unrechtsbewusstsein! Ich finde es schrecklich, wenn beleidigte Gefühle mehr Aufmerksamkeit erregen, als tatsächliche Gewalttaten. Wenn ein Mann schreit: ›Frauen gehören an den Herd!‹, dann lache ich ihn für diese lächerliche Meinung aus und erkläre nicht, dass er aufgrund frauenverachtender Weltansichten aus seinem Beruf ausscheiden soll, den er möglicherweise gut macht.«

»Atemberaubende Weisheit.«, schnaufte Dennis. »Hast du noch mehr solcher Weisheiten auf Lager?«

Clara überlegte kurz und antwortete: »Habe immer eine Rolle Klopapier auf Reserve!«

Die anderen lachten.

»Ich mag Clara einfach.«, grinste Marc. »Egal was man sie fragt, sie hat immer eine Antwort auf Lager. Erzähl mir doch mal die größte Weisheit, die in dir steckt!«

Clara nahm einen Schluck von ihrem Bier und sah Marc dann ernst an: »Ich weiß nicht genau, was du jetzt hören willst. Das Wichtigste, was ich jedem raten kann ist: Sei aufgeschlossen! Für Meinungen gilt das gleiche, wie für Technik oder Systeme. Alles kann vom Grundprinzip her umgestoßen und neu erfunden werden. Man hat die Glühbirne nicht erfunden, indem man das Feuer verbessert hat. Man hat das Auto nicht erfunden, indem man das Pferd verbessert hat. Das gleiche gilt für deinen Verstand. Menschen bilden sich eine Meinung über etwas und suchen sich dann die Informationen oder Mitmenschen heraus, die ihre Meinung bestärken. Deshalb stehe ich Dogmatismus wie in der Religion so kritisch gegenüber. Wenn du dein ganzes Leben eingeredet bekommst, dass es einen übermächtigen Menschen im Himmel gibt, zweifelst du das nicht an. Aber das solltest du. Wenn dir alle Menschen erzählen, du wärst ein Huhn, kannst du trotzdem kein Ei legen. ›Habe Mut, dich deines eigenen Verstandes zu bedienen!‹, wie Kant sagen würde.«

Marc sah Clara mit zugekniffenen Augen an: »Hast du dafür auch ein konkretes Beispiel? Religiös bin ich sowieso nicht.«

Clara sah sich um und bemerkte, wie die Blicke auf sie gerichtet waren. Ihr Blick fiel auf Stone, der sie mit weit geöffneten Augen erwartungsvoll ansah.

Lachend antwortete Clara: »Nur, weil mein Blick gerade auf Stone fällt: Drogenpolitik wäre ein Beispiel. Es gibt keinen sinnvollen Grund dafür, dass Drogen verboten sind. Wir stecken Leute ins Gefängnis, die sich berauschen wollen. Das macht gar keinen Sinn, denn Drogenkonsumenten sind keine Verbrecher. Wir sind hier in der Kneipe. Hier ist jeder ein Drogenkonsument. Aber wir ziehen die Grenze zwischen legal und illegal vollkommen willkürlich. Wir reden unseren Kindern ein, dass Drogen schlecht sind, obwohl nicht die Drogen, sondern die falsche Handhabung das Problem sind. Leute, die sich berauschen wollen, wird es immer geben. Das liegt in der Natur der Menschen. Aber sinnvolle Aufklärung und eine staatlich geregelte Verordnung, wie sie bei Medikamenten der Fall ist, fällt weg, und es ist beinahe ausschließlich das, was die Gefahr ausmacht. Warum ändern wir das Ganze also nicht? Weil die meisten Leute über das Thema nicht Bescheid wissen und aus dem Irrglauben, dass Drogenkonsum mit sozialer Verwahrlosung einher geht nicht mehr herauskommen wollen. Das hat man so eingeredet bekommen, und das wird dann wohl so stimmen. Man ist ja immer wahnsinnig betroffen, wenn man von einem drogentoten Heroinkonsumenten in einem dreckigen Bahnhofsklo hört, aber dass die Illegalität daran schuld sein soll, will man nicht einsehen. Es ist kein Argument zu sagen, dass der Drogenkonsument sein Verhalten sowieso lieber sein lassen sollte. Am besten von vorneherein. Menschen denken nicht immer rational und ein ideales Verhaltensmuster kannst du weder erwarten noch aufzwingen.«

Stone und Selena nickten bekräftigend, während Marc nachdenklich aussah.

»Du willst jetzt Heroin und Kokain legalisieren?«, fragte Dennis ein wenig verblüfft.

»Wenn ich von Legalisierung spreche, dann in der gleichen Art, wie über rezeptpflichtige Medikamente.«, beruhigte Clara Dennis schnell. »Natürlich will ich kein Heroin im Supermarkt anbieten. Ab 18 Jahren sollte es selbstverständlich sowieso sein. Selbst eine Legalität wird den illegalen Markt nicht verdrängen, das sollte auch klar sein. Es gibt ja auch Zigarettenschmuggel, obwohl Zigaretten legal sind. Sämtliche Bilder, die du von verwahrlosten Drogenkonsumenten gesehen hast, haben in den seltensten Fällen etwas mit der Droge zu tun und fast immer mit den Streckmitteln. Es ist irrsinnig, dass Dealer begünstigt werden, wenn sie ihre Drogen mit lebensgefährlichen Mitteln strecken, weil ja bloß die Droge illegal ist und sie so im Endeffekt weniger Drogen verkaufen, obwohl sie den Konsumenten mehr schaden. Legalität und sauberer Stoff gräbt den jetzigen Verhältnissen den Nährboden ab. Wir haben schon unglaubliche Fortschritte gemacht, seit den Achtzigern, wo die Leute noch auf der Straße verreckt sind, indem wir Konsumräume und Therapien angeboten haben. Entkriminalisierung ist der erste Schritt in die richtige Richtung. Legalität dann hoffentlich der letzte. Im Endeffekt soll Drogenkonsum das werden, was es eigentlich ist: Ein Hobby! Denn mehr ist es nicht. Manche trinken gerne, manche kiffen gerne, manche werfen sich gern Pillen ein. Wenn du deinem Beruf nachgehen und ein nützliches Mitglied der Gesellschaft sein kannst, dann tu doch in deiner Freizeit was auch immer du willst. Das geht mich überhaupt nichts an!«

Stone und Selena zogen Gesichter, als wären sie kurz davor Beifall zu klatschen.

»Ach und übrigens:«, fügte Clara hinzu. »Man kriegt häufig vorgeworfen, dass der Drogenkonsum durch Le-

galität ansteigen würde und man dann neue Probleme an-
häuft. Das Gegenteil ist der Fall. Wenn Drogen legal sind,
geht der Konsum zurück. Dafür gibt es Belege.«

Axel war Claras Argumentation sehr gelangweilt gefolgt. Nichts von dem was sie gesagt hatte, war in irgendeiner Art und Weise neu für ihn. Ebenso folgten kurz darauf die Fragen und gegenteiligen Meinungen, die bei
diesem Thema immer folgten. Dennis und Marc merkten
an, dass man Drogenkonsumenten einen Freifahrtschein
ausstellen würde, wenn es so laufen würde, wie Clara das
forderte und dass dies nicht Sinn und Zweck der Sache
sei. Axel verdrehte die Augen, bestellte Whisky-Cola und
stieß auffällig mit Dirk an, doch die Ironie darin schien
für Dennis und Marc zu unterschwellig. Selbst als Clara
sie darauf ansprach, rechtfertigten und verharmlosten sie
Alkohol als Kulturgut und verteufelten Crack und Heroin, obwohl sie sich ganz offensichtlich nicht im Geringsten damit auskannten, wogegen auch Stones Erläu-
terungen nicht halfen.

Marc fragte schließlich: »Du würdest doch damit auch
K.O.-Tropfen legalisieren, die manche Leute nutzen, um
Frauen zu vergewaltigen. Willst du das etwa gutheißen?«

Stone begann darauf zu lachen, weshalb Clara nur kurz
angebunden antwortete: »Ich will Drogen legalisieren,
nicht die Straftaten, die Menschen auf oder mit ihnen begehen!«

Trotzdem zog Stone die Aufmerksamkeit von Dennis
und Marc zu sehr auf sich, als dass sie Clara richtig zugehört hätten. Stone meinte, zwar immer noch lachend,
aber dennoch total verwirrt: »Wer macht denn einer Frau
K.O.-Tropfen ins Glas? Haben diese Leute zu viel Geld?
Ich würde die lieber selber trinken!«

Daraufhin begann die ganze Runde zu lachen, wobei Dennis und Marc mit dieser Reaktion so gar nicht gerechnet hatten. Stone erklärte noch kurz, dass K.O.-Tropfen überhaupt keine tatsächliche Substanz war, sondern dass alles Mögliche dazu gezählt wurde, meist Liquid Extasy, was er selbst bereits genommen hatte. Trotzdem war die Diskussion damit am Ende. Es wurde 21 Uhr, und Ruben bedankte sich bei Clara und dem Rest für den Abend und machte sich auf den Heimweg.

XII. Noch mehr Weisheiten

Da Rubens Abschied die Diskussion über Drogenlega-
lisierung endgültig unterbrochen hatte, herrschte für eine
kurze Zeit Stille. Dies nutzte Phillipp, um Clara auf die
Probe zu stellen, ob sie auch selber nach dem handelte,
was sie predigte: »Clara? Du hast doch vorhin gesagt,
dass man Grundprinzipien überdenken sollte?«

»Ja, wieso?«, fragte Clara.

»Naja, ich musste über etwas nachdenken, was du mir
und Quan damals in der Mensa erzählt hast. Weißt du
noch? Nachdem du die Matheübung gehalten hast und
ich dich zum zweiten Mal getroffen habe.«

»Ach herrje, das ist ja schon ewig her.«, lächelte Clara.
»Was habe ich denn da gesagt?«

»Du hast Quan erklärt, dass viele Leute Veganer werden, weil die Überlastung der Viehwirtschaft den CO2-
Ausstoß erhöht, welcher für den Klimawandel verantwortlich ist.«, sagte Phillipp.

»Naja, es gibt sicherlich auch andere Gründe dafür,
dass die Leute Veganer werden, aber …«

»Darum geht es mir nicht.«, unterbrach Phillipp sie.
»Sondern um den Zusammenhang zwischen CO2 und
dem Klimawandel. Das ist nämlich gar nicht so eindeutig, wie du das dargelegt hast.«

Clara sah ihn erstaunt an, schwieg aber und wartete darauf, dass er fortfuhr.

»Es ist unheimlich schwierig den vom Menschen verursachten CO2-Ausstoß von dem zu trennen, den der
Mensch nicht verursacht. Außerdem gibt es viele andere
Faktoren, die zum Klimawandel führen, wie zum Beispiel die veränderte Stellung der Erde zur Sonne.« Phillipp war in Fahrt geraten und jeder der Anwesenden

merkte ihm an, dass er sich mit dem Thema intensiv beschäftigt hatte. Axel, Selena, Stone, Dennis, Marc, Sven und Jens waren sehr schnell überfordert mit der Fülle an Informationen, die sie von Phillipp entgegen geschleudert bekamen. Nach einigen Minuten unterbrach Clara ihn und sagte: »Okay, okay! Phillipp, du kannst mir jetzt viele Informationen nennen, die ich nicht hier in der Kneipe überprüfen kann. Ich müsste mich vielleicht noch einmal zu Hause hinsetzen und das überprüfen, was du sagst. Vielleicht hast du Recht und der vom Menschen verursachte CO_2-Ausstoß führt nicht in überwiegendem Maße zum Klimawandel. Ich bin kein Klimaforscher. Aber ich wollte doch eigentlich auf den Punkt hinaus, warum es sinnvoll ist Veganer zu sein. Die Viehwirtschaft wird trotzdem überlastet, während die Bevölkerungszahl steigt. Die Anbaufläche dafür existiert auf der Welt nicht.«

»Ich wollte zwar eigentlich darauf hinaus, dass Klimaforscher ihr Grundprinzip auch nicht überdenken und ihre Annahme, dass CO_2-Ausstoß in zu hohem Maße vom Menschen kommt nicht überdenken, aber ich kann auch auf das Veganer-Phänomen antworten.«, grinste Phillipp. »Wie du schon mal gesagt hast, kannst du nicht einfach allen Menschen einen Stempel aufdrücken und ihnen sagen, was sie zu tun haben. Du musst einen anderen Weg finden, um die Welt zu retten. Wenn andere Länder auf der Welt ihren Fleischkonsum so ausweiten wie wir, gehen uns die Ackerländer aus. Das ist richtig. Aber solange so etwas Gewinn abwirft, werden die Menschen das tun. Erst, wenn dann die UNO einschreitet und sämtliche Weideland- und Viehzuchtflächen begrenzt, Fleisch massiv besteuert, sodass es sich kein Mensch mehr leisten kann und fast jedes Tier, das nicht zur Zucht geeignet ist, ausgerottet ist, wirst du merken, dass du mit ein paar

Millionen Veganern diesem Trend nicht entgegenwirken kannst. Du wirst eine andere Lösung finden müssen. Diese Lösung wird vermutlich Synthetik-Fleisch aus dem Labor sein. Die chemische Zusammensetzung eines Steaks ist uns bestens bekannt. Vermutlich kommt unser Fleisch in zwanzig Jahren aus dem 3D-Drucker.«

Alle blickten Phillipp für diese schlüssige Argumentation erstaunt an. Clara kratzte sich nachdenklich an der Nase.

»Boom!«, schrie Axel in Claras Ohr, woraufhin sie zusammenzuckte. Der Rest lachte und Clara grinste Axel an und schlug ihm mit der Hand spielerisch auf die Schulter.

»Vermutlich hast du Recht.«, gab Clara zu. Phillipp grinste überlegen und bekam dafür einen Kuss von Selena.

»Clara hat etwas nicht gewusst. Dass ich das noch erleben darf!«, lachte Marc.

»Ich habe nie behauptet alles zu wissen oder unfehlbar zu sein!«, grinste Clara. »Wie kommst du auf diese Idee? Es ist doch viel wichtiger, dass man seine Fehler einsieht, dazu steht und umdenkt, als nie Fehler zu machen!«

»Ich finde, ihr solltet Lehrer werden!«, meinte Nora. Phillipp und Clara sahen sie an.

»Lehrer? Ich?«, fragte Phillipp lachend. »Ich bin total introvertiert. Mich kann man unmöglich vor eine Klasse mit dreißig Kindern stellen.«

»Ach, quatsch.«, lachte Selena. »Ich wette, du wärst ein guter Lehrer.«

»Glaube ich nicht.«, mischte sich Dirk ein. »Ich will dir ja nicht zu nahe treten, Phillipp, aber wenn ich Schüler wäre und du würdest dich vorstellen mit ›Guten Tag, ich bin Phillipp Hergen euer Klassenlehrer‹, ich würde dich auffressen und ausspucken. Ich hab damals viele Lehrer zur Verzweiflung getrieben, und jemand wie du wäre kein Problem. Als Lehrer darf man nicht nur den Kopf voll Fachwissen haben, sondern es ist viel wichtiger, wie man seinen Schülern etwas beibringt. Clara kann ich mir da schon viel eher vorstellen. Eine gute Argumentation, so wie Phillipp sie eben gebracht hat, die ist mir als Schüler egal. Sowas muss ich dann bloß auswendig lernen. Clara unterrichtet mit dem Holzhammer. Die würde es schaffen mir Wissen einzuprügeln.«

»Ich nehme mal an, das war ein Kompliment?«, sagte Clara verwirrt. »Aber was genau meinst du damit?«

»Du bist nicht schüchtern.«, erklärte Dirk. »Du hast eine Art an dir, die Leute beeinflusst und beeindruckt. Leute hören dir zu, wenn du redest.«

»Wann hast du schon mal auf mich gehört?«, spöttelte Clara.

Dirk sah sie ernst an: »Dein allererster Vortrag an mich war in etwa: Bemitleide dich selbst oder erkenne, dass du dein Leben noch vor dir hast und deinen Traum leben kannst. Also ich habe mir das gemerkt. Ich habe mir einen Job gesucht, den ich mit kaputten Knien machen kann. Meine Ausbildung als Erzieher ist jetzt zur Hälfte vorbei, und es gefällt mir ziemlich gut.«

Clara sah Dirk mit großen Augen an: »Das hast du dir gemerkt? Das habe ich doch nur so daher gesagt. Ich habe nicht gewusst, dass ich damit tatsächlich etwas bei dir ausgelöst habe.«

»Das hast du bei mir aber auch geschafft.«, drängte sich Marc in das Gespräch. »Zu mir hast du in etwa gesagt: Wenn du saufen gehst, bist du eigentlich nur auf der Suche nach der richtigen Frau, damit du nicht mehr weggehen musst. Wenn du eine Beziehung gefunden hast, willst du wieder zurück zu deinen Freunden. Du weißt gar nicht, was du eigentlich willst. Das ist jetzt nicht unbedingt eine bahnbrechende Erkenntnis für mich gewesen.

Mir war schon klar, dass ich lieber single sein will, wenn ich in einer Beziehung bin und lieber jemanden habe, wenn ich alleine bin, aber du hast das ziemlich klar auf den Punkt gebracht. Ich habe darüber nachgedacht und bin mit Steffi aus meinem Dorf zusammengekommen. Sie ist genau die Frau, mit der ich die Balance zwischen alleine weggehen und in einer glücklichen Beziehung zu Hause sein, halten kann.«

»Das kannst du doch unmöglich auf mich zurückführen.«, erwiderte Clara.

»Ich habe mir jedenfalls gemerkt, was du gesagt hast.«, zuckte Marc mit den Schultern.

Clara sah Axel an, und der blickte amüsiert zurück.

»Mich brauchst du nicht so anzusehen. Ich bin sowieso begeistert von dir, sonst wäre ich wohl kaum mit dir zusammen.«

»Du hast mich mit Selena zusammengebracht.«, grinste Phillipp Clara an, und Selena lachte und bestätigte ihn.

»Du hast mir Mut gemacht, mich am Anfang meines Studiums zu outen!«, ergänzte Sven.

Claras Augen füllten sich ganz langsam mit Tränen: »Hört auf, Leute! Das habt ihr euch selbst zu verdanken und nicht mir.«

»Also ich bin nach wie vor ein wertloses Stück Scheiße.«, lachte Stone, und der Rest der Anwesenden bekam einen Lachanfall.

»Bist du nicht!«, lachte auch Nora und stieß Stone in die Seite.

Als sich das Gelächter wieder einigermaßen gelegt hatte, ging Dirk noch einmal auf Noras Punkt ein: »Aber mal im Ernst. Du solltest wirklich Lehrerin werden. Jemand wie du ist das, was unser Bildungssystem braucht.«

Clara seufzte: »Wenn ich Lehrerin werden würde, dann mit Sicherheit für Mathe und irgendein anderes Fach, das ich mir noch aussuchen müsste. Es sprechen für mich zwei Punkte dagegen: Zum einen, dass Lehrer viel zu unterbezahlt sind und zum anderen das Schulsystem. Unser Schulsystem müsste grunderneuert werden, bevor ich wieder einen Fuß in die Schule setze. Vorher würde ich Uni-Professorin werden, aber dann müsste ich fast nur noch langweilige Forschung betreiben, und das ist auch nicht so unbedingt mein Ding.«

Es folgte ein kurzes Schweigen. Sven sah vom einen zum anderen und meinte: »Also wenn es niemand sonst tut, dann frage ich: Was hast du gegen das Schulsystem?«

Clara sah ihn an, als wäre es das Offensichtlichste der Welt: »Unser Schulsystem hat sich seit den Preußen nicht mehr verändert. Wir zerhacken unsere gesamte Bildung in einzelne Schulfächer, obwohl sie miteinander zusammenhängen und zwingen Schüler dazu, sich durch stupides Auswendiglernen mit Schulnoten zu belohnen. Frag mal deine Eltern wie viel von ihrem Schulstoff sie noch beherrschen und was sie davon je gebraucht haben. Wenn du mehr als ein Stöhnen und ein ›Nicht viel!‹ zurückbekommst, kannst du mir Bescheid sagen. Ich will, dass man in der Schule lernt wie man eine Steuererklärung macht. Ich will Medizin und Jura als verpflichtende Schulfächer haben. Ich will Musik und Sport zu freiwilligen Fächern machen, damit Stärken gefördert und Schwächen obsolet gemacht werden können. Katholische oder evangelische Religion gehört abgeschafft und durch etwas ersetzt, in dem man theoretisches Wissen über Religion und Ethik lernt. Wir brauchen praktische Projekte, in denen Schüler etwas lernen, dass mit der Wirklichkeit zu tun hat. Kein Biologe der Welt kann die chemischen Prozesse des Citratzyklus auswendig, aber wir zwingen Kinder dazu, Klassenarbeiten darüber zu schreiben. Wir schicken die Faulen auf die Hauptschule und die Fleißigen auf das Gymnasium, statt zu erkennen, dass jedes Individuum einen eigenen Lernrhythmus hat. Wenn ich als Mathelehrerin in einer Klasse mit dreißig Kindern sitze, weiß ich ganz genau, dass fünfzehn davon nichts kapieren, zehn die Schritte, die benötigt werden einfach auswendig gelernt haben und fünf völlig gelangweilt sind. Mathe ist das meistgehasste Fach der Schule, weil die Schüler darin den Faden verlieren. Die Mathematik kommt ohne Theorie nicht aus, aber Formeln auswendig lernen ist Schwachsinn. An der Universität darf man in Matheklausuren zwischen einer und drei Seiten an Spickzetteln mitnehmen. An der Universität nutzen die dir kaum etwas, aber in Klassenarbeiten gäbe es damit nur noch Einsen. Stell dir vor, du musst das Volumen dieses Bierglases ausrechnen. Wer von euch kann das?«

Clara hob ihr Glas hoch. Ausnahmslos alle sahen Clara schweigend an. Nach ein paar Sekunden musste Phillipp lachen: »Auswendig weiß ich die Formel nicht, aber prinzipiell ist es nur Grundfläche mal Höhe und irgendwas mit Pi, weil es ein Kreis ist.«

»Ja, das ist eigentlich schon die richtige Antwort.«, sagte Clara ein wenig überrascht. »Grundfläche mal Höhe. Die Grundfläche ist der Radius zum Quadrat mal Pi. Der Punkt, auf den ich hinauswollte, ist der, dass euch niemand einen Strick daraus dreht, wenn ihr das nachschlagen müsst, weil ihr das nicht täglich braucht. Wenn wir aber in der Schule praktische Projekte veranstalten würden, bei der sich Schüler solche Dinge von selbst erarbeiten, dann lösen wir viele Probleme gleichzeitig. Viel mehr Schüler wissen dann auf einmal während ihrer Schulzeit schon, in welche berufliche Richtung sie gehen wollen. Zu meiner Schulzeit wusste das in den letzten

Wochen des letzten Schuljahres gerade mal eine Handvoll, und selbst bei denen könnte ich mir vorstellen, dass sie sich umentschieden haben. Dann steh mal da, nach deinem Abitur mit den Leistungskursen Deutsch, Geschichte und Biologie. In Deutsch ein Haufen Bücher gelesen, analysiert, charakterisiert und interpretiert, in Geschichte tausende Reden von Politikern des dritten Reichs und der Weimarer Republik analysiert und Jahreszahlen auswendig gelernt und sich durch Biologie irgendwie durchgewurschtelt, weil man ja noch ein naturwissenschaftliches Fach brauchte und das der Weg des geringsten Widerstandes war. Tja, auf die Art und Weise bekommt man halt viel zu viele Soziologie-, Germanistik- und Geschichtsstudenten statt Ingenieure und Techniker, die man auf dem Arbeitsmarkt viel dringender gebrauchen könnte. Da geht es dann genauso weiter mit dem auswendig lernen. So verdummt man seine eigene Bevölkerung. Woher soll man eigene Ideen bekommen, wenn man nie motiviert wird etwas Nachhaltiges auf die Beine zu stellen und sich stattdessen nur kurzfristig Fachwissen in den Kopf pumpt? Nicht, dass ich etwas gegen Geisteswissenschaft habe, aber wir brauchen Kreativität, statt stumpfes Auswendiglernen. In Harvard bringt man den Studenten bei, dass es besser ist, sich einen Beruf auszudenken, als einen vorhandenen zu ergreifen. Das ist die Zukunft. Wir können es sehen und handeln doch nicht danach.«

Clara unterbrach ihren Monolog, weil ihre Aufmerksamkeit durch ein anderes Ereignis abgelenkt wurde. Yvonne war gerade auf die andere Seite des Tresens gegangen und hatte einen Gast, der gerade die Kneipe betreten hatte, mit einer heftigen Umarmung und einem Kuss begrüßt. Clara kannte ihn nicht, aber aufgrund der Art und Weise der Begrüßung vermutete Clara, dass der

Kerl nicht irgendjemand, sondern ihr eigentlicher Freund war. Ohne ihren Blick von dem Geschehen abzuwenden, beantwortete sie stockend und sehr irritiert einige Gegenfragen, die die anderen ihr stellten und flüsterte letztendlich Axel ins Ohr: »Kennst du den Typ, den Yvonne da gerade so herzlich begrüßt?«

Axel drehte sich um, sah die beiden und antwortete: »Nein. Ist das ihr Freund?«

»Das weiß ich eben nicht.«, meinte Clara. »Aber ich will es herausfinden.«

XIII. Lars und Yvonne

Clara hatte bloß zehn Sekunden gebraucht, um herauszufinden, dass es sich bei dem Kerl tatsächlich um Yvonnes Freund hielt und kaum eine Minute, bis sie ihn zu ihren Freunden an den Tisch gelockt hatte. Yvonne musste noch eine knappe Stunde arbeiten, bevor sie sich zu ihnen gesellen konnte, und in der Zeit wollte sie sich mit ihm anfreunden. Axel war sehr skeptisch und legte aus offensichtlichen Gründen überhaupt keinen Wert darauf, Yvonnes Freund kennen zu lernen. Clara setzte sich jedoch sehr schnell durch, und den anderen blieb auch keine Wahl. Yvonnes Freund hieß Lars, war seit sechs Jahren bei der Marine und zu Dirks Freude ziemlich trinkfest. Er trank seinen Whisky pur und hatte immer gleichzeitig ein Glas Bier und ein Glas Whisky vor sich stehen. Wenn eins dabei war leer zu werden, meldete er sich bereits bei Yvonne, um ein neues Glas zu bekommen.

»Der hat Prinzipien!«, gluckste Dirk. »Sehr sympathisch!«

Lars grinste daraufhin. Er hielt sich nicht lange damit auf, sich den anderen vorzustellen oder die Namen der Anwesenden zu lernen. »Die vergesse ich sowieso sofort wieder, also nehmt es mir nicht übel!«, behauptete er.

Er hatte eine sehr lockere Art an sich, die auf alle direkt sympathisch wirkte.

»Und du bist beim Bund?«, fragte Marc neugierig.

»Jawohl!«, bestätigte Lars in militärisch zackigem Ton.

»Was machst du genau?«, fragte Sven.

»Wie genau willst du es haben?«, stellte Lars als Gegenfrage. »Ich bin bei der Marine, im 4. Fregattengeschwader in Wilhelmshaven. Ich komme gerade aus dem

UNIFIL-Einsatz. Wir waren vier Monate im Mittelmeer vor der Küste Libanons.«

Marc und Dirk zischten durch die Zähne, und auch die meisten anderen sahen recht beeindruckt aus. »Klingt immer beeindruckend, wenn große Jungs mit heftigem Kriegsgerät spielen, was?«, grinste Lars.

»Wofür macht ihr den Einsatz?«, fragte Selena.

»Zur Dokumentation des zivilen Seeverkehrs und zur Bekämpfung von Terroristen.«, antwortete Lars. »Der Einsatz wurde kurz nach den Terroranschlägen vom 11. September ins Leben gerufen. Klingt spannend, aber ich sage dir: Wie immer als Soldat, verbringst du verdammt viel Zeit damit rumzusitzen und zu warten.«

»Macht es dir denn Spaß?«, fragte Clara neugierig.

»Ich lebe für die Bundeswehr.«, grinste Lars. »Das ist einfach mein Ding. Wenn ich nicht im Dienst bin, sondern zu Hause und ich hab nichts zu tun, ziehe ich mir manchmal meinen Feldanzug an, drehe Marschmusik auf und stolzier im Marschschritt durch meine Wohnung.«

Die anderen lachten, obwohl sie auch sehr skeptisch guckten.

»Schaut mich nicht so an, ich bin normal, ja?«, antwortete Lars künstlich angefressen.

»Völlig normal!«, meinte Clara lachend, aber mit sehr ironischem Unterton.

»Schwingt ihr nicht manchmal die Deutschlandflagge und hört dazu im Hintergrund Preußens Gloria oder den Königgrätzer Marsch?«, lachte Lars.

»Ich bin ehrlich gesagt noch nicht auf die Idee gekommen«, antwortete Axel »aber ich muss es mal ausprobieren.«

»So viel zur Vaterlandsliebe.«, seufzte Lars und exte seinen Whisky.

»Vaterlandsliebe.«, machte Axel verächtlich. »Wozu braucht man denn sowas?«

Lars blickte ihn an, als hätte Axel eine Deutschlandfahne als Klopapier benutzt: »Weißt du? Ich kann damit leben, dass die Deutschen ihre Soldaten nicht mehr feiern. Das liegt an unserer Geschichte, und daran bin ich gewöhnt. Aber wenn den Soldaten Hass entgegenschlägt und die Menschen nicht mehr stolz auf ihr Land sein können, dann frage ich mich manchmal, warum solche Leute nicht in ein Land ziehen, dass ihnen besser gefällt, wenn Deutschland doch offensichtlich so schlecht ist.«

»So hat er das nicht gemeint.«, beruhigte Clara Lars, doch Marc und Dennis fielen ihr ins Wort: »Doch, eigentlich schon. Axel hat schon mal Zeit darauf verwendet uns zu erklären, dass man keinen Nationalstolz haben soll, weil Stolz nur etwas wäre, für das man etwas leistet.«

Clara sah Axel mit großen Augen an, während Lars die Augen verdrehte und sein Bier trank. Axel verschränkte die Arme und fragte verständnislos: »Was? Ist es nicht so?«

»Das ist eine Lexikondefinition von Stolz.«, meinte Clara verächtlich. »Das ist doch aber nicht das, was Lars meint. Wir leben in einem Land, das Werte vertritt, dem du dich angehörig fühlen kannst, und darauf darfst du durchaus stolz sein. Lars kämpft und lässt vielleicht sein Leben dafür, damit du in Freiheit leben kannst.«

Lars setzte ruckartig sein Bier ab und unterbrach Clara: »So stark wollte ich es auch nicht ausdrücken. Die meisten Soldaten sollte man nicht unbedingt unglaublich bekräftigen. Sehr oft sind darunter Leute, die so hohl sind wie die Freiheitsstatue und sich nur damit rausreden, dass sie Befehle befolgt haben. Soldaten können schreckliche Menschen sein. Aber warum jubelst du deiner Fußballmannschaft zu und holst die Deutschlandflagge hervor, wenn wir, wie vorletztes Jahr, die Weltmeisterschaft gewinnen, aber wenn die KFOR- oder ISAF-Truppe unversehrt aus dem Kosovo oder Afghanistan zurückkommt, wird hier keine Parade veranstaltet, in der gefeiert wird, dass niemand im Einsatz gestorben ist?«

Axel schluckte und der Rest der Anwesenden sahen ihn beinahe vorwurfsvoll an. Betreten sah er zu Boden und murmelte: »Da hast du eigentlich Recht. Das sollte man vielleicht tun.«

»Vielleicht sollte man auch einfach nur aufhören der Fußballmannschaft zuzujubeln?«, lachte Selena.

Dirk brauste auf: »Das fehlt mir noch, dass du mir mein Hobby streitig machst. Das ist Sport und den lasse ich mir doch nicht nehmen, bloß weil du denkst, dass das zu falschem Nationalbewusstsein führt.«

»Hast du schon mal jemanden erschossen?«, fragte Nora Lars und zog damit die Blicke auf sich.

»Nein.«, antwortete Lars. »Es passiert nur selten, dass so etwas nötig ist. Wenn es passieren würde, hoffe ich, dass es unvermeidbar ist und ich damit fertig werde. Wir haben aber Einsatzbesprechungen, bei denen wir auf die Folgen von posttraumatischen Belastungsstörungen aufmerksam gemacht werden.«

Lars musste sich noch mehrere solcher Fragen gefallen lassen. Er erklärte, dass es für ihn einen gravierenden Unterschied machte, ob er auf das Grundgesetz oder auf Führer oder Kaiser vereidigt werde, dass die Hierarchie der Bundeswehr für ihn nützlich sei, um eine klare Befehlsstruktur zu haben und nicht, damit er in der Machtposition sei, Leute im niedrigeren Dienstgrad herunterputzen zu können und sogar, dass er die Verantwortung Soldat zu sein und damit die Bundesrepublik Deutschland zu repräsentieren so ernst nahm, dass er sich in Uniform in der Öffentlichkeit wie ein Musterbeispiel des deutschen Staatsbürgers verhielt, was viele seiner Kameraden offensichtlich kein bisschen kümmerte. Die anderen gewannen mehr und mehr den Eindruck, dass Lars sich offensichtlich ziemlich viele Gedanken darum gemacht hatte, seinen Beruf als Berufung sah und die damit einhergehende Verantwortung ernst nahm. Je besser Axel Lars kennen lernte und je mehr er ihn leiden konnte, desto übler kam er sich selbst vor, weil er mit seiner Freundin geschlafen hatte. Er hatte gehofft Lars unsympathisch zu finden, doch leider funktionierte das ganz und gar nicht. Er blickte auch nicht in der Kneipe umher, um hübsche Frauen zu mustern, die gelegentlich vorbeigingen, sondern hatte seinen Blick auf denjenigen, mit dem er sprach, seine Getränke oder Yvonne gerichtet. Axel beschloss, dass er um das Gespräch sowieso nicht herumkommen würde und Angriff daher die beste Verteidigung sei.

»Wie kamst du denn eigentlich mit Yvonne zusammen?«, fragte er so beiläufig wie möglich.

Lars strahlte bei dieser Frage: »Wie das ganz genau gekommen ist, kann ich heute kaum noch sagen. Im Prinzip über das Internet. Keine Ahnung, wer den anderen zuerst angeschrieben hat und wie man darauf kam, aber wir hatten beide über ICQ miteinander geschrieben. Damals war ich noch in der Lehre und Yvonne in der Schule. Ich in Bremen, sie in Marktstadt. Wir haben jeden Tag stundenlang miteinander geschrieben. Die Chatverläufe habe ich teilweise heute noch. Irgendwann haben wir uns halt getroffen, ich bin zu ihr gefahren, und wir sind gleich zusammengekommen. Dann haben wir uns aber dazu entschieden, es bei einer offenen Beziehung zu belassen, weil wir so weit voneinander weg wohnen und das auf Dauer sowieso nicht gut gehen würde.«

»Geht's um uns?«, rief Yvonne von der anderen Seite der Theke grinsend herüber.

»Nein, es geht um Rotkäppchen und den bösen Wolf.«, spottete Lars laut und fügte hinzu: »Wenn du schon zuhörst, bring mir mal noch ein Bier und einen Whisky!«

Yvonne zog schmollend ihre Unterlippe vor und begab sich zum Zapfhahn. Die Runde trank fleißig weiter, und als Sarah knappe zehn Minuten zu spät kam, um ihre Schicht zu übernehmen, staunte sie nicht schlecht, wie groß die Gruppe um Axel war. Inzwischen war die alte Schenke jedoch deutlich leerer geworden, und sie fanden einen Tisch, an den sie alle passten, nachdem sie einige Stühle zurecht geschoben hatten. Dort unterhielten sie sich ebenfalls noch über ein paar Stunden. Yvonne und Axel warfen sich zwischendurch ein paar Mal Blicke zu, aus denen für Axel deutlich hervorging, dass Lars nichts von ihrem One-Night-Stand wusste, während sich Axel nicht ganz sicher war, ob Yvonne verstanden hatte, dass Clara sehr wohl von ihrem One-Night-Stand wusste. Nach einiger Zeit gingen Sven und Jens, Stone und Nora, Selena und Phillipp und Dennis nach Hause. Das brachte Yvonne dazu Lars ebenfalls zu fragen, ob sie nicht lieber nach Hause gehen sollten, doch sofort schaltete sich Clara ein: »Kommt schon, ein bisschen müsst ihr noch bleiben! Ich habe Lars gerade erst kennen gelernt, und ich wollte schon immer mal deinen Freund kennen lernen. Du hast so oft von ihm erzählt.«

Lars lachte und blickte Yvonne erstaunt an: »Hast du das?«

Yvonne hatte so gut wie nie von Lars geredet und blickte Clara erstaunt an, nachdem sie so offensichtlich gelogen hatte, ließ sich vor Lars jedoch nichts anmerken und tat so, als wäre ihr das peinlich. Axel witterte, dass Clara wieder irgendetwas plante, konnte allerdings nicht genau sagen was es war und versuchte daher sich mehr mit Dirk und Marc zu unterhalten. Einmal, als Dirk gerade von der Toilette kam und Clara gerade zur Toilette ging, beobachtete Axel, dass beide sich für einen kurzen Moment unterhielten, worauf Dirk anfing mehrere Runden Kurze zu bestellen, bei der nur Marc sich bedeckt hielt. Axel brannte die Frage, was Clara ihm gesagt hatte, auf der Zunge, doch er sprach sie nicht aus. Lars dazu zu bringen mitzutrinken war nicht das geringste Problem, Yvonne dagegen schien das nicht allzu sehr zu gefallen.

»Schatz, wenn du dich heute Abend besäufst, bist du heute Nacht wieder zu nichts mehr zu gebrauchen!«, meckerte sie, was bei Axel, Dirk und Marc ein heftiges Lachen hervorrief.

»Du brauchst mich bloß auszuziehen.«, lachte Lars. »Du weißt doch wo alles ist.«

»Sehr witzig!«, beklagte sich Yvonne, trank aber dennoch die nächste Runde Tequila mit.

»Weißt du noch wo alles ist?«, fragte Clara grinsend. »Vielleicht hat sich ja etwas verändert. Immerhin habt ihr euch schon lange nicht mehr gesehen.«

Yvonne blickte Clara scharf an, und auch Lars Aufmerksamkeit war geweckt.

»Was soll das denn heißen?«, fragte Yvonne.

»Nichts, nichts!«, hob Clara abwehrend, aber grinsend die Hände.

»Ihr habt schon eine seltsame Beziehung.«, ging Axel auf Claras Gespräch ein. »Ihr seid zusammen, aber seht euch nie.«

Clara sah Axel an und verzog das Gesicht. Ihr Plan war es offensichtlich gewesen, deutlich subtiler vorzugehen, aber nun hatten sogar Marc und Dirk kapiert, dass das Gespräch irgendwann auf den One-Night-Stand von Yvonne und Axel kommen würde. Yvonne sah Axel mit großen Augen an und schwieg, genauso wie der Rest am Tisch. Lars blickte von einem zum anderen und kniff die Augen zusammen: »Habe ich hier irgendwas verpasst? Gibt es da was, was ich wissen sollte?«

»Nein!«, machten Axel und Yvonne gleichzeitig.

»Die beiden hatten was miteinander!«, sagte Clara in übertrieben gelangweiltem Ton.

Lars sah erst Axel, dann Yvonne an. Yvonne blickte ihn entschuldigend an und wartete darauf, dass Lars ausflippte. Der jedoch verhielt sich ruhig, trank wieder seinen Whisky aus und ging an die Theke, um noch eine Runde Kurze zu bestellen. Als er zum Tisch zurückkam, blickten die anderen ihn erwartungsvoll an.

»Ich weiß, dass wir nicht richtig zusammen sind.«, zuckte Lars mit den Schultern. »Yvonne kann machen was sie will. Wäre vielleicht nett gewesen, wenn ihr es vorher erwähnt hättet, aber das ihr es nicht getan habt, kann ich auch verstehen. Ist ja schwierig mich mit: ›Hallo, ich bin Axel und ich habe mit deiner Freundin geschlafen‹ zu begrüßen. Mich wundert eher, dass ihr beide dann trotzdem zusammen seid.« Lars zeigte auf Clara und Axel.

»Wir waren vorher schon zusammen, haben uns getrennt und sind erst danach wieder zusammengekommen.« erklärte Clara. »Die Beziehung war eigentlich vorbei, und in der Zeit in der Axel single war, hatte er eben was mit Yvonne. Da kann ich jetzt nicht wirklich böse sein.«

Axel, Dirk und Marc schnauften, weil sie an Claras Rundumschlag in ihrer Wohnung denken mussten.

»Ja, schon gut.«, winkte Clara ab. »Ich weiß, ich bin trotzdem sauer geworden, obwohl ich eigentlich nicht das Recht dazu hätte. Aber genau deswegen wollte ich eigentlich von dir wissen, wieso du das so gut aushältst,

Lars. Dass Yvonne einfach etwas mit anderen Kerlen hat, während ihr euch nicht seht. Bist du nicht eifersüchtig?«

Yvonne lachte verächtlich: »Lars hat auch viel mit anderen Frauen. Das war von vorneherein so abgesprochen. Wegen unserer Entfernung können wir keine richtige Beziehung führen, und so darf jeder machen, was er will.«

Clara sah Lars an, aber in dem Moment kam Sarah mit einem Tablett mit fünf Tequila. Sie stellte die Gläser sehr langsam vor Axel, Clara, Lars, Yvonne und Dirk ab, versuchte dem Gespräch zu lauschen, aber weil jeder darauf wartete, dass sie wieder ging, rauschte sie ein wenig beleidigt wieder ab. Sie hoben schweigend ihre Gläser und bei Lars, der von allen am meisten getrunken hatte, zeigte es langsam Wirkung. Clara versuchte ihm die Würmer aus der Nase herauszuziehen, was er am Wochenende tat, wenn er frei hatte und zu Hause war, aber Lars zuckte nur mit den Schultern. »Ich geh mit Freunden in die Kneipe.«, sagte er. »Manchmal fahren wir nach Hamburg, aber meistens gehen wir in Bremen weg.«

»Gehst du auf die Reeperbahn?«, fragte Clara interessiert.

»War ich schon ein paar Mal.«, antwortete Lars mit düsterer Miene. »Aber das ist sehr teuer. Allzu oft kann ich mir das nicht leisten.«

»Ha!«, sagte Yvonne beleidigt. »Und ihr wollt mir zum Vorwurf machen, dass ich einmal was mit einem anderen hatte, während er sich jedes Wochenende mit seinen Freunden amüsieren geht. Das ist echt unfair!«

Lars sah Yvonne mit finsterem Blick an. »Ich mache dir gar keinen Vorwurf. Du hast nichts getan, was wir nicht miteinander besprochen hätten.«

»Deswegen passt es mir nicht, wenn die anderen mich hier wie eine Schlampe hinstellen!« fauchte Yvonne.

»Du hast dich selbst als Schlampe bezeichnet.«, lachte Dirk Yvonne aus. Lars sah Yvonne mit aufgerissenen Augen an.

»Das habe ich aber nicht so gemeint.«, wich Yvonne aus und die Schamesröte schlug ihr ins Gesicht.

»Wieso hast du dich als Schlampe bezeichnet?«, wollte Lars wissen.

»Ach, hier waren drei Angeber, irgendwelche Flüchtlinge, die gesagt haben, Frauen wären alle Schlampen. Da hab ich gesagt, dass ich eine Schlampe bin und mit ihnen trotzdem nicht ins Bett steigen würde, weil sie hässlich sind! Dafür hat der eine mich geschlagen und Dirk hat ihn daraufhin K.O. gehauen.«, erklärte Yvonne.

Lars sah Dirk einigermaßen anerkennend an: »Wow, danke, dass du mein Mädchen verteidigt hast.«

»Gern geschehen.«, grinste Dirk.

»Also jetzt mal ernsthaft:«, meinte Marc laut. »Du nennst Yvonne ›dein Mädchen‹, du hast hier in der Kneipe keinem einzigen Mädchen auf den Arsch geschaut, du verhältst dich kein bisschen wie ein Aufreißer und ich weiß wie sich einer verhält, denn Axel ist ein Aufreißer in Reinform. Jedenfalls war er es, bevor er Clara getroffen hat. Irgendwie glaube ich dir nicht so richtig!«

»Ist mir scheißegal, was du mir glaubst und was nicht.«, erwiderte Lars trotzig.

»Mir geht es aber genauso.«, sagte Clara ruhig und einfühlsam. »Ich wollte dich eigentlich in einer weniger aggressiven Stimmung fragen, aber jetzt ist es so gekommen: Gehst du wirklich viel weg und reißt Mädchen auf? Dass das ab und zu vorkommt, kann ich mir ja noch vorstellen, aber eigentlich wirkst du auf mich einsam und so, als ob du hoffst, dass du Yvonne wieder für dich gewinnen kannst. Sag mir ruhig, wenn ich Blödsinn rede, aber ich habe den Eindruck, du willst Yvonne nicht nur nicht loslassen, sondern du liebst sie eigentlich und hoffst darauf, dass ihr zusammenzieht und eine richtige Beziehung führt.«

Lars wurde rot im Gesicht und blickte erst Clara und dann den Rest der Runde an. »Bin ich hier beim Verhör oder was?«, brüllte er. »Ihr könnt mich mal, ich schulde euch doch hier keine Erklärungen!«

»Aber mich würde es interessieren!«, sagte Yvonne kleinlaut. Tränen hatten sich in ihren Augen gebildet, und sie blickte Lars erwartungsvoll an.

»Was willst du denn hören?«, erwiderte Lars sauer.

»Ich will wissen, ob du dir eigentlich eine richtige Beziehung mit mir wünschst.«, fragte Yvonne leise.

»Wie soll das gehen, wenn du in Marktstadt am Studieren bist und ich in Wilhelmshaven in der Kaserne stationiert bin?«, gab Lars zurück.

Yvonne neigte dazu zu nicken und ihm zuzustimmen, doch Clara meldete sich wieder zu Wort: »Wie die Realität aussieht, wissen wir alle. Das habe ich dich aber nicht gefragt. Ich wollte von dir hören, ob du dir wünschst, dass Yvonne zu dir zieht und ihr eine glückliche Beziehung führt, ohne dass du ihr vorlügst, dass es für dich in Ordnung ist, wenn sie etwas mit anderen Typen hat.«

Lars sah Clara bitterböse an und weil er nicht antwortete sprach Clara weiter: »Ich glaube dir einfach nicht, dass du nicht lieber eine einfache, romantische, monogame Beziehung führen würdest, statt diesen Affenzirkus aufzuführen. Warum sagst du Yvonne nicht, was du wirklich fühlst?«

Lars Miene verdunkelte sich noch weiter, doch die Tränen liefen inzwischen Yvonnes Wangen herunter, und sie fragte schluchzend: »Sag es mir doch einfach. Glaubst du vielleicht, ich bin gerne von dir getrennt? Ich würde liebend gerne mit dir eine richtige Beziehung führen, aber ich habe immer gedacht, du würdest das nicht wollen.«

So in die Defensive gedrängt, antwortete auch Lars nun stockend: »Natürlich würde ich gerne eine richtige Beziehung mit dir führen. Ich liebe dich, Mäuschen, aber ich habe immer geglaubt, wenn ich dir das sage, würdest du glauben, ich will dich dazu zwingen, Marktstadt und deine Freunde aufzugeben und zu mir zu kommen und dich damit so einengen, dass du sauer auf mich wärst. Ich hätte nicht geglaubt, dass das für uns beide funktionieren könnte, also habe ich dir vorgelogen, dass es mir nichts ausmachen würde, wenn wir eine offene Beziehung führen. So, jetzt ist es raus! Aber was hilft das? Es ändert doch nichts an der Situation!«

»Warum hast du mir das nie gesagt?«, heulte Yvonne. »Du blöder Vollidiot! Ich habe mir nichts sehnlicher gewünscht, als dass du mir das ein einziges Mal sagst!«

Clara sah Axel, Marc und Dirk an, die das Spektakel mit großen Augen beobachteten. »Ich glaube, das ist unser Stichwort, die beiden alleine zu lassen.«, flüsterte sie, und die vier begaben sich an die Theke.

XIV. Glücklich werden

Lars und Yvonne lagen sich in der alten Schenke noch fast eine Stunde lang in den Armen, bevor sie auf Clara und die anderen zukamen. In der Zeit hatten Axel, Clara, Marc und Dirk sich auf die andere Seite der Theke, möglichst weit weg gesetzt.

»Das ist beeindruckend.«, schüttelte Dirk den Kopf. »Wie schaffst du das bloß immer wieder?«

Marc nickte zustimmend: »Schon klar, dass du das hauptsächlich deshalb getan hast, damit Yvonne keine Konkurrenz mehr für dich ist, weil sie mal mit Axel geschlafen hat, aber verdammt nochmal: Du hast eine Beziehung gerettet!«

Axel grinste über beide Ohren, und auch Clara konnte sich ihr Strahlen nicht aus dem Gesicht wischen.

»Quan und Susanne, Phillipp und Selena und jetzt Lars und Yvonne. Du hast es einfach drauf!« lachte Axel und forderte ein High-Five von Clara, was sie ihm lachend gab.

»Naja, das war aber auch einfach und irgendwie offensichtlich.«, redete sie sich heraus.

»Mach dich nicht immer kleiner als du bist!«, erwiderte Axel. »Du bist ein Engel, der auf die Erde gesandt wurde, um das Leben der Leute besser zu machen und nichts anderes. Gib es doch einfach zu!«

»Ich bin kein Engel!«, grinste Clara und blickte betreten zu Boden.

»Du bist mein Engel!«, lachte Axel und gab Clara einen Kuss.

Lars und Yvonne standen von ihrem Platz auf, was den vieren nicht entging. Lars ging zunächst auf die Toilette, aber Yvonne steuerte direkt auf Clara zu. Sie sah Yvonne mit großen Augen an, und Yvonne umarmte Clara sofort so fest sie konnte.

»Danke!«, flüsterte sie ihr ins Ohr.

»Gern geschehen.«, lächelte Clara.

Auch Lars kam auf sie zu, schüttelte Axel und Clara die Hand und bedankte sich ebenfalls.

»Wie geht es weiter?«, fragte Axel.

»Müssen wir mal schauen.«, antwortete Lars. »Jedenfalls habe ich erst einmal frei, weil ich ja erst vor kurzem aus dem Einsatz gekommen bin, und Yvonne hat im Augenblick noch Semesterferien, deshalb werden wir vermutlich erst einmal zu mir fahren und überlegen, ob wir tatsächlich zusammenziehen. Wahrscheinlich suchen wir uns eine gemeinsame Wohnung und planen lauter kleine Soldaten fürs Vaterland zu zeugen.«

Yvonne gluckste fröhlich, und die anderen lachten.

»Wir ziehen uns jetzt erst einmal zurück. Ich glaube wir haben viele Dinge zu besprechen.«, zwinkerte Lars den anderen zu. Die grinsten breit. Lars und Yvonne gingen Arm in Arm nach draußen.

»Ein Stück weit kann ich Lars ja schon verstehen.«, meinte Dirk. »Ich weiß auch nicht, ob ich Yvonne vertrauen würde, treu zu sein, während ich sechs Monate im Auslandseinsatz wäre. Natürlich wünsche ich den beiden das Beste, aber ich glaube, ich hätte ähnlich gehandelt. Es muss schrecklich sein, wenn du im Einsatz bist und deine Freundin geht in der Heimat fremd.«

Clara nickte und seufzte: »Mag schon sein. Es gibt sicherlich Frauen, die so verlogen sind, dass sie zu so etwas im Stande sind. Aber bei den beiden hat es einfach an der Kommunikation gefehlt. Sie waren zu feige, sich gegenseitig einzugestehen, was sie füreinander empfinden. Da habe ich bloß einen Schubs gegeben, und ich denke, das war es, was die beiden gebraucht haben. Wie sie weitermachen, liegt natürlich bei ihnen selbst.«

»Clara? Tust du mir einen Gefallen?«, fragte Dirk.

»Was denn?«, grinste Clara.

»Nimm meine Handynummer und sollte dir mal etwas Bahnbrechendes einfallen, wie du mein Leben verbessern kannst, dann vergiss mich nicht!«, meinte Dirk und zog sein Handy aus der Hosentasche. Clara lachte, doch auch Marc schloss sich dem an und gab Clara ebenfalls seine Handynummer, und sie tippte beide in ihrem Handy ein.

»Ich weiß zwar nicht, was ich bei euch tun soll, aber ich behalte es im Hinterkopf!«, grinste Clara. Sie tranken noch eine Weile, dann beschlossen auch sie den Abend zu beenden und gingen nach Hause. Marc ging mit Axel und Clara in ihre neue Wohnung und schlief auf dem Sofa, da er mit dem Auto gekommen war und getrunken hatte. Als Axel und Clara am Sonntag aufstanden, machte Clara Frühstück für alle, bis Marc gegen Mittag nach Hause fuhr.

Die nächsten Wochen und Monate fühlten sich Axel und Clara wie im Paradies. Clara ging zur Arbeit und verdiente dabei recht gut, während Axel im Flüchtlingsheim weiter »für Sicherheit, Ordnung und Integration« sorgte, wie Clara es ausdrückte. In ihrer Freizeit fuhren sie zu verschiedenen Möbelhäusern, um die Einrichtung in ihrer Wohnung schöner zu gestalten und genossen das Spießerleben, von dem sie nie geglaubt hatten, dass es sie einmal so erwischen könnte. Als am 22. März die Anschläge in Brüssel geschahen und die Stimmung in Deutschland sich den Flüchtlingen gegenüber wieder einmal verschlechterte, konnte Axel durch seine Projekte in Marktstadt viel negative Stimmung abfangen. Die

Stadt hatte es geschafft einen ganzen Wohnblock zu bauen und die Flüchtlinge aus der Turnhalle komplett umzuquartieren, sodass die Turnhalle nicht mehr als Erstaufnahmeeinrichtung benötigt wurde. Die Kaserne, die deutlich besser ausgestattet war, wurde immer noch genutzt, doch hier waren die Flüchtlinge nicht so zusammengequetscht und fühlten sich im Grunde genommen einigermaßen wohl. Dank RiM, den Videoabenden und vielen mühsamen Integrationsbestrebungen, wurden die Flüchtlinge in Marktstadt ein nach und nach akzeptierter Teil der Bevölkerung. RiM wurde für irgendeinen deutschlandweiten Internet-Integrationspreis vorgeschlagen, doch statt Axel gewann irgendein YouTube-Kanal, der aus einer Gruppe Muslime und deutscher Konvertiten bestand, die vermeintlich lustige Videos zeigten, bei denen Deutsche sich gegenüber Muslimen respektlos und unaufgeklärt benahmen, wie zum Beispiel, dass Deutsche bei Muslimen auf den Gebetsteppich traten, sie fragten, ob sie tatsächlich niemals Alkohol trinken oder Schweinefleisch essen würden oder was sie vom IS halten würden und die Muslime sich das gefallen lassen mussten. Axel zuckte darüber gelangweilt mit den Schultern, während sich Clara unglaublich darüber aufregte, dass dies weder mit der Realität noch mit Integration zu tun hatte und es, wie bei quasi allen Preisen, wieder einmal nur darum ging auf lächerliche Art und Weise Aufmerksamkeit zu erzeugen. Die Spenden, die Axel über RiM immer noch erhielt, nahmen nicht ab, und mit der Zeit befanden sich fast zehntausend Euro auf dem Konto. Axel hatte nicht die geringste Ahnung, was er damit anfangen sollte, und so blieben sie vorerst auf dem Konto liegen. Zusammen mit Axels Mutter, seinen Großeltern und seiner Tante Maria, Onkel Siegfried und den Cousinen Sonja und Tanja verbrachten Axel und Clara ein sehr angenehmes Osterfest bei Maria in Scharsch. Zwischen Mittagessen und Kaffeetrinken, als Axel und Clara mit Anja bei Sonja im Zimmer saßen, erfuhr Axel, dass Clara und Anja sich bereits gekannt hatten, weil Anja vor Jahren bei Clara Nachhilfe genommen hatte. Sie hatte in ihren Stunden immer nach Marihuana gerochen und nur deshalb war Clara überhaupt auf den Gedanken gekommen, Axel bei seinen Cousinen danach zu fragen, denn sonst hätte sie das niemals getan. Anja und Clara lachten darüber enorm, während Axel rot anlief, die Arme verschränkte und meinte: »Das hättet ihr mir auch einfach vorher sagen können!«, worauf die beiden erwiderten: »Aber das wäre nicht halb so lustig gewesen!«

Nach dem Kaffeetrinken gingen Clara und Axel noch bei Mashid vorbei, der nur wenige Straßen von Tante Maria entfernt wohnte, und sie unterhielten sich eine knappe Stunde miteinander, bevor sie wieder rüber gingen. Auch Hubert und Irene in Wiesengrunde besuchten Axel und Clara über die Osterfeiertage. Hubert war sehr freundlich und aufgeschlossen gegenüber Clara, freute sich, dass sie wieder in einer Beziehung waren und stellte viele Fragen über Claras Arbeit, sowohl die in Afrika, als auch die in der Unternehmensberatung in Marktstadt. Später waren sie wieder in der Dorfkneipe gelandet, wo sämtliche Leute Clara übertrieben freundlich begrüßten. Marc sowieso, aber auch die, die Clara vor zwei Jahren das erste Mal gesehen hatten. Die Mädchen nahmen Clara sofort unter ihre Fittiche, und sie unterhielten sich, als wären sie jahrelang die besten Freundinnen gewesen. Selbst Steffi verhielt sich sehr nett gegenüber Clara. Auch wenn sie so tat, als ob sie nie ein Problem miteinander gehabt hätten, und auch wenn Clara glaubte, dass Marc mehr dahintersteckte, als er zugab, nahm Clara die Situation gelassen und spielte mit.

Clara hatte Axels Familie und seine Freunde inzwischen so liebgewonnen, dass sie sich kaum noch vorstellen konnte ohne sie zu sein. Daher beunruhigte es sie, wenn sie daran dachte, dass Ruben ihr erzählt hatte, Katrin wollte sich bei ihr melden, denn sie kam nicht bei ihr vorbei. Im Grunde war Clara nicht böse darüber, dass sie mit ihrer alten Familie nichts mehr zu tun hatte, aber wenn sie schon gesagt bekommen hatte, sie würde damit konfrontiert werden, dann wollte sie es auch hinter sich bringen, und die Ungewissheit, ob Katrin sich irgendwann noch bei ihr melden würde, nagte gelegentlich an ihr. Sie schrieb Ruben deshalb noch einmal, doch der antwortete nur: »*Vielleicht traut sie sich nicht oder hat sich umentschieden? Ich kann sie fragen, wenn du möchtest, aber ich würde vorschlagen, dass du einfach bloß wartest. Was soll schon passieren? Wenn sie sich nicht meldet, dann hast du auch nichts verloren.*«

Deshalb beschloss Clara die Sache auf sich beruhen zu lassen.

Da Yvonne tatsächlich zu Lars nach Bremen zog und deshalb nicht mehr in der alten Schenke arbeitete musste Selena wieder deutlich häufiger arbeiten. Nach einigen Wochen fanden sie jedoch in Susanne eine neue Aushilfe. Axel, der mit Susanne eigentlich nie viel zu tun gehabt hatte, merkte, dass sie perfekt in die alte Schenke passte. Ihre Beziehung zu Quan war zwar nicht in einem Stadium, dass Clara hier viel retten konnte, aber sie schienen sich immer wieder zu treffen, obwohl Quan zu etwas Festem offensichtlich nicht bereit war. Abgesehen von Phillipp traf er sich nicht oft mit anderen Leuten, und dann hingen sie bei Phillipp in der Wohnung herum und redeten viel über Programmierung oder Computerspiele. Nora hatte einen recht positiven Einfluss auf Stone, der, auch wenn er es nicht richtig zugeben wollte, immer weniger kiffte, weil Nora das in ihrer Nähe nicht so gerne hatte, und umgekehrt hatte Stone einen positiven Einfluss auf Nora, da sie langsam zunahm und selbstbewusster wurde. Clara freundete sich mehr und mehr mit Nora an und fragte sie misstrauisch, ob sie durch Stones Anwesenheit auch in die Versuchung geriete, etwas an Drogen auszuprobieren, doch Nora antwortete, dass sie lediglich mehr Wissen über das Thema erhielt, als sie vorher hatte, aber nichts nehmen würde. Sie spielte lediglich mit dem Gedanken, ob sie die psychoaktive Erfahrung von LSD oder Pilzen einmal in ihrem Leben machen sollte, aber an Marihuana oder Amphetamine verschwendete sie keinen Gedanken. Das beruhigte Clara, die schon befürchtet hatte, dass Noras Selbstbewusstsein zu gering war und sie sich zu etwas überreden lassen würde, was sie eigentlich nicht wollte, doch das schien absolut nicht der Fall zu sein. Dennis hatte gegen Anfang April eine Freundin gefunden und zeigte sich mit der Zeit weniger in der alten Schenke oder wo immer Axel und Clara sonst hingingen. Dennis brachte den Vorschlag, dass sie doch einmal einen Pärchen-Abend veranstalten könnten, und obwohl Axel die Idee, sich zu viert hinzusetzen und Brettspiele zu spielen, statt in die Kneipe zu gehen, um sich zu betrinken, aberwitzig fand, stimmte er zu, und der Abend gestaltete sich nicht einmal so unangenehm wie Axel befürchtet hatte. Das hatte mitunter aber damit zu tun, dass Axel und Dennis sich nicht davon abhalten ließen, eine Kiste Bier zu besorgen und bei jedem rausgeschmissenen Stein von Mensch-ärgere-dich-nicht einen Schnaps zu trinken. Erst später erfuhr Axel, dass Clara keinerlei Problem damit hatte, wenn er seine eigenen chaotischen Aspekte in die Pärchen-Abende mit einbrachte, weil sie sagte, dass sie ihn nicht zu seiner Unzufriedenheit verändern wollte, sondern wollte, dass sie beide so lebten, wie sie es für richtig hielten. Axel strahlte darüber und erklärte Clara mehrmals, wie perfekt sie doch war und dass das sein größtes Problem bei allen bisherigen Freundinnen gewesen war, was sie gern hörte, aber versuchte kleinzureden. Auch mit Sabine traf sich Clara noch mehrmals, die froh darüber war, wenn Clara Zeit für sie hatte. Sie beklagte sich zwar nicht, aber sie sagte, dass sie aufgrund ihres Jobs und ihres Kindes keinerlei Zeit hatte, um überhaupt mal wegzugehen. Clara fragte sie, ob sie denn nicht ein einziges Mal ihr Kind bei einer Babysitterin lassen könnte, worauf Sabine meinte, dass das zwar schon gehe, aber sie dann nicht einmal wüsste, wo sie hingehen sollte. Clara verdrehte die Augen und nahm sie noch am selben Wochenende mit in die alte Schenke. Axel war an dem Wochenende in der Kaserne eingeteilt, und so war der einzige Mensch, den Clara in der alten Schenke kannte Dirk, und sie steuerte sofort auf ihn zu und fragte ihn, was er gedachte, mit ihnen beiden hübschen Frauen an einem Samstagabend anzustellen. Dirk grinste und schleppte Sabine und Clara ins Freaky, wo Sabine tanzte und offensichtlich Spaß hatte, wie sie ihn seit Ewigkeiten nicht mehr gehabt hatte. Clara zog sich mehr und mehr an die Theke zurück und ließ Dirk mit Sabine tanzen und beobachtete, wie die beiden sich einander annäherten. Als Dirk an die Theke kam, um für sich und Sabine Getränke zu holen, sah er Clara an und fragte grinsend und gegen die Discomusik anschreiend: »Wo hast du die denn aufgetrieben? Willst du mich mit der verkuppeln? Die ist ja super heiß!«

»Das ist meine beste Freundin, und sie hat ein Kind!«, lachte Clara. »Wenn dir das egal ist, mach dich an sie ran!«

Dirk nickte und ging mit zwei großen Getränken zurück zu Sabine. Clara sah sie noch auf der Tanzfläche miteinander rumknutschen und machte sich dann irgendwann aus dem Staub.

Der einzige, den Clara gerne gesehen hätte, war Patrick, doch der meldete sich tatsächlich nicht. Weder bei ihr, noch bei Axel. Clara sprach Axel mehrmals darauf an, doch Axel zuckte nur mit den Schultern und meinte: »Das kann einfach nicht sein Ernst sein. Wie kann man bloß so beleidigt sein? Wie ein kleines Kind! Ganz ehrlich: Wenn er sich nicht von alleine meldet, dann soll er halt gucken wo er bleibt. Glaubst du wirklich, ich muss ihm hinterherrennen? Sind wir hier im Kindergarten? Wer keine kurze Beleidigung mit einer anschließenden Entschuldigung erträgt, der ist so zart besaitet, dass ich ihn in meinem Freundeskreis auch nicht wirklich brauche!«

Clara sah das nicht so einfach wie Axel und versuchte einzulenken, dass Axel ihn anrufen sollte, doch der schaltete auf stur. Auch die Frage, ob Axel ihr denn seine Handynummer geben könnte, damit sie sich bei ihm melden könnte, beantwortete Axel mit einem strikten: »Nein, vergiss es!«

Dagegen konnte Clara zwar argumentieren, aber das lief oft darauf hinaus, dass Axel sie fragte, warum sie nicht den Kontakt zu ihrem Vater suchte, worauf Clara sauer wurde. »Ich habe keinen Vater!«, sagte sie dann immer, und damit war das Gespräch für sie beendet. »Du bist mein Freund und ich liebe dich, aber das hier geht dich einfach nichts an! Es gibt Dinge, die du an mir akzeptieren musst und meine Vergangenheit und meine Einstellung zu meiner Vergangenheit gehört dazu!« Axel ließ das Thema damit auch auf sich beruhen, denn darüber einen handfesten Streit anzufangen war vollkommen sinnlos und führte nirgendwohin. Außer winzigen Kleinigkeiten, die meist innerhalb von Minuten geklärt waren, führten sie auch tatsächlich keinen Streit mehr miteinander. Das wunderte Axel manchmal, weil er sich fragte, ob ein gelegentlicher Streit über Kleinigkeiten nicht zu einer echten Beziehung dazu gehörte, doch als er Clara einmal diese Frage stellte, lachte sie nur und antwortete: »Wir sind zwei halbwegs intelligente Menschen, die sich erwachsen verhalten. Was erwartest du? Außerdem sind wir beide berufstätig und sehen uns daher nicht so häufig. Da versucht man doch, die gemeinsame Zeit zu genießen, statt sich gegenseitig in die Haare zu bekommen.«

Axel grinste darüber und gab ihr Recht. »Das klingt, als hättest du die Definition von ›Glücklich-Sein‹ gefunden.«

»Vielleicht ist es das.«, bestätigte Clara lächelnd. »Wenn das einzige, worüber man sich streitet, der persönliche Geschmack ist und man bereit ist, den des anderen zu akzeptieren, dann kann man in Frieden leben.«

So verbrachten Axel und Clara ihre Tage, ohne zu ahnen, dass sich an einem anderen Ort etwas zusammenbraute, das ihr Glück gewaltig stören sollte.

XV. Die Entführung

Als Axel sich am Freitag, den 6. Mai, von der Arbeit in der Kaserne auf den Heimweg machte, gingen ihm zwei Themen durch den Kopf: Erstens der Gedanke um seine Zukunft. Die Flüchtlingskrise war zwar noch nicht beendet, doch so langsam aber sicher wurden Security-Stellen im Flüchtlingszentrum abgebaut und er war sich nicht sicher, wie lange er seinen Job noch behalten würde. Er war inzwischen exmatrikuliert und hatte keine besondere Lust seinen Master in Betriebswirtschaftslehre noch dranzuhängen. Er war inzwischen lange genug arbeiten gegangen und hatte ein festes Gehalt, sodass er sich lieber irgendwo bewerben wollte, um Geld zu verdienen. Weil sein Bachelor in BWL aber weder besondere Qualifikationen, noch gute Noten mit sich brachte, zweifelte er daran, dass das allzu einfach werden würde. Natürlich war es Clara, die ihm mehrmals geraten hatte, es ebenfalls bei ihr in der Unternehmensberatung zu versuchen. Nachdem er so viel für die Integration der Flüchtlinge getan hatte, sei es nun an der Zeit dafür zu sorgen, dass sie Arbeit fanden und das war genau das, was die Unternehmensberatung tat. Natürlich war sie nicht hauptsächlich für Flüchtlinge zuständig. Eher im Gegenteil, Menschen mit hoher Qualifikation waren das Hauptziel der Head Hunter, aber für andere Menschen einen Beruf zu finden, war, laut Clara, doch genau das, was Axel läge.

Das zweite war der Gedanke daran, dass Clara morgen Geburtstag hatte und er nicht die geringste Ahnung hatte, was er ihr schenken sollte. Sie hatten beide frei und wollten heute Abend in der alten Schenke in ihren Geburtstag reinfeiern, den Samstag dazu nutzen, zuerst gemeinsam zu frühstücken, und dann wollten sie gegen Abend erst etwas Essen gehen und sich anschließend vermutlich nochmal mit ihren Freunden in der alten Schenke treffen. Wirklich fest ausgemacht war das nicht, aber Clara hatte ihm gesagt, dass sie sich nicht mehr wünschen würde, und das hatte sie mit Überzeugung ausgedrückt. Trotzdem quälte Axel der Gedanke, dass er sich nach ihrem Frühstück noch unbedingt in die Innenstadt verdrücken musste, um Clara ein Geschenk zu kaufen. Bis dahin hatte er keine Zeit dazu gehabt.

Während er so gedankenversunken durch die Straßen von Waweln bis nach Hause ging, die Kopfhörer auf und die Hände in den Taschen, nahm er den Wagen, der ihn im Schritttempo verfolgte, nicht wahr. Wie immer nahm er die Abkürzung, durch die dunkle Seitengasse, damit er schneller zu seiner Haustür kam, als ein schwarzer VW neben ihm hielt. Axel blieb stehen und drehte den Kopf nach rechts, als zwei vermummte Gestalten auf ihn zusprangen, ihn von den Füßen rissen und ihm einen Lappen auf den Mund pressten. Alles ging so schnell, dass Axel nicht einmal die Zeit hatte zu reagieren oder um Hilfe zu rufen, und er verlor innerhalb von ein paar Sekunden das Bewusstsein.

Mit dröhnenden Kopfschmerzen wachte Axel wieder auf. Er hatte keine Ahnung wie viel Zeit vergangen war. Er wollte sich an den Kopf fassen, doch er stellte fest, dass seine Arme und Beine an einen Stuhl gefesselt waren. Er zog und zerrte an seinen Fesseln, doch außer zusätzlichen Schmerzen in den Handgelenken hatte es keinen Effekt. Er sah sich um. Er war in einem dunklen Keller, und um ihn herum befanden sich staubige Möbel. Man konnte im Dunkeln nur schwer etwas erkennen, und das einzige Licht fiel durch die Ritze unter der Tür und das schwache Licht, dass die Temperaturanzeige des Kühlschranks zu seiner linken von sich gab. Rechts von ihm befand sich ein alter Tisch auf dem sich einige Gläser, Tassen, Teller und weitere Küchenutensilien befanden. Axel hüpfte mit dem Stuhl ein wenig herum und sah, dass sich hinter ihm ein Regal befand. Darin befanden sich eine Menge Werkzeuge, gefüllte Marmeladengläser und einiges an Krimskrams, was Axel nicht sofort erkennen konnte. Er versuchte eine Weile weiter an den Fesseln zu ziehen, doch sie saßen ziemlich fest und Axel spürte, wie seine Hände taub wurden, wenn er es noch weiter versuchte. Daher hüpfte er mit dem Stuhl einige Zentimeter nach rechts und besah sich die Gegenstände auf dem Tisch genauer. Er suchte irgendetwas zum Schneiden, doch seine Entführer waren offensichtlich nicht dumm genug gewesen, ihm etwas Derartiges liegen zu lassen. ›Wenn ich ein Glas zerbrechen könnte, könnte ich versuchen die Scherbe aufzuheben.‹ dachte Axel. Doch die Gläser auf dem Tisch standen zu weit hinten, und Axel sah keine Möglichkeit sie nur mit dem Kopf zu erreichen und sie auf den Boden fallen zu lassen. Indem er sich auf die Zehenspitzen stellte, das Gesäß hob und sich weit über den Tisch beugte, konnte er jedoch den obersten von sechs Tellern mit dem Mund erreichen. Er schob die Zunge unter den Teller, um ihn anzuheben und biss fest darauf. Er schmeckte Staub und musste mit Gewalt ein Niesen unterdrücken, doch er zog unter Kieferschmerzen den Teller über den Rand des Tisches und hatte ihn, wieder sitzend, fest im Mund. Hüpfend begab er sich zurück in seine alte Position und warf den Teller, mit einem Schwung seines Kopfes nach rechts, auf den Boden. Der Teller zersprang auf dem Boden. ›Das wäre geschafft!‹ dachte Axel. Im gleichen Moment hörte er jedoch ein Geräusch vor der Kellertür. Irgendjemand schien aufgestanden zu sein und bewegte sich von der

Tür weg. ›Beeilung, Axel!‹ rief er sich selbst zu und versuchte mit der Hand eine der Scherben zu erreichen. Es dauerte eine knappe Minute, bevor er es schaffte sich mit dem Stuhl so weit nach hinten zu lehnen, dass er eine der größeren Scherben in die Finger bekam. Mit Zeige- und Mittelfinger zog er langsam die Scherbe ein wenig nach oben, bis er sie mit der Hand gefasst bekam. Als er sie in der Hand hatte, drehte er sie um und begann an seiner Fessel zu schneiden. Die Scherbe war kaum scharf genug, um das dicke Seil zu zerschneiden und Axel hatte außerdem kaum Kraft in seinen Fingern. Trotzdem versuchte er zu schneiden, zu säbeln und zu sägen wie er nur konnte. Nach knappen fünf Minuten hatte er einen Knoten zur Hälfte durchgeschnitten und bemühte sich abermals die Fessel durchzureißen, indem er an seiner Fessel riss. Im selben Moment hörte er Geräusche vor der Tür. Zwei Männer sprachen undeutlich miteinander, und ein Schlüssel wurde in das Schlüsselloch gesteckt. Der Angstschweiß brach Axel aus, und er versuchte die Scherbe in seiner Hand zu verstecken, obwohl sie zweifellos zu groß dafür war. Die Tür ging auf, und das Licht blendete Axel und verstärkte seine Kopfschmerzen. Zwei Männer, mit Sturmmasken bekleidet, kamen zu ihm in den Raum.

»Er hat einen Teller kaputt gemacht und versucht sich zu befreien.«, sagte der eine.

»Hm.«, brummte der andere. Dann zog er sein Bein an und trat Axel mit voller Wucht ins Gesicht, sodass er den Halt verlor und mitsamt dem Stuhl hintenüberfiel. Sein Hinterkopf landete im zweituntersten Fach des Regals, was seinen Sturz glücklicherweise leicht abfederte, und er verlor die Scherbe aus der Hand. Axel wurde schwarz vor Augen, doch er bemühte sich mit aller Kraft das Bewusstsein zu behalten.

»Räum hier auf!«, befahl der Mann, der Axel ins Gesicht getreten hatte dem anderen. »Schaff alles raus, was klein genug ist, dass er es benutzen könnte!«

»Alles klar!«, sagte der andere in extrem genervtem Tonfall.

Er richtete Axel wieder auf und begann jeden losen Gegenstand vom Tisch zu entfernen. Dafür ging er mehrmals mit vollen Händen zwischen dem Kellerraum und dem Gang davor hin und her.

»Wer seid ihr?«, fragte Axel. »Und was wollt ihr von mir?«

»Halt die Schnauze!«, raunzte der Kerl ihn an.

»Wo bin ich hier?«, fragte Axel wiederum.

Statt einer Antwort bekam Axel eine Faust ins Gesicht, worauf seine Lippe anfing zu bluten. Danach zog Axel es vor ruhig zu sein. Der Mann räumte auch das Regal hinter Axel leer und sah sogar in den Kühlschrank, ob sich darin irgendetwas befinden würde, was Axel als Waffe oder Werkzeug benutzen konnte. Darin befanden sich aber lediglich einige gefrorene Lebensmittel, von denen er der Meinung war, dass sie keine Gefahr darstellten. Danach kam er mit einem Besen und fegte die Scherben des Tellers, den Axel kaputt gemacht hatte, auf und fegte alles nach draußen vor die Tür.

»Probier das nicht nochmal!«, erklärte der vermummte Mann Axel anschließend, indem er drohend mit dem Finger auf ihn zeigte. Axel schwieg. Daraufhin verließ der Mann wieder den Raum, schloss von außen ab und aufgrund des Geräuschpegels schloss Axel, dass er sämtliches Zeug, das er vorher nur vor die Tür gestellt hatte, jetzt irgendwo anders hinbrachte. Axel war wieder alleine. Sein Kopf dröhnte, als würde er sich pausenlos in einer ruckelnden Achterbahn bewegen. Dennoch zwang er sich wieder dazu sich umzusehen. Der Tisch und das

Regal waren nun leer. Mit dem kleinen Bewegungsspielraum, den Axel mit den Füßen hatte, schaffte er es, die Kühlschranktür aufzumachen und das davon ausgehende Licht beleuchtete den Raum ein klein wenig. Das Regal und der Tisch waren restlos leer und mit gefrorenem Gemüse konnte Axel sich nun wirklich nicht befreien. Verzweifelt sah er sich um, blickte in jede Ecke, ob es nicht doch irgendeinen Ausweg gab. Er wollte schon fast aufgeben, da sah er, dass sich unter dem Tisch noch eine Schublade befand. Axel hüpfte mitsamt seinem Stuhl darauf zu, und unter Schmerzen im Gebiss schaffte er es, die Schublade mit dem Mund aufzuziehen. In der Schublade befanden sich ein schwarzer Filzstift und ein paar Cent-Münzen. Scheiße! Das war's dann wohl. Axel seufzte. ›Damit kann ich mir höchstens noch mein Testament auf den Arm schreiben.‹ Frustriert schob er die Schublade mit der Stirn wieder zu, drehte sich mitsamt seinem Stuhl um und trat auch die Kühlschranktür wieder zu. Die Geräusche vor der Tür hielten noch etwa zehn Minuten an, dann verstummten auch sie.

Axel schätzte, dass noch etwa zwei Stunden vergangen waren, bevor die Kellertür wieder aufging und diesmal drei vermummte Gestalten zu ihm in den Raum kamen. Sie knipsten das Licht an, und Axel blinzelte. Zwei der Männer trugen zu ihren schwarzen Sturmmasken ebenfalls schwarze T-Shirts, schwarze Hosen und schwarze Springerstiefel. Sie waren ziemlich genau gleich groß und hatten exakt die gleiche Statur. Der andere war der, der Axel ins Gesicht getreten hatte. Er war ein paar Zentimeter kleiner als die anderen beiden, dafür aber etwas dicker. Er trug zwar ebenfalls schwarze Kleidung, allerdings sahen diese eher wie ein langes Gewand aus. Außerdem war er zweifelsohne der Anführer. Die anderen beiden hatten eine Art Leinwand in der Hand, und der Anführer befahl ihnen, sie über dem Regal aufzuhängen. Axel wollte sich umdrehen, um zu erkennen, was sich darauf befand, doch die Stimme des Anführers drang in seine Ohren: »Du wirst heute noch sterben, ist dir das klar!?«

Axel blickte ihn an. Die Schmerzen in seinem Kopf betäubten ihn ohnehin noch viel zu stark, und so fiel ihm nicht einmal ein, um sein Leben zu flehen, sondern er starrte nur in die hasserfüllten, dunkelbraunen Augen, außer denen er im Gesicht des Mannes nichts erkennen konnte.

»Warum zeigt ihr euch mir dann nicht?«, fragte Axel.

Er bekam eine schallende Ohrfeige und als Antwort: »Sei kein Klugscheißer!«

Axel biss die Zähne zusammen. Die beiden anderen hatten hinter ihm am Regal inzwischen ihre Arbeit erledigt, und als Axel einmal zur Seite blickte, erkannte er, dass sie die Flagge des IS aufgehängt hatten. Er zuckte nicht einmal zusammen. Sie traten wieder vor ihn, und ihr Anführer gab ihnen weitere Anweisungen: »Gut so. Jetzt holt die Videokamera und die Scheinwerfer!«

Der Anführer lockerte währenddessen ein wenig den Knoten der Handfessel von Axels rechter Hand und wollte ihn offensichtlich in eine andere Position bringen.

»Seid ihr auf mein Spendenkonto aus?«, rief Axel verzweifelt den beiden Hinausgehenden zu. Der Anführer blickte ihn streng an und unterbrach seine Tätigkeit, Axel die Fesseln zu lösen, doch die beiden anderen, die gerade zur Tür hinaus wollten, blieben im Türrahmen stehen und drehten sich um. »Welches Spendenkonto?«, fragte der eine.

»Nicht jetzt!«, rief der Anführer ihnen entgegen.

»Das Spendenkonto für das Flüchtlingsheim!«, schrie Axel. »Darauf sind über zehntausend Euro. Ihr könnt es haben, wenn ihr wollt.«

Der Anführer gab Axel noch eine Ohrfeige, doch das Interesse der beiden anderen schien geweckt. »Hat der wirklich so viel Geld?«, fragte der eine leise.

»Wir werden ihn umbringen!«, brüllte der Anführer seine beiden Gehilfen an. »Keine Widerrede!«

»Ja, schon.«, erwiderte der eine. »Aber was spricht dagegen, wenn wir ihm vorher sein Geld abknöpfen?«

Der Anführer fluchte auf Arabisch, und in dem Moment erkannte Axel, dass es sich bei ihm um Hamid handelte. Die arabischen Flüche, die er ausstieß, waren exakt die gleichen, die er damals benutzt hatte, als er sich mit ihm im Flüchtlingsheim gestritten hatte und sie von Security-Kollegen getrennt werden mussten. In dem Moment, als er das erkannt hatte, war es für Axel so glasklar, dass er auch die deutsche Stimme unverkennbar fand. Er überlegte, ob er ihn damit konfrontieren sollte, um ihn zu verunsichern, oder ob er es für sich behalten sollte, um sich damit einen Vorteil zu verschaffen. Er kam jedoch überhaupt nicht dazu, es zu erwähnen, denn Hamid forderte seine beiden Gehilfen auf, mit ihm den Keller zu verlassen, da sie die Situation auf keinen Fall in seiner Anwesenheit besprechen werden würden. So verließen die drei abermals den Kellerraum und ließen Axel allein. Verzweifelt überlegte Axel, was er tun sollte. Was hatten sie gesagt? Sie wollten ein Video von ihm aufnehmen? ›Ich muss ein Zeichen machen. Egal wer das Video zu sehen bekommt, ich muss demjenigen deutlich machen, dass ich weiß, dass Hamid mein Entführer ist.‹, dachte Axel. Fieberhaft überlegte er, wer überhaupt etwas über Hamid wusste. Ihm fielen natürlich Clara und Sabine ein, die paar Kollegen im Flüchtlingszentrum, die Hamid gesehen hatten und die paar Leute aus dem Steinbock, die Hamid für einen Mann mit spanischen Wurzeln namens Daniel hielten. Axel fiel der schwarze Filzstift in der Schublade ein, und er zog die Schublade wieder auf und nahm den Filzstift mit dem Mund heraus. Er merkte jedoch sofort, dass er mit dem Mund nicht schreiben konnte. Er zog wieder an seiner Fessel und diesmal gab sie tatsächlich ein wenig nach. Axel zog, drückte und quetschte, und letztendlich schaffte er es, seine rechte Hand aus der Fessel zu lösen. Er nahm sich mit der Hand den Stift aus dem Mund und überlegte, was und wohin er schreiben sollte. Die Worte »Hamid« oder »Daniel« fand er zu offensichtlich. Er vermutete, dass Hamid das Video noch einmal überprüfen würde, bevor er es absendete. Was konnte er sonst noch schreiben? Nach kurzer Überlegung unter Zeitnot und mit hämmernden Kopfschmerzen beschloss Axel auf den Kragen seines T-Shirts einen Davidstern zu malen. Hamid hatte doch behauptet Jude zu sein!? Wenn Clara, Sabine, Dennis oder Ruben das Video sehen würden, würden sie sich hoffentlich daran erinnern, dass er gesagt hatte, dass Hamid angeblich Jude war und würden vielleicht auf ihn kommen. Er hoffte bloß, dass Sabine nicht mit Hamid unter einer Decke stecken würde, aber sollte dies der Fall sein, hätte sie bei seinem letzten Besuch mit Clara verdammt gut gelogen. Indem er den Davidstern auf seinen Kragen malte, könnte er mit gefesselten Händen das Symbol mit dem Kinn überdecken und so verhindern, dass seine Entführer es sahen. Axel zog den Kragen seines T-Shirts mit der rechten Hand so weit herunter, wie er nur konnte, um einigermaßen bequem darauf malen zu können. Er dachte einige Sekunden darüber nach, wie man nochmal einen Davidstern malte, doch glücklicherweise fiel ihm ein, dass es dazu nur zwei Dreiecke brauchte. Er konnte sein Werk leider nicht überprüfen, da ihm ein Spiegel oder dergleichen fehlte, aber nachdem er fertig war, hörte er wieder Stimmen von draußen. So schnell wie er konnte, warf er den Stift zurück in die Schublade, schob sie zu und steckte seine Hand mehr schlecht als recht zurück in die Fessel.

XVI. Wo ist Axel?

Clara kam gegen 19 Uhr von der Arbeit, war noch etwas für ihr gemeinsames Frühstück einkaufen gegangen und freute sich richtig auf ihren Geburtstag. Umso erstaunter war sie, als sie Axel zu Hause nicht antraf. Eigentlich sollte er vor ihr dort sein, und als er nicht da war, rief sie ihn auf dem Handy an, doch Axels Handy war ausgeschaltet. Verärgert warf Clara ihr Handy auf die Couch und machte sich in der Küche ein Abendbrot, bestehend aus ein paar Scheiben Brot mit Schnittlauchkäse. Axels Handy war noch nie aus gewesen, soweit sie sich zurück erinnern konnte und sie sah nur eine Möglichkeit, warum es diesmal so war: Axel plante bestimmt eine Überraschungsparty für sie. Die konnte natürlich nur in der alten Schenke stattfinden, sonst wären alle ihre Freunde schon längst bei ihr zu Hause gewesen. Sie hatte absolut keine Lust überrascht zu werden und so aß sie erst gemütlich ihre Brote auf, bevor sie sich auf den Weg in die alte Schenke machte. Der Weg nahm knappe zwanzig Minuten in Anspruch, und währenddessen ärgerte sie sich noch mehr darüber, dass Axel sich nicht bei ihr meldete. Als sie in die Seitengasse der alten Schenke einbog, dachte sie bereits darüber nach, wie ihr ein möglichst überraschter Gesichtsausdruck am besten gelingen würde. Sie betrat die alte Schenke, und dort saßen schon Stone, Nora, Dirk, Sabine, Dennis, Phillipp, Sven, Jens und Susanne. Selena stand hinter der Theke, winkte freudig und rief: »Hey, Clara! Da bist du ja endlich!«

Clara grinste und begrüßte die anderen, blickte aber doch erstaunt und fragte: »Ist Axel nicht bei euch?«

»Ich dachte, ihr wolltet zusammen kommen?«, antwortete Sven ebenso überrascht.

»Ja, dachte ich auch.«, schnaufte Clara. »Aber er ist nicht nach Hause gekommen. Ich habe angenommen, er wollte mich mit euch zusammen überraschen.«

»Hier ist er jedenfalls nicht!«, meinte Selena. »Naja, wahrscheinlich kommt er nach. Vielleicht hat er noch ein Geschenk für dich besorgt.«

»Das wird es sein.«, sagte Phillipp und Clara ließ sich davon beruhigen.

Sie saßen einige Stunden zusammen, tranken und unterhielten sich, während die Kneipe voller und voller wurde, doch Axel tauchte nicht auf. Clara wurde mit der Zeit unruhig und probierte abermals Axel anzurufen, doch sein Handy war nach wie vor ausgeschaltet.

»Das kann doch nicht sein!«, ärgerte sich Clara. »In ein paar Minuten habe ich Geburtstag und mein Freund ist nicht da. Wenn das eine Überraschung werden soll, ist das aber eine ganz miese Überraschung!«

»Warte erst einmal ab.«, lachte Dennis. »Am Ende kommt er hier mit irgendwas Extravagantem an und du freust dich mehr, als du dich jetzt noch ärgerst!«

»Weißt du etwas, was ich nicht weiß?«, fragte Clara.

»Nein, wirklich nicht!«, versuchte Dennis Clara zu überzeugen, hatte dabei aber ein breites Grinsen im Gesicht, weshalb Clara ihm das nicht so richtig abnahm.

»Was ist mit euch?«, fragte Clara Selena, Stone und Phillipp, doch auch die stritten ab, dass sie irgendetwas von Axels Plänen wussten.

Als es 0 Uhr war, sangen alle ihre Freunde Happy Birthday, und Claras Stimmung fing sich für eine kurze Zeit wieder. Sie tranken mehrere Kurze zusammen, und Clara wurde etwas betrunken. Sie beschloss sich über Axels Abwesenheit nicht weiter zu ärgern und feierte mit den anderen zusammen. Als die Stunden vorüberzogen, fanden es jedoch auch die anderen mit der Zeit merkwürdig, dass Axel nicht dabei war.

»Vermutlich sitzt er zu Hause und wartet darauf, dass du wieder kommst.«, grinste Nora. »Vielleicht hat er Rosen im Bett verstreut oder so etwas Romantisches.«

»Ja, sicher.«, grunzte Clara sarkastisch. »Ich würde von Axel eher erwarten, dass er mit ein paar Leuten aus der Kaserne einen trinken gegangen ist und meinen Geburtstag vergessen hat.«

»Das glaube ich nicht.«, meinte Selena. »Jetzt tust du Axel Unrecht! Der liebt dich über alles. Umso mehr wundert es mich, dass er zu deinem Geburtstag nicht auftaucht.«

»Vielleicht gehe ich wirklich lieber nach Hause.«, meinte Clara. »Vielleicht hat Nora Recht und er erwartet mich wirklich zu Hause. Vielleicht ist ihm aber auch etwas passiert?«

Stone und Dirk versuchten Clara zu beruhigen und keine voreiligen Schlüsse zu ziehen. »Was soll Axel schon passieren? Er fährt nicht mal Auto, und er kann durchaus auf sich selbst aufpassen. Da würde ich mir keine allzu großen Sorgen machen!«

»Wenn ihr meint.«, sagte Clara unschlüssig.

Gegen 3 Uhr verabschiedeten sich die meisten, und Clara blieb am Ende nur noch mit Selena, Susanne und Phillipp in der alten Schenke. Statt über Axel sprachen sie über ihren Geburtstag und was sie noch alles vor hatten. Sie versprachen sich gegenseitig, sich heute Abend wiederzutreffen und einen schönen Abend miteinander zu verbringen, auch wenn das Reinfeiern in ihren Geburtstag aufgrund von Axels Abwesenheit nicht allzu gelungen war. Dann ging Clara schließlich ebenfalls nach Hause. Gut angetrunken brauchte sie noch einmal zehn Minuten länger für den Heimweg. Als sie den Schlüssel zur Wohnung im Schloss umdrehte, hoffte sie inständig, dass sie die Wohnung mit Kerzen ausgestattet und einen sie erwartenden Axel vorfinden würde, doch nichts dergleichen geschah. Die Wohnung befand sich im gleichen Zustand, in dem sie sie verlassen hatte, und so zog Clara sich aus und ging schlafen.

Als sie am Samstag gegen 11 Uhr aufwachte und feststellte, dass Axel sich immer noch nicht neben ihr im Bett befand, wurde sie unruhig. Sie versuchte abermals ihn auf seinem Handy anzurufen, doch das war nach wie vor ausgeschaltet. ›Jetzt reicht es mir!‹, dachte Clara. ›Ich gebe ihm noch eine halbe Stunde, dann werde ich sauer!‹ Sie stand auf, ging unter die Dusche und nachdem sie sich abgetrocknet und frische Klamotten angezogen hatte, sah sie auf ihr Handy, auf dem sie das verheißungsvolle Blinken einer neuen Nachricht bemerkte. Entnervt nahm Clara es in die Hand und entsperrte es mit einem seufzenden »Na endlich!«

Es war aber nicht Axel, sondern bloß eine Facebook-Nachricht von Ruben, der ihr einen herzlichen Glückwunsch zum Geburtstag wünschte.

»Scheiße!«, rief Clara laut. »Axel, wo bist du?«

Sie überlegte, ob sie Ruben fragen sollte, wo Axel war, aber sie dachte, wenn es sich tatsächlich noch um eine Überraschung handeln sollte, dann würde Ruben ihr diese sicherlich auch nicht verraten. Genervt und beunruhigt frühstückte sie schnell, ohne darauf zu achten, was sie gerade aß. Das hatte sie sich anders vorgestellt. Es sollte ein schönes, gemeinsames Geburtstagsfrühstück geben, und nun saß sie alleine in ihrer Wohnung und hatte keine Ahnung, wo ihr Freund war.

Sie rief Yussuf an, der gestern noch mit Axel Schicht gehabt hatte, und nachdem der ihr zum Geburtstag gratulierte und Clara ein genervtes »Danke.«, gestöhnt hatte, begann sie sofort damit ihm Fragen zu stellen: »Hör mal Yussuf, ist gestern irgendetwas besonderes auf der Schicht passiert?«

»Nicht wirklich, wieso?«

»Axel ist gestern Abend nicht nach Hause gekommen. Ich will jetzt nicht klingen wie eine paranoide Ehefrau, aber das ist schon ungewöhnlich, weil ich heute Geburtstag habe und wir eigentlich gemeinsam reinfeiern wollten und den heutigen Tag zusammen verbringen wollten.«

»Verstehe.«, machte Yussuf. »Ich kann dir leider nicht weiterhelfen. Ich weiß nicht wo Axel ist. Er hat aber bereits erzählt, dass du Geburtstag hast und dass er sich darauf freut.«

»Hat er irgendetwas angedeutet, woran du dich erinnerst?«, fragte Clara misstrauisch.

»Nein.«, machte Yussuf knapp.

»Du kannst es mir ruhig sagen, falls du irgendetwas weißt.«, versuchte Clara Yussuf zu überzeugen. »Wenn er irgendetwas geplant hat oder so. Sein Handy ist aus, und ich mache mir Sorgen um ihn. Also bitte: Wenn Axel dir irgendetwas gesagt hat, dann sag es mir bitte!«

»Ich verstehe.«, machte Yussuf ernst. »Aber ich weiß wirklich nichts, Clara. Axel hat mir bloß erzählt, dass du heute Geburtstag hast, dass ihr in die Kneipe geht, um darauf anzustoßen. Er hat mich gefragt, ob ich mitkommen will, aber ich habe abgelehnt, weil ich ja nicht wirklich Alkohol trinke und euren Freundeskreis gar nicht kenne. Das ist wirklich alles, was ich weiß. Ich verspreche dir, ich melde mich sofort bei dir, falls ich etwas erfahren sollte, aber im Augenblick kann ich dir nicht weiterhelfen.«

»Alles klar. Vielen Dank, trotzdem.«, sagte Clara und legte auf.

Sie startete ihren Laptop und ging auf Facebook. Sie klickte sich durch ein paar Geburtstagsgratulationen, war aber im Endeffekt zu unruhig, um sich auf etwas anderes konzentrieren zu können als Axels Abwesenheit. ›Meine Freunde haben alle Handys, mit denen sie mich sofort anrufen würden, wenn sie etwas wüssten.‹, dachte Clara. ›Ich muss viel eher jemanden kontaktieren, der meine Handynummer nicht hat, aber mit Axel in Verbindung steht.‹

Die einzige Person, die Clara auf Anhieb einfiel, war Axels Mutter Ute. Sinn ergab es nicht, dass Axel sich bei seiner Mutter vor ihr versteckte, doch in ihrer Wohnung herumzusitzen und darauf zu warten, dass Axel sich von allein wieder meldete, machte sie wahnsinnig. So schnappte sie sich ihre Sachen, fuhr den Laptop wieder herunter und machte sich auf den Weg zur Bushaltestelle. Da sie einige Zeit brauchte, um zur richtigen Bushaltestelle zu gelangen und die Busse samstags anders fuhren, als unter der Woche, dauerte es fast eine Stunde, bevor sie an der Haltestelle der Universität ankam. Der Bus war nicht sonderlich voll gewesen, und sie drehte sich nach dem Ausstieg nach links, statt den gewohnten Weg nach rechts zu ihrer alten Wohnung zu nehmen und ging zum Haus von Axels Mutter. Sie klingelte und kurz darauf ertönte Utes Stimme an der Gegensprechanlage mit einem krächzenden: »Ja, bitte?«

»Hallo Ute, hier ist Clara.«, versuchte Clara ihre unsichere Stimme zu überdecken.

»Oh, hallo. Komm rein.«, machte Ute und drückte ihr die Tür auf.

Clara sprang die Stufen nach oben und war fast schneller vor der Wohnungstür, als Ute sie aufmachen konnte.

»Bist du alleine gekommen?«, fragte Ute überrascht. »Was kann ich für dich tun?«

Enttäuscht seufzte Clara, als sie mit dieser Frage sofort erkannte, dass auch Ute nicht wusste, wo sich ihr Sohn befand.

»Du weißt auch nicht wo Axel ist!?«, machte Clara.

»Nein, bei mir hat er sich nicht gemeldet.«, antwortete Ute erstaunt. »Wieso sollte er?«

»Axel ist gestern Abend nicht von der Arbeit nach Hause gekommen und geht nicht an sein Handy.«, leierte Clara herunter, wie auswendig gelernt.

»Das ist aber seltsam.«, bestätigte Ute Claras Gesichtsausdruck.

»Ja, allerdings! Das ist besonders seltsam, weil ich heute Geburtstag habe und wir geplant hatten, den Tag zusammen zu verbringen. Am Anfang habe ich noch geglaubt, dass Axel mich mit irgendetwas überraschen will, aber so langsam glaube ich nicht mehr daran.«, ergänzte Clara.

»Herzlichen Glückwunsch zum Geburtstag, erstmal.«, lächelte Ute, wurde aber sogleich wieder ernst, während Clara ein beiläufiges »Danke« hervorbrachte.

»Das klingt aber auch gar nicht nach Axel. Der hat noch nie eine Überraschung geplant. Das wäre mir neu, dass Axel so etwas tut.«, sagte Ute.

»Das macht es nicht besser.« Clara verfiel langsam in Panik. »Was mach ich denn jetzt?«

»Seit wann hast du ihn nicht mehr gesehen?«, fragte Ute.

»Ich habe vorhin seinen Arbeitskollegen angerufen. Der hat gesagt, sie sind noch normal voneinander weggegangen. Also muss er um 18 Uhr noch auf der Schicht in der Kaserne gewesen sein. Aber zu Hause ist er nicht angekommen. Was glaubst du, was ich tun soll? Die Polizei rufen?«, meinte Clara.

Ute dachte scharf nach. »Tja, so genau weiß ich auch nicht, was man in dieser Situation tut. Vielleicht ist es nicht verkehrt, die Polizei anzurufen? Vielleicht solltest du einfach mal auf der Polizeiwache vorbeigehen und nachfragen? Soll ich mitkommen?«

»Ich will dich jetzt nicht in Panik versetzen.«, versuchte Clara mehr schlecht als recht Ute zu beruhigen. »Ich mache mir schon genügend Sorgen für zwei. Ich denke, ich werde mich auf den Weg zur Polizeiwache machen und dort nachfragen, was ich tun soll. Die werden mir dann bestimmt raten, ob ich ihn als vermisst aufgeben soll oder was ich sonst tun kann.«

»Meinst du, ich soll seinen Vater anrufen?«, fragte Ute.

»Wozu? Du glaubst doch nicht, dass er über Nacht nach Wiesengrunde gefahren ist ohne mir Bescheid zu sagen?«, antwortete Clara.

»Na, ich weiß es ja auch nicht.«, meinte Ute.

»Weißt du denn, wo das nächste Polizeirevier ist?«, fragte Clara.

Das wusste Ute, und sie zog sich so schnell sie konnte ihre Schuhe und ihre Jacke an, nahm ihre Handtasche aus der Garderobe und zusammen machten sie sich auf den Weg zu Utes Auto. Clara stieg auf den Beifahrersitz, und Ute fuhr los.

»Du hast meine Handynummer nicht, oder?«, fragte Clara Ute.

»Nein.«, meinte Ute, mit den Händen am Lenkrad und dem Blick auf die Straße. Sie diktierte Clara ihre Handynummer, und Clara speicherte sie in ihr Handy. Dann ließ sie Utes Handy anklingeln, das auch kurz darauf in ihrer Handtasche klingelte.

»Falls die Polizei sich bei dir melden sollte, kannst du mir dann sofort Bescheid sagen.«, meinte Clara.

»Das mache ich sofort!«, versprach Ute.

Clara hatte ihr Handy noch nicht wieder zurück in ihre Tasche gesteckt, als es klingelte.

›Bitte sei Axel! Bitte sei Axel!‹, hoffte sie und nahm ab.

Doch es war nicht Axel. Es war Selena.

»Clara? Wo bist du gerade?«, dröhnte Selenas Stimme in panischem Tonfall in ihr Ohr.

»Auf dem Weg von Axels Mutter nach unten. Das ist am Berg der Universität.«, erklärte Clara.

»Du musst sofort zu Phillipp kommen, weißt du wo das ist?«, kreischte Selena.

»Nein, aber ich glaube irgendwo hier in der Nähe, oder? Selena, was ist los?«, antwortete Clara beunruhigt.

Selena nannte Clara kurz die Straße und die Hausnummer. Ute und Clara befanden sich nicht sonderlich weit weg von Phillipps Adresse. Clara gab Ute eindringlich zu verstehen, dass sie sofort zu einem Freund musste, der vielleicht wüsste, wo sich Axel befand. Nur einige hundert Meter später sah Clara Phillipps Hausnummer und bedeutete Ute rechts ran zu fahren. Ute hielt und Clara erklärte ihr, sie solle bitte weiter zur Polizei fahren, die Vermisstenanzeige aufgeben und sie sofort kontaktieren, wenn sich etwas Neues ergab. Ute versprach es ihr, und Clara stieg aus. Sie suchte »Hergen« auf der Klingel, drückte den Klingelknopf und kaum eine Sekunde später wurde ihr aufgedrückt. Noch im Treppenhaus riefen Selena und Phillipp ihr entgegen: »Beeil dich! Du musst sofort hochkommen!«

Clara sprang die Stufen hinauf und kam keuchend in Phillipps Wohnung an.

»Was ist los?«, fragte sie.

Für den Bruchteil einer Sekunde hatte sie noch gehofft, dass bei Phillipp zu Hause eine Überraschungsparty stattfinden würde, doch als sie Selenas tränenverschmiertes Gesicht erblickte und Phillipps vollkommen aufgelöstes Gesicht, wusste sie, dass sie damit nicht zu rechnen brauchte. Phillipp führte sie in sein Schlafzimmer, sagte ihr, sie solle sich aufs Bett setzen und klickte dann auf seinem Computer bei einem Video auf den Play-Knopf.

Das Video dauerte nur einige Minuten, doch schon nach den ersten zwei Sekunden schrie Clara vor Panik.

XVII. Räuberische Erpressung

»Heute scheint dein Glückstag zu sein.«, sagte Hamid mürrisch und in sehr sarkastischem Tonfall zu Axel. »Du hast dein Leben um ein paar Stunden verlängert.«

Axel sah ihn und seine beiden Gehilfen in der Türschwelle an, sagte aber nichts.

»Du willst mir also sagen, du hast tatsächlich zehntausend Euro auf einem Konto?«, fragte Hamid mit Nachdruck.

Axel nickte stumm.

»Ich würde dich zwar auf der Stelle kaltmachen, aber meine beiden Kameraden wollen dabei offenbar nicht leer ausgehen.«, höhnte Hamid. »Dann erklär mir doch mal, wie wir an das Konto am besten herankommen, denn vermutlich dauert das lange und wird gefährlich für uns.«

»Es ist ein PayPal-Konto.«, erklärte Axel. »Ich kann dir das Geld überweisen. Du musst mir nur einen Internetzugang geben.«

Hamid drehte sich zu seinen beiden Gehilfen um und rief laut: »Ich habe euch doch gesagt, dass der uns verarscht!«

Wieder zu Axel gewandt zog er ihn an den Haaren und redete in scharfem Ton in sein Ohr: »Ich soll dich ins Internet lassen? Hältst du mich für bescheuert? Am Ende habe ich hier die Bullen vor der Tür stehen! So läuft das nicht! Ich brauch die Summe bar, und das wirst du nicht machen können, also schlage ich vor, du lässt dir entweder ganz schnell etwas einfallen oder wir vergessen das mit dem Geld!«

Axel schwitzte, und trotz seiner Kopfschmerzen kam ihm erneut ein Gedanke: »Mein Vater ist Abteilungsleiter bei der Sparkasse in Wiesengrunde. Der kann dir das

Geld besorgen, ohne dass es Aufsehen erregt. Der einzige Haken an der Sache ist, dass Wiesengrunde eine knappe halbe Stunde weit weg ist. Es wird ein paar Stunden dauern, aber dann bekommst du das Geld.«

Einer der beiden anderen klatschte in die Hände, worauf Hamid ihn kurz ansah und sich dann wieder Axel zuwandte: »Natürlich. Und der kommt mit einem Koffer voller Geld an einen Ort spaziert, an dem ich ihn abholen komme, und in null Komma nichts bin ich von den Bullen umzingelt.«

Axel sah ihn nun ernst an: »Das ist mein Vater, und du hast mich als Geisel. Glaubst du wirklich, der würde die Gefahr eingehen, die Polizei zu rufen und damit mein Leben aufs Spiel zu setzen? Das ist doch nicht dein Ernst! Außerdem hast du ja offensichtlich Hilfe, also holst du das Geld nicht selbst ab, und wenn du in der Nähe Polizei siehst, dann bläst du die ganze Aktion ab und bist genauso weit wie jetzt auch.«

Hamids Gehilfen nickten kräftig und schienen Axels Theorie zu bestätigen, was Hamid noch wütender machte. Trotzdem schien es, als müsste er sich eingestehen, dass Axels Plan recht sinnvoll klang. Nur die Tatsache, dass Axel ihn vorgeschlagen hatte, schien ihm nicht zu passen. Hamid ließ Axels Haare los und schien nachzudenken. Jede Idee, die Axel von sich gegeben hatte, war ihm in ein paar Momenten der Panik gekommen, war kaum durchdacht und er bemerkte, dass auch Hamid darauf kommen würde, wenn er ihm die Zeit lassen würde darüber nachzudenken. Also fing Axel wieder an zu reden: »Wie wäre es mit folgendem Vorschlag: Wenn ich das richtig sehe, hast du sowieso geplant mich umzubringen und davon ein Video zu machen. Statt mich umzubringen, machst du ein Video, indem du es nur androhst, wenn man dir nicht das gesamte Geld auf dem RiM-

Spendenkonto besorgt. Das Video schickst du an die Administratoren von RiM. Einer davon wohnt in Markstadt, der andere in Wiesengrunde. Der eine wird sich mit meinem Vater in der Sparkasse auseinandersetzen und der andere mit der Online-Lösung. Beide werden dir antworten und versuchen eine Lösung zu finden, und die Zeit kannst du nutzen, um dir zu überlegen, wie du es am besten anstellst.«

Hamid sah Axel wieder an. Nur durch den Ausdruck seiner Augen konnte Axel nicht erkennen, ob ihm die Idee gefiel, oder ob er gleich wieder einen Schlag ins Gesicht bekommen würde, und so verkrampfte Axel vorsorglich sein Gesicht. Eine knappe Minute verstrich, in der Hamid Axel anstarrte. Es schien ihm, als ob er die Machtposition wieder inne hatte, und so grinste er letztendlich überheblich und befahl seinen beiden Gehilfen wiederum: »Holt Kamera und Scheinwerfer!«

Die beiden verschwanden und kehrten innerhalb von ein paar Minuten wieder. In der Zeit hatte Hamid Axels Fesseln gelöst, den Stuhl beiseite gerückt und ihn gezwungen, sich auf den Boden zu knien. Axel hatte überlegt, ob er sich auf Hamid stürzen sollte, nachdem der ihm die Fesseln gelöst hatte, doch als er sich vornüberbeugte, sah Axel im Dämmerlicht des Kellers ein großes Kampfmesser in Hamids Gürtel blitzen. Mit seinen Schmerzen im Kopf und den beiden anderen im Haus befürchtete Axel, dass er ohnehin nicht weit kommen würde, selbst wenn der unwahrscheinliche Fall eintreten sollte, dass er Hamid überwältigt bekäme. Nachdem die Scheinwerfer und die Kamera auf ihn gerichtet waren, trat Hamid hinter ihn und seine beiden Gehilfen links und rechts neben ihn. Das einzige, worauf Axel achtete, war, dass er mit dem Kinn seinen Kragen verdeckte, auf den er den Davidstern gemalt hatte. Im Dämmerlicht des Kellers war der nahezu unsichtbar, aber mit den Scheinwerfern auf ihn gerichtet, befürchtete er, dass man ihn allzu gut sehen konnte. Die Kamera lief, und einige Zeit redete Hamid auf Arabisch. Danach wechselte er auf Deutsch und sagte: »Ihr werdet mir das gesamte Geld des Spendenkontos bringen! Ich weiß, dass es über zehntausend Euro sind! Versucht keine Tricks, sonst wird er sterben! Wenn ihr die Polizei ruft oder ich bemerken sollte, dass ihr versucht mich zu betrügen, wird er sterben! Ich werde euch kontaktieren und erwarte von euch die schnellstmögliche Antwort!«

Daraufhin packte Hamid Axel an den Haaren, zog das Messer hervor und hielt es Axel an die Kehle. Axels Puls raste, als er das blanke Metall an seiner Kehle spürte, doch Hamid ließ nach ein paar Sekunden wieder los. Axel riss einmal kurz seinen Mund weit auf, um mit seinem Unterkiefer auf den Davidstern zu deuten, dann ließ er seinen Kopf wieder nach unten sacken und bedeckte den Davidstern mit seinem Kinn. Der Kerl, der links von ihm stand, ging daraufhin hinter die Kamera und schaltete sie aus. Direkt darauf schaltete er auch die Scheinwerfer aus und klappte das Stativ der Kamera zusammen. Zusammen mit der Kamera verließ er den Raum. Hamid schnappte sich den Scheinwerfer und befahl seinem übrig gebliebenen Gehilfen: »Fessel ihn wieder an den Stuhl!«

Dann ging Hamid nach draußen und schloss die Tür hinter sich. Axel stand auf und sah dem Mann, der sich nun mit ihm allein im Keller befand, fest in die Augen.

»Warum folgst du diesem Wahnsinnigen?«, fragte er. »Ihr seid keine Terroristen, ihr seid doch offensichtlich nur an Geld interessiert.«

»Hast du noch nicht genug auf die Fresse gekriegt?«, schnauzte der Mann ihn an. »Hinsetzen!«, befahl er und schob Axel wieder den Stuhl hin.

Axel setzte sich, blickte ihm dabei aber ohne Unterbrechung in die Augen: »Wie lange bin ich eigentlich schon hier?«

»Du sollst ruhig sein!«, bekam Axel wieder zur Antwort. Der Mann ging kurz vor die Tür und nahm mehrere kurze Seile, die offensichtlich direkt hinter der Tür lagen, zur Hand und begann Axel wieder zu fesseln.

»Was ist, wenn ich mal zur Toilette muss?«, fragte Axel weiter. Der Mann ließ sich von Axels Frage nicht irritieren und beschäftigte sich weiter damit, Axels Hände zu fesseln.

»Ich meine ja nur.«, sagte Axel. »Ich kann mir natürlich in die Hose scheißen. Ist für mich irrelevant, weil ich ja eh draufgehe, aber ist bestimmt nicht so angenehm das hier riechen und wegmachen zu müssen.«

Der Mann sah Axel eine Sekunde lang bitterböse an und unterbrach dabei kurzzeitig seinen Vorgang.

»Wie dringend musst du?«, fragte er mit drohender Stimmlage.

»Eine halbe Stunde könnte ich es mir vielleicht noch verkneifen, aber dann wird es kritisch.«, antwortete Axel.

Der Mann fuhr fort, Axels Füße zu fesseln, und als er fertig war, saß Axel wieder fest verschnürt auf seinem Stuhl. Der Mann stand auf, sagte zu Axel »Ich werde nachfragen.« und ging aus dem Raum. Dumpf und leise hörte Axel wie Hamid und der Mann sich gegenseitig anschrien. »Bring ihm halt einen Eimer aus der Abstellkammer!«, hörte Axel Hamid sagen und daraufhin heftige Gegenwehr des anderen. Nach etwa zehn Minuten kam er wieder, zog Axel eine schwarze Mütze über die Augen und einen Beutel darüber, sodass Axel nichts mehr sehen konnte, löste dann wieder die Fesseln und meinte: »Ich bringe dich jetzt aufs Klo. Wenn du Faxen machst, mache ich dich sofort kalt! Das Video wurde übrigens gerade versendet, ich will hoffen, dass du keinen Scheiß erzählt hast.«

Axel nickte stumm. Er wurde in den Rücken gestoßen und tastete mit den Händen nach vorne, um nicht mit dem Kopf gegen die Tür zu stoßen. »Nach links!«, sagte sein Aufpasser. Dann ging es nach rechts, eine Wendeltreppe nach oben und dann nochmal nach rechts. Axel bekam die Tür aufgemacht, dann wurde er ein paar Schritte nach vorne gestoßen.

»Das Klo ist genau vor dir, das Klopapier ist links. Setz dich hin, ich werde im Raum bleiben und dich beobachten!«

Nun brach Axel wieder der Angstschweiß aus. Der Gang zur Toilette war für ihn nur eine Ausrede gewesen, dass er aus seinem Kellerloch kam, aber seine Geiselnehmer schienen schlau genug, dass er keinen Vorteil daraus schöpfen konnte. So tat er das einzige, was ihm übrig blieb. Er öffnete seine Hose, setzte sich auf die Toilette und versuchte sich zu entleeren. Eine knappe Minute passierte gar nichts und sein Aufpasser lachte ihn aus: »Was ist? Kannst du auf einmal doch nicht mehr?«

Axel presste so stark er konnte, und eine halbe Minute später schaffte er es loszulassen. Das war mitunter sehr geräuschvoll, was sein Aufpasser unter Ekel zur Kenntnis nahm. Als er fertig war, tastete er nach dem Toilettenpapier, wischte sich den Hintern ab, stand auf und zog sich die Hose wieder an.

»Darf ich mir die Hände waschen?«, fragte Axel, während er nach dem Abzug tastete.

»Links!«, brummte sein Aufpasser und Axel tastete sich Richtung Waschbecken, fand den Hahn und Seife, wusch sich die Hände und wischte sie sich an seiner Hose trocken. Er hoffte verzweifelt irgendetwas zu finden, was ihm helfen würde, doch ihm kam nichts zwischen die Finger, und er war blind wie ein Maulwurf. Ohne neue Hilfsmittel wurde er wieder in den Keller gebracht und gefesselt. Diesmal nahmen sie ihm nicht einmal die Mütze und den Beutel vom Gesicht, was Axel blind machte und zum Schwitzen brachte. Er bemühte sich, seinen Kopf zu verrenken und schaffte es nach geraumer Zeit den Kragen seines T-Shirts in den Mund zu bekommen, auf den er den Davidstern gemalt hatte. Er leckte und saugte an der Stelle herum, in der Hoffnung, dass der Filzstift verblassen würde, sodass Hamid und die anderen beiden nichts bemerken würden. Im Dunkel war das auch seine einzige Beschäftigung, während er verzweifelt dachte: ›Phillipp. Mattes. Jetzt liegt es an euch sich etwas auszudenken. Bitte, bitte, habt eine Idee, wie ihr mich hier rausholt! Ich will noch nicht sterben. Schon gar nicht von Hamid, diesem Möchtegern-Terroristen. Was denkt der, wer er ist? Er kann mich entführen, er kann mich umbringen, aber glaubt er, er kriegt die Idee, die wir hinterlassen haben kaputt? Niemals! Wir haben die Willkommenskultur groß gemacht! Wir haben ein Netzwerk der Freundschaft zwischen Flüchtlingen und Bevölkerung geschaffen! Wir sind Freunde der Religionsfreiheit und Feinde des Terrorismus! All das bekommst du nicht beseitigt, indem du mich umbringst, mein Freund! Ich bin nicht bloß ein Mensch, ich stehe für eine Idee. Für Frieden und Toleranz untereinander. Wenn du es schaffen solltest mich umzubringen, wirst du keine Zwietracht zwischen uns säen, sondern die Bande, die uns zusammenhält, nur noch stärker machen!‹

All das, versuchte Axel sich einzureden, während er im Keller saß und gleichzeitig darauf hoffte, dass etwas passierte und andererseits hoffte, dass nichts passierte. Er versuchte sich einzureden, dass die Zeit für und nicht gegen ihn war. Er versuchte sich einzureden, dass die Polizei nach ihm suchte. Und er dachte an Clara. Eigentlich hatte er um diese Zeit gehofft, mit seinen Freunden fröhlich in der alten Schenke zu sitzen und sich zu betrinken, doch stattdessen war er entführt worden. Die Tränen liefen ihm die Wangen hinunter, als er an Clara dachte. Würde er sie wiedersehen? Oder würde sie bloß noch seine Leiche finden? Daran mochte er gar nicht denken. Wut, Trotz und ein eiserner Überlebenswillen stiegen in ihm hoch und ließen ihn seine Tränen hinunterschlucken. Nein, so leicht würde er Hamid nicht das Feld überlassen. Sollte er noch einmal sein Messer an seine Kehle setzen, würde er ausholen und ihm mit dem Kopf den Kiefer brechen! Jawohl! Und dann würde er sich auf den Kerl links von sich stürzen und ihm in den Arm beißen, während er dem rechten Kerl in den Schritt treten würde! Selbst wenn er dabei drauf gehen würde, er würde sich nicht kampflos ergeben!

XVIII. Jetzt heißt es handeln

Als Clara das Video von Axel, mit drei maskierten Männern, von denen einer am Ende ihm ein Messer an die Kehle hielt, sah, stand ihr der Schock ins Gesicht geschrieben. Selena konnte nicht aufhören, stumm zu weinen und auch Phillipp schien völlig ratlos. Clara hielt sich die Hände vor den geöffneten Mund, als das Video vorbei war und sah Phillipp an.

»Von welchem Spendenkonto redet der Typ?«, fragte Clara.

»Ich nehme an, er meint das RiM-Konto. Axel hat es eröffnet, als immer wieder Leute gefragt haben, ob sie für die Flüchtlinge spenden könnten. Wir wussten aber nie, wofür wir das Geld eigentlich ausgeben sollen, und so hat es sich immer weiter angesammelt. Die einzige Ausgabe, die Axel je tätigen wollte, waren zwei Weihnachtsbäume für die beiden Flüchtlingsheime, und das hat die Stadt verhindert. Er hat erzählt, dass er oft angebettelt wurde, aber er konnte ja nicht einfach manche Flüchtlinge bevorzugen und den anderen Geld vorenthalten.«, erklärte Phillipp.

»Kommst du an das Geld ran?«, fragte Clara weiter.

»Nein.«, erwiderte Phillipp. »Axel hat es erstellt. Es ist ein PayPal-Konto. Ich weiß nicht einmal, wie viel drauf ist. Der Typ sagt über zehntausend Euro. Könnte sein, dass das stimmt. Ich habe keine Ahnung.«

Clara dachte fieberhaft nach. Sie hatte nie ein PayPal-Konto besessen und wusste gar nicht wie so etwas aussah.

»Kann man das Konto vielleicht knacken?«, fragte sie.

»Möglich.«, zuckte Phillipp mit den Schultern. »Aber schwierig. Sowas ist leider auch so gar nicht mein Fachgebiet. Quan hat von so etwas mehr Ahnung.«

»Dann ruf Quan an!«, befahl Clara. »Was würde er dafür brauchen? Axels Computer?«

Phillipp sah sie erstaunt an. »Ja, das wäre ideal. Vielleicht hat Axel sogar die Zugangsdaten gespeichert und sein Passwort aufgeschrieben.«

»Dann lass uns zu dir fahren!«, meinte Selena.

Clara überlegte: »Nein, ich brauche Phillipp vor einer laufenden Internetverbindung. Wenn Axels Entführer sich wieder melden sollten, müsst ihr sofort erreichbar sein. Jede Minute, in der ihr das nicht seid, könnte Axels Tod bedeuten. Wo wohnt Quan? Ich treffe mich mit ihm, und ich setze ihn an Axels Computer.«

Phillipp zog sein Handy aus der Tasche und erklärte Quan die Situation in kürzester Zeit. Noch nie in seinem Leben hatte Quan so schnell reagiert. Phillipp hatte nur erwähnt, dass Axel entführt worden war, dass das Ganze kein Spaß sei und sie seine Hilfe als Hacker brauchten und Quan antwortete: »Ich bin bereit. Wo und wofür braucht ihr mich?«

»Wo genau bist du jetzt?«, rief Clara in Phillipps Handy.

»Bei Susanne zu Hause.«, antwortete Quan und wollte gerade beginnen zu erklären, wo das war, da unterbrach Clara ihn mit: »Ich weiß wo das ist. Bleib da, ich komme dorthin!«

Dann legte Phillipp auf.

»Was hast du jetzt vor?«, fragte Selena aufgelöst.

»Zweierlei.«, antwortete Clara nachdenklich. »Zum ersten müssen wir versuchen, dass wir tatsächlich an das Geld kommen. Das verschafft uns Zeit. Zum zweiten muss ich wissen, was der Typ im ersten Teil des Videos sagt. Dafür brauche ich einen Menschen, der Arabisch spricht, und ich kenne dafür bloß einen und das ist

Mashid. Ich habe aber seine Handynummer nicht, also werde ich wohl nach Scharsch fahren müssen.«

»Ich komme mit!«, sagte Selena entschlossen. »Du suchst Mashid, und ich bringe Quan zu dir nach Hause.«

Beide sahen Phillipp erwartungsvoll an, doch der blickte ebenso verdutzt zurück und rief: »Worauf wartet ihr noch? Weg mit euch!«

»Schick mir das Video auf mein Handy!«, rief Clara Phillipp noch zu. Daraufhin liefen Clara und Selena aus der Wohnung. Selena hatte in einer Seitenstraße, etwa zweihundert Meter weiter geparkt, und während sie dorthin liefen, klingelte Claras Handy.

»Ja?«, meldete sich Clara keuchend.

»Clara!«, schrie Marc ihr entgegen. »Wir haben ein Riesen-Problem! Axel ist entführt worden!«

»Ich weiß, ich weiß!«, rief Clara zurück.

»Ich bin gerade bei Mattes. Er hat mich angerufen. Die verlangen zehntausend Euro.«

»Erzähl mir was, was ich nicht weiß!«, gab Clara zurück. Ihr ging langsam die Puste aus, doch glücklicherweise kamen sie in dem Moment an Selenas Auto an. Selena schloss die Tür auf, und Clara setzte sich auf den Beifahrersitz. Marc schien nicht ganz zu wissen, was er sagen sollte. Verwirrt fragte er: »Was sollen wir tun?«

»Kriegst du zehntausend Euro zusammen?«, fragte Clara immer noch keuchend.

Im Hintergrund schien Marc ebenfalls mit diversen Leuten zu kommunizieren und nach ein paar Sekunden antwortete er: »Wir gehen zu Axels Vater. Vielleicht bekommt der das Geld von der Bank.«

»Gut!«, antwortete Clara. »Melde dich, wenn ihr weiter seid. Wir versuchen jetzt ebenfalls Geld aufzutreiben.«

Damit legte sie auf. Während des Telefongesprächs mit Marc hatte sie eine SMS von Phillipp erhalten: *»IP-Adresse liegt angeblich irgendwo in Indien. So kommen wir leider nicht an die Entführer!«*

Selena war unterdessen in Richtung Innenstadt gefahren und hielt gerade an einer roten Ampel.

»Wo muss ich lang?«, fragte sie.

»Auf den Parkplatz vor dem Freaky!«, dirigierte Clara, und Selena drückte auf das Gaspedal, als die Ampel grün zeigte. Noch bevor sie ankamen, redete Selena Clara ins Gewissen: »Clara, du brauchst unbedingt Leute, die dich begleiten! Quan und ich haben mit RiM und all dem Zeug, das Axel gemacht hat, nichts zu tun, aber du warst schon im Flüchtlingsheim. Man kennt dich! Du musst noch jemanden anrufen, der dich begleitet! Du kannst auf keinen Fall alleine nach Scharsch fahren!«

»Egal wer es ist.«, meinte Clara. »Es muss nur schnell gehen!«

»Patrick wohnt hier direkt um die Ecke!«, meinte Selena, als sie kurz vor Susannes WG auf den Parkplatz einbogen.

»Patrick?«, machte Clara stutzig.

»Clara, jetzt ist nicht die Zeit für falschen Stolz. Wenn du ihm sagst, dass Axel entführt wurde, ist er für dich da!«, sagte Selena bestimmt.

Selena hatte Glück, dass der Parkplatz einigermaßen frei war, und so parkte sie sehr nah an Susannes Haustür. Quan und Susanne kamen im gleichen Moment auch schon aus der Haustür heraus. Sie liefen auf Selenas Auto zu, doch Clara und Selena stiegen beide aus.

»Was macht ihr?«, fragte Quan schnaufend.

»Wir müssen noch kurz zu Patrick, das ist aber gleich hier um die Ecke.«, erklärte Selena. »Wartet im Auto, wir sind gleich wieder da!«

Susanne und Quan nahmen also auf der Rückbank Platz, und Selena und Clara eilten zu Patricks Wohnung. Die lag einmal um den Block auf der gegenüberliegenden Straßenseite von Susannes Haus. Selena klingelte Sturm, und ein paar Sekunden später betätigte Patrick die Türöffnung. Selena und Clara stürmten zur Wohnung hinein und rannten Patrick, der in Unterwäsche in der Tür stand, beinahe über den Haufen.

»Was wollt ihr hier?«, fragte er völlig überrascht.

»Du kommst ab jetzt alleine klar!?«, rief Selena Clara zu, was Clara bestätigte, indem sie ihr ihren Haustürschlüssel zuwarf.

Patrick sah Clara verwirrt an und wollte gerade den Mund aufmachen, um etwas zu sagen, da drückte Clara Patrick in seine Wohnung und fing an die Situation zu erklären. Sie brauchte dazu knappe zwei Minuten und zog ihr Handy hervor, um Patrick das Entführer-Video zu zeigen, das ihr von Phillipp inzwischen auf ihr Handy geschickt worden war. Jegliche Meinungsverschiedenheit, die je zwischen ihnen beiden gelegen hatte, war auf der Stelle von Patrick gewichen. Entsetzt starrte er auf das Video und blickte Clara danach fassungslos an.

»Was tun wir jetzt?«, fragte er.

»Wir versuchen das Geld aufzutreiben, was die Entführer fordern.«, erklärte Clara. »Quan fährt gerade mit Selena zu mir nach Hause, um sich an Axels Computer zu setzen und zu versuchen sein PayPal-Konto zu knacken. Phillipp sitzt vor seinem Computer, um zu sehen, ob neue Nachrichten von den Entführern reinkommen, und Mattes und die Leute aus Wiesengrunde gehen gerade zu Axels Vater, der Sparkassenchef ist, und versuchen ebenfalls an Geld zu kommen. Ich will jetzt nach Scharsch fahren, um mir von Mashid den arabischen Teil übersetzen zu lassen. Ich bin bei dir, weil ich nicht allein fahren will. Wer weiß, aus wie vielen Leuten diese Gruppe von Entführern noch besteht. Vielleicht kennen die mich!«

»Und dann kommst du zu mir?«, fragte Patrick geschockt. »Du beherrschst Kampfkunst! Ich kann nicht mal einen Stock in der Mitte durchschlagen. Warum hast du nicht Dennis angerufen? Der ist Security!«

»Deine Wohnung lag auf dem Weg.«, meinte Clara verzweifelt. »Aber du hast Recht: Lass uns Dennis anrufen!«

Patrick nahm sein Handy und rief Dennis an. »Wo bist du und was machst du?«, rief Patrick ins Telefon, nachdem Dennis abgenommen hatte.

»Shoppen, mit meiner Freundin.«, lachte Dennis genervt. »Ätzend, sag ich dir! Wieso fragst du?«

»Wir brauchen dich und zwar sofort! Wo bist du genau?«

»Ähm. In der Fußgängerzone, am anderen Ende der alten Schenke.«, machte Dennis erstaunt.

»Gut! Bleib wo du bist, wir kommen da hin!«, sagte Patrick. »Stell keine Fragen, das hier ist wichtig!«

Er packte Clara bei der Schulter, und so schnell wie das Telefonat gelaufen war, so schnell hatte sich Patrick eine Hose angezogen, war in seine Schuhe geschlüpft und hatte noch im Gehen seine Jacke übergestreift. Das Ende der Fußgängerzone war nicht sonderlich weit entfernt, aber doch weit genug, dass Clara ziemlich außer Atem kam und von heftigem Seitenstechen geplagt war, als sie auf dem Marktplatz ankamen, wo Dennis ihre Ankunft erwartete.

»Was zum Teufel ist los mit euch?«, fragte Dennis. »Ich hab meine Freundin jetzt alleine in den Laden geschickt, weil ihr klangt, als ob es wichtig wäre.«

»Das kannst du laut sagen!«, rief Patrick und an Clara gewandt: »Los! Zeig ihm das Video!«

Clara zog ihr Handy hervor und hielt Dennis das Video unter die Nase. Dennis klappte der Mund auf, und er hielt seine Hand davor.

»Ach du scheiße!«, entfuhr es ihm. Der Betrieb in der Stadt war nicht besonders groß, dafür war das Wetter noch zu kühl, aber es reichte aus, damit die Umgebungsgeräusche zu laut waren, als das man den Ton des Videos genau verstehen konnte. Um die Ecke lag jedoch die Wohnung von Sabine, und Clara schlug vor, zu prüfen, ob sie zu Hause war, damit sie bei ihr das Video noch einmal sehen konnten. Sabine war glücklicherweise zu Hause und öffnete Clara und den anderen beiden zunächst fröhlich die Tür, doch wie bei allen anderen auch, verflog ihre gute Laune sehr schnell, als sie die Situation erklärt bekam. Dennis konnte das Video jetzt zum ersten Mal auch hören, und nachdem er und Sabine das Video einmal komplett gesehen hatten und erklärt bekamen, dass Quan über PayPal und die Wiesengrunder über Axels Vater versuchten, das Geld aufzutreiben, erklärte Clara Dennis, dass sie sich auf den Weg nach Scharsch machen wollte, um sich den arabischen Teil von Mashid übersetzen zu lassen. Dennis nickte, doch er spulte das Video noch einmal zurück, bis zu dem Teil, an dem nicht mehr arabisch gesprochen wurde. Clara und Patrick wurden ungeduldig und wollten Dennis dazu bewegen, dass er mit ihnen nach Scharsch fuhr, doch Dennis war wie gelähmt.

»Was ist jetzt?«, fragte Patrick genervt, aber auch schockiert, dass Dennis sich nicht bewegte.

»Irgendetwas ist merkwürdig!«, meinte Dennis.

»Was meinst du?«, fragte Clara.

»Axel hat offensichtlich mehrmals was auf die Fresse gekriegt, das seht ihr doch, oder?«, versuchte Dennis zu erklären.

»Ja, so etwas kann bei Entführungen bestimmt schon mal passieren.«, erwiderte Clara ungeduldig.

»Warum versucht er dann trotzdem pausenlos sein T-Shirt festzuhalten?«, fragte Dennis, der das Video offensichtlich akribisch studierte.

»Wie? Er versucht sein T-Shirt festzuhalten?«, fragte Patrick. »Seine Hände sind auf seinem Rücken.«

»Nicht mit den Händen, sondern mit dem Kinn!«, sah jetzt auch Sabine.

»Worauf willst du hinaus?«, fragte Clara mit zusammen gekniffenen Augen.

Dennis sah Clara mit großen Augen an: »Überleg mal! Wenn du mehrere Schläge ins Gesicht bekommst, dann versuchst du dein Gesicht möglichst zusammenzuziehen. Axel tut das Gegenteil. Er ist zwar völlig verkrampft und ich wette ihm tut der Kiefer weh, aber er hält die ganze Zeit den Unterkiefer auf seine Brust gepresst. Bis auf diese Stelle, wo der Typ ihn an den Haaren hochzieht. Was soll das?«

Dennis, Clara, Patrick und Sabine sahen gebannt auf das Video, das Dennis an der Stelle pausiert hatte, als Axel Kopf an den Haaren nach hinten gezogen wurde, kurz bevor ihm das Messer an die Kehle gehalten wurde. Das Video war durch das Verschicken über das Internet komprimiert worden, aber die Qualität war immer noch gut genug, dass man Details erkennen konnte. Dennis machte einen Screenshot und vergrößerte das Bild.

»Da ist etwas auf seinem Kragen. Hier! Am Hals!« Dennis deutete auf das Bild. »Was ist das?«

»Sieht aus wie ein Davidstern.«, meinte Sabine achselzuckend.

Clara, Dennis und Patrick sahen Sabine mit großen Augen an.

»Ein Davidstern?«, fragte Clara laut.

»Ja.«, machte Sabine, ohne Ahnung zu haben, was sie da sagte. »Das Symbol der Juden? Ihr wisst schon!«

»Soll Axel jetzt Jude geworden sein oder was?«, fragte Patrick.

»Hamid!«, schrie Clara, und sprang wie von der Tarantel gestochen von ihrem Stuhl auf.

»Mein Hamid?«, fragte Sabine mit großen Augen.

»Natürlich!«, rief Clara. »Axel hat es geschafft uns ein Zeichen zu hinterlassen! Jude! Das ist ein Zeichen für Hamid! Einen anderen Juden kennt Axel überhaupt nicht!«

»Die Leute in dem Video sehen mir aber nicht aus wie Juden!«, meinte Sabine skeptisch. »Eher wie IS-Terroristen!«

»Das ist auch gar nicht der Punkt.«, erklärte Dennis. »Wir haben Hamid im Steinbock getroffen, und da hat er sich Daniel genannt und war unter lauter Nazis. Jude, Nazi, islamistischer Terrorist. Das spielt für Axel nur insofern eine Rolle, dass wir wissen, wer sein Entführer ist.«

»Sabine? Sag mir sofort alles, was dir zu Hamid einfällt!«, forderte Clara.

»Puh, ich weiß nicht, ob ich da viel erzählen kann, was du noch nicht weißt.«, seufzte Sabine. Sie wiederholte noch einmal das, was Clara schon wusste. In Palästina geboren, in Israel aufgewachsen, nach Deutschland gezogen, vermutlich einige illegale Aktivitäten durchgeführt, Sabine im Türkei-Urlaub sitzen gelassen, nach vier Monaten zurückgekehrt und dann von ihr verlassen worden.

»Dann war er wohl Security im Flüchtlingsheim, wie Axel erzählt hat, und das letzte Mal, als wir ihn gesehen haben, hat er unter lauter Nazis im Steinbock rumgehangen.«, ergänzte Dennis.

»Im Steinbock.«, murmelte Clara. »Ruben geht da manchmal hin.«

»Genau deshalb sind wir ja da gewesen!«, erklärte Dennis.

Clara wollte den Gedanken weiter verfolgen, doch in dem Moment klingelte ihr Handy. Es war Marc.

»Wir haben es geschafft!«, schrie er ins Telefon. »Wir waren bei Axels Vater und haben ihm das Video gezeigt. Er ist in die Bank gestürmt, hat den Tresor aufgemacht und uns zwanzig Fünfhundert-Euro-Scheine herausgegeben. Wir sind jetzt im Auto und auf dem Weg nach Marktstadt. Mattes und Steffi sind in Wiesengrunde geblieben, um Kontakt aufzunehmen. Ich fahre mit Hubert, und Rico und Igor sind im Auto hinter mir. Wir kriegen diese Schweine, darauf kannst du dich verlassen!«

Noch während des Gesprächs hatte auch Patrick einen Anruf auf seinem Handy von Selena erhalten. »Wir haben Axels PayPal-Konto geknackt. Glücklicherweise war er blöd genug sein Konto auf seinem eigenen Computer mit einem gemerkten Kennwort zu speichern. Wir haben Phillipp bereits informiert, und er schreibt gerade den Entführern!« hieß es auch von Selenas Seite.

»Das geht alles so unglaublich schnell.«, flüsterte Clara düster.

»Wie gehen wir jetzt weiter vor?«, fragte Patrick.

»Ich will immer noch nach Scharsch und mir den Anfang des Videos übersetzen lassen.«, bemerkte Clara. »Aber ich halte die Geldübergabe für wichtiger. Dadurch kommen wir vermutlich schneller an die Entführer ran. Allerdings sind die nicht blöd und werden Vorsichtsmaßnahmen ergreifen. Ich schlage vor, dass du, Dennis, dich mit den Leuten aus Wiesengrunde triffst, falls die Entführer Bargeld bevorzugen. Und Patrick, du fährst mit mir nach Scharsch!«

»Was soll ich tun?«, fragte Sabine.

»Versuch du alle Kontakte, die dir von Hamid geblieben sind, abzuklappern«, antwortete Clara. »Jeder Hinweis ist wichtig. Wenn du jemanden kennst, der wissen könnte, wo er sich aufhält, dann ist das die wichtigste Information überhaupt! Und schick mir, wenn möglich, Fotos von Hamid. Je aktueller, desto besser.«

»In Ordnung!«, antwortete Sabine und zückte sofort ihr Handy.

Damit verließen Clara, Dennis und Patrick die Wohnung. Patrick und Clara rannten in Richtung Bushaltestelle, während Dennis Marc anrief und sich erklären ließ, wo er hinkommen sollte.

XIX. Eine andere Weltanschauung

Axel hatte das Zeitgefühl verloren, während er orientierungslos im dunklen Keller an den Stuhl gefesselt dagesessen hatte. Er wusste nicht einmal, ob er zwischendurch eingenickt war oder ob die Schmerzen in seinem Kopf bloß langsam in die Schmerzen in seinem Gesicht übergingen. Auch Hals und Nacken taten ihm inzwischen weh, doch weil die anderen Schmerzen gravierender waren, schenkte er dem kaum Beachtung. Nach einer gefühlten Ewigkeit hörte er die Tür zu seinem Kellerraum wieder aufgehen, sie hinter sich schließen und ihm wurden der Beutel und die Mütze abgenommen. Schwitzend und mit hochrotem Kopf blickte Axel auf Hamid, der immer noch nicht wusste, dass Axel wusste, wer er war und deshalb noch seine Sturmmaske trug. Axel blickte in seine dunkelbraunen Augen, während Hamid ihm entgegen grinste.

»Du hast tatsächlich nicht gelogen!«, sagte Hamid.

Axel guckte irritiert.

»Du verfügst anscheinend tatsächlich über zehntausend Euro. Beide Administratoren von RiM haben mir inzwischen zurückgeschrieben, dass sie mir das Geld zukommen lassen wollen. Die einen über PayPal, die anderen in bar.«, höhnte Hamid. »Was mich zu folgender Frage führt: Wenn die eine Seite zehntausend Euro digital hat und die andere Seite zehntausend Euro in bar, macht das dann zusammmen nicht zwanzigtausend Euro?«

»Ich nehme an, dass die, die es in bar haben, das Geld von meinem Vater und nicht von meinem Spendenkonto haben. Das habe ich aber bereits gesagt.«, antwortete Axel.

»Schweig!«, schrie Hamid und verpasste ihm abermals eine schallende Ohrfeige.

Axel biss sich auf die Zähne, konnte es aber nicht vermeiden, dass ihm vor Schmerz eine Träne die Wange herunterlief.

»Oh. Hab ich dir wehgetan?«, fragte Hamid verächtlich.

Axel kniff die Augen zusammen und blickte Hamid daraufhin ohne zu blinzeln in die Augen.

»Jetzt mal im Ernst:«, begann Hamid. »Du erwartest nicht wirklich von mir, dass ich dieses Geld abhole? Das ist so offensichtlich eine Falle, das erkennt jeder, der einen halben Krimi gesehen hat.«

Axel sah ihm unablässig in die Augen, doch als Hamid schwieg und eine Antwort zu erwarten schien, antwortete Axel wahrheitsgemäß: »Ich kann Ihnen nicht sagen, was meine beiden Administratoren planen. Wie sollte ich das wissen? Ich bin hier gefangen. Glauben Sie vielleicht, wir haben uns auf diese Situation vorbereitet?«

Hamid sah Axel abschätzend an. Er packte ihn abermals an den Haaren, zog seinen Kopf nach hinten und flüsterte ihm ins Ohr: »Dieses Geld ist mir vollkommen egal und dir sollte es das auch sein! Du wirst hier unten sterben, und es gibt nichts, was du dagegen tun kannst. Vielleicht sterbe ich mit dir, vielleicht nehme ich das Geld an mich und kann fliehen, aber egal welche Situation eintrifft, für dich geht es gleich aus!«

Er ließ Axel los, jedoch nicht ohne seinem Kopf dabei einen Stoß zu geben. Axel sah Hamid wieder feste in die Augen und antwortete: »Weißt du was? Du langweilst mich! Wenn du mich sowieso umbringen willst, wozu machst du mir dann Angst?«

Hamid riss die Augen auf und sah Axel ungläubig an. Für einen Moment hob er die geballte Faust nach oben, ließ sie dann aber breit grinsend wieder sinken.

»Ja, spiel du nur den Helden! Provozier ruhig den Mann, der dich töten wird! Aber eins sage ich dir: Wenn du mir nochmal so blöd kommst, dann besorge ich mir deine kleine Freundin und werde auch sie entführen und ihr die Kehle aufschlitzen.«

Axel sah ihn an und schürzte die Lippen. Hamid glaubte, Axel damit getroffen zu haben und machte weiter: »Ja, glaubst du vielleicht, ich weiß nichts über dich? Ich habe dich genau beobachtet! Ich weiß alles über dich und deine Beziehung zu Clara. Aber das Fräulein Schmiedhammer knöpfe ich mir auch noch vor, wenn es mit dir vorbei ist. Nicht, weil sie mir etwas bedeutet. Nein! Einfach bloß, um dich nach deinem Tod nochmal zu ärgern! Und weil ich es kann. Weil es mir so einfach fällt. Ich habe dich ohne Probleme aufspüren und entführen können, und du glaubst, das würde bei Clara schwerer werden? Ha! Die Kleine mache ich auch noch fertig.«

Axel blickte in Hamids Augen und begann langsam seine Mundwinkel zu verziehen. Langsam, aber deutlich begann er breit zu grinsen, bis er schließlich sogar die Lippen aufzog und ein lautes, wenn auch heiseres Lachen verlauten ließ. Hamid blickte irritiert und Axel hustete, dann begann er wieder zu lachen. Er lachte Hamid frech ins Gesicht und hörte nicht auf, bis Hamid sauer wurde und ihn wütend an den Haaren packte.

»Möchte wissen, was du daran so lustig findest.«, schrie Hamid.

»Du willst Clara entführen?« Axel lachte unaufhörlich. »Du hast mich in einem schwachen Moment mit Chloroform in dein Auto ziehen können, und jetzt glaubst du, so etwas würde dir nochmal gelingen? Was hast du eigentlich für ein Problem mit mir? Bist du eifersüchtig, dass ich Clara ficke und nicht dich, du verkappte Schwuchtel? Du scheinst ja regelrecht verliebt in mich zu sein, wenn du so genau über mich Bescheid weißt. Mein Leben muss ja unglaublich interessant für dich sein. Hast du kein eigenes Leben?«

Hamid schlug Axel mit dem Ellenbogen in den Bauch, und Axel blieb die Luft weg. Obwohl ihm beinahe schwarz vor Augen wurde, röchelte er immer noch ein Lachen aus sich heraus.

»Du glaubst, du kämpfst für höhere Ideale. Du glaubst, du würdest irgendetwas damit erreichen, wenn du mich umbringst. Glaubst du wirst ein Märtyrer. Dass ich nicht lache. Weißt du wer nach seinem Tod ein Märtyrer wird? Ich! Ich habe den Leuten in Marktstadt Frieden, Integration und Verständnis gebracht. Du bist nur eine Witzfigur, die in ihrem Leben nichts auf die Reihe bekommen hat! Du kämpfst nicht für den Islam! Dein ach so toller islamischer Staat gibt einen Scheiß auf dich! Du wechselst deine Identitäten, deine Freunde, deine Komplizen und deine Sympathisanten wie deine Unterhosen. Heute bist du Jude, morgen Moslem und übermorgen Neonazi! Weißt du was? Du hast gar keine Freunde! Du glaubst an einen Dreck! Du bist nur unzufrieden mit dir selbst und versuchst dir durch Macht Untertanen zu schaffen! Wenn du mich umbringst, wirst du das, was ich erschaffen habe, nicht entzweien. Dafür reicht deine Macht nicht einmal im Ansatz!«

Hamid sah Axel mit großen Augen an. Axels Lachen verblasste mit der Zeit zu einem dumpfen Kichern. Nach einigen Minuten trat Hamid einige Schritte von Axel zurück. Dann zog er seine Sturmmaske ab.

»Die ist ja offensichtlich nicht mehr nötig!«, meinte er gelassen.

»Nein, die Maskerade kannst du dir schenken!«, grinste Axel.

»Weißt du was?«, sagte Hamid ruhig. »Vielleicht hast du sogar Recht. Ich bin tatsächlich hasserfüllt. Aber ich kann dir auch sagen woran das liegt. Ich bin nicht in Deutschland, in einem wohlbehüteten Elternhaus aufgewachsen. Ich wurde im Heiligen Land von Palästina geboren. Mitten im größten Kriegsgebiet der Erde. Mir sind schon die Granaten um die Ohren geflogen, da bist du noch in den Kindergarten gegangen und hast mit deinen Eltern Kirchenlieder gesungen. Meine Eltern wurden mir von Israel genommen, da war ich noch ein kleiner Junge. Dann hat man mich in ein Waisenhaus gesteckt und wollte mir den jüdischen Glauben anerziehen. Du weißt nicht, wie es ist, wenn man seine Wurzeln entzogen bekommt! Aber ich weiß wo ich herkomme. Das habe ich immer gewusst. In mir steckt ein Moslem! Ich glaube an den einzig wahren Allah und alle Umerziehung der Welt kann mir das nicht nehmen. Nicht, dass sie es nicht versucht hätten. Und wie sie es versucht haben. Mit Schlägen wurde ich erzogen, dass ich meine Wurzeln vergesse. Sie können mir Narben zufügen, aber mein Stolz bleibt mir! Mein Leben lang habe ich mich versteckt und so getan, als ob ihre Erziehung Früchte getragen hätte. Du glaubst, du wüsstest, was es bedeutet, sich sein Leben lang zu verstecken? Aber du weißt es nicht! Ich habe die Juden gehasst und diesen Hass immer in mir getragen, wenn auch tief in mir versteckt. Ich bin nach Deutschland gegangen, weil ich gehofft habe, den Hass auf die Juden hier ausleben zu können. Dass ich hier Gleichgesinnte finde. Aber die Deutschen verstecken sich vor ihrer Vergangenheit. Die meisten würden sie am liebsten vergessen und die Leute in der Öffentlichkeit halten sie ihnen immer wieder vor, damit sie sich schämen und geduckt bleiben. Was für ein Volk aus den Deutschen geworden ist. Es ist beinahe zum Lachen. Als ihr groß wart, waren die Muslime und die Deutschen Verbündete. Doch die Zeit ist vorbei. Deutschland tut alles, was die USA ihnen vorlebt. Das musste ich in Deutschland schmerzlich feststellen. Und die ganze Zeit trage ich dabei meinen Hass in mir. Meinen Hass gegen Israel, meinen Hass gegen die USA. Und dann kommt jemand wie du daher, der von alledem nicht die geringste Ahnung hat. Wie ein Hippie kommst du an und forderst, dass sich Muslime und Christen miteinander vertragen. Keinerlei Vorstellung von der Realität, aber du willst den Frieden bringen, als wärst du ein moderner Messias. Aber Mohammed, der Prophet, sagt, dass die Feinde des Islam nichts wert sind, und du bist auch nichts wert. Der Islam wird sich ausbreiten, und es gibt nichts, was du dagegen tun kannst! Ihr Deutsche, die ihr nach der Pfeife von USA und Israel tanzt, ihr werdet vom Islam überrannt werden, weil ihr der wahren Religion nichts entgegenzusetzen habt! Eure Religion ist ein Witz. Das Christentum ist schwach, und die Deutschen sind schwach. Ihr tragt keinen Glauben in euch, und deswegen werdet ihr verlieren. Du hast versucht, die Flüchtlinge zu verwirren und ihren Glauben in Zweifel zu ziehen. Immer und immer wieder hast du versucht ihnen zu erklären, dass Glauben nicht wichtig ist, dabei ist es das Wichtigste, was ein Mensch besitzt. Was soll dein Leben ohne Gott wert sein? Worauf bist du stolz in deinem Leben, wenn nicht auf deinen Gott? Ich werde dich töten, weil du es gewagt hast, den Glauben der Muslime in Zweifel zu ziehen, und Allah wird es mir danken. Im Paradies wird er mich belohnen.«

Mit Feuer in den Augen sah Hamid Axel an. Der verzog skeptisch den Mundwinkel.

»Ich würde ja klatschen, wenn ich könnte.«, sagte Axel verächtlich und zog mit seinen Händen ein wenig an seinen Fesseln. »Eine ganz große Rede, wirklich! Weißt du was? Ich bin in Frieden aufgewachsen und hatte keine schreckliche Kindheit, im Gegensatz zu dir. Aber weißt du was mir das gebracht hat? Liebe statt Hass im Herzen! Freunde statt Feinde! Und Kontrolle über das, was ich tue, statt blindem Glauben an eine höhere Macht, die ich nicht sehen oder anfassen kann.«

»Genug!«, brüllte Hamid Axel an, doch Axels Stimme schlug um, in einen mitleidigen Ton.

»Du liebst nicht einmal dein Kind genug, dass du ihm den Hass im Herzen ersparen kannst, den du dein Leben lang in dir trägst! Statt für eine bessere Zukunft zu sorgen, willst du Krieg und Zerstörung, die dein Leben kaputt gemacht haben auch an kommende Generationen weiter vererben! Du bist ein grauenhafter Mensch und sollte es einen Gott geben, dann kommst du garantiert in die Hölle dafür, dass du nicht einmal dein eigenes Kind liebst, um ihm eine bessere Zukunft zu ermöglichen, als du sie selbst je hattest!«

Hamids Augen loderten, und er verpasste Axel einen Faustschlag ins Gesicht. Mit aller Macht hatte Axel sein Gesicht vorher zusammengezogen, und so ertrug er den Schmerz. Hamid stand auf und wollte den Kellerraum wieder verlassen. Axel rief ihm hinterher: »Wenn dein Gott allmächtig ist, lass ihn selbst handeln! Du bist nur ein verbitterter, hasserfüllter Mensch, der glücklicheren Menschen ihr Glück nicht gönnt, weil er es selbst nie erleben durfte.«

Die Tür schlug zu, und Axel hörte, wie der Schlüssel im Schloss umgedreht wurde.

»Ein Feigling bist du obendrein! Einen wehrlosen, gefesselten Menschen umbringen! Was bist du nur für ein armseliges Wesen?«, schrie Axel, so laut er konnte. Doch Hamid kam nicht mehr zurück und Axel blieb wieder alleine, eingesperrt in seinem dunklen Kellerraum, gefesselt an einen Holzstuhl. Wütend und verzweifelt zog und riss er an seinen Fesseln bis seine Hände blau anliefen, doch es störte ihn nicht mehr. Die Schmerzen in seinem Kopf, seinem Gesicht und das Rasen seines Herzens waren zu groß, als dass er den Schmerzen in seinen Handgelenken noch Beachtung schenkte. Trotzdem konnte er seine Fesseln nicht losreißen. An seinen Stuhl gefesselt drückte er sich mit der ganzen Masse seines Körpers nach oben, in der Hoffnung, das Holz würde nachgeben, doch der Stuhl war zu massiv. In einer Hockstellung versuchte er mehrmals den Stuhl zum Zerbrechen zu bringen, doch auch das führte nur dazu, dass die Fesseln ihm ins Fleisch schnitten. Axel schrie vor Zorn, doch niemand hörte ihn. Nach knappen fünfzehn Minuten gab er auf. Es dauerte wieder eine ganze Weile, bevor einer seiner Entführer zu ihm in den Keller kam.

XX. Von der Busfahrt bis zur Ankunft

Bereits auf dem Weg zur Bushaltestelle stand Claras Handy nicht mehr still. Zunächst kamen einige Bilder von Sabine, die Hamid zeigten, dann wurde sie von Ute angerufen.

»Ich habe Axel bei der Polizei gerade als vermisst aufgeben wollen.«, erklärte Ute. »Die Polizei hat mir gesagt, es gibt bislang keine Meldung, dass er in ein Krankenhaus eingeliefert wurde, aber wir sollten uns keine Sorgen machen, oft klären sich solche Fälle von alleine auf. Trotzdem sagen sie, sie werden den Fall verfolgen und…«

»Dieser Fall nicht!«, unterbrach Clara sie keuchend, als sie mit Patrick gerade an der Bushaltestelle angekommen war. »Axel ist tatsächlich entführt worden. Wir haben dafür einen Beweis. Ich schicke dir gleich das Entführungsvideo und danach ein Bild des Entführers. Zumindest glauben wir, dass er der Entführer ist.«

Ute schien eine Menge Gegenfragen zu haben, doch Clara erklärte ihr, dass dies nicht der richtige Zeitpunkt sei und beendete das Telefonat. Sie schickte Ute sowohl das Entführungsvideo, als auch drei Bilder von Hamid, die sie von Sabine bekommen hatte. Eines davon war ein reines Profilfoto, eins zeigte sie am Strand in der Türkei und eines zeigte sie mit Hamid auf dem Chanukka-Fest in Berlin, auf dem Hamid eine Kippa trug und ausnahmsweise lächelte. Auf allen drei Fotos konnte man Hamid jedoch einwandfrei erkennen. Noch während des Sendevorgangs erhielt sie eine SMS von Phillipp: *»Ich bin in einer Videokonferenz mit Quan von Axels PC aus und wir haben gerade weitere Instruktionen erhalten. Wir sollen das Geld in Teilen zu je 500 Euro mit jeweils 15 Minuten Abstand auf verschiedene Konten überweisen, die wir*

noch genannt bekommen. Wo bist du jetzt? Brauchst du
irgendetwas?«

Trotz der ernsten Situation ließ sich Clara einen gewissen Grad der Anerkennung anmerken.

»Phillipp tut genau das, was ich von ihm jetzt gerade brauche.« meinte sie zu Patrick und der stimmte ihr zu. Sie schrieb ihm zurück, dass sie sich mit Patrick auf dem Weg nach Scharsch befand, gab Phillipp Mashids Adresse und meinte, dass sie möglicherweise bloß noch einen Handy-Akku benötigen würde, aber zur Not sei eben auch noch Patrick dabei. Einige Minuten später kam der Bus. Es war bereits Nachmittag, und es befanden sich noch einige andere Menschen außer ihnen an der Bushaltestelle, die in ihren Bus einsteigen wollten. Das war ein Glück, denn Patrick griff sich auf einmal an die Hosentasche, sah Clara verzweifelt an und meinte: »Scheiße! Ich habe mein Portemonnaie vergessen!«

»Ich zahle die Karte für dich.«, flüsterte Clara, und während Patrick sich hinter den anderen Fahrgästen versteckte, bezahlte Clara ein Ticket beim Busfahrer für ein Einzelticket. Doch auch Clara hatte nur noch etwas weniger als fünf Euro im Portemonnaie und musste feststellen, dass auch sie keine eigene gültige Fahrkarte mehr besaß. Die letzte hatte sie für die Fahrt zu Ute gebraucht. Glücklicherweise hatte der Busfahrer nicht gemerkt, dass sie zu zweit nur eine Fahrkarte hatten, und so ging Clara nach hinten durch und stellte sich neben Patrick vor den hinteren Ausgang des Busses. Sie fuhren etwa zehn Minuten, bis zur letzten Haltestelle der Innenstadt, als sie vom vorderen Teil des Busses eine laute Stimme vernahmen: »Guten Tag, die Fahrscheine, bitte!«

»Das gibt es jetzt nicht! Nicht jetzt!«, fluchte Clara leise vor sich hin. Patricks Gesicht wurde aschfahl. Sie kamen noch bis etwa zum Anfang von Scharsch, als der

Kontrolleur vor Clara und Patrick stand und lächelnd in ihre verzweifelten Gesichter sah.

»Ich habe mein Portemonnaie vergessen.«, stammelte Patrick verzweifelt. »Aber ich bin Student und ich habe eigentlich einen gültigen Ausweis, nur habe ich ihn gerade nicht dabei.«

Der Kontrolleur war ein kräftiger Mann, etwa Mitte dreißig, und für ihn schien diese Situation wie Weihnachten: »Das habe ich alles schon mal gehört. Ihre Personalien, bitte! Gehören Sie beide zusammen?«

»Ja.«, meinte Clara und hielt dem Kontrolleur ihr Ticket vor die Nase: »Er hat sein Portemonnaie vergessen. Wie soll er sich da ausweisen?«

»Dann muss ich sie beide auffordern mit zu kommen.«, machte der Kontrolleur energisch.

»Das geht jetzt nicht, wir haben es eilig.«, begann Patrick sich aufzuregen.

»Das ist mir völlig egal.«, antwortete der Kontrolleur. »Wenn Sie die Zeit haben schwarz zu fahren, haben Sie auch Zeit sich überprüfen zu lassen. An der nächsten Haltestelle steigen wir aus und fahren mit dem nächsten Bus zurück zur Zentrale.«

Patrick stand die Verzweiflung ins Gesicht geschrieben: »Aber was hat sie damit zu tun? Sie hat doch ihr Ticket. Lassen Sie wenigstens sie in Ruhe!«

»Mitgehangen, mitgefangen!«, antwortete der Kontrolleur grinsend. Sie kamen an der nächsten Haltestelle an, und die Tür ging auf. Niemand musste aussteigen, aber Clara und Patrick waren der Mittelpunkt der Aufmerksamkeit unter den Fahrgästen. Mit versteinerten Gesichtern sahen sie sich gegenseitig an, als der Kontrolleur Clara und Patrick am Arm fasste und sie durch die geöffnete Tür des Busses nach draußen bringen wollte.

»Lauf!«, forderte Patrick Clara in ruhiger, aber eindringlicher Stimme auf. Dann riss sich Patrick aus dem Griff des Kontrolleuers los, drehte sich um und warf sich auf ihn. Das traf ihn völlig unerwartet, und er fiel nach hinten auf den Boden. Eine Sekunde lang beobachtete Clara, wie beide am Boden lagen, dann fasste sie sich und sprang aus der offenen Tür, die sich kurz darauf hinter ihr schloss. Sie sah nicht mehr zurück, was hinter ihr geschah und war bereits zwanzig Meter entfernt, als sie den Bus wieder fahren hörte. Sie lief die Straße entlang, die zum Ortseingang von Scharsch führte. Mashids Wohnung war noch ein gutes Stück weit entfernt, und Clara wurde mit der Zeit etwas langsamer. Sie nahm nur aus dem Augenwinkel wahr, dass ein Auto auf der Straße neben ihr fuhr, doch als sich das Fenster öffnete und der Fahrer laut ihren Namen rief, drehte sie sich um, ohne ihren Laufschritt zu unterbrechen. Es waren Stone und Nora. Als Clara in Stones Gesicht sah, lief sie auf die Straße.

»Steig ein!«, rief Stone ihr entgegen und fuhr langsam neben ihr. Clara riss noch im Fahren die hintere Tür auf und sprang zu Stone ins Auto.

»Wohin?«, fragte Stone und gab wieder Gas.

»Die übernächste Straße links!«, keuchte Clara. »Gut, dass ihr da seid.«

»Phillipp hat uns angerufen und gesagt, wir sollen dich und Patrick in Scharsch abholen.«, erklärte Nora. »Wo ist Patrick?«

Clara erklärte die Situation hektisch, und Nora nickte verständnisvoll. Knappe zwei Minuten später kamen sie vor Mashids Haustür an, und Clara klingelte Sturm, während sie inständig hoffte, dass Mashid zu Hause war. Sie hatte Glück. Mashid öffnete nach kurzer Zeit die Haustür und sah Clara überrascht, aber freudig an.

»Hallo. Was macht ihr hier?«, fragte Mashid Clara mit Blick auf Stone und Nora, die erst gerade aus dem Auto gestiegen waren.

»Axel ist entführt worden.«, erklärte Clara, ohne die geringste Zeit zu verlieren. Sie betrat mit Stone und Nora Mashids Wohnung und zeigte auch ihm wieder das Entführungsvideo.

»Was sagt Hamid da auf Arabisch?«, fragte Clara angespannt.

Mashid hörte sich alles an und sah Clara anschließend mit hochgezogenen Augenbrauen an: »Einen Haufen Scheiße! Was alle Terroristen sagen!«

»Ich muss es genau wissen!«, bohrte Clara verzweifelt nach.

Mashid stöhnte und übersetzte langsam und betont wörtlich, während er mehrmals das Video auf Claras Handy pausierte: »Meine Brüder und Kampfgenossen. Dieser Mann sät die Saat des Unglaubens unter uns. Ihr glaubt, er würde euch helfen, aber das ist bloß Schein! Er hat unsere Brüder gezwungen seine Sprache zu sprechen, statt der Sprache ihrer Vorfahren treu zu bleiben. Er hat uns gezwungen sein Schweinefleisch zu essen, obwohl der Koran das verbietet. All das mit dem Gedanken uns alle zum Christentum zu bekehren. Dieser Mann ist falsch und hat keine Ahnung von der Weisheit Allahs! Meine Brüder, lasst euch nicht länger belügen! Dieser Mann ist der Feind des Islams, und er wird für seine Taten büßen! Nicht länger werden wir hinnehmen, dass der Wille Allahs unterdrückt wird! Er ist einer der Anführer der Ungläubigen, und wir werden ihn dafür bestrafen. Allah ist groß!«

»In der arabischen Sprache verliert er kein Wort darüber, dass er Axel um Geld erpressen will?«, fragte Clara.

»Nein.«, sagte Mashid bestimmt.

»Warum nicht?«

»Das weiß ich nicht.«, antwortete Mashid, der schockiert aussah. »Aber ich glaube kaum, dass es ihm um Geld geht. Er klingt wie ein gewöhnlicher Terrorist. Ich hatte schon erwartet, dass er Axel den Kopf abschneidet, als er seinen Text auf Arabisch beendet hatte.«

Clara erklärte Mashid, Stone und Nora so schnell sie konnte, dass sie Hamid im Verdacht hatte, der Entführer zu sein und zeigte ihnen die Bilder, die sie von Sabine hatte. Mashid erkannte Hamid zwar wieder, wusste aber so gut wie nichts über ihn.

»Ich habe die Bilder bereits an Axels Mutter geschickt, und die wird sie der Polizei übermittelt haben. Ich hoffe, dass die herausfinden, wo sich Hamid aufhält.«, meinte Clara.

»Das passt nicht zusammen.«, grübelte Stone. »Überleg doch mal: Auf Arabisch erzählt er nur radikal-islamisches Zeug, auf Deutsch klingt das Ganze wie eine Lösegeldforderung. Völlig unterschiedlich. Guck dir die beiden anderen Kerle links und rechts von ihm an.«

»Worauf willst du hinaus?«, fragte Clara, der das Denken in ihrer Panik offensichtlich deutlich schwerer fiel als normalerweise.

»Der hat Unterstützung von Deutschen!«, führte Stone seine Theorie aus. »Und ich rede nicht von irgendwelchen deutschen Islam-Konvertiten, sondern von Leuten, die mit dem Islam nichts zu tun haben. Die beiden anderen Kerle sind mit Sicherheit Deutsche, die sich auf das Konzept von islamischem Terrorismus nur durch Geld einlassen. Wir sollten nicht nur nach Hamid suchen, sondern nach Deutschen, die mit ihm befreundet sind oder waren.«

Clara schnipste mehrmals nachdenklich mit den Fingern: »Dennis hat gesagt, Hamid wäre im Steinbock gewesen. Kennst du jemanden aus Wehrfang? Ich muss Ruben anrufen!«

Stone und Nora kannten keine Leute aus Wehrfang, und ein Anruf bei Ruben ergab leider bloß, dass Ruben sich zwar an Hamid, beziehungsweise Daniel, erinnerte, aber zu niemandem Kontakt hatte, der ihn näher kannte. Verzweifelt stützte Clara den Kopf auf ihre Hände.

»Warum rufst du nicht den Marokkaner an, den du ins Krankenhaus gebracht hast?«, schlug Mashid vor. »Der wohnt in der Kaserne, das ist ganz nah an Wehrfang. Er soll dahin gehen und nachfragen.«

Claras Hoffnung, dass Abdelaziz für sie auch nur einen Finger krumm machen würde, war mehr als gering, aber da ihr keine Alternative einfiel, wählte sie seine Nummer. Abdelaziz ging sofort ran und begrüßte sie sogar sehr freundlich: »Hallo, Clara. Wie geht es dir?«

»Schrecklich!«, sagte Clara. »Ich brauche deine Hilfe und zwar dringend!«

»Ich nicht gut verstehe!«, ertönte es zurück, und Clara übergab Mashid das Handy.

Mashid redete eine Weile auf Arabisch mit Abdelaziz. Nach wenigen Sätzen begann er laut und besonders eindringlich zu reden. Insgesamt dauerte das Gespräch kaum zwei Minuten, dann legte Mashid auf.

»Und?«, fragte Clara.

»Er macht es!«, erklärte Mashid. »Ich habe gesagt, er soll in den Steinbock gehen und dort nach Daniel fragen. Er soll fragen, ob ihn jemand kennt. Dann soll er wieder anrufen.«

»Clara, ich will ja nicht meckern, aber einen Marokkaner in eine Kneipe nach Wehrfang zu schicken erscheint mir doch leicht riskant.«, merkte Stone an.

»Was habe ich für eine Wahl?«, schrie Clara Stone an, und Nora begann sie zu beruhigen. »Kennst du sonst noch Leute, die Hamid vielleicht kennen könnten oder die uns unterstützen? Gib mir und Markus die Telefonnummer von den Leuten und wir reden mit ihnen, damit dein Handy frei bleibt, wenn Abdelaziz dich wieder anruft!«

Clara ging ihre Kontaktliste durch und gab Stone die Nummer von Yussuf und Nora die Nummer von Mehmet, worauf die beiden begannen zu telefonieren. Beide Gespräche klangen recht ähnlich und nach einigen Minuten meinte Stone: »Ich kenne diesen Yussuf nicht, aber er hat das sofort ernst genommen. Ich glaube, der fängt gleich an ganz Waweln umzukrempeln.«

Nach ein paar Minuten ertönte Stones Handy und Clara hörte, dass sich Dennis auf der anderen Seite befand: »Hallo Stone. Phillipp hat mir gesagt, ich soll dich anrufen, damit Claras Handy für Notfälle freibleibt. Du bist bei ihr?«

»Ja!«, bestätigte Stone.

»Gut, also folgendes: Ich bin jetzt mit Dirk zusammen zu Clara nach Hause gefahren, wo Selena, Susanne und Quan sitzen. Marc, Axels Vater und Igor und Rico sind gerade angekommen. Quan wartet noch auf die Benachrichtigung des ersten Kontos, auf das er Geld überweisen soll, aber Mattes hat uns aus Wiesengrunde gerade die Meldung gebracht, dass sich einer von uns ins Einkaufszentrum in der Innenstadt begeben soll. Dort soll derjenige um Punkt 18 Uhr in den Fahrstuhl im obersten Stockwerk einsteigen und das Geld an eine Person übergeben, die dort auf sie wartet. Wir haben uns überlegt, dass wir zu sechst dorthin fahren. Marc, Igor, Rico, Dirk, Selena und ich. Jeder positioniert sich vor einem unterschiedlichen Stockwerk, in das der Aufzug fährt. Selena übergibt das Geld, denn eine Frau halten sie für das leichteste Opfer. Je nachdem wo die Person aussteigt, die dann den Aufzug verlässt, steht einer von uns und versucht, die Person zu fotografieren. Das Foto leiten wir sofort an dich, Clara und die Polizei weiter. Irgendeine Verbindung müssen wir damit dann offenlegen. Habt ihr irgendwelche Einwände?«

Stone sah sich um, ob Clara mitgehört hatte, und sie nickte kaum merklich.

»Macht das so!«, bestätigte Stone.

»Alles klar. Wir melden uns dann.«, verabschiedete sich Dennis.

Tränen liefen Claras Wangen hinunter, während sie die Worte flüsterte: »Das ist ein verdammter Albtraum.«

Als knappe zehn Minuten später ihr Handy klingelte, schreckte sie zusammen, nahm den Anruf aber sofort entgegen.

»Clara? Das ist Abdelaziz.«, ertönte es aus ihrem Handy.

Clara schaltete das Handy auf Lautsprecher, und Mashid fragte sofort auf Arabisch, was er herausgefunden hatte. Abdelaziz antwortete schwer verständlich, und er und Mashid tauschten einige Sätze miteinander aus. Dann schien Abdelaziz sein Handy weitergereicht zu haben, denn eine deutsche Frauenstimme ertönte: »Hallo? Wer ist da, bitte?«

»Wir suchen Daniel!«, rief Clara in ihr Handy. »Haben Sie ihn gesehen?«

»Das hat der Typ hier auch schon versucht zu fragen, aber er versteht offensichtlich die Antwort nicht. Ich habe keine Ahnung wo Daniel ist.«, sagte die Stimme auf der anderen Seite. »Alles was ich weiß ist, dass er öfter mit den Weinerl-Zwillingen zusammen unterwegs war. Die haben sich oft hier getroffen, aber Daniel war hier schon seit zwei Wochen nicht mehr. Wieso ist das so wichtig?«

Da Clara nur noch mit offenem Mund auf ihr Handy starrte, beendete Mashid das Gespräch mit: »Haben Sie vielen Dank.«

»Was ist los, Clara?«, fragte Nora mit hochrotem Gesicht.

»Die Weinerl-Zwillinge…«, stotterte Clara. »Das sind meine Cousins. Das sind Sören und Steffen.«

»Das ist doch eine Spur.«, klatschte Stone nervös in die Hände. »Ruf sie an und frag sie, wo Hamid ist.«

Clara schüttelte den Kopf: »Ich habe keinen Kontakt zu meinen Cousins. Seit Jahren schon nicht. Außerdem könnten sie ebenfalls an der Entführung beteiligt sein. Dann werden sie mir wohl kaum verraten wo Axel ist, sondern ihren Plan, ihn umzubringen, höchstens schneller durchziehen.«

»Dann lass Ruben das machen!?«, schlug Nora vor.

»Was ist, wenn ich Axel damit in Gefahr bringe?«, fragte Clara ängstlich.

»Noch mehr, meinst du?«, fragte Mashid. »Das Geld ist das Einzige was Axel gerade noch am Leben hält.«

Clara nickte, und mit Tränen in den Augen wählte sie wieder Rubens Nummer. Diesmal ließ sie sich ein wenig mehr Zeit, um sehr ausführlich ihre, beziehungsweise Axels Lage zu erklären. Ruben hatte schon vorher den Verdacht, dass etwas Schreckliches im Gange war, doch als er vollends im Bilde war, reagierte er zwar geschockt, aber nicht panisch.

»Also Sören und Steffen sollen Hamid gut kennen.«, meinte er. »Was soll ich jetzt machen? Ich kann sie doch nicht einfach anrufen und danach fragen.«

»Er soll versuchen herauszufinden, wo sie sind.«, warf Stone ein.

257

»Ja!«, nickte Clara. »Versuche sie anzurufen und zu fragen, wo sie sind. Vielleicht bringt uns das weiter.«

Ruben bestätigte seinen Auftrag und versprach sich wieder zu melden.

»Die beiden Kerle neben Hamid in dem Video.«, sagte Mashid, als Clara aufgelegt hatte. »Meinst du, dass könnten deine Cousins sein?«

»Keine Ahnung.«, zuckte Clara mit den Schultern. »Möglich wäre es. Ich habe sie das letzte Mal gesehen, da waren sie, glaube ich, dreizehn Jahre alt. Und jetzt sind sie auch noch maskiert.«

»Jedenfalls haben beide eine gleiche Figur. Größe und so. Könnte sein, dass sie Zwillinge sind.«, erklärte Mashid.

Stone und Nora stimmten ihm zu.

XXI. Judenwitze

Die Tür zu Axels Kellerraum ging auf, und das schwache Kellerlicht blendete ihn ein wenig. Einer seiner Entführer brachte einen Stuhl in den Raum, wobei er Mühe hatte, durch die Tür zu kommen, die ihm entgegenschlug, als er versuchte den Raum zu betreten.

»Verfickte Scheiß-Tür!«, fluchte er und trat sie auf.

Er stellte den Stuhl einen Meter von Axel entfernt auf. Kurz bevor er die Tür hinter sich schloss, vernahm Axel Hamids laut schreiende Stimme, gefolgt von dem lauten Klatschen einer Ohrfeige: »Was soll das heißen, du hast ihm gesagt wo du bist? Bist du bescheuert?«

Dann schloss sich die Tür, und sein Entführer schaltete das Licht an. Er setzte sich auf den Stuhl und legte eine Pistole auf den Tisch neben sich. Axel riss die Augen auf, als er die Pistole sah und blickte den Mann mit Sturmmaske nervös an.

»Keine Sorge, noch ist es nicht soweit!«, grinste der.

»Was machst du dann hier?«, fragte Axel.

»Ich soll dich bloß bewachen.«, antwortete er. »Damit du nicht auf dumme Gedanken kommst.«

»Auf was für Gedanken soll ich, gefesselt im dunklen Keller, schon groß kommen?«, fragte Axel wiederum.

»Zu fliehen? Was weiß ich. Ist jedenfalls besser, wenn jemand bei dir ist.«, lautete die nichtssagende Antwort.

»Du könntest mir ja die Langeweile vertreiben.«, meinte Axel zynisch. »Hast du Spielkarten mitgebracht?«

Sein Entführer grinste, gab aber keine Antwort mehr.

»Habt ihr euer Geld schon bekommen?«, fragte Axel.

»Du wirst keine Antwort von mir bekommen.«, meinte sein Entführer. »Also sei am besten ruhig.«

»Darf ich singen?«, fragte Axel, worauf sein Gegenüber ihn seltsam ansah, aber mit einem halbwegs entrüsteten »Nein!?« antwortete.

»Wie ist es mit pfeifen?«, fragte Axel, der verzweifelt versuchte sein Gegenüber in ein Gespräch zu verwickeln, um ihm irgendeine Information zu entlocken.

»Du sollst die Fresse halten!«, schnauzte der ihn an.

Axel blickte gespielt gelangweilt im nun erleuchteten Kellerraum umher. Einige Minuten vergingen. Axel starrte auf die Pistole und begann träumend die deutsche Nationalhymne zu summen. »Hmmmmm hm hmmmmm hmm hmm hmm hm hm hm.«, machte er und sein Entführer sah ihn mit zusammengekniffenen Augen an.

»Ruhe!«, machte er und Axel verstummte wieder.

Wieder vergingen einige Minuten.

»Soll ich dir einen Witz erzählen?«, fragte Axel.

Genervt verdrehte der Mann die Augen und schrie Axel an: »Kannst du keine Ruhe geben? Ich kann dich auch auf der Stelle erschießen, wenn du mir weiter auf den Sack gehst!«

»Ich hab einen echt guten auf Lager!«, grinste Axel. »Einen Juden-Witz!«

Sein Entführer blickte Axel einige Zeit lang genervt an, doch Axel bemerkte, dass er mehrmals blinzelte und insgeheim doch gespannt war. Axel hörte nicht auf ihn anzustarren, und da er ebenso zurückstarrte, gab er nach einigen Minuten unter einem genervten Stöhnen nach und meinte: »Also gut, erzähl deinen Witz, wenn du danach Ruhe gibst!«

Axel grinste: »Also, pass auf: Ein Jude, ein Zigeuner und ein Schwuler stehen auf einem Bahngleis. Da ertönt die Stimme des Schaffners: Alles einsteigen! Wir fahren nach Auschwitz!«

Eine kurze Sekunde lang dachte Axel, der Witz hätte seine Wirkung verfehlt und er sei bloß noch einen Moment von seinem Tod entfernt, doch dann breitete sich ein fettes Grinsen im Gesicht seines Entführers aus, und er begann verhalten zu lachen.

»Der war gut, oder?«, machte Axel ebenfalls grinsend. »Soll ich noch einen bringen?«

»Hau raus!«, gab sein Entführer nach.

»1932 sagt Hitler zu Goebbels: Wenn ich erst an die Macht komme töte ich sechs Millionen Juden und einen Clown! Da fragt Goebbels: Wieso den Clown?«, begann Axel.

»Siehst du? Kein Mensch interessiert sich für die Juden!«, unterbrach der Entführer Axel grinsend und stahl ihm damit die Pointe.

»Na gut, den kanntest du schon.«, gab Axel sich geschlagen. »Aber ich hab noch einen: Läuft ein Jude in einen Geldtresor und bekommt die Erektion seines Lebens. All sein Blut schießt in seinen Ständer, weil er noch nie so viel Geld gesehen hat. Als er wieder rausgehen will, läuft er gegen die Glaswand und bricht sich die Nase!«

Einen Moment lang war es ruhig.

»Den kapier ich nicht!«, antwortete sein Entführer verwirrt.

»Na, weil Juden doch so eine lange Nase haben.«, erklärte Axel. »Seine Nase ist immer noch länger als sein Ständer, deswegen verletzt er sich nicht an seinem Schwanz, sondern an seiner Nase!«

»Ach so!«, machte sein Gegenüber, grinste leicht, musste aber nicht mehr lachen.

»Einen hab ich noch, aber der ist etwas länger.« Axel begann vor Nervosität zu schwitzen.

»Schieß los!«, sagte sein Gegenüber.

»Also: Ein Jude verbündet sich mit zwei Deutschen. Da schlägt der Jude vor: Komm, wir entführen einen Deutschen, indem wir uns als IS-Terroristen verkleiden und bringen ihn dann um. Da fragen die Deutschen gelangweilt: Was haben wir davon? Meint der Jude: Ihr könnt ihn ja vorher ausrauben, dann haut ihr mit dem Geld ab. Die Deutschen sind begeistert, fragen dann aber doch: Warum sollen wir denn eigentlich einen Landsmann umbringen? Antwortet der Jude: Na, wenn wir uns als Leute vom IS verkleiden, werden die Leute radikaler und schmeißen alle Moslems aus dem Land! Da sind die Deutschen begeistert und steigen in den Plan mit ein.«

Axels Entführer sah ihn erwartungsvoll an, und als Axel schwieg, fragte er: »Wo ist da der Witz?«

Axel zuckte mit den Schultern: »Sag du es mir!«

»Wieso ich?«, meinte der Entführer mit hochgezogenen Augenbrauen.

»Das ist doch eure Situation. Ihr seid ganz offensichtlich Deutsche und habt euch entschlossen mit einem Juden einen anderen Deutschen zu entführen, ihn auszurauben und anschließend umzubringen. Warum ihr das macht, habe ich auch noch nicht begriffen.«, erklärte Axel.

»Wer zum Teufel soll ein Jude sein?«, fragte sein Gegenüber spürbar sauer und sah Axel aggressiv an.

»Na, Hamid ist Jude. Wusstet ihr das nicht?«, fragte Axel mit gespieltem Erstaunen.

»Hamid?« Das Erstaunen seines Entführers war offenbar nicht gespielt.

»Von mir aus kannst du ihn auch Daniel nennen, aber Hamid ist halt sein wirklicher Name. Hamid Salim. Er war ein paar Jahre mit Sabine Hasel zusammen, und sie haben ein gemeinsames Kind. Sie waren zusammen auf Chanukka-Festen in Berlin. Hat im Flüchtlingsheim als

Security gearbeitet, genau wie ich, nur dass er rausgeflogen ist. Dann hat er sich offensichtlich in der rechten Szene breitgemacht. Ist schon witzig, wenn man bedenkt, dass er Jude ist.«, sagte Axel nüchtern.

»Was erzählst du mir für einen Schwachsinn?«, fragte sein Entführer verblüfft und wütend.

»Vermutlich hat er euch natürlich etwas völlig anderes erzählt.«, meinte Axel. »Darf ich fragen was? Oder soll ich raten?«

»Ich glaube, es wird Zeit, dir die Fresse zu stopfen!«, schrie sein Gegenüber ihn an.

Er ballte die Faust, doch Axel setzte nun alles auf eine Karte: »Gut, sagen wir halt, ich habe gelogen, und er ist wirklich Moslem. Was macht das denn besser? Was wollt ihr erreichen? Die Scharia in Deutschland einzufordern wirkt mir nicht gerade wie dein persönlicher Traum.«

»Daniel ist gar kein Moslem. Er hat Arabisch gelernt. Man muss seinen Feind kennen, sagt er immer wieder. Er hat so getan, als würde er zum IS gehören und ist in ein Miliz-Camp gefahren, hat sich ausbilden lassen und ist wieder zurückgekommen, um die Moslems aus Deutschland zu vertreiben!«

»Durch einen muslimischen Terroranschlag? Auf mich?«, Axel schnaubte verächtlich. »Das entzieht sich meiner Logik aber gewaltig. Außerdem: Arabisch gelernt? Ich habe im Flüchtlingszentrum gearbeitet. Was er spricht ist so akzentfrei, dass schaffst du nie und nimmer wenn das nicht deine Muttersprache ist!«

»Du musst die Dinge halt im größeren Zusammenhang sehen.«, meinte sein Gegenüber grinsend. »Jahrelang haben wir dafür gekämpft die Ausländer aus Marktstadt rauszukriegen, damit Deutsche in Deutschland wieder an erster Stelle stehen. Freiwillig passiert das nicht, also muss man mal etwas nachhelfen! Das hat sich mir und meinem Bruder einfach so angeboten, und jetzt haben wir zugeschlagen!«

Axel sträubten sich die Nackenhaare bei so viel Verblendung und offensichtlicher Dummheit, doch leider war diese Dummheit im Augenblick extrem gefährlich für ihn.

»Der andere Kerl ist dein Bruder?«, fragte Axel mit hochgezogenen Augenbrauen.

Sein Gegenüber merkte, dass er sich ein wenig verplappert hatte und sah Axel kurzzeitig nachdenklich an.

»Schon gut, ich verrate es niemandem.«, witzelte Axel, was sein Gegenüber wieder zum Grinsen brachte. »Verrätst du mir deinen Namen? Du kannst natürlich einen falschen Namen nennen, wenn du möchtest, ich will dich nur ansprechen können.«

Sein Gegenüber blickte Axel zunächst misstrauisch an, überlegte noch einmal kurz und sagte dann: »Sören.«

»Sören. Ich bin Axel, es freut mich mehr oder weniger, dich kennen zu lernen. Ich würde dir ja die Hand schütteln, aber ich bin gerade etwas verhindert.«

Sören grinste.

»Sören? Was glaubst du, wie das alles hier ausgeht, im besten Fall?«, fragte Axel.

»Ich glaube, wir haben jetzt genug miteinander gesprochen.«, sagte Sören kurz angebunden und warf Axel wieder einen überheblichen und ernsten Blick zu.

»Das ist doch bloß ein Gespräch. Eine Konversation. Ihr werdet mich doch sowieso umbringen, da kann man sich doch vorher etwas unterhalten. Was hast du schon dabei zu verlieren?«, bohrte Axel nach.

»Du willst mich verunsichern!«, versuchte Sören zu erklären. »Und außerdem habe ich mehr als genug James-Bond-Filme gesehen, um zu wissen, dass man seinem Opfer nicht seinen Plan verrät.«

Axel stöhnte: »James Bond ist ein gut ausgebildeter Spion mit High-Tech-Equipment. Ich bin bloß ein junger Typ aus Marktstadt, gefesselt an einen Stuhl in einem Keller. Was hast du denn von mir zu befürchten?«

Sören sah ihn misstrauisch an, während Axel hoffte, dass seine Taktik aufging.

»Eine Frage habe ich aber doch noch.«, meinte Axel. »Verstößt es nicht gegen deine Ideale, dir von einem Juden sagen zu lassen, was du tun sollst?«

»Daniel ist kein Jude!«, entfuhr es Sören aufgeregt.

»Gut, dann eben, dass ein Moslem…«

»Daniel ist auch kein Moslem!«, unterbrach Sören ihn mit lauter Stimme.

Axel stöhnte: »Dass ein Deutscher, der sich als IS-Kämpfer verkleidet und fließend Arabisch und Jiddisch spricht, dir sagt was du tun sollst?«

Sörens Augen waren zu Schlitzen verengt, und er schnaubte wütend durch die Nase.

»Ich will dir ja nicht zu nahe treten.«, meinte Axel leicht verächtlich. »Aber, wenn ich ein Nazi wäre, würde ich so jemandem doch nicht vertrauen!«

»Du willst uns nur gegeneinander ausspielen.«, höhnte Sören. »Soll ich dir vielleicht vertrauen?«

»Nein, natürlich nicht!«, sagte Axel. »Aber ich würde es an deiner Stelle mal überprüfen. Was weißt du denn über Hamid, äh, ich meine natürlich Daniel, überhaupt?«

»Ich weiß genug. Ich weiß das, was ich wissen muss!«, antwortete Sören.

Axel lachte trocken: »Das hätte direkt aus seinem Mund stammen können. Du tust nur das, was dir gesagt wird, ohne überhaupt in der Lage zu sein, zu überprüfen, ob das in deinem Interesse ist. Mal ehrlich: Wenn Hamid wirklich Deutscher wäre, mit allem Drum und Dran, also auch mit der richtigen Hautfarbe und du würdest ihn bereits seit der Grundschule kennen, glaubst du, dann hättet ihr trotzdem zu dritt so gehandelt, wie ihr es getan habt? Einfach einen anderen Deutschen, einen Landsmann, entführt, ausgeraubt und umgebracht? Denkst du, da steckt kein anderes Interesse dahinter?«

Sören schwieg.

»Vielleicht geht dein Plan auf, und ihr bekommt das Geld, ohne dass euch die Polizei auf die Schliche kommt, und ihr habt mich aus dem Weg geräumt.« Axel spann seine Ausführungen weiter, ohne dass er vorher genau überlegt hatte, wohin er eigentlich wollte. »Was glaubst du, wirst du erreichen? Eine politische Veränderung? Die Welt wird glauben, ihr seid islamische Fundamentalisten, die auf deutschem Boden einen Ungläubigen getötet haben. Glaubst du, dass bringt deiner politischen Gesinnung Zulauf? Du und dein Bruder, ihr könnt euch ja nicht einmal mit euren Taten rühmen, weil ihr doch eigentlich gegen den IS seid. Ein islamistischer Mord auf deutschem Boden macht keinen Otto-Normalbürger zum harten Nazi. Die Leute wollen bloß in Frieden leben, aber sie wehren sich, wenn sie in die Ecke gedrängt werden und Angst haben.«

Axel redete sich um Kopf und Kragen, und je weiter er sich in seinen Ausführungen verstrickte, desto mehr erkannte er, dass der Plan, den Hamid mit seinen beiden Komplizen gemacht hatte, im Grunde genommen genial war. Egal in welche Richtung es gehen würde, sie konnten eigentlich nicht verlieren, wenn sie ihren Plan bis zum Ende durchziehen würden. Ein Mord an Axel würde den extremen Rechten Zulauf bringen und dem IS eine beachtliche Machtdemonstration bringen. Hamid hätte gewonnen, und die Nazis in Marktstadt und vielleicht in ganz Deutschland würden sich noch intensiver gegen

Muslime aussprechen. Selbst dem hartgesottensten Linken würde nichts übrig bleiben, als zuzugeben, dass seine Toleranz gegenüber Muslimen gefährlich wäre. Axel biss sich auf die Unterlippe und hoffte inständig, dass Sören diese Logik nicht erkannte, doch der saß auf seinem Stuhl und sah nachdenklich durch Axel hindurch.

Nach einer Weile sagte Sören: »Eigentlich, finde ich, machen wir nicht einmal wirklich etwas falsch. Das Geld, das wir von dir bekommen, ist ein Spendenkonto für Flüchtlinge. Womit haben die Flüchtlinge das denn verdient? Weil sie ihr Heimatland verlassen haben? Ich bin hier in Deutschland und wir bekommen Hartz IV, aber die Flüchtlinge kriegen Geld hinterhergeworfen. Jetzt erzähl mir nicht, dass das nicht unfair ist!«

Axel zögerte: »Naja, das Spendenkonto, das ich gegründet habe, ist vollkommen freiwillig. Die Leute, die dorthin Geld gespendet haben, die tun das, weil sie Flüchtlingen gerne helfen möchten…«

»Aber Deutsche brauchen auch Hilfe!«, unterbrach Sören Axel. »Wo ist unser Spendengeld?«

»Was soll ich dazu sagen?«, Axel zuckte ungläubig mit den Schultern. »Soll ich mich dafür entschuldigen, dass ich kein Spendenkonto für dich und deine Familie errichtet habe? Sicherlich gibt es auch Deutsche, die das Geld bestimmt nötig hätten, aber das kannst du mir doch nicht in die Schuhe schieben. Denn eine Sache macht ihr definitiv falsch: Ihr wollt mich umbringen! Mich! Ihr kennt mich eigentlich nicht einmal! Ich habe euch niemals etwas getan. Ich habe euch nicht unterdrückt, ich habe euch nichts vorenthalten, ich habe eigentlich bloß in Frieden mein Leben gelebt, und mein größter Fehler war wohl, aus eurer Sicht, dass ich nett zu Flüchtlingen war. Dafür wollt ihr mich töten. Womit habe ich das verdient?«

Sören starrte Axel an, und weil Axel seine Taktik von Logik zu Emotionen geändert hatte, was er so vorher nicht hatte kommen sehen, versuchte er, sich krampfhaft eine Träne aus dem Auge zu drücken.

»Ich glaube dir, dass du ein eiskalter Psychopath bist. Jemand, der über Leichen geht, um sein Ziel zu erreichen. Du nimmst mir etwas weg, was dir nicht gehört und bringst mich anschließend um. Das macht dich zu einem Räuber und einem Mörder, aber komm mir doch jetzt bitte nicht mit deinen Idealen. Dir sind Flüchtlinge doch prinzipiell völlig egal. Dir selbst geht es schlecht, und deshalb kooperierst du mit einem Terroristen, damit du dich selbst besser stellen kannst! Du willst bloß auf möglichst entspannte Art und Weise reich werden.«

Axel hatte noch mehr sagen wollen, doch ein Faustschlag in sein Gesicht brachte ihn zum Schweigen.

XXII. Scharsch

Jede Minute, die verging, war für Clara die reinste Folter, doch wenn ihr Handy klingelte, schreckte sie ebenfalls zusammen, als würde sie gleich die Botschaft von Axels Tod verkündet bekommen. Zuerst rief Ute an, aber an ihrem Handy war ein Polizeibeamter, der mit Clara über die Entführung sprechen wollte. Offenbar wollte er besonders ruhig und einfühlsam auf Clara eingehen, doch Clara trieb diese Art zur Weißglut.

»Hören Sie zu!«, forderte sie wütend, verzweifelt und doch so ruhig sie konnte. »Über die Seite refugees-in-marktstadt.de, die von Axel, der entführt wurde und zwei weiteren Administratoren betrieben wird, kam das Entführungsvideo, das sie vermutlich gesehen haben. Wenn sie genau hinsehen, sehen sie, dass Axel auf seinem Kragen einen Davidstern gemalt hat, der dort eigentlich nicht hingehört. Deshalb vermuten wir Hamid, den Mann auf den Bildern, die ihnen Frau Temres wohl gezeigt hat, als Verantwortlichen für diese Entführung. Derselbe Mann soll wohl in Wehrfang, in der Kneipe Zum Steinbock, als Daniel bekannt sein. Finden Sie heraus, wo er sich befindet! Er soll angeblich Kontakt zu meinen Cousins, Sören und Steffen Weinerl, gehabt haben. Diese Information ist aber mehr als dürftig. Wir haben das Geld, das sie gefordert haben, inzwischen aufgetrieben und versuchen jetzt mit den Entführern in Kontakt zu treten. Mehr kann ich Ihnen zum jetzigen Zeitpunkt noch nicht sagen. Sollte ich Informationen für sie haben, werde ich so schnell wie möglich anrufen, aber mehr weiß ich im Augenblick selbst nicht.«

»Ich verstehe.«, antwortete der Polizist in seiner betont langsamen Art und Weise. »Ich muss sie bitten, sich zu uns auf das Polizeirevier zu begeben, damit Sie uns sofort zur Verfügung stehen, falls wir nähere Informationen brauchen!«

»Nein, ich werde nicht zum Polizeirevier kommen und mit Ihnen das weitere Vorgehen besprechen, denn dazu fehlt mir die Zeit. Rufen Sie bitte nicht auf diesem Handy an, da die Leitung für andere Kontakte frei bleiben muss. Nehmen Sie stattdessen bitte die folgende Nummer…«

Clara winkte Stone heran, und der diktierte laut seine Nummer ins Handy, sodass der Polizeibeamte sie notieren konnte.

»Frau Schmiedhammer«, begann der Polizist erneut, bevor Clara auflegen konnte »ich muss Sie darüber informieren, dass Sie sich verdächtig machen, wenn Sie eine Angehörige derjenigen sind, die im vermuteten Kontakt mit dem potenziellen Entführer stehen. Deshalb muss ich sie ausdrücklich auffordern, sich zu uns auf das Polizeirevier zu begeben. Selbst wenn Sie nicht verdächtig sind, sind Sie in Gefahr und benötigen Polizeischutz. Die Entführer…«

»Ficken Sie sich ins Knie!«, unterbrach Clara den Polizisten mit aufgeblasenen Wangen. »Halten Sie die Leitung frei und tun Sie, was Sie können, um Hamid Salim ausfindig zu machen. Retten Sie meinem Freund das Leben! Und jetzt tschüss!«

Clara legte auf und hämmerte mit der Faust auf Mashids Esstisch. »Das darf ja wohl nicht wahr sein. Was hat die Polizei bloß für Leute.«

Stone musste grinsen, und Mashid sah Clara entsetzt an. Es vergingen nur wenige Sekunden, da klingelte Claras Handy erneut. Glücklicherweise wurde ihr nicht die Nummer von Ute angezeigt, sondern die von Ruben.

»Ruben? Hast du etwas herausgefunden?«, rief Clara verzweifelt.

»Ja!«, schrie Ruben fast ins Telefon. »Sören und Steffen gehen nicht ans Handy, aber ich habe Annika erreicht. Ich habe sie direkt gefragt, wo sie gerade ist, und sie hat gemeint, sie wäre zu Hause. Da hab ich geantwortet, dass ich gerade bei ihr zu Hause bin und die blöde Kuh mich nicht so blöd anlügen soll. Darauf hat sie gelacht und gesagt, na gut, sie wäre in Scharsch bei einem Freund und wieso ich fragen würde. Ich habe gefragt, ob Sören und Steffen bei ihr sind, weil ich etwas von ihnen bräuchte und sie nicht an ihr Handy gehen. Da hat sie kurz gezögert und dann gemeint, dass sie da wären, aber gerade nicht erreichbar. Ob es wichtig wäre. Ich sagte, es geht so. Da meinte sie, sie würde Bescheid sagen, und sie würden zurückrufen.«

»In Scharsch? Ich bin gerade in Scharsch. Weißt du, wo genau?«, Clara wurde aufgeregt.

»Leider nein. Das habe ich erst danach gefragt, und das wollte sie mir dann doch nicht verraten. Hat nur Gegenfragen gestellt, warum ich das so genau wissen wollte, und ich habe mich nur damit herausreden können, dass ich aus Interesse frage, weil sie doch noch nie in Scharsch gewesen sei.«, erzählte Ruben. »Wieso bist du denn in Scharsch?«

»Mashid wohnt hier. Ist jetzt auch gerade egal.«, antwortete Clara. »Ich danke dir schon jetzt tausendmal! Du hast die Suche eingegrenzt. Sie sind nicht aus Marktstadt weg, sondern hier in diesem Viertel. Wenn du kannst, komm vorbei!«

Sie nannte Ruben Mashids Adresse, und Ruben versprach, sich auf den Weg zu machen. Darauf drehte sie sich zu Stone und Nora um: »Ruft wieder Yussuf und Mehmet an! Sagt ihnen, dass die Entführer irgendwo in Scharsch sind. Sie sollen hierher kommen!«

271

Stone und Nora machten sich sofort ans Werk und begannen zu telefonieren. Beide waren innerhalb von kaum
einer Minute fertig.

»Das war ziemlich einfach.«, meinte Stone. »Im Ernst-
fall scheint man sich auf die verlassen zu können. Yussuf
hat mich nur nach der Adresse gefragt, zu der er kommen
soll. Als ich sie ihm genannt habe, hat er gemeint, er
trommelt noch ein paar Leute zusammen und macht sich
so schnell es geht auf den Weg.«

»Lief bei mir ähnlich ab.«, stimmte Nora zu.

»Hoffentlich nützt es was.«, sagte Clara, die ihr Handy,
das auf dem Tisch lag, anstierte, als wollte sie mit den
Augen ein Loch hindurch bohren.

»Was machen wir jetzt?«, fragte Mashid.

Clara zuckte verzweifelt mit den Schultern, und wiederum meldete sich Stone zu Wort: »Wir brauchen einen
Plan. Kennst du dich in Scharsch aus? Selbst wenn hier
gleich hundert Leute aufkreuzen sollten, was genau sollen die denn tun? Jedes Haus absuchen? Selbst wenn sie
das tun, glaubst du, die Entführer machen uns die Haustür
auf, wenn wir klingeln?«

Clara sah Stone für einen Moment ernst an, dann
sprang sie auf: »Du hast Recht! Wir brauchen einen Ortsplan. Ich glaube, ich weiß, wo ich den herbekomme. Ich
laufe eben rüber zu Axels Tante, die hat so etwas bestimmt!«

»Bist du wahnsinnig?«, fragte Nora. »Wir können dich
doch jetzt nicht alleine durch Scharsch laufen lassen, wo
wir wissen, dass die Entführer hier irgendwo sind.«

»Mir wird schon nichts passieren!«, versprach Clara,
doch Nora bestand darauf, dass Stone sie begleitete, und
der stimmte sofort zu. Zu zweit eilten sie hinüber zu
Axels Tante Maria. Sie sahen sich immer wieder nach
rechts und links um, doch Scharsch schien menschenleer

zu sein. Clara sprang über den kleinen Gartenzaun und klingelte an der Haustür. Maria öffnete kurz darauf und sah Clara verwundert an: »Nanu, was machst du denn hier?«

Clara keuchte: »Ich habe keine Zeit für lange Erklärungen, aber glauben Sie mir, es ist extrem wichtig! Kann ich bitte reinkommen?«

»Natürlich!«, machte Maria überrascht und öffnete die Tür für sie und Stone.

»Was kann ich für euch tun?«, fragte sie.

»Axel ist entführt worden und wir haben die starke Vermutung, dass er sich in einem Keller hier in Scharsch befindet. Bitte stellen Sie jetzt keine langwierigen Fragen, wir haben keine Zeit zu verlieren. Wir brauchen einen Stadtplan oder einen Ortsplan, bei dem man sämtliche Häuser in Scharsch erkennen kann. Wir müssen alle abgehen, damit wir Axel wiederfinden.«, rasselte Clara herunter.

Maria sah Clara völlig verblüfft an. Sie wollte etwas sagen, verkniff es sich jedoch und öffnete eine Schublade in der Anrichte im Flur. Sie kramte etwas darin herum und zog einen Stadtplan hervor. Sie faltete ihn auseinander, doch er war von ganz Marktstadt, sehr alt, und er zeigte nicht alle Häuser in Scharsch klar ersichtlich an. Trotzdem drückte sie ihn Clara in die Hand und eilte daraufhin ins Wohnzimmer. Clara besah sich den Stadtplan, faltete die unnötigen Teile weg und sah ihn sich an. Im Kopf machte sie einen groben Querschnitt und rechnete, wie viele Häuser sich grob geschätzt in Scharsch befanden. Sie kam auf über tausend und fluchte, nachdem sie das Ergebnis laut ausgesprochen hatte. Dann kam Maria aus dem Wohnzimmer zurück und hatte einen wesentlich kleineren Plan in der Hand. Sie breitete ihn vor Clara und Stone aus und darauf konnte man tatsächlich die meisten

Häuser in Scharsch deutlich erkennen. Sie legte ihren Zeigefinger auf die Karte und fuhr die Straße entlang.

»Dort wohnt Frau Hübner.«, erklärte Maria, indem sie auf ein Haus im Nordwesten zeigte. »Die Frau ist Zeugin Jehovas und hat nichts Besseres zu tun, als den lieben langen Tag alle Leute in Scharsch auszuspionieren. Die kennt absolut alle, die hier wohnen. Wenn ihr wissen wollt, ob in Scharsch irgendetwas Merkwürdiges passiert ist, ob Fremde hierhergekommen sind oder sonst etwas: Fragt diese Frau! Ich verspreche euch, die weiß das! Ich würde mitkommen, aber die Frau hasst mich wie die Pest. Wenn ich mitkäme, würde sie es euch vielleicht nicht verraten.«

Clara sah Maria mit offenem Mund an und bedankte sich. »Sind Sonja und Tanja hier? Vielleicht könnten wir deren Hilfe auch gebrauchen.« fragte Clara.

»Tut mir leid, aber Tanja ist mit ihrem Freund weggefahren, und Sonja ist auch nicht da. Ich fürchte, auf die beiden müsst ihr verzichten.«, meinte Maria.

»Komm, Clara.«, drängte Stone. »Wir müssen bald zurück sein! Was ist, wenn gleich Yussuf und die anderen kommen?«

Clara nickte, bedankte sich nochmal bei Maria und lief zusammen mit Stone zum Haus von Frau Hübner. Ihr Haus sah von außen recht gewöhnlich aus, wenn auch gut gepflegt. Zwischen den anderen Häusern fiel es bloß dadurch auf, dass im zweiten Stock eine Frau mit einem Kissen auf dem Fensterbrett gelehnt lag, die die Straße zu beobachten schien. Als sie Stone und Clara angelaufen kommen sah, blickte sie ihnen bereits misstrauisch entgegen.

»Na, was haben wir es denn so eilig?«, rief sie fies lächelnd aus dem Fenster.

»Frau Hübner?«, schrie Clara ihr entgegen.

Erstaunt, dass Clara ihren Namen kannte, blickte die Frau sie an und erwiderte: »Ja, bitte?«

»Wir haben Sie gesucht, wir brauchen ihre Hilfe! Könnten Sie bitte zu uns herunterkommen?«, versuchte Clara so zuckersüß wie nur irgend möglich zu rufen.

Noch erstaunter hätte die Frau Clara nicht mehr anschauen können, doch sie nickte und begab sich vom Fenster weg. Stone und Clara warteten ungeduldig vor der Gartentür und blickten immer wieder nervös die leere Straße entlang. Zwei Minuten später erschien Frau Hübner an der Haustür.

»Was gibt es denn?«, fragte sie gespannt. Sie war eine dürre Rentnerin, der man deutlich ansah, dass sie die Achtzig bereits hinter sich gelassen hatte.

Clara wollte damit beginnen ihr Fragen zu stellen, doch Stone kam ihr zuvor, indem er ihr zuflüsterte: »Lass mich, ich kann gut mit alten Damen.«

Er räusperte sich und sagte laut: »Wir haben gehört, Sie kennen hier in Scharsch alle und jeden?«

Stolz blickte sie Stone an und meinte: »Ach, wissen Sie, ich wohne hier schon seit über vierzig Jahren. Da kriegt man natürlich mit, wer hier alles noch so wohnt.«

Clara verlor bei ihrer langsamen Redensart beinahe sofort die Geduld, doch Stone machte vor ihren Augen eine Handbewegung, die ihr bedeutete zu schweigen.

»Genau deswegen brauchen wir Sie!«, erklärte Stone ruhig. »Würden Sie uns ein Stück weit begleiten?«

Ein wenig misstrauisch beäugte Frau Hübner Clara, doch ihre Neugier und ihr Stolz überwogen, und sie ließ sich von Stone und Clara die Straße entlang begleiten. Während sie zurück zu Mashid gingen, erklärte Stone: »Es geht um folgendes: Angeblich wird hier in Scharsch jemand in einem Keller gegen seinen Willen festgehalten. Jetzt könnten Sie natürlich sagen, dass das ein Fall für die Polizei ist und damit hätten Sie Recht, aber leider kann die Polizei nicht jeden einzelnen Keller in ganz Scharsch überprüfen. Wir wollen natürlich auch nirgendwo einbrechen oder so etwas, wir möchten bloß an ein paar Türen klopfen und uns vergewissern, dass in diesem Haus niemand gefangen gehalten wird, verstehen Sie?«

»Ach, das ist ja schrecklich!«, nickte Frau Hübner zustimmend. »Man denkt ja immer, solche Dinge passieren immer irgendwo anders, bis sie dann eines Tages bei einem selbst passieren!«

»Da haben Sie Recht.«, bestätigte Stone, während Clara die Augen verdrehte. »Wenn Sie uns nun helfen könnten und uns sagen, welche Häuser Sie ausschließen könnten, wäre uns das eine große Hilfe. Wenn Sie sich wirklich so gut auskennen, wie wir gesagt bekommen haben, dann haben Sie bestimmt etwas Verdächtiges bemerkt. Zum Beispiel, dass Leute hierherkamen, die Sie vorher noch nie gesehen haben.«

Sie näherten sich Mashids Wohnung, und davor parkten inzwischen bereits sechs Autos, vier davon mitten auf der Straße. Frau Hübner, die vorher nur auf den Gehweg und auf Stone geachtet hatte, sah auf einmal die ganzen Leute, die sich vor Mashids Wohnung verteilten und geriet offenbar leicht in Panik. Über zwanzig Leute, allesamt mit südländischem Aussehen, standen auf dem schmalen Fußweg vor Mashids Wohnung. Manche flüsterten sich leise etwas untereinander zu, doch die meisten sahen gebannt Nora an, die versuchte Ordnung in den Haufen junger Männer zu bringen. Während Stone sich noch mit Frau Hübner beschäftigte und versuchte, sie von seinem Plan zu überzeugen, rannte Clara nun auf die ganzen Leute zu.

»Was macht ihr alle hier?«, rief sie laut. »Ihr müsst von der Straße weg. Was ist, wenn man euch sieht? Seid ihr wahnsinnig?«

Zwei der Autos fuhren daraufhin auf den Bordstein und ließen genug Platz, damit die anderen beiden Autos, die noch auf der Straße standen, vorbeifahren konnten. Der Hintere legte den Rückwärtsgang ein und fuhr in die Nebenstraße, der Vordere bog nach rechts und parkte vor einer verschlossenen Garage. Kaum eine Minute verging, bis die vier Autofahrer zu Fuß wieder zu der Gruppe hinzukamen.

Clara übergab Stone den Plan, und der breitete ihn vor Frau Hübner aus und schickte Mashid in seine Wohnung, um einen Stift zu holen. Als Mashid wiederkam, hatte sich eine Traube um Frau Hübner gebildet, die der Reihe nach auf einzelne Häuser zeigte und Dinge sagte, wie: »Hier wohnen die Wagners, die kenne ich schon lange. Daneben ist die alte Frau Probst, mit ihr gehe ich immer in die Kirche und daneben wohnen Maußes, die haben immer diesen bellenden Köter, den mag ich überhaupt nicht.«

Mashid überreichte Stone den Stift und der strich der Reihe nach die Häuser durch, die Frau Hübner als überhaupt nicht verdächtig einstufte. Clara blickte dem Schauspiel ungläubig entgegen und fragte sich, ob das alles so eine gute Idee gewesen war. Frau Hübner schien sehr beschäftigt und brauchte dennoch eine Ewigkeit. Clara sah auf ihr Handy. Es war 17:58 Uhr. Es musste jeden Moment soweit sein, dass sie von Dennis oder einem der Anderen von der Geldübergabe eine Nachricht bekommen würde. Fünf Minuten vergingen, und plötzlich klingelten Claras und Stones Handy gleichzeitig. Obwohl Stone damit beschäftigt war, die Karte für Frau

Hübner zu halten, schaffte er es, schneller seine Nachricht zu empfangen, als Clara. Beide hatten ein Bild geschickt bekommen.

»Wer ist das? Kennst du die?«, fragte Stone und hielt Clara sein Handy entgegen. Weil ihr Handy das Bild, dass sie beide von Dirk geschickt bekommen hatten, nicht so schnell öffnen wollte, blickte sie auf Stones Handy.

»Das ist Katrin!«, Clara hielt sich die Hand vor den offenen Mund. »Das ist meine Cousine! Man kann sie schlecht erkennen, das Foto ist verschwommen, und sie ist völlig in ihr riesiges Halstuch eingehüllt, aber diese Augen würde ich überall erkennen!«

»Scheiße!«, machte Stone, doch Nora klatschte in die Hände: »Nein, das ist gut! Begreifst du nicht? Wir sind auf der richtigen Spur! Alles deutet darauf hin, dass die Helfer von Hamid zu Claras Familie gehören. Abgesehen von Ruben, natürlich!«

Stone sah erst Nora an und suchte dann Claras bestätigenden Blick. Als sie nickte, schien auch er sich zu freuen, wurde aber sofort wieder ernst und fragte: »Was nun? Du musst Dirk etwas zurückschreiben! Soll er sie festhalten oder verfolgen oder sonst etwas tun?«

Clara dachte einen Moment lang scharf nach, dann schrieb sie Dirk: »*Das ist meine Cousine! Versuch sie zu verfolgen, aber mach dich nicht bemerkbar! Besser du verlierst sie, als dass sie dich bemerkt!*«

Unglücklicherweise schrieb Dirk bereits eine Minute später schon zurück: »*Tut mir leid, Clara, aber wir haben sie schon verloren. Selena ist fast eine halbe Stunde lang Aufzug gefahren und jeder von uns hat sich in eins der fünf Stockwerke vor den Aufzug gestellt. Ich war im vierten und obersten, als deine Cousine zu ihr gestiegen ist. Sie ist aber gar nicht gefahren, sondern hat sich den Umschlag gekrallt, hat Selena umgehauen und in den Aufzug gestoßen. Dann ist sie weggelaufen und irgendwer hat sie mit dem Auto weggefahren. Ich konnte das verwackelte Foto schießen, danach hab ich es direkt an dich, Stone und Marc gesendet. Marc hat es Axels Mutter gesendet, damit sie es an die Polizei schickt. Wir konnten das Auto aber nicht mehr aus dem Parkhaus fahren sehen.«*

Clara wollte gerade wieder beginnen zu fluchen, da kam Ruben vorgefahren, was sie auf eine Idee brachte. Ruben fand bei den ganzen Besuchern, die keine Anwohner waren, keinen Parkplatz mehr und so stieg Clara zu ihm ins Auto und sagte ihm, er sollte es um die Ecke versuchen. Dann erzählte sie ihm sehr ernst die Geschichte mit der Geldübergabe.

»Sie stecken alle mit drin!«, sagte Ruben fassungslos. »Sören, Steffen, Annika und Katrin. Das ist einfach unglaublich. Was kann ich tun, Clara?«

»Ruf nochmal Annika an…«, begann Clara.

»Aber Katrin hat doch das Geld, dachte ich?«, unterbrach Ruben.

»Eben deshalb.«, erklärte Clara weiter. »Sag Annika, du hättest einen Anruf von Katrin erhalten, sie wäre total nervös und meinte, du solltest sie abholen. Du wärst schon auf dem Weg, aber du wolltest wissen, was los ist. Erfinde, wenn nötig, irgendetwas, aber lass dir sagen, wo sie ist!«

»Verstehe!«, bestätigte Ruben. Er ließ den Motor aufheulen und machte sich sofort ans Werk. Unglücklicherweise ging Annika gar nicht erst an ihr Handy.

Clara war unterdessen schon wieder aus dem Auto gestiegen und mit etwas anderem beschäftigt. Sie rief Dirk an. Der nahm das Handy ab, und schrie Clara sogleich ins Ohr: »Wir haben sie doch erwischt! Die kleine Schlange hat gedacht, sie könnte uns entkommen, aber wir haben sie bemerkt! Sie sind nämlich nicht aus dem

Parkhaus gefahren, sondern ins zweite Untergeschoss, wo sie gewartet haben. Igor und Rico verfolgen sie mit dem Auto. Es ist ein silberner Opel Corsa.«

»Gut.«, machte Clara ein wenig überrascht. »Lasst Igor und Rico sie aber ruhig alleine verfolgen und kommt ihr nach Scharsch! Wir brauchen hier jeden, der verfügbar ist. Wir sind uns relativ sicher, dass Hamid und meine beiden Cousins Axel hier in einem Keller gefangen halten.«

»Alles klar!«, rief Dirk, und im Hintergrund vernahm sie noch ein leises »Fahr nach Scharsch, Marc!«, bevor Dirk auflegte.

Clara und Ruben kehrten zusammen zurück zu Stone und Frau Hübners Ortsplan. Der war inzwischen übersät mit Kreuzen, Kreisen und Fragezeichen. Clara und Ruben blieben ein Stück von der Gruppe entfernt stehen und hörten zu. Frau Hübner war gerade fertig geworden, da nahm ihr Stone auch schon den Plan ab und breitete ihn auf dem Boden aus. Die anderen knieten und beugten sich darüber und streckten ihre Hälse, damit sie alles sehen konnten. Yussuf kniete sich neben Stone und zeigte auf den Plan: »So, Leute, jetzt geht es um alles: Ihr geht in Zweiergruppen, maximal Dreiergruppen die Straße entlang. Die einen auf der rechten, die anderen auf der linken Seite. Merkt euch mindestens vier oder fünf Häuser, die die gute Frau markiert hat und klingelt dort. Erzählt irgendeinen Quatsch. Dass ihr Zeitungsabonnements verkauft oder neu in der Nachbarschaft seid. Irgendeinen Käse. Haltet euch nicht zu lange mit Details auf, sondern versucht zu erkennen, wer verdächtig ist und wer nicht. Wenn sie euch freiwillig in die Wohnung lassen, wirkt das sehr unverdächtig, wenn sie gar nicht erst aufmachen oder euch sofort loswerden wollen, kommt ihr wieder her, und dieses Haus kommt in den engen Verdacht. Wir müssen jetzt schnell sein, denn es geht um Leben und Tod!«

Alle sahen wild entschlossen aus, und nachdem Yussuf fertig geredet hatte, stürmten die ersten schon auf die ersten Häuser zu. Yussuf sah Clara ernst an, legte seine Arme auf ihre Schultern und flüsterte ihr zu: »Wir finden Axel! Verlass dich drauf!«

Kurz darauf bekam Clara eine SMS von Susanne: »*Wir sind nicht ganz sicher, ob wir Glück haben oder im Arsch sind. Die Onlineüberweisung klappt nicht wie geplant und deshalb verlangt der Entführer, dass wir zu einer Western-Union-Filiale gehen. Die ist in der Post, aber die hat schon geschlossen. Und morgen ist Sonntag. Entweder haben wir jetzt Zeit bis Montag oder die Entführer beschließen, dass sie das Geld nicht mehr erhalten können.*«

So erfolgreich die Operation Clara eben noch erschienen war, nun rutschte ihr das Herz wieder in die Hose.

XXIII. Es gibt Streit

Axel hatte nicht mitgezählt, wie oft er inzwischen ins Gesicht geschlagen wurde, aber sein Kopf pochte mittlerweile so stark, dass er es nicht mehr ertrug Widerworte zu geben. Er wusste ebenfalls nicht, wie lange er schon wach war, und so gering ihm seine Überlebenschancen auch schienen, er wurde langsam müde seinen Tod noch weiter hinauszuzögern. Sörens Schlag ins Gesicht war wesentlich härter gewesen, als die Schläge, die er von Hamid bis jetzt bekommen hatte, und er ließ für eine geraume Zeit den Kopf hängen. Sein Kinn lag auf seiner Brust, und es mussten mindestens zwanzig Minuten vergangen sein, als auf einmal Sören die Stille unterbrach: »Wie hast du nochmal gesagt, war Daniels Name? Hamid?«

Axel blickte auf und sah Sören ins Gesicht: »Ja. Hamid Salim. Schreibt sich, wie man es spricht.«

Sören zog sein Handy aus der Tasche, schaltete es ein und tippte dann eine Weile darauf herum. Axel versuchte, ihn dabei zu beobachten, doch er hielt sein Display verdeckt.

»Ich wage zu bezweifeln, dass du ihn auf Facebook oder Google findest, aber vielleicht könntest du es durch seine Ex-Freundin probieren.«, schlug Axel vor. »Sabine Hasel.«

Sören sah ihn nur kurz mit leerem Gesichtsausdruck an und widmete sich daraufhin wieder seinem Handy. Einige Zeit lang blieb es still, dann machte Sören plötzlich große Augen und schnaubte laut.

»Fündig geworden?«, fragte Axel, mit einem sehr defensiven Blick.

Einige Sekunden vergingen, in denen Sören wie gebannt auf sein Handy starrte, doch dann hielt er es Axel entgegen. Auf dem Handy war ein großes Bild von Sabine und Hamid zu sehen. Arm in Arm standen sie da. Sabine hatte ein weißes Top an, und ihre langen schwarzen Haare waren zu einem Pferdeschwanz nach hinten gebunden, und sie gab Hamid gerade einen Kuss auf die Wange. Hamid selbst hatte ein weißes Hemd an und eine Kippa auf dem Kopf. Er hatte seinen rechten Arm um sie gelegt und lächelte in die Kamera. Im Hintergrund konnte man die Flagge Israels erkennen.

Axel betrachtete das Bild nur kurz und blickte daraufhin Sören fest in die Augen. Der schien vollkommen überfordert.

Zuerst wollte Axel »Ich hab es dir doch gesagt!«, rufen, doch er hatte das Gefühl, dass das an dieser Stelle nicht die richtige Reaktion wäre.

»Was denkst du jetzt?«, fragte er stattdessen.

Sören schwieg noch einen Moment, und dann flüsterte er leise: »Du hattest Recht. Du hast es gesagt. Er ist tatsächlich Jude.«

Axel stieß Luft durch die Nase aus. Er spürte, dass es nicht mehr die richtige Taktik war Feuer mit Feuer, beziehungsweise Antisemitismus aus Nazi-Sicht mit Antisemitismus aus muslimischer Sicht zu bekämpfen.

»Jude, Moslem oder Deutscher.«, begann Axel. »Sören, das spielt doch gar keine Rolle. Jeder kann mit einer Kippa auf dem Kopf vor einer Israel-Flagge posieren. Wenn du jetzt zu ihm gehst und ihn darauf ansprichst, wird er dir sagen, dass er das nur aus Gründen der Ablenkung getan hat. Vergiss das alles lieber mal!«

Sören sah Axel wütend und verzweifelt an: »Wie soll ich denn das vergessen?«

»Ganz einfach.«, versuchte Axel so ruhig und gelassen zu erklären, wie es ihm möglich war. »Die Frage ist nicht, was Hamid für ein Typ ist, sondern die Frage ist, was du und dein Bruder eigentlich wollen. Hamid spielt den fundamentalistischen Gotteskrieger. Er will ein Märtyrer werden. Es macht ihm nichts aus, hier zu sterben. Das ist doch sicherlich nicht das, was du willst, oder?«

»Nein.«, seufzte Sören leise.

»Das ist der Punkt.«, fuhr Axel leise fort. »Noch habt ihr mich nicht umgebracht. Noch besteht die Möglichkeit, die Situation zu retten. Wenn ihr mich erst getötet habt, landen du und dein Bruder wegen Beihilfe zum Mord im Gefängnis. Früher oder später. Dass sie euch nicht finden, ist relativ unwahrscheinlich. Wenn du jetzt…«

»Sei ruhig!«, befahl Sören plötzlich laut und in scharfem, schneidendem Ton.

Axel verstummte sofort und zog reflexartig seinen Kopf zusammen, in der Befürchtung, wieder geschlagen zu werden.

»Du willst mir auch nur sagen, was ich zu tun habe!«, erklärte Sören böse. »Ich lasse mich nicht benutzen! Du versuchst nur, dein Leben zu retten, weil du Angst hast. Halt mich nicht für dämlich! Ich weiß genau, was du vorhast!«

Leise flüsterte Axel: »Ändert das etwas an deiner Situation?«

Sören ballte die Faust und hielt sie Axel unter die Nase, worauf er vollends verstummte.

Einige Zeit verstrich. Axel kam es vor, als wären es Stunden, doch das konnte auch an seinen Kopfschmerzen liegen. Er ließ den Kopf hängen und schloss die Augen, in der Hoffnung, die Schmerzen würden ein wenig nachlassen. Irgendwann hörte er Schritte von draußen, und die Tür ging auf. Axel machte sich nicht die Mühe aufzublicken und tat so, als wäre er bewusstlos. Dann vernahm er

Hamids Stimme: »Es läuft nur halb so gut, wie geplant. Scheiße, was hast du denn mit ihm angestellt?«

Axel spürte kurz Sörens Blick auf sich ruhen und vermutete, dass er daraufhin Hamid ansah: »Er wollte einfach nicht die Schnauze halten, also hab ich ihm ein paar auf die Schnauze gegeben.«

Hamid lachte: »Der sieht ja übel aus. Na, egal.«

»Wie sieht es aus?«, fragte Sören.

»Das Bargeld haben wir. Die Überweisung kriegen wir nicht richtig hin. Ich kenne mich damit einfach zu wenig aus und deine Schwester und dein Bruder sind keine Hilfe. Ich befürchte einfach, dass man eine Überweisung zurückverfolgen kann. Dann haben wir nichts davon. Außerdem dauert so etwas einige Zeit und wir brauchen es ja sofort. Deshalb habe ich gesagt, sie sollen es durch Western Union überweisen, aber dafür müssen sie in eine Filiale, und es ist schon zu spät dafür. Das geht nicht vor Montag früh. Ich fürchte, den zweiten Teil des Geldes müssen wir abhaken.«, erklärte Hamid.

»Was?«, fragte Sören entsetzt. »Vergiss es! Ich will das Geld haben!«

»Das geht nicht!«, meinte Hamid. »Wir können nicht bis Montag warten!«

»Wieso nicht?«

»Deine Schwester hat verraten, wo wir sind.«

»Was? Wem?«, fragte Sören geschockt.

»Deinem Bruder.«, antwortete Hamid gelassen, aber mit bösem Unterton.

»Steffen? Der ist doch sowieso hier!«, sagte Sören.

»Nein, deinem anderen Bruder.«, erwiderte Hamid.

»Ruben? Wie kommt denn das? Wieso ruft der sie überhaupt an? Was hat Annika gesagt?«

»Er wollte wohl dich oder Steffen sprechen.«, erklärte Hamid. »Sie hat wohl gesagt, dass wir in Scharsch sind. Jetzt wird es knapp für uns.«

»Na und?«, meinte Sören verblüfft. »Scharsch ist groß, und Ruben ahnt bestimmt nichts. Selbst wenn, würde er uns nicht verraten!«

»Das Risiko gehe ich auf keinen Fall ein.«, sagte Hamid kurz angebunden.

»Aber ich!«, Sören stand auf. »Dieses ganze Märtyrer-Getue ist dein Ding! Ich will hierbei Kohle abgreifen und nicht draufgehen! Ich mache bei deinem Plan mit, weil es mir egal ist, wenn wir ihn umbringen. Ich glaube ja, dass es eine gute Sache ist, aber was habe ich davon, wenn ich nichts dafür kriege?«

Für einen Moment war es ruhig. Dann sagte Hamid sehr leise: »Wir waren uns einig. Du wusstest nicht einmal etwas davon, dass Axel so viel Geld hat, als wir ihn entführt haben. Jetzt wirst du auf einmal gierig? So läuft das nicht! Es geht hier nicht darum, dass wir reich werden und entkommen! Das wusstest du von Anfang an, und du warst trotzdem bereit mitzumachen!«

»Schön, aber der Plan hat sich geändert!«, meinte Sören. »Was hilft es mir, wenn ich unter Umständen wegen Mordes gesucht werde und ich lebe immer noch von Hartz IV? Das verbessert mein Leben nicht!«

»Es wird besser werden!«, zischte Hamid wütend. »Wir sind das hundert Mal durchgegangen. Wir tun so, als würde der IS einen Anschlag in Deutschland durchführen, die Deutschen radikalisieren sich und werfen die Muslime aus dem Land! Wenn du jetzt von diesem Plan ablässt, lässt du mir keine Wahl!«

Axel hörte, wie ruckartig die Pistole vom Tisch gezogen wurde und krampfte sein gesamtes Gesicht zusammen.

»Keine andere Wahl, als was?«, höhnte Sören. »Was willst du tun?«

Axel vernahm das laute Durchladen der Pistole. Dann sprach Hamid wieder: »Willst du mich jetzt erschießen? Ich habe das hier organisiert! Ohne mich bist du nichts!«

»Ich will dich nicht erschießen!«, erwiderte Sören. »Ich sage bloß, dass wir noch warten!«

Dann ging die Tür auf, und Axel hörte Schritte, die sich entfernten. Einige Momente später stieß Hamid Axel leicht mit den Fingern gegen den Kopf. Axel stöhnte etwas übertrieben auf, hob seinen Kopf etwas, sah Hamid an und zuckte zusammen. Das brachte Hamid dazu, ein höhnisches Lachen auszustoßen.

»Ganz ruhig bleiben! Ich wollte nur sehen, ob du wach bist.«, meinte er.

Axel stöhnte nur kurz, hielt Hamids Blick aber stand.

»Könnte ich vielleicht etwas Wasser bekommen oder eine Kopfschmerztablette?«, fragte Axel.

Hamid grinste breit: »Du wirst sowieso bald abkratzen. Warum sollte ich mir die Mühe geben?«

Axel nickte kaum merklich und ließ den Kopf wieder sinken. Auch wenn seine gesamte Reaktion nur geschauspielert war, hatte er den Verdacht, dass Hamid glauben würde, Sören hätte ihn schlimmer behandelt als Hamid selbst. Er hoffte, dass Hamid wirklich glaubte, dass Axel von dem gesamten Gespräch nichts mitbekommen hatte. In Wirklichkeit schossen Axel die Gedanken nur so durch den Kopf. Was hatten sie vorhin miteinander besprochen? Ruben hatte angerufen? Er war in Scharsch? Sören? Steffen? Annika? Abgesehen von Hamid schien es sich um Claras Verwandtschaft zu handeln. Außerdem hatte Sören ihm gerade weitere Zeit verschafft. War Ruben auf seiner Seite oder machte er mit den anderen gemeinsame Sache? Nein, das konnte nicht sein, sonst hätte

Hamid nicht gesagt, dass die Zeit drängte. Axel schöpfte auf einmal wieder eine tiefe Hoffnung, doch noch gefunden zu werden und hier herauszukommen.

»Ich weiß, was du denkst.«, sagte Hamid lächelnd. »Du solltest dir keine allzu großen Hoffnungen machen! Es gibt für dich kein Entkommen!«

Axel reagierte nicht.

»Ich habe vielleicht einen kleinen Rückschlag erlitten, und du glaubst deswegen, du hättest dir Zeit erkauft, aber ich bin immer noch hier und ich habe mein Messer in der Tasche. Ich kann dich sofort umbringen, wenn ich das will. Ich brauche dafür keine Pistole. Ich brauche dafür keine Gefolgschaft, die kurzzeitig mal nicht das tut, was ich sage. Mag schon sein, dass sie ein anderes Ziel verfolgen als ich, aber das nutzt dir nichts. Gib dich da keinen Illusionen hin! Ich will deinen Tod zwar auf Kamera aufnehmen, aber ich werde es auch so tun, wenn es nicht anders gehen sollte. Solange ich noch einen Herzschlag von mir gebe, solltest du vor Angst zittern!«, sprach Hamid.

Axel blieb mit dem Kopf nach unten gesenkt sitzen und zeigte keine Reaktion. Ein paar Minuten verstrichen, und aufgrund Axels Reaktionslosigkeit schien es Hamid langweilig zu werden, ihm zu drohen, und er stand auf. Axel hörte, dass er sich auf die Tür zu bewegte. Da schoss ihm der Gedanke durch den Kopf, dass Sören eventuell seinem Bruder das erzählen könnte, was er ihm gerade alles erzählt hatte. Das Bild von Hamid mit Sabine. Dass Hamid Jude war. All die Möglichkeiten, die sich ergaben, seine Entführer gegeneinander aufzubringen. Daher blickte Axel wieder auf und stöhnte: »Was meinst du damit, ich hätte mir Zeit erkauft?«

Hamid drehte sich wieder um: »Tu nicht so, als hättest du uns nicht zugehört!«

Axel zog ein schmerzverzerrtes Gesicht. »Dein Freund hat mir so gegen mein rechtes Ohr geschlagen, dass ich einen Tinnitus habe. Ich höre nur noch schwer.«, log er.

Hamid grinste, und Axel sah, dass er ihm zwar nicht glaubte, aber es dennoch hinnahm: »Dein Geld kommt nicht, und die anderen wollen darauf warten.«

»Aha.«, machte Axel mit schwerer Miene. »Und wie viel Zeit habe ich dadurch gewonnen?«

»Schwer zu sagen.«, sagte Hamid. »Das Ganze kann im Grunde sowieso nicht funktionieren. Das hier ist schließlich nicht einfach bloß eine Entführung. Sonst würden deine Freunde ja erwarten, dass ich dich freilasse.«

»Tun sie das etwa nicht?«, fragte Axel überrascht.

»Unsere Kommunikation läuft einseitig.«, erklärte Hamid. »Ich gebe Anweisungen, und sie führen sie aus. Wenn sie antworten würden, würden sie versuchen zu verhandeln, und ich lasse nicht mit mir verhandeln.«

Axel schnaubte: »Wissen das deine Komplizen? Mit dieser Taktik wird es bestimmt schwierig, sie zufriedenzustellen, sodass du an dein Ziel kommst.«

Hamid sah Axel an, und seine Augen verengten sich. Er schien es zu hassen, wenn Axel Recht hatte, und sein Gesichtsausdruck sah aus, als ob er angestrengt nachgrübelte. Axel wollte weiterreden, aber ihm fiel nichts Sinnvolles ein, und Hamid zu provozieren, würde ihm vermutlich nur Schläge ins Gesicht bescheren, deshalb blieb er stumm.

Hamid sprang nach einigen Momenten auf, rannte zur Tür hinaus, und Axel war wieder alleine. Er hörte bloß noch, wie die Tür im Schloss klickte.

XXIV. Mit vereinten Kräften

Die Überprüfung der einzelnen Häuser von Scharsch von Yussufs Freunden und Familienmitgliedern war nicht von allzu langer Dauer. Das hatte mitunter damit zu tun, dass der Plan nicht besonders durchdacht war. Manche Leute nahmen die Überprüfung sehr genau, baten darum, sich im Keller umsehen zu dürfen, weil angeblich ein Wasserschaden in der Umgebung festgestellt wurde und wurden tatsächlich eingelassen, brauchten für die Untersuchung dann allerdings viel zu lange. Andere wiederum klingelten an Haustüren und niemand öffnete. Dann kamen sie zurück und berichteten, dass niemand zu Hause wäre und das Haus deshalb verdächtig wäre, worauf Clara nur den Kopf schüttelte.

»Dass jemand an einem Samstagabend nicht zu Hause ist, ist keine ungewöhnliche Sache.« meinte sie. »Das reicht nicht als Verdacht, in das Haus einzubrechen, um zu gucken, ob sich dort Terroristen oder Entführer verstecken, die jemanden im Keller festhalten. Wenn wir das bei jedem Haus machen würden, würden wir ewig brauchen, und uns läuft die Zeit davon.«

Clara schätzte das Engagement der Anwesenden, aber mit fortschreitender Zeit, geriet sie wieder in Verzweiflung. Nach etwa einer Viertelstunde trafen Dirk, Marc und Selena ein. Clara, Mashid, Stone, Nora und Ruben standen immer noch vor Mashids Haustür, während mehrere Freunde von Yussuf und Mehmet die Straße hoch und runter liefen. Yussuf selbst war damit beschäftigt, Frau Hübner wieder nach Hause zu begleiten. Marc war Selenas Auto gefahren und parkte etwas quer vor einem Baum und verdeckte die halbe Straße.

»Ist das nicht gefährlich?«, fragte Mashid, doch Clara meinte nur: »Wir stehen schon die ganze Zeit hier. Wenn die Entführer sich wirklich im direkten Umkreis befinden und aus dem Fenster gucken, dann haben sie uns längst gesehen.«

Selena, Marc und Dirk stiegen aus und rannten die paar Meter auf Clara zu.

»Oh mein Gott, was ist mit dir passiert?«, fragte Clara Selena, die eine riesige Beule auf der rechten Seite ihres Gesichts hatte.

»Schon in Ordnung.«, winkte diese ab.

»Die Polizei ist unterwegs hierher!«, erklärte Marc.

»Gut!«, sagten Stone und Nora im Chor, doch Clara wirkte geschockt: »Die Polizei kommt her?«

»Ja, natürlich!«, nickte Dirk fassungslos. »Glaubst du vielleicht, du kannst die Entführer alleine stoppen? Du bist doch kein Geheimagent!«

»Dirk!«, rief Clara verzweifelt. »Hamid ist ein Fundamentalist! Der ist bereit für seine Sache zu sterben! Der sprengt sich in die Luft, wenn es sein muss! Bei meinen Cousins bin ich mir da nicht so sicher, aber Hamid sicherlich. Was soll die Polizei da machen? Mit allen Waffen können die nicht dagegen ankommen, ohne dass Axel dabei auch draufgeht!«

»Clara, du musst das den Profis überlassen!«, bestätigte Nora Dirk. »Wir können das nicht alleine machen!«

Clara begann zu weinen, und ihr Kopf lief rot an. Selena nahm sie in den Arm und meinte: »Komm schon! Wir stehen das zusammen durch.«

Etwa eine halbe Minute ließ Clara das mit sich machen, dann stieß sie Selena weg.

»Nein!«, rief sie. »Das bringt alles nichts! Die Polizei kann höchstens verhindern, dass Hamid entkommt, aber ich glaube nicht, dass er das will. Meine Cousins und Cousinen werden sie mit Sicherheit verhaften, aber Hamid wird auf diese Weise mit Axel zusammen sterben.

Wofür sollen wir die Polizei brauchen? Wir versperren alleine schon den Ausgang nach Scharsch!«

»Naja, nicht ganz!«, sagte Selena.

Clara sah sie überrascht an: »Wie meinst du das?«

»Es gibt ja noch eine Zufahrt von Osten aus. Aber keine Sorge! Auf dem Weg haben wir Dennis hierher geschickt.«, beruhigte sie Selena. »Wir haben zuerst deine Cousine verfolgt, zu der Zeit hat Dennis noch im Einkaufszentrum auf Sven gewartet. Der ist aber unterwegs und dürfte gleich da sein.«

Stone sah Clara an und meinte: »Ich dachte, du wüsstest das. Ich bin über den östlichen Weg gekommen. Das ist der kürzeste Weg. Jedenfalls von mir aus. Die Leute, die aus Waweln kommen, fahren allerdings vermutlich eher die Schnellstraße, weil man dort schneller vorwärts kommt.«

Clara sah sich um. Mashids Wohnung lag, wenn man nach Norden sah, auf der linken Straßenseite. Sie standen kurz vor einer T-Kreuzung, westlich war eine Sackgasse, in der nur wenige Häuser lagen, und dort hatten die meisten von ihnen geparkt. Die Häuser hatten Yussufs Freunde allesamt überprüft. Nördlich lag Frau Hübners Haus, und in diese Richtung waren die meisten gerade unterwegs. Ebenfalls nördlich, aber auf der anderen Straßenseite lag das Haus von Tante Maria, wo sie bereits mit Stone gewesen war. Östlich ging die Straße weiter, wobei sie nur ein Stück weit östlich aus südlicher Richtung gekommen waren. Laut Ortsplan konnte man sehen, dass Scharsch aus einem Ring bestand.

Mehmet kam mit einem Freund aus nördlicher Richtung Clara entgegengelaufen. Er sah, dass noch mehr Leute gekommen waren, hielt sich aber nicht mit langen Begrüßungen auf: »Clara, ich glaube, auf diese Weise wird das nichts. Die Straße ist noch lang, und wir sind nicht genügend Leute!«

Clara nickte: »Mehmet, ich brauche dich hier! Kannst du den Ortseingang überwachen? Ich will mit den Leuten hier zum östlichen Ortseingang, damit wir den erst einmal blockieren. Die Polizei wird bald eintreffen und dann haben wir möglicherweise noch ganz andere Probleme!«

»Die Polizei?«, fragte Mehmets Freund leicht skeptisch.

Ruben verzog das Gesicht: »Wir haben wichtigere Probleme, als dass du die Polizei nicht magst. Ich bin auch kein Fan von ihr, aber bei einer Entführung interessieren sie sich sicherlich nicht für deine Vorstrafen!«

Mehmets Freund wollte gerade aufbrausen, doch Mehmet pfiff ihn zurück wie einen Hund: »Wag es ja nicht, jetzt einen Aufstand wegen falschem Stolz zu schieben! Wir müssen jetzt alle an einem Strang ziehen, ist das klar?«

Daraufhin war er ruhig, und Mehmet bestätigte Clara sofort: »Mach dir keine Sorgen! Wir blockieren den Ortseingang, ich hole eventuell noch zwei oder drei Leute dazu! Wenn die Polizei kommt, sag ich ihr, du bist auf der östlichen Seite! Los, los, los!«

Clara nickte, und sie setzte sich mit Marc, Ruben, Dirk, Selena, Stone und Nora in Bewegung. Scharsch hatte zwar viele Häuser, aber besonders lang waren die Straßen nicht, und so kamen sie schon nach knappen fünf Minuten am östlichen Ortseingang an. Sie waren gerade am Ortseingangsschild angekommen, da hörten sie ein gemäßigtes Rufen hinter einem Baum. Sie drehten sich um. Direkt hinter dem östlichen Ortseingang war ein schmaler Weg, der sich sehr bald von einem Asphaltweg in einen Kiesweg verwandelte, und dann begannen die ersten

Bäume. Offensichtlich war es jedoch möglich, noch dahinter zu parken, und das hatten Dennis und Sven getan. Wenn sie nicht gerufen hätten, hätte die Gruppe um Clara sie niemals bemerkt, doch nun liefen Dennis und Sven auf die Gruppe zu.

»Wie sieht es aus?«, fragte Dennis gespannt, aber doch beunruhigt.

»Die Gruppe um Yussuf überprüft gerade den kompletten westlichen Teil. Wir müssen vielleicht diesen Teil hier übernehmen.«, erklärte Clara. »Die Polizei wird bald eintreffen, und sollte die mit Blaulicht und Sirene kommen, wissen unsere Entführer, dass sie in der Falle sitzen. Dann dreht Hamid durch und Axel ist tot!«

»Kennt sich denn hier in Scharsch überhaupt jemand aus? Ich war hier noch nie!«, meinte Marc.

Stone sah Mashid an und schubste ihn leicht an: »Du wohnst doch hier!?«

»Ja, ich wohne hier, aber ich nur zu Hause!«, stotterte Mashid. »Ich weiß nicht. Was soll ich wissen?«

Überraschenderweise nahm Nora das Ruder plötzlich in die Hand. »Markus, gib mir mal den Ortsplan!«, forderte sie.

Clara sah sie an, und als Stone ihr den Plan, bei dem haufenweise Häuser durchgestrichen, umkreist oder mit Fragezeichen versehen waren, ausbreitete und außer Clara, Stone, Nora und Mashid alle fragende Gesichter machten, zeigte Nora auf die Straße. »Nehmen wir an, die Straße geht etwa einhundertfünfzig Meter. Das sind, lass mich kurz zählen, sechsundzwanzig Häuser auf der rechten Seite und ein paar weniger auf der linken. Ich gehe jetzt in zügigem Tempo die linke Straßenseite entlang, bis zum Ende, dann kehre ich um und komme wieder zurück. Einer von euch, am besten jemand, den keiner der Entführer kennt, geht ein paar Minuten später auf der rechten Seite, die Straße entlang und macht genau dasselbe. Wir schauen uns die Häuser dort ganz genau an, aber wir dürfen keinerlei Verdacht erwecken. Wir achten besonders auf die Häuser, die auf dem Ortsplan umkreist oder mit einem Fragezeichen versehen sind. Sind in diesen Häusern die Rollläden heruntergezogen, ist dort Licht an, kann man etwas hören oder sonst etwas? Das sind mögliche Warnzeichen, verstanden?«

Alle nickten nacheinander und meinten »Gut!« und »Alles klar!« und unmittelbar darauf sprang Nora auch schon auf und ging los.

Der Rest beratschlagte, wer als nächstes loslaufen sollte. Clara und Ruben konnten es auf keinen Fall tun, das war sofort klar. Auch Mashid fiel aus, weil Hamid sein Gesicht möglicherweise erkennen würde. Obwohl er möglicherweise nicht den größten Verdacht erregte, weil er in Scharsch wohnte, entschieden sich die Anwesenden sehr schnell gegen ihn, was ihm selbst sehr recht war. Selena und Sven meldeten sich sofort freiwillig, doch Marc überstimmte beide.

»Ich übernehme das!«, erklärte er. »Ich wohne nicht einmal in dieser Stadt! Mich kennt hier absolut niemand! Weder dieser Hamid, noch irgendwer von Claras Verwandtschaft!«

Die anderen mussten sich eingestehen, dass das ein gutes Argument war, und somit war der Vorschlag angenommen.

»Was ist mit der Außenseite?«, fragte Dennis.

Die anderen sahen ihn verwirrt an.

»Ich kenne mich hier zwar auch nicht aus, aber ihr seht den kleinen Waldweg, in den ich eingebogen bin. Ich wette, wir können den Weg nutzen, um durch den Wald zu gehen und sehen dabei die Gärten, die bei den Häusern auf der rechten Seite verlaufen.«, erklärte Dennis.

»Saubere Idee!«, rieb sich Dirk die Hände. »Ich mache das!«

»Bist du betrunken?«, fragte Clara energisch. Eigentlich hatte sie mit der Frage gemeint, ob Dirk wahnsinnig sei, weil er doch kaputte Knie hatte und nicht so schnell laufen konnte, wie der Rest, doch in ihrem Eifer gebrauchte sie die falsche Wortwahl.

»Clara! Spaß ist Spaß und Ernst ist Ernst!«, meinte Dirk wütend, aber dennoch leise. »Du glaubst nicht ernsthaft, dass ich einen meiner besten Freunde in Gefahr bringen will?! Ich bin stocknüchtern, und ich gehe durch den Wald, weil ich zufällig eine grüne Jacke anhabe und weiß wie man sich leise bewegt. Vertrau mir! Ich mache das!«

Gesagt, getan. Dirk lief vom Ortseingangsschild den kleinen Waldweg entlang und war schon bald hinter den Bäumen verschwunden.

»Die Polizei kommt!«, sagte Stone laut, der als einziger in Richtung Ortsausgang geguckt hatte.

Da Scharsch ein gutes Stück erhöht lag, in etwa auf der gleichen Höhenlage wie die Universität, konnte man glücklicherweise bereits in weiter Ferne die Autos kommen sehen. Noch bevor das Polizeiauto ankam, trafen aus westlicher Richtung Yussuf und sechs seiner Freunde ein. Kurz davor, machte sich Marc auf den Weg. Hechelnd sprach Yussuf Clara an: »Wir haben inzwischen die komplette Straße abgeklappert. Vier sind noch unterwegs, um das kleine Stück, die Sackgasse, ganz im Norden zu überprüfen. Der Rest steht mit Mehmet vor dem Ortseingang. Er hat mir gesagt, ihr seid hier, und ich sollte mich eventuell erst mit dir absprechen, bevor wir den zweiten Teil übernehmen.«

»Danke, Yussuf!«, meinte Clara ernst. »Wir sind bereits dran. Die Polizei kommt gerade. Du kennst Hamid.

Du hast das Entführungsvideo gesehen. Der fackelt nicht lange. Egal, was die Polizei vor hat, ich glaube nicht, dass sie Axel da lebendig rausholen kann. Ich bin lieber selbst für Axels Tod verantwortlich, als dass ich das einem Polizisten überlasse. Selbst, wenn es das SEK ist.«

Stone, Dennis, Sven und Selena sahen sich mit schwerwiegenden Blicken an, beschlossen aber zu schweigen. Yussuf und seine Freunde standen etwas ratlos um Clara herum.

»Also schön, was hast du vor?«, fragte Yussuf.

»Wir brauchen Zeit.«, meinte Ruben.

Yussuf sah ihn an und nickte. Dann sah er seine Freunde an und verzog seinen rechten Mundwinkel zu einem zynischen Lächeln: »Das klingt, als müssten wir die Polizei aufhalten?!«

»Aber nicht mit Gewalt!«, sagte Dennis eindringlich. »Das sind keine Streifenpolizisten mehr, die rumdiskutieren. Die suchen einen Entführer, der zum Mord bereit ist!«

»Klar!«, nickte Yussuf. »Lasst sie uns am Ortseingang abfangen und erklären, dass sie mit einem Einmarsch in Scharsch nicht erfolgreich sein werden. Vielleicht können wir sie eine Zeit lang ablenken, indem wir ihnen falsche Informationen geben. Lange wird das aber nicht reichen, ihr müsst euch also beeilen!«

Die anderen nickten, und Yussuf machte sich mit seinen sechs Freunden auf, den Ortseingang so gut es ging zu blockieren.

»Clara, sie werden nach dir fragen!«, meinte Mashid. »Du hast mit dem Polizisten bereits telefoniert!«

Stone stimmte ihm zu, und so verzogen sich Clara, Mashid, Stone, Dennis, Ruben, Sven. und Selena an den Rand des Waldweges zu Dennis Auto, wo sie vor fremden Blicken geschützt waren. Stone schrieb Nora eine

SMS und hoffte dabei inständig, dass sie ihr Handy lautlos gestellt hatte: *»Wir sind bei Dennis Auto. Komm dahin, wenn du fertig bist!«*

Sie hatten, bevor sie sich zurückgezogen hatten, noch aus der Entfernung sehen können, dass sich Nora bereits zügig wieder auf dem Rückweg befand. Während die anderen dahinter kauerten, setzte Dennis sich in seinem Auto auf den Fahrersitz. So konnte er gleichzeitig sehen, wenn Nora zurückkommen würde und beobachtete, wie Yussuf und die anderen wild gestikulierend mit der Polizei sprachen. Nora tauchte zwei Minuten später auf und teilte ihre Entdeckungen mit: »Ich war hauptsächlich auf der linken Straßenseite und habe nur ab und zu ein paar Blicke nach rechts geworfen. Ich konnte links leider nichts sonderlich Verdächtiges entdecken. Aber auf der rechten Seite, die Marc gerade entlang geht, war ein Haus, in dem alle Rollläden heruntergezogen waren. Das ist die Hausnummer 37. Marc wird das wohl gleich ebenfalls bemerken. Vielleicht irre ich mich, aber das ist bis jetzt der am nächsten liegende Verdacht, den wir haben.«

Weil das bisher ihr stärkstes Indiz war, schrieb Clara Marc eine schnelle SMS: *»Achte genau auf Hausnummer 37.«*

Bevor Marc jedoch zurückkam, kam Dirk von hinten auf sie zu, und seine Entdeckung war deutlich spektakulärer.

XXV. Versuch der Befreiung

Axel war sich sicher, dass er einen weiteren Besuch von Hamid in seinem Kellerraum nicht überleben würde. Das Licht war immer noch an, und so blickte er sich fieberhaft um, in der Hoffnung, irgendetwas im Raum könnte ihm helfen, doch Sören oder Steffen hatte den Raum tatsächlich akribisch gesäubert. Außer dem Filzstift und den paar Cent-Münzen in der Schublade, befand sich nichts mehr auf dem Tisch oder dem Regal zu seiner rechten. Mit Tiefkühlgemüse konnte er nicht viel anfangen, und die IS-Leinwand, die das Regal hinter ihm verdeckte, bekam er nicht abgezogen, als er versuchte, mit dem Stuhl dorthin zu hopsen und mit den Zähnen so kräftig daran zu ziehen wie er konnte. So gab er auf, bevor das Regal noch nachgab und ihn unter sich begraben würde. Er hüpfte mit dem Stuhl in Richtung Tür und lehnte ein Ohr dagegen. Er hörte keinen Mucks. Einmal war er den Weg vor der Tür entlang gegangen, und obwohl er dabei blind gewesen war, erinnerte er sich genau. Zur Tür hinaus, links, dann rechts, eine Wendeltreppe nach oben und dann wieder rechts. Naja, dort befand sich eine Toilette oder ein Badezimmer, aber vermutlich befand sich irgendwo am Ende der Wendeltreppe das Wohnzimmer oder sonst ein Raum, in dem seine Entführer sich aufhielten. Axel überlegte fieberhaft, ob Sören möglicherweise tatsächlich seine Einstellung zur Entführung geändert haben könnte und ihn befreien würde, aber selbst wenn es so wäre: Sein Bruder wäre immer noch da, und auch wenn sie Zwillinge waren und sich untereinander vermutlich mehr vertrauten, als Hamid, müsste er ihn erst einmal überzeugen, und das würde ihm mit Sicherheit kaum in der Gegenwart von Hamid gelingen.

Axel sah sich das Schloss der Tür an. Es war eine alte, klapprige Holztür, die vor möglicherweise einem halben bis einem Jahrhundert dort eingebaut worden war. Der Spalt unter der Tür war breit, und er konnte einen Luftzug dadurch spüren. Die Klinke war alt, bestand aus nicht viel mehr als einem einzigen Stück Metall, ohne jegliche Verzierungen, und selbst der Lack blätterte von ihr ab. Axel drückte mit seinem Kinn ohne jegliche Hoffnung die Klinke nach unten und zog an ihr. Er war völlig überrascht, als sie nachgab und er die Tür ein Stück weit zu sich ziehen konnte. Hamid hatte wohl vergessen richtig abzuschließen.

›Jetzt heißt es alles oder nichts, Axel! Diese Chance bekommst du kein zweites Mal!‹, dachte er sich. Unglücklicherweise war er immer noch an den Stuhl gefesselt, was seine Bewegungsfreiheit doch massiv einschränkte. Er hüpfte ein Stück zurück, sodass die Tür freie Bahn hatte, gab ihr einen leichten Tritt mit dem Fuß und sie schwang auf. Axel stellte sich auf die Füße und bemühte sich, einen Schritt vor den anderen zu setzen, doch seine Füße waren so eng an den Stuhl gefesselt, dass er nicht damit laufen konnte. Trotzdem musste er es versuchen, denn wenn er mit dem Stuhl über den Boden schrappte, würde er Geräusche verursachen, die seine Entführer womöglich hören konnten. Er machte langsame, aber dafür leise Hüpfer mit seinem Stuhl aus dem Kellerraum, und nun, da die Tür geöffnet war, vernahm er leise Stimmen von oben. Um es genau zu nehmen, waren die Stimmen wohl relativ laut, denn Hamid und die anderen schienen sich anzuschreien, aber Axel konnte es nur sehr dumpf hören. Im Rest des Kellers war es dunkel und Axel konnte nur mit Mühe zu seiner linken die Umrisse der Wendeltreppe sehen. Er sah sich um. Rechts befand sich eine weitere Tür, links ein Gang von ein paar Metern, mit einer Tür zur linken, einer geradeaus und ein wenig freiem Platz hinter und unter der Wendeltreppe. Ohne auf die Stimmen von oben zu hören, beschloss Axel, es erst mit der Tür zu seiner rechten zu versuchten. Es dauerte eine gefühlte Ewigkeit, bis er mit seinen langsamen Hüpfbewegungen die knappen zwei Meter zurückgelegt hatte. Umso enttäuschter war er, als er wieder mit dem Kinn die Tür öffnete und sich dahinter ein Besenschrank befand, der viel zu klein war, als dass er sich dort hätte verstecken können. Auch konnte er auf Anhieb nichts erkennen, was er hätte nutzen können, um seine Fesseln loszumachen. Er versuchte die Tür wieder zu schließen, was ihm erst mit Mühe und beim dritten Versuch gelang. Also drehte er sich wieder um und begann den Gang entlang zur nächsten Tür zu hüpfen. Es dauerte noch wesentlich länger, als der Weg von seinem Raum aus nach rechts, doch diesmal konnte er die Stimmen von oben besser verstehen.

»Ich glaube Daniel!«, hörte er eine Frauenstimme rufen. »Was ist schon dabei, wenn er auf einem Facebook-Bild mit einer Frau als Jude verkleidet ist? Er hat doch gesagt, das ist seine Ex-Freundin. Er muss sich tarnen! Das ist einfach bloß schlau von ihm gewesen! So fällt man nicht auf! Es ist doch wesentlich intelligenter, wenn man nicht mit einem Hakenkreuz auf der Brust herumläuft! So kann gleich jeder deine wahre Gesinnung erkennen! Er ist schlau! Er versteckt sich! Es wäre viel schlauer, wenn du das mal gemacht hättest, aber du bist ja immer rumgelaufen und hast Parolen gegrölt! Kein Wunder, dass du schon zig Anzeigen hast! Daniel hat keine einzige, weil er nie aufgefallen ist!«

Eine Stimme, die Axel Sören zuordnete, antwortete ein wenig ruhiger: »Und wenn schon! Ich weiß wenigstens, wo ich herkomme! Ich brauche mich nicht zu verstecken!

Ich weiß, wer meine Leute sind und sie wissen, wer ich bin! Ganz Wehrfang weiß das, und meine Feinde in Waweln wissen das auch! Ich bekenne mich zu dem, was ich bin. Daniel hat immer versteckt gelebt. Das ist doch kein Leben! Woher soll ich denn wissen, wer er wirklich ist? So lange kennen wir uns noch nicht, und genau das ist eben mein Problem.«

»Ach, aber mit mir den Plan durchzuziehen, jemanden zu entführen, scheint dich nicht zu stören?«, schrie Hamid. »Als wir vor dem Asylantenheim demonstriert haben, warst du noch ganz wild darauf Steine zu werfen, aber als die Polizei kam, hast du ja doch den Schwanz eingezogen, wie ein feiger Hund! Wer hat denn das Zimmer in Brand gesteckt? Das war ich!«

»Damit kommst du jedes Mal!«, brüllte Sören zurück. »Ich habe nicht gesehen, dass du ein Molly durchs Fenster geworfen hast und sonst übrigens auch keiner!«

»Du musst es nicht glauben, der Punkt ist, dass du davon beeindruckt warst und daraufhin immer meine Nähe gesucht hast.«, blaffte Hamid zurück. »Ich habe dir erklärt, wie wir es schaffen, die Flüchtlinge aus Marktstadt zu vertreiben! Ich habe dir gezeigt, dass es Mittel und Wege gibt, wie wir es anstellen, dass Marktstadt wieder deutsch wird! Wir sind immer noch auf dem besten Weg dahin, aber du willst ja lieber das Geld kassieren und dich zurück nach Wehrfang verziehen, du Feigling! Wir müssen bloß runter in den Keller zurück, das Video zu Ende drehen und uns verziehen, aber du bist ja so gierig!«

»Das stimmt!«, hörte Axel wieder die Frauenstimme. »Katrin hat die zehntausend Euro! Warum reicht dir das nicht?«

»Ich verstehe einfach nicht, warum wir nicht noch bis Montag warten können? Dann haben wir das Doppelte!«,

302

hörte Axel wieder Sören, obwohl es möglicherweise auch sein Zwillingsbruder war.

»Weil wir in Gefahr sind!«, schrie Hamid ungeduldig. »Annika war so blöd mit eurem Bruder zu telefonieren und hat ihm gesagt, wo wir sind! Jetzt wird es eng! Wir sollten schleunigst machen, dass wir wegkommen!«

»Ich glaube einfach nicht, dass Ruben uns verrät!«, rief Sören. »Du hast es selbst gesagt, Annika! Er hat bloß nach mir und Steffen gefragt und dann gefragt, wo du bist. Das könnte völlig beiläufig passiert sein. Seine CD-Sammlung liegt immer noch bei mir zu Hause. Vielleicht wollte er sich bloß eine ausleihen.«

»Ich fass es nicht, dass du so naiv sein kannst!«, unterbrach Hamid ihn.

»Was soll schon dabei sein?«, blaffte Sören wieder Hamid an. »Ruben weiß überhaupt nichts! Annika ist zufällig rausgerutscht, dass wir gerade in Scharsch sind. Na und? Etwas Genaueres weiß er trotzdem nicht. Wieso sollte Ruben jetzt deshalb die Polizei rufen?«

»Weil er noch Kontakt mit eurer Cousine hat, mein Gott!«, Hamid verlor die Nerven.

»Das stimmt!«, sagte Annika. »Katrin hat ihn doch bei Mamas Geburtstag nach Claras Adresse gefragt, und er hat sie ihr später gegeben!«

»Ja, schon!«, meinte Sören oder Steffen. »Aber er ist daraufhin nicht mehr bei den beiden gewesen! Das hat sie selbst gesagt!«

›Oh mein Gott, die haben uns beobachtet. Das hier scheinen sie schon lange geplant zu haben.‹, dachte Axel. Er war fast an der Tür angekommen. Nach und nach schob er sich langsam und leise nach vorne.

»Du willst dieses Risiko wirklich eingehen? Bist du verrückt? Du scheißt dich doch sonst immer voll! Wieso willst du jetzt den Helden spielen?«, schrie Hamid wieder. »Vor allem, weil du mit dieser Meinung auch noch alleine bist. Annika ist auf meiner Seite und Steffen auch!«

»Ich glaube, ich muss erst darüber nachdenken!«, meinte Steffen.

»Was?«, brüllte Hamid. »Du auch?«

»Ich handle nicht einfach gegen meinen Bruder, nur weil du das sagst!«, schrie Steffen zurück. »Da kannst du dich auf den Kopf stellen! Ich geh erst mal eine rauchen! Annika, kommst du mit?«

»Ja, ich komme mit!«, sagte Annika.

»Du willst jetzt nach draußen gehen?«, Hamid schien am Rande des Wahnsinns. »Seid ihr völlig bescheuert? Die beobachten uns möglicherweise schon! Vielleicht hat die Polizei längst Scharfschützen auf uns gerichtet, und sie erschießen euch, wenn ihr raus in den Garten geht!«

»Geh mir nicht auf den Sack, mit deiner Paranoia!«, sagte Steffen laut, aber einigermaßen gelassen. »Es ist inzwischen fast dunkel! Ich mache bloß die Rollläden ein Stück nach oben und stelle mich hinter die Holzfassade. Da sieht mich keiner! Aber ich brauche jetzt eine Minute, um in Ruhe nachzudenken!«

»Als ob du beim Nachdenken jemals etwas zustande bringen würdest.«, höhnte Hamid.

»Ja, ja!«, machte Steffen verächtlich, und Axel hörte, wie die Rollläden aufgezogen wurden.

Er hatte sich inzwischen zur Tür vorgekämpft und legte sein Kinn wieder auf die Türklinke. Er drückte sie nach unten, und sie war glücklicherweise nicht abgeschlossen. Langsam und vorsichtig bewegte er sich mit dem Stuhl wieder ein Stück zurück, sodass er die Tür aufziehen konnte. Er erschrak furchtbar, als sie begann zu quietschen. Kurz darauf konnte er jedoch hören, wie Sören

304

und Hamid wieder begannen, sich zu streiten: »Ich sage es dir ganz ehrlich, Sören. Das ist deine letzte Chance mit allem davonzukommen. Ich werde nicht bis Montag warten. Ich wäre ohne dich längst weg und hätte das alles durchgezogen!«

»Ohne uns hättest du weder das Geld, noch die Pistole!«, höhnte Sören. »Also erzähl mir nichts! Du hast ja nicht einmal ein Auto! Und wie kamst du zu diesem Haus? Annika hat wochenlang auskundschaftet, wo ein Haus leer steht, sodass wir es für unsere Aktion benutzen können! Katrin hat das Geld abgeholt, das wir erpresst haben! Du hattest bloß einen Plan! Zugegeben: Der Plan war nicht schlecht, aber für die Umsetzung haben wir gesorgt!«

Unendlich langsam, aber mit Erfolg, schaffte Axel es, die Tür ohne laute Geräusche zu öffnen. Er schaute in den Raum und sah, dass sich dort all das Gerümpel befand, das sich vorher in seinem Raum befunden hatte. Selbst die Scherben des Tellers, den er zerbrochen hatte, lagen noch dort auf dem Boden. Sören oder Steffen hatte sie offensichtlich nur dorthin gefegt, ohne sie wegzuräumen. Axel drehte sich mit dem Stuhl langsam um und schob sich rückwärts in den Raum. Indem er leicht kippelte, schaffte er es, eine Tonscherbe aus dem Haufen in die Finger zu bekommen. Er schnitt sich dabei in die Hand, was ihn kurz zusammenzucken ließ, doch er ließ die Scherbe nicht los.

›Das ist gut, wenn ich mich so leicht daran schneide.‹, dachte Axel. ›Das bedeutet hoffentlich, dass ich meine Fesseln auch so leicht durchgeschnitten bekomme!‹

Er drehte die Scherbe mit den Fingern um und begann wieder an seiner Fessel zu schneiden. Diesmal war er wesentlich hektischer dabei, und er sägte und schnitt, so schnell er konnte. Nach einer knappen Minute hatte er es geschafft, ein Stück eines Knotens soweit durchzuschneiden, das der Knoten nachgab. Axel nahm die Scherbe in die Faust und zog so fest er konnte an der Fessel, doch sie gab noch nicht nach. Also drehte er die Scherbe wieder mit den Fingern herum und begann an einem anderen Ende zu schneiden. Er konnte leider nicht sehen, was er mit seinen Fingern tat, aber er fühlte einmal mit dem Finger über den Rand der Scherbe und bemerkte, dass sie sehr unförmig war und das untere Stück einen wesentlich raueren Rand hatte, als der obere Teil. Das nutze er, indem er diesen Teil ansetzte und es so kräftig wie er konnte über die Fessel riss. Nach einer knappen weiteren Minute hatte er es geschafft und er spürte, wie der Knoten nachgab. Er riss noch einmal an seiner Fessel, und sie lockerte sich deutlich. Nach ein paar weiteren Malen reißen, gab sie endlich nach, und Axel konnte seine rechte Hand befreien. Er schüttelte sie einmal kräftig und machte sich sofort daran, die Fessel seiner linken Hand zu lösen. Abgesehen vom Schleife-binden seiner Turnschuhe hatte er mit Knoten noch nie etwas zu tun gehabt, und so verzweifelte er beinahe, als er den fest sitzenden Knoten nicht mit den Fingern gelöst bekam und abermals mit der Scherbe nachhelfen musste. Da er hierfür aber nun eine komplett freie Hand hatte, klappte das wesentlich schneller. Er schnitt sich zwar ins Fleisch und begann zu bluten, aber das hätte ihm in diesem Moment nicht egaler sein können. Er schnitt und sägte und riss sich letztendlich los. Bei seinen Fußfesseln probierte er es gar nicht mehr mit den Fingern, sondern setzte gleich die Scherbe an, um die Fessel damit aufzuschneiden. Es vergingen noch einmal zwei Minuten, dann hatte er es geschafft und war frei. Er stand auf, und ihm wurde sogleich schwindelig. Er hatte schon einige Zeit nicht mehr gestanden, seine Beine waren wie gelähmt, und seine Kopfschmerzen dröhnten immer noch unvorstellbar.

›So schaffe ich es auf keinen Fall wegzulaufen, wenn es nötig sein sollte.‹, dachte Axel. Aber was war die Alternative? Im Keller bleiben wollte Axel selbstverständlich ebenso wenig. Er sah sich um und überlegte, ob er in diesem Kellerraum ein Versteck finden konnte, oder etwas als Waffe benutzen könnte, doch das sah ziemlich hoffnungslos aus. Der schwerste Gegenstand, den er finden konnte, war eine gusseiserne Bratpfanne, aber die Vorstellung, sich hinter der Tür zu verstecken, wenn seine Entführer zurückkämen und dem ersten die Pfanne über den Schädel zu ziehen, hielt er für viel zu riskant. Vor allem, wenn er bedachte, dass sie eine Pistole hatten und nicht alleine waren. So leise er konnte, nahm Axel den Stuhl und die zerschnittenen Fesseln, die teilweise noch am Stuhl hingen und stellte ihn in eine Ecke, damit er die Tür wieder schließen konnte. Dann schlich er zu der Tür, die sich, vom Gang aus gesehen, geradeaus befand und hoffte inständig, dass sich hinter ihr ein Ausgang befinden würde. Zu seinem Glück quietschte diese Tür wesentlich weniger, zu seinem Pech jedoch, befand sich dahinter lediglich eine kleine Speisekammer. Er konnte Hamid und Sören die ganze Zeit über miteinander streiten hören und war sich deshalb sicher, dass er noch etwas Zeit hatte, sich umzusehen. Unendlich langsam, um jegliches Quietschgeräusch zu vermeiden, schloss Axel die Tür zu dem Raum, in dem er sich befreit hatte und ging danach zur Treppe. Diese war mit einem dünnen Teppich belegt und ansonsten aus Metall, doch als Axel vorsichtig seinen rechten Fuß auf die erste Stufe setzte, hörte er, wie die Gewichtsverlagerung darauf ein deutliches Geräusch verursachte. Erschrocken sprang er zurück. Er spitzte die Ohren und stellte zu seinem Entsetzen fest, dass Hamid und Sören verstummt waren.

›Ihr habt nichts gehört! Bitte, lass sie nichts gehört haben!‹, betete Axel und lauschte.

»Hast du das gehört?«, rief Hamid laut, doch Sören antwortete genervt: »Du und deine Paranoia! Was soll ich jetzt schon wieder gehört haben?«

»Ja, schon gut!«, antwortete Hamid in ebenfalls genervtem Tonfall, was Axel kurz erleichtert aufatmen ließ. Dann sagte Hamid jedoch: »Gib mir die Knarre, ich geh selbst nachgucken!«

Axel biss sich in die Hand und sah sich verzweifelt um. Es vergingen bloß ein paar Sekunden, dann hörte Axel das unverwechselbare Knallen eines abgefeuerten Schusses. Wie betäubt stand er im Keller und horchte angespannt, was oben vor sich ging.

»Dämlicher, blöder Wichser!«, hörte er Hamid fluchen. »Ich mache euch alle fertig!«

Axel vernahm zwei weitere Schüsse, und Hamid schrie laut auf Arabisch, davon etliche Male »Allahu Akbar[3]!«. Dann wurde es richtig laut. Axel hörte, wie Fensterscheiben zersprangen, und er vernahm lautes Gepolter. Verschiedene Stimmen schrien durcheinander. Panisch sah er sich um. Der gesamte Keller bot ihm nicht das geringste Versteck. Er konnte sich sicher sein, dass Hamid als letzte Tat noch runter in den Keller kommen würde, um ihn umzubringen und dank der Wendeltreppe, die ihm die nötige Deckung bieten würde, die Zeit hätte, in jeden einzelnen Raum zu gucken.

---

[3] Gott ist groß!

XXVI. Es eskaliert

Clara und die anderen hatten Dirk kaum bemerkt, weil sie in die andere Richtung, zur Straße hin sahen, doch als er wild mit den Armen ruderte, schenkten sie ihm die volle Beachtung.

»Hast du was gefunden?«, fragte Dennis, der Dirk als Erster wahrnahm.

Knappe zehn Meter von ihnen entfernt, rief Dirk so leise wie er konnte: »Ich habe sie gesehen! Kommt mit!«

Clara, Stone, Nora, Dennis, Ruben, Sven, Mashid und Selena sprangen auf und folgten Dirk. Zusammen waren sie nicht annähernd so leise wie Dirk alleine und traten dabei andauernd auf kleinere Äste, die knacksende Geräusche von sich gaben, doch sie schenkten dem keine größere Beachtung mehr.

»Was hast du gesehen?«, fragte Clara Dirk im Flüsterton.

»Im Garten, in dem Haus da drüben, stehen zwei. Ein Mann, eine Frau. Die Rollläden sind nur zu zwei Dritteln aufgezogen, und ich habe ihr Gespräch belauschen können.«, erklärte Dirk, während sie sich auf dem Weg dorthin befanden.

»Was haben sie gesagt?«, fragte Selena.

»Der Kerl hat die Frau gefragt, ob sie ihm vertrauen würde. Er hat ›ihm‹ gesagt, also meinte er nicht sich selbst. Sie hat gesagt: ›Einhundertprozentig!‹. Dann haben sie angefangen zu flüstern, und ich konnte nichts mehr verstehen. Sie sind bloß eine Zigarette rauchen gegangen, und ich hoffe sie sind noch draußen. Ruben muss jetzt schauen, ob das seine Geschwister sind.«, meinte Dirk aufgeregt.

Sie waren an der Stelle angekommen, an der Dirk sich eben befunden hatte. Er zeigte durch den Garten auf eine

Terrassentür, bei der die Rollläden nur ein wenig heruntergezogen waren. Im Haus dahinter war das Licht an, und im Garten, zum Teil hinter einer leichten Holzwand verdeckt, konnte man zwei Personen erkennen, die sich angeregt im Flüsterton miteinander unterhielten. Um sie besser erkennen zu können, ging Ruben noch ein Stück weiter und musterte die beiden Personen. Clara und der Rest sahen ihn wie gebannt an, und nach einem Moment blickte Ruben ihnen entgegen und nickte. Er kam wieder zurück.

»Das sind Steffen und Annika! Wir haben das richtige Haus gefunden!«, sagte Ruben leise.

Der Garten war circa zehn bis fünfzehn Meter lang, dann folgte eine etwa zwei Meter breite Terrasse, und dahinter lag die Tür zum Haus.

Clara schätzte, dass sie auch bei voller Geschwindigkeit für den Weg ein paar Sekunden brauchen würde, was nicht nur die Leute im Garten, sondern womöglich auch die Anwesenden im Haus sofort auf sie aufmerksam machen würde. Eine Möglichkeit, sich im Garten versteckt anzuschleichen bestand auch nicht, obwohl es inzwischen fast dunkel war. Die anderen sahen aus, als wären sie mit ähnlichen Gedanken beschäftigt, würden aber abwarten, was Clara unternahm. Dann ging jedoch alles sehr schnell. Man hörte das laute Knallen eines Schusses aus dem Haus, worauf Steffen und Annika im Garten zusammenzuckten, ihre Unterhaltung abrupt beendeten und überrascht nach drinnen sahen. Clara und die anderen waren ebenfalls zusammengezuckt und es verging bloß ein Augenblick, in dem Steffen und Annika den Schritt zur Terrassentür machten, um sie aufzustoßen und nachzusehen, was passiert war. Im selben Moment sprang Clara aus ihrem Versteck, dem Dickicht der Bäume, die kleine Steinmauer herunter, in den Garten und begann auf das Haus zuzulaufen. Bloß eine Sekunde später folgten ihr Ruben, Dennis, Dirk, Stone und Sven. Steffen und Annika schienen in der Hektik nicht darauf zu achten, dass gerade mehrere Personen in den Garten gesprungen waren, sondern waren voll darauf konzentriert, wieder ins Haus zu gelangen. Clara war bereits zwei Meter gelaufen, als zwei weitere, kurz aufeinander folgende Schüsse fielen. Annika hatte die Terrassentür aufgestoßen und war mit dem halben Kopf im Haus, als Selena, Nora und Mashid den anderen hinterher sprangen. Clara lief so schnell sie konnte, und während Annika gerade durch die Tür ins Haus geschlüpft war, konnte man Steffen sehen, der hinterher wollte, doch da schrie Clara: »Stehen bleiben!«

Völlig erschrocken sah Steffen sich um, und dann war Clara auch schon bei ihm.

»Clara!«, konnte er noch entsetzt von sich geben, da hatte sie ihn bereits mit einem Sprung gegen das Knie außer Gefecht gesetzt. Während Steffen zusammensackte und im Fallen noch versuchte mit den Händen nach Clara zu schlagen, spürte Clara, wie an ihrem rechten Ohr ein Stein vorbeisauste, der das Glas der bloß halb aufgestoßenen Terrassentür zersplittern ließ. Annika, die gerade so im Haus war, drehte sich nicht einmal um, sondern rannte weiter ins Haus. Clara sah sich um und erkannte, dass Dirk einen großen Stein aus dem Garten aufgehoben hatte, ihn in Richtung Annika geworfen und dabei die Terrassentür zerbrochen hatte. Steffen fiel zu Boden wie ein nasser Sack, und als Clara bereits zur Tür hinein wollte, stürzte sich Dennis auf Steffen, um ihn festzuhalten. Im bloßen Bruchteil einer Sekunde erkannte Clara, dass sie sich um Steffen nicht mehr zu kümmern brauchte und schlüpfte durch die Terrassentür. Zu ihrer Rechten befand sich ein großes Wohnzimmer mit Couch und

Fernseher, zu ihrer Linken ein Esstisch mit mehreren Stühlen. Geradeaus befand sich die Küche, und Clara konnte erkennen, dass Annika gerade dorthin stürmte. Das nächste, was Clara vernehmen konnte, war das laute Geschrei von Hamid. Was er genau rief, interessierte Clara nicht im Mindesten, und da es sowieso Arabisch war, hätte sie auch nicht viel verstanden.

»Was hast du getan?«, schrie Annika, die kurz vor der Küchentür Halt machte und Hamid trat aus dem Eingangsbereich und hielt Annika die Pistole an den Kopf, ohne dabei mit seinem Geschrei aufzuhören. Annika verstummte blitzschnell. Clara machte noch ein paar Schritte auf Hamid und Annika zu, ging aber nur soweit, dass sie rechtzeitig nach rechts hinter die Wand springen konnte, wenn es nötig sein sollte. Ruben, Stone und Sven standen direkt hinter ihr und Selena, Nora und Mashid waren gerade dabei, durch die Tür zu kommen.

Hamid packte Annika, schlug seinen linken Arm um ihren Hals und richtete die Pistole dann auf Clara. Sein Blick war geprägt von Wahnsinn und einem Adrenalinrausch.

»Zurück!«, rief Hamid mit einer nervenzerreißenden Stimme.

Clara stoppte. Sie starrte auf Hamid, und der zog sich und Annika langsam in den Flur zurück. Weil er dafür um eine Ecke musste, verlor Clara ihn kurzzeitig aus dem Blick. Ein paar Schritte ging sie auf den Flur zu, begab sich aber nicht aus der sichtschützenden Deckung. Dann hörte Clara ein lautes Krachen, unter dem die Haustür aufgebrochen wurde. Hamid stand aus Claras Sicht rechts um die Ecke, sodass sie ihn nicht sehen konnte, doch sie hatte freien Blick auf die Wohnungstür, durch die gerade Marc geplatzt kam. Der taumelte kurz, fasste sich aber wieder und blieb wie angewurzelt stehen, weil, wie Clara vermutete, Hamid mit der Pistole auf ihn zielte. Clara sah, dass nur wenige Meter hinter Marc Yussuf angestürmt kam, und noch ein gutes Stück dahinter bemerkte sie einen Trupp Polizisten.

›Wenn die eintreffen, haben wir es geschafft.‹, schoss es Clara durch den Kopf, und sie ging einige Schritte nach vorne und steckte ihren Kopf aus der Deckung. Clara sah, dass sich hinter Hamid eine Wendeltreppe befand, die sowohl nach oben, als auch nach unten führte, und weil sie davon ausging, dass sich Axel im Keller befand und Hamid sich gerade mit Annika im Schwitzkasten rückwärts auf die Treppe zubewegte, bemerkte sie, dass Hamid durchaus noch die Chance hatte, alles zu beenden und die Sache in einem Blutbad enden zu lassen. Sven sprang aus der schützenden Deckung hervor, sodass er sich komplett in Hamids Schussweite befand, und auch Stone und Ruben kamen hinter der Wand hervor.

»Ruben!«, schrie Annika, obwohl sie sich immer noch in Hamids Schwitzkasten befand und zappelte. »Du Verräter!«

»Halt's Maul!«, schrie Hamid.

Die kurze Ablenkung, die Sven, Stone und Ruben verursachten, nutzte Marc, um einen Schritt auf Hamid zuzugehen. Der reagierte jedoch blitzartig, riss den Arm herum und feuerte einen Schuss ab. Marc sank zu Boden. Yussuf war gerade neben ihm angekommen, kniete sich hin und fing Marc auf.

»Will vielleicht noch jemand sterben?«, brüllte Hamid wie verrückt. »Wie wäre es mit dir, Clara?«

Ruben, Stone und Sven waren in Deckung gesprungen, und auch Clara hatte ihren Kopf wieder hinter die Wand gezogen. Selena hatte in Panik aufgeschrien, doch alles, was hinter ihr geschah, nahm Clara inzwischen überhaupt nicht mehr wahr. Sie sah jedoch durch die Haustür, wie zwei bewaffnete Polizisten in schwerer Montur durch die Tür kamen.

»Lassen Sie die Waffe fallen!«, schrien sie gleichzeitig Hamid entgegen. Clara sah, wie Yussuf Marc an Beinen und Oberkörper packte und zur Seite hievte, um den eindringenden Polizisten möglichst viel Platz zu schaffen. Trotzdem war die Eingangstür bei weitem nicht breit genug, dass sie beide durchpassten. Der Polizist, der zuerst durch die Tür trat, hielt seine Waffe in die Richtung, in der Clara Hamid vermutete und brüllte in einer ohrenbetäubenden Lautstärke: »Lassen Sie die Geisel frei!«

So geschockt Clara auch war, sie konnte nicht umhin, mit dem Kopf wieder hinter der Wand hervorzuschauen und sah, dass Hamid bereits einige Stufen der Wendeltreppe rückwärts hinunter gestiegen war. Nur sein Oberkörper war noch zu sehen, und der versteckte sich zum Großteil hinter Annika. Er hatte die Waffe gegen ihren Kopf gerichtet, was den Polizisten ganz offensichtlich davon abhielt, Hamid sofort zu erschießen.

»Sie ist keine Geisel! Sie sind Komplizen!«, schrie Clara den Polizisten an, doch der überhörte Clara und brüllte weiterhin: »Lassen Sie die Frau los!«

»Schießen Sie!«, schrie Clara so laut sie konnte.

Stone hatte sich aufgerappelt und konnte das Geschehen inzwischen ebenfalls verfolgen. In seiner, viel tieferen und lauteren Stimme schrie er ebenfalls: »Erschießen Sie ihn! Die Geisel ist im Keller!«

Daraufhin nahm der Polizist Clara und die anderen, die sich um die Ecke befanden, das erste Mal wahr. Hamid war fast um die Ecke verschwunden und feuerte noch einen Schuss ab, der aber glücklicherweise nur in die Decke ging. Ein wenig Putz rieselte von der Decke, und Hamid verschwand am unteren Ende der Treppe. Der Polizist, der sich nun außerhalb der Schussweite Hamids befand, drehte sich zu Clara und Stone und inzwischen auch Sven um, und die drei schrien ihn an. »Axel ist im Keller!«, »Verfolgen Sie ihn!« und »Erschießen Sie ihn!«

Der hintere Polizist hatte sich an seinem Vordermann vorbeigedrängt und stürmte auf die Treppe zu. Der erste Polizist drehte Clara daraufhin den Rücken zu und heftete sich seinem Kollegen an die Fersen. Jetzt, wo Clara zwei Polizisten zum Schutz vor sich hatte, fühlte sie sich sicherer und rannte ebenfalls den Polizisten nach. Noch bevor sie jedoch die Hälfte der Treppe heruntergerannt war, hörte sie das laute Zerbersten einer Tür und abermals das Brüllen der Polizisten, die Hamid anschrien, er solle Annika freilassen.

Kurz darauf hörte Clara wieder einen Schuss. Für den Bruchteil einer Sekunde hoffte sie, dass die Polizisten Hamid erschossen hatten. Der komplette Keller war sehr dunkel, und als Clara am Fuß der Treppe angekommen war, konnte sie nur sehr vage einige Umrisse erkennen. Die beiden Polizisten, die in ihrer Ausrüstung deutlich breiter waren, konnte Clara sehen, doch der eine stand immer noch mit gezückter Waffe da und richtete sie auf das Ende des Flurs, und der andere kniete am Boden. Clara drehte sich um, in der Hoffnung, einen Lichtschalter zu finden, doch noch bevor sie ihn gefunden hatte, ging das Licht wie von selbst an. Sie vermutete, dass am oberen Ende jemand den Schalter gedrückt hatte, hatte aber keine Zeit darüber nachzudenken, denn im selben Augenblick erkannte sie, dass der Polizist, der am Boden kniete, sich über Annikas Körper gebeugt hatte. Hamid war nicht mehr zu sehen, aber eine Tür zur rechten Seite des Flurs war offen, und ihre Befürchtung war sofort, dass Hamid dort hineingegangen war und Axel sich dahinter befand.

Kurz darauf vernahm sie den lauten Schrei eines wahnsinnig gewordenen Hamid. Dann folgte ein Haufen Arabisch, bei dem Clara nicht zuordnen konnte, ob es Flüche, letzte Gebete oder eine Todesdrohung waren.

Obwohl Clara keine Ahnung hatte, was diese Worte zu bedeuten hatten, trieb sie abermals die Polizisten an, Hamid zu fassen und zu erschießen. Das war diesmal jedoch gar nicht nötig, denn die sprangen von alleine auf und liefen auf die Tür zu. Sie waren zwar lediglich zwei bis drei Meter von ihr entfernt, doch sie erreichten sie erst, als Clara den lauten Schrei Hamids vernahm.

»Allahu Akbar!« ertönte es.

Dann erfolgte wieder ein Schuss.

Die Polizisten erreichten die aufgestoßene Tür und zielten mit ihren Waffen in den Raum.

Dann herrschte Stille.

XXVII. Geschafft

Clara zitterte am ganzen Körper.

»Ist er tot?«, fragte sie.

Die beiden Polizisten sahen sie an.

»Ja!«, bestätigte der eine, während der andere den Raum betrat, um genau das sicher zu stellen.

Clara ging auf die Tür zu und wollte ebenfalls den Raum betreten. Der Polizist wollte sie zunächst daran hindern, indem er seine Hand ausstreckte, doch Clara schlug sie weg und schrie ihn an: »Lassen Sie mich!«

Sie sah durch die Tür und schlüpfte unter dem massiven Körper des Polizisten durch, der seine Bemühungen, sie davon abzuhalten, doch recht schnell aufgab. Clara erschauderte, als sie einen Blick in den Raum warf. Hamid lag auf dem Boden in der Mitte des Raumes. Er hatte sich selbst in den Kopf geschossen, und das Blut rann über den Boden. Der Polizist beugte sich über ihn und war gerade dabei, seinen Puls zu fühlen. An der hinteren Wand befand sich ein riesiges IS-Banner. Axel konnte sie jedoch nicht sehen, und das ließ die Panik wieder in ihr aufsteigen.

»Wo ist Axel?«, rief Clara, und die Tränen stiegen ihr ins Gesicht.

Die Tür des Kühlschranks, der sich rechts befand, wurde aufgestoßen, weshalb der Polizist, der über Hamid kniete, einen Satz zurück machte.

»Ich bin hier!«, ertönte es dumpf, und Axel krabbelte auf allen Vieren aus dem Tiefkühlschrank. Er richtete sich auf und stieß die Tür wieder hinter sich zu.

»Axel!«, rief Clara, und ihre Stimme versank in einem Schluchzen.

»Hey, Schatz.«, antwortete Axel leise.

»Du lebst!«, schluchzte Clara kaum noch vernehmbar und warf sich in seine Arme.

»Ich habe das Gefühl, das habe ich zum Großteil dir zu verdanken!«, sagte Axel, der noch nie in seinem Leben so froh gewesen war, einen Polizisten zu sehen. Er hielt Clara fest, aber er zitterte am ganzen Körper. Das war auch kein Wunder, denn er hatte einige Zeit im Tiefkühlschrank verbracht. Die beiden Polizisten standen nun auf und traten neben das Pärchen.

»Kommen Sie!«, machten sie und berührten die beiden rücksichtsvoll an der Schulter, um sie dazu zu bewegen, den Raum zu verlassen. Axel war etwas schwach auf den Beinen, und Clara stützte ihn. Als sie wieder auf den Gang im Flur des Kellers traten, waren bereits weitere vier Polizisten dort. Zwei drückten sich an die Wand, um Axel und Clara vorbeizulassen, die anderen beiden knieten neben Annikas leblosem Körper. Axel und Clara zwängten sich an ihnen vorbei und gingen durch den Flur über die Wendeltreppe nach oben. Das Haus war inzwischen voller Polizisten. Im Eingang lag Marc und wurde von zwei Rettungssanitätern versorgt. Es war jedoch weder übermäßig viel Blut zu sehen, noch gab Marc deutliche Laute des Schmerzes von sich. Yussuf, der sich an die Wand direkt gegenüber lehnte, sah Clara an und zeigte mit dem Daumen nach oben, als er ihren entsetzten Gesichtsausdruck sah: »Es geht ihm gut!«

Gleich darauf wandte er sich Axel zu und rief: »Du hast es geschafft!«

»Ja!«, lächelte Axel matt, ließ seinen Blick jedoch sofort zu Marc schweifen. Der schaute Axel an, grinste, und obwohl zwei Rettungssanitäter dabei waren auf ihn einzureden, rief er Axel entgegen: »Ich hab mir eine Kugel für dich eingefangen! Das werde ich dir noch dein ganzes Leben lang vorwerfen!«

Dabei musste sogar Axel grinsen. Stone, Sven, Ruben, Selena, Mashid und Nora hatten es durch die Menge an Polizisten, die immer wieder das Haus betraten noch nicht geschafft, zur Haustür hinauszugehen. Sie alle standen mit bis zum Zerplatzen gespannten Nerven hinter dem Eingangsbereich im Wohnzimmer. Als sie Axel lebendig erblickten, brachen sie in einen unbeschreiblichen Jubel aus.

»Du hast es geschafft!«, »Er lebt!« und »Wir haben es überstanden!«, waren nur einige der Sätze, die durcheinander gerufen wurden. Dennis und Dirk traten kurz darauf ebenfalls hinter die anderen. Die Polizisten hatten es inzwischen wohl geschafft, Dennis davon abzulösen, Steffen am Boden zu fixieren. Dirk zog seine Jacke aus und kam als Erster auf die Idee, sie dem zitternden Axel umzulegen, wofür der ein Lächeln und ein »Danke dir!«, übrig hatte.

Nur aus dem Augenwinkel heraus konnte Clara erkennen, dass die Küchentür inzwischen offen war und sich darin ebenfalls Polizisten und Sanitäter befanden, die über einen Körper gebeugt waren. Sie vermutete, dass es sich hierbei um Sören handeln musste, doch mit Axel im Arm und einem Haufen Polizisten, die sie alle dazu bewegten, das Haus zu verlassen, hatte sie schon genug zu tun, als dass sie sich auch noch hierum kümmern konnte oder wollte.

In Begleitung mehrerer Polizisten wurden sie allesamt in den Vorgarten gebracht. Rechts und links war die Polizei gerade damit beschäftigt massive Absperrungen vorzunehmen und einige Schaulustige in ihre Schranken zu weisen.

»Brauchst du irgendetwas?«, fragte Clara Axel, der mehr als fertig aussah.

»Was zu trinken und eine Kopfschmerztablette!«, bekam sie als Antwort. Inzwischen stützte jedoch Clara nicht mehr alleine Axel, sondern ihn berührten so viele Leute an Schulter und Armen, dass sie ihn getrost loslassen konnte. Dennis erklärte, er habe eine Flasche Wasser im Auto und lief los, um sie zu holen. Selena, deren Auto ein gutes Stück weiter weg parkte, hatte in ihrer Handtasche Kopfschmerztabletten und überreichte Dirk ihren Autoschlüssel, um sie zu holen. Sie selbst begann daraufhin ihr Handy zu zücken, um Phillipp zu informieren. Sie hatte ihr Handy nicht einmal auf Lautsprecher gestellt, doch es wirkte so, als ihr Anruf abgenommen wurde und ein lautes »Wie sieht es aus?«, ihr entgegen geschrien wurde.

»Wir haben es geschafft!«, sagte Selena. »Axel lebt!«

Phillipp schrie und jubelte, worauf Selena ihr Handy vom Ohr nahm und erst mehrere Sekunden später fragte: »Sagst du es den anderen?«

»Sie haben es bereits mitgekriegt!«, antwortete Phillipp laut. »Quan, Susanne und Axels Vater sind in einer Videokonferenz mit mir bei Axel zu Hause, Mattes und die Leute aus Wiesengrunde in der zweiten. Ich sage jetzt Rico und Igor, dass sie Katrin fassen und das Geld zurückholen sollen.«

»Tu das! Und sag am besten auch Patrick und Sabine Bescheid.«, bestätigte Selena und legte daraufhin auf.

»Ihr seid ja organisiert.«, meinte Axel erstaunt. »Was hab ich denn alles verpasst?«

»Das erkläre ich dir später in Ruhe!«, lachte Clara.

Langsam gingen sie alle zusammen durch den Vorgarten und bogen links in die Straße ein. In etwa zwanzig Metern Entfernung standen mehrere Polizeiautos, die mit Blaulicht die Straße blockierten und Absperrband befestigten. Sie gingen auf die Absperrung zu, und zwei Polizisten hoben das Band für sie hoch. In einem der Wagen saß Axels Mutter, und als sie Axel sah, sprang sie aus dem Auto und umarmte ihn heftig.

»Ich bin ja so froh, dass es dir gut geht!«, jammerte sie, und Axel drückte sie an sich und antwortete nur: »Ja, Mama. Mir geht es gut.«

»Du glaubst nicht, was für Sorgen ich mir gemacht habe!«, schluchzte sie.

»Clara hat mich wohl gerettet.«, lächelte Axel.

»Jeder hier hat dich gerettet!«, sagte Clara laut. »Jeder einzelne von uns hat sein Möglichstes getan, um das hier zu schaffen!«

Sie hatte damit gerechnet, Zustimmung zu ernten, doch sie bekam lauten Protest.

»Du hast das alles organisiert! Wir wären ohne dich nie so weit gekommen!«, ertönte es, und Clara blickte verblüfft in die Gesichter der anderen. Alle blickten Clara an und nickten einvernehmlich.

»Ohne dich wäre Axel jetzt tot!«, sagte Selena laut.

Clara, die als einzige mitbekommen hatte, wie Axel es geschafft hatte, sich aus seiner Gefangenschaft von alleine zu befreien und im Tiefkühlschrank zu verstecken, holte tief Luft, um zu erklären, dass sie kaum dafür verantwortlich sei, dass Hamid ihn nicht erschossen hatte, doch Axel unterbrach sie, bevor sie beginnen konnte: »Dann danke ich euch allen! Egal, was ihr im Einzelnen auch alle getan habt, um mich zu finden und zu befreien, ihr habt es geschafft! Ich lebe, und das habe ich euch zu verdanken! Ihr seid die besten Freunde, die man sich wünschen kann! Und du...«, er gab Clara einen Kuss. »bist mein Engel auf Erden!«

Clara wurde rot, und eine Träne lief ihr die Wange hinunter, was bei der schwachen Beleuchtung der Straße jedoch kaum jemand sah. Zwei Sanitäter kamen ihnen von einem Krankenwagen aus, der ein Stück weiter geparkt hatte, entgegen und sahen Axel an: »Geht es Ihnen gut? Können wir Ihnen helfen? Haben Sie sich etwas gebrochen?«

»Mir geht es gut!«, antwortete Axel. »Ich habe bloß Kopfschmerzen.«

»Na, das wundert mich nicht.«, sagte der eine. Axel hatte diverse blaue Flecken im Gesicht, seine Nase hatte geblutet und seine Lippe war aufgeplatzt. Außerdem hatte er immer noch blutverschmierte Striemen an den Händen, als er sich mit der Tonscherbe von den Fesseln befreit hatte. Die Sanitäter brachten ihn zum Krankenwagen und setzten ihn dort auf die Bahre, um ihm die Wunden zu desinfizieren und einen Verband anzulegen. Seine Mutter begleitete ihn dabei, doch Axel reagierte relativ schnell eher genervt als dankbar. Während der eine Sanitäter ihm mit einem Stück Tuch die verkrusteten Blutflecke unter der Nase abwischte, hatte der andere ihm den rechten Arm verbunden, wobei die Schramme an der linken Hand so minimal war, dass er nur ein Pflaster darüber klebte.

»Ganz toll!«, schnaufte Axel. »Haben Sie auch eins mit Dino-Motiven? Und wann bekomme ich meinen Lutscher?«

Das brachte die Sanitäter dann doch zum Lachen, genauso wie seine Mutter, und er fragte bloß noch nach einer Ibuprofen.

»Haben Sie Schmerzen?«, fragte der Sanitäter ihn, worauf Axel wieder genervt wurde.

»Nein, ich frage aus Spaß!« verdrehte Axel die Augen. »Meine Schmerzen kommen aber weniger daher, dass ich zwanzig Mal was auf die Fresse bekommen habe, als daher, dass die mich mit Chloroform oder so etwas betäubt haben, als sie mich entführt hatten!«

Er bekam eine Schmerztablette und eine Flasche Wasser in die Hand gedrückt, und als wenige Minuten später Dennis und Dirk zurückkamen, stöhnten sie auf, weil ihre Bemühungen umsonst gewesen waren.

In der Zwischenzeit traten an die doch recht große Gruppe eine Menge Polizisten heran und stellten viele Fragen. Mashid, Selena, Stone, Nora und Ruben begannen ihnen ihre Sichtweise der Geschichte zu erklären, Clara wehrte dagegen eher ab. Sie erklärte dem Polizisten, dass sie mit Axel zur Polizeistation kommen würde, wenn er soweit wäre, aber jetzt wollte sie nichts lieber tun, als ihn nach Hause zu bringen und dafür zu sorgen, dass er sich ausruhen konnte. Dafür zeigte der Polizist Verständnis und überreichte Clara seine Karte und erklärte ihr, er solle sie im Laufe der kommenden Woche anrufen, woraufhin Clara sich bedankte und ihm die Hand schüttelte.

»Axel?«, fragte Clara vorsichtig, als sie sich dem Krankenwagen näherte. »Wollen wir nach Hause? Du bist bestimmt müde!«

»Ja, bitte!«, nickte er unendlich dankbar und blickte seine Mutter an, die sofort reagierte.

»Ich stehe am Ortseingang.«, erklärte Ute. »Ich fahre euch nach Hause!«

»Danke.«, sagten Clara und Axel im Chor.

Sie verabschiedeten sich von den anderen, wobei jeder noch einmal Axel auf die Schulter klopfte und ihm erklärte, wie dankbar sie dafür waren, dass er das alles doch so mehr oder weniger heil überstanden hatte.

Sie waren schon fast auf dem Weg, als Clara plötzlich anhielt und noch einmal umkehrte.

»Ruben?«, rief sie laut. Der war gerade im Gespräch mit einem Polizisten und blickte auf.

»Ja?«, fragte er überrascht.

Clara sah ihm ernst in die Augen: »Du bist sicherlich nicht der einzige, bei dem ich mich bedanken muss, aber der, mit dem ich am dringendsten reden muss!«

»Warum?«, fragte Ruben gelassen.

Clara sah ihn erstaunt an: »Annika ist tot! Sören ist tot! Steffen habe ich das Bein gebrochen, und er und Katrin werden mit an Sicherheit grenzender Wahrscheinlichkeit im Knast landen! Wir sollten uns treffen, bevor wir uns im Gericht wiedersehen. Ich wollte nur wissen, ob du klar kommst?«

Ruben sah Clara an und nickte ernst: »Ja. Wenn Axel morgen soweit ist, lass uns reden. Ich komme bei euch vorbei! Was Annika und Sören betrifft: Sie sind selbst schuld, würde ich mal behaupten. Mach dir keine Sorgen um mich! Wir reden später!«

»Danke!«, machte Clara leise, aber deutlich und richtete ein etwas lauteres »Danke!« auch noch an den Rest, der sich noch in ihrer Umgebung befand.

»Melde dich!«, sagten auch die anderen ihr, und Clara nickte und ging zurück zu Axel und Ute. Zusammen gingen sie zu Utes Auto und ließen sich nach Hause fahren. Dort saßen immer noch Axels Vater, Quan und Susanne, die Axel allesamt umarmten, kaum dass er durch die Wohnungstür kam. Axel und Clara bedankten sich auch bei ihnen herzlich, doch Axel erklärte allen, dass er nicht mehr an diesem Abend über die Vorfälle reden wollte. Er fühlte sich völlig erledigt und wollte nur noch schlafen, was ihm keiner der Anwesenden übel nahm.

Quan und Susanne verabschiedeten sich sofort, und Clara saß noch eine Weile mit Axels Eltern im Wohnzimmer und erzählte in groben Zügen, was vorgefallen war.

Beide dankten Clara überschwänglich dafür, dass sie das alles möglich gemacht hatte, und bald darauf verabschiedeten auch sie sich und ließen Clara und Axel alleine.

Als Clara ebenfalls ins Schlafzimmer ging, war Axel bereits tief und fest am Schlafen.

XXVIII. Nachgespräche

Axel hatte erwartet, dass er eine Ewigkeit schlafen würde, doch er wachte bereits nach knappen 9 Stunden auf. Clara schlief noch seelenruhig neben ihm, und so stand er leise auf und ging ins Wohnzimmer. Seine Kopfschmerzen waren inzwischen nicht mehr der Rede wert, und nachdem er mehrere Gläser Wasser getrunken hatte, begann er die Geschehnisse im Kopf Revue passieren zu lassen. Still saß er auf dem Sofa, und weil er es nach einiger Zeit nicht mehr ertragen konnte mit seinen Gedanken alleine zu sein, stellte er den Fernseher an, ohne jedoch darauf zu achten, was dort lief. Dass er tatsächlich nur knapp dem Tod entkommen war, hatte er noch kaum realisiert. Etwas über eine Stunde saß er so da und machte sich Gedanken, als er einen leisen Schrei aus dem Schlafzimmer vernahm und sogleich aufsprang und die Tür aufriss.

»Was ist los?«, fragte er Clara, die aufrecht im Bett saß, sich jedoch beruhigt fallen ließ, als sie merkte, dass Axel da war.

»Ich habe mich bloß gewundert, dass du nicht da bist.«, antwortete Clara erleichtert.

»Keine Sorge, ich bin bloß im Wohnzimmer gewesen.«, meinte Axel, doch kein Grinsen zeigte sich auf seinem Gesicht.

Clara stand auf und umarmte Axel fest und innig, und er streichelte ihr durch die Haare. Als sie wieder losließ, ging Axel an seine Seite des Bettes, hob seine Hose auf und überprüfte sie auf ihren Inhalt, was er gestern Abend nicht mehr getan hatte. Sein Handy war weg, doch sein Portemonnaie und sein Haustürschlüssel befanden sich immer noch in der rechten Hosentasche.

»Schatz? Ich brauche Zigaretten!«, sagte Axel ernst und Clara nickte.

Ein Zigarettenautomat befand sich bloß eine Querstraße weiter, und so zog Axel sich nur seine Jogginghose und Schuhe an und machte sich auf den Weg, während Clara ins Badezimmer ging, um sich zu duschen. Als er die Wohnungstür hinter sich schloss, bemerkte er noch nicht, dass vor der Haustür bereits mehrere Journalisten warteten, doch dort angekommen, wurde er sofort belagert.

»Herr Temres? Können Sie uns sagen, was gestern Nacht vorgefallen ist?«, »Was können Sie zu Ihrer Entführung sagen?«, »Hatten Sie vorher bereits Kontakt mit dem Entführer?«, »Wie geht es Ihnen jetzt?« waren nur einige der Fragen, die er gleichzeitig gestellt bekam. Überfordert blickte er in die Gesichter der Leute und der Kameramänner, die ihn gebannt ansahen.

»Lasst mich in Ruhe, ich brauche bloß Zigaretten!«, antwortete Axel, worauf einer der Anwesenden in seine Jackentasche griff, ein Päckchen hervorzog und ihm eine anbot.

»Danke.«, sagte Axel düster, wollte sich aber dennoch auf den Weg zum Zigarettenautomat machen. Da bemerkte er, dass einer der Reporter der junge Kerl war, der die Falschmeldung zu den Geschehnissen in der Kaserne herausgegeben hatte.

»Du kriegst von mir ganz sicher kein Interview.«, schnauzte Axel ihn an. »Und der Rest von euch kriegt auch keine Information von mir, solange der hier ist!«

Die Journalisten warfen sich gegenseitig Blicke zu und begannen mit der Zeit tatsächlich den Versuch, ihn zu verdrängen. Axel ging gemächlich zum Zigarettenautomat und zog sich eine Schachtel, während die Journalisten ihn beharrlich verfolgten. Nur der junge Mann der

Marktstädter Tageszeitung war verschwunden. Vermutlich, weil er eingesehen hatte, dass er Axel nicht interviewen können würde.

»Hat einer von euch Feuer?«, fragte Axel in die Runde und bekam von demselben Journalisten, der ihm die Zigarette angeboten hatte, nun auch Feuer. Während er langsam zurück nach Hause ging, wurde er mit Fragen überhäuft. Axel antwortete etwas widerwillig und gab nicht viel mehr als die Informationen preis, die die Journalisten vermutlich schon von der Polizei hatten. Zusätzlich erklärte er, wann, wo und wie er entführt worden war und dass es ihm inzwischen wieder einigermaßen besser ging. Jegliche Details unterschlug er aber so deutlich, dass sich daraus kaum eine Story basteln ließ. Schließlich schnipste er die fertig gerauchte Zigarette vor der Haustür weg, ging wieder rein und ließ die Reporter vor der Haustür stehen.

Clara kam gerade aus der Dusche heraus, als Axel die Wohnung wieder betrat. Sie schien nicht recht zu wissen, was sie Axel sagen sollte und so fragte sie bloß: »Alles okay? Geht es dir wieder besser?«

»Haufenweise Reporter vor der Haustür.«, meinte Axel kurz angebunden.

»Was? Im Ernst?« Clara wurde merklich sauer. »Diese Aasgeier!«

Axel schien weder überrascht, noch zu sonst einer besonderen Emotion fähig. Ihm war irgendwie alles egal. Clara machte ihnen beiden Frühstück, und Axel kaute gelangweilt am Wohnzimmertisch, ohne etwas zu sagen.

Schließlich brach Clara das Eis und fragte: »Axel? Rede mit mir! Was geht in deinem Kopf vor?«

Axel sah Clara fast eine Minute lang an und antwortete: »Ich glaube, ich brauche ein neues Handy.«

»Ja.«, nickte Clara verständnisvoll. »Solange kannst du natürlich meins nehmen, wenn du jemanden anrufen musst. Deine Arbeit zum Beispiel!?«

Daran hatte Axel noch gar nicht gedacht, doch nachdem Clara es ausgesprochen hatte, startete Axel den Computer, öffnete die Seite von Security Schmitz und rief mit Claras Handy Eva Bamberg an. Nachdem er bloß seinen Namen genannt hatte, reagierte Frau Bamberg sofort völlig aufgelöst: »Hallo, Axel! Ich habe gehört was passiert ist. Geht es dir gut? Alles in Ordnung bei dir?«

»Ja, soweit bin ich in Ordnung. Ich möchte bloß für ein paar Tage freinehmen. Ist das in Ordnung?«

»Natürlich! Selbstverständlich! Bei dem was dir passiert ist, kann ich dir das unmöglich verweigern! Nimm dir solange frei, wie du brauchst! Mindestens mal diese Woche! Mach dir keine Sorgen, wir schaffen das schon ohne dich. Ruh du dich erst einmal aus, und wenn du wieder fit bist, meldest du dich!«

»Danke, Eva! Das ist genau das, was ich jetzt brauche!«, antwortete Axel erleichtert und legte auf.

Clara hatte still auf dem Bett gesessen und zugehört und lächelte Axel an. Da sein PC nun schon gestartet war fragte er Clara: »Ist die Geschichte schon auf RiM gepostet worden?«

Clara wusste es nicht genau, aber sie ahnte, dass zu viele Leute davon wussten und Phillipp daher ein kurzes Statement herausgegeben hatte. So war es auch. In roter Schrift mit dunkelgrauem Hintergrund stand dort in großen Buchstaben: *»Axel ist von Terroristen entführt worden! Dies ist kein Scherz! Er befand sich in den Händen eines Terroristen, der ihm den Hals durchschneiden wollte und mehreren deutschen Gehilfen. Davon existiert ein Video, welches wir jedoch aus Respekt ihm gegenüber nicht posten werden! Er ist mittlerweile jedoch gerettet* *worden und es geht ihm soweit gut. Er wird sich sicherlich in den nächsten Tagen melden und vielleicht einen Post verfassen, um euch zu berichten, was passiert ist. Bis dahin drängt bitte nicht mit Fragen zu Axel, wir werden euch informieren, sobald wir neue Informationen haben.«*

Auch hierzu verzog Axel keine Miene, und es machte Clara beinahe wahnsinnig, dass er so gelassen reagierte.

»Axel, rede mit mir! Was ist los? Was denkst du? Kann ich etwas für dich tun?«, fragte sie.

»Alles in Ordnung.«, sagte Axel müde. »Ich bin durcheinander. Ich muss das alles gerade erst einmal verarbeiten. Gestern Abend stand ich noch komplett unter Strom, deshalb habe ich so gelassen reagiert, aber jetzt habe ich das erste Mal ein bisschen Abstand zu dem Ganzen und realisiere erst einmal, was mir da eigentlich passiert ist. Scheiße, ich wäre beinahe gestorben!«

Clara reagierte erleichtert, als sie das hörte, weil die Antwort so klar und so ehrlich war. Damit konnte sie etwas anfangen.

»Wollen wir Ruben anrufen?«, fragte Clara vorsichtig.

»Ich kann mich auch alleine mit ihm treffen, wenn du möchtest, aber ich muss unbedingt mit ihm reden. Er hat zwei seiner Geschwister verloren, und die anderen beiden sind in Polizeigewahrsam.«

»Nein, lade ihn ruhig hierher ein. Ich habe es mit Sicherheit auch ihm zu verdanken, dass ihr es geschafft habt mich zu finden und da rauszuholen.«, antwortete Axel ruhig. »Ich möchte sowieso gerne von allen hören, wie es zu all dem kommen konnte.«

Ruben kam zwei Stunden später mit seiner Frau und seiner vierjährigen Tochter. Er schien aufgelöster zu sein als Axel. Nur die Anwesenheit seiner Frau und seines Kindes schienen ihn etwas zu beruhigen. Axel machte der

Vierjährigen den Fernseher an und drehte die Lautstärke hoch, sodass sie sich am Wohnzimmertisch unterhalten konnten, ohne dass sie es mitbekam. Ruben erklärte, dass er gestern Abend zu seinen Eltern nach Hause gefahren war und noch mitbekommen hatte, wie die Polizei gerade Katrin in Handschellen und als Zeugen einen Deutsch-Russen und einen Deutsch-Albaner mitgenommen hatte. Er hatte sich daraufhin mehr als drei Stunden lang intensiv mit seiner Mutter und seinem Vater unterhalten und war im Endeffekt der Meinung, dass sie tatsächlich nichts von den Aktivitäten seiner Geschwister mitbekommen hatten. Mehrmals betonte er: »Sie sind Idioten! Allesamt! Weder meine Eltern, noch Sören, Steffen, Annika oder Katrin sind geistig überhaupt in der Lage zu kapieren, wo sie da eigentlich hineingeraten sind. Das hat Sören und Annika das Leben gekostet. Sie haben sich überreden lassen bei einem großen Ding mitzumachen, und das hat sie fasziniert, weil sie in ihrem Leben sonst niemals etwas hinbekommen hätten. Sie waren schon immer rechtsradikal, und das haben sie mitunter von mir, wofür ich mich heutzutage zwar schäme, aber ich kann meine Vergangenheit nicht ungeschehen machen. Die Polizei hat auch meine Mutter und meinen Vater verhört, aber die werden wohl zu der Gerichtsverhandlung kommen und daraus wird vermutlich keine Konsequenz für sie entstehen. Sie haben noch nie etwas von Hamid, beziehungsweise Daniel, gehört, und das glaube ich ihnen sogar.«

Rubens Stimme zitterte leicht, und seine Frau legte den Arm um ihn. Trotzdem fuhr er fort: »Was soll ich sonst noch sagen? Sören und Annika haben ihre Dummheit, ihre Verantwortungslosigkeit und ihre Skrupellosigkeit mit dem Tod bezahlt, Steffen und Katrin gehen vermutlich in den Knast. Sie sind es selbst schuld, immerhin haben sie in Kauf genommen dich umzubringen, aber es sind ja trotzdem meine Geschwister. Mir tut alles so wahnsinnig leid, und hätte ich geahnt, wie es kommen würde, hätte ich Himmel und Hölle in Bewegung gesetzt, dass es anders läuft.«

Axel versuchte Ruben etwas zu beruhigen und klärte ihn darüber auf, dass Sören ihm möglicherweise ein Stück weit das Leben gerettet hatte. Er erzählte ihm das Gespräch zwischen Sören und ihm im Keller, ließ nicht mal die Judenwitze die er erzählt hatte aus und machte Ruben deutlich, dass der Streit zwischen Sören und Hamid zwar Sören das Leben gekostet, aber seins möglicherweise gerettet hatte. Axel ging sogar so weit zu sagen, dass Sören ihn zwar mit einer Pistole bedroht hatte und durch seine Bereitschaft Hamids Plan durchzuziehen ihn überhaupt erst in die Lage gebracht hatte, aber er im Endeffekt sein Leben gegen seins getauscht hatte. Ruben nickte dazu, und auch wenn er nicht so weit ging Sören doch als Helden zu sehen, schien es ihn zu beruhigen, dass sein Bruder sich im entscheidenden Moment womöglich halbwegs richtig verhalten hatte.

Es dauerte fast die gesamte Woche bis Axel sämtliche Informationen von allen Leuten zusammengetragen hatte. Clara wollte sich am Montag ebenfalls freinehmen, doch Axel sagte ihr nur, sie solle ruhig zur Arbeit gehen, er würde schon alleine zurechtkommen. Er ging sich am Montagmorgen in der Stadt ein neues Handy kaufen und kehrte nach Hause zurück, um sich von Phillipp per persönlicher Nachricht über RiM die wichtigsten Handynummern geben zu lassen. Noch am Vormittag ging er Marc im Krankenhaus besuchen und erfuhr, dass er einen Schuss in die Seite bekommen hatte, wobei glücklicherweise kein wichtiges Organ verletzt worden war. Marc erzählte ihm, dass er gerade gemütlich zu Hause vor dem

Fernseher gelegen hatte, als Mattes ihn und eine Menge anderer Kollegen aus Marktstadt angerufen und zu sich nach Hause bestellt hatte. Da Wiesengrunde nicht gerade groß war und Marc den Ernst der Situation völlig verkannt hatte, hatte er sich in aller Ruhe angezogen und war dann zu Mattes gegangen, der nur eine Straße weiter wohnte, um dort den größten Schock seines Lebens zu bekommen. Ebenfalls betonte Marc, dass Hubert unglaublich schnell reagiert hatte, als er das Video gesehen hatte, in dem die Entführer zehntausend Euro verlangt hatten. Er war sofort in die Sparkasse gerannt und hatte das Geld von dort geholt und dabei nicht eine Sekunde gezögert. Außerdem erklärte Marc Axel, dass er zusammen mit Yussuf die Haustür in Scharsch aufgebrochen hatte, indem sie beide mehrmals mit voller Wucht dagegen gerannt waren. Sie beide wogen zusammen fast schon 300 kg, und so etwas hielt keine normale Haustür mehrmals hintereinander aus.

Axel erfuhr, dass Patrick sich bei seinem Sprung auf den Kontrolleur den Arm gebrochen hatte und während Erklärungsnot bei den Marktstädter Stadtwerken wegen des fehlenden Tickets, der Polizei wegen Körperverletzung und dem Krankenhaus aufgrund seines gebrochenen Arms viele Stunden verschwendet hatte, in denen ihn eigentlich nichts interessiert hatte, außer der Tatsache, wie es Axel ergangen war.

Phillipp hatte wohl neben Clara von zu Hause aus die meisten Fäden in der Hand gehabt. Er hatte mit beinahe allen, die involviert waren, Kontakt gehalten und nebenbei auch noch verzweifelt versucht die IP-Adresse, von der aus er und Mattes das Entführungsvideo geschickt bekommen hatten, zu tracken, um die Entführer so ausfindig zu machen. An alle Leute, die ihm bekannt waren und denen er vertraute, hatte er das Video geschickt, damit niemand das Ganze für einen schlechten Scherz hielt.

Quan und Susanne hatten, mehr oder weniger, einfach bloß Glück gehabt. Sie brauchten nicht viel zu tun, außer Axels PC zu starten und auf sein PayPal-Konto zuzugreifen. Dann hatte Quan Skype gestartet, was ebenfalls eine automatische Passworteingabe hatte und Phillipp war bereits als Kontakt hinzugefügt, worauf Quan und Susanne nur noch auf Anweisungen von Phillipp warten mussten.

Dennis hingegen war Axel unglaublich dankbar dafür, dass er den gemalten Davidstern auf seinem T-Shirt-Kragen erkannt hatte und Sabine, dass sie es als Davidstern identifiziert hatte. Ansonsten wäre Clara vermutlich nie auf Hamid gekommen, und sie hätten ihn nicht gefunden. Sabine hatte außerdem nicht nur Clara die Bilder von Hamid geschickt, sondern auch ihr ganzes Facebook-Profil so umgestellt, dass man öffentlich die Bilder von ihr und Hamid sehen konnte, was vorher nicht der Fall gewesen war. Sie war sich zwar nicht sicher gewesen, ob das nützlich war, doch als sie von Axel hörte, dass Sören diese Bilder gefunden hatte und ihn eventuell an seiner Aktion Axel umzubringen, gehindert hatte, war sie mehr als froh. Sie hatte außerdem mehr als dreißig Leute angerufen, die früher einmal mit Hamid in Verbindung gestanden hatten, selbst wenn es nur flüchtig war, aber sie hatte dadurch bloß herausgefunden, dass Hamid sie noch wesentlich mehr belogen hatte, als sie es zunächst angenommen hatte. Viele kannten seinen Namen nicht einmal mehr und sie musste sich einiges einfallen lassen, damit sie überhaupt darauf kamen, von wem sie redete. Gebracht hatte es im Endeffekt aber nichts, was Sabine verzweifelt hinnahm, aber sie hatte Clara auch keine Nachricht schicken wollen, dass sie nichts herausgefunden hatte.

Dirk war von Dennis angerufen worden, als der auf dem Weg zu Axels Wohnung gewesen war und sie hatten sich unterwegs getroffen, da Dirk nicht allzu weit weg wohnte. Da Phillipp seine Handynummer nicht gehabt hatte, hatte er das Video vorher nicht gesehen gehabt und hielt Dennis Anruf, dass Axel entführt worden war, demnach für einen Scherz, aber er war trotzdem sofort bereit gewesen, sich mit den anderen zu treffen. Zusammen mit Marc, Selena, Igor und Rico hatten sie den Plan ausgetüftelt die Geldübergabe im Einkaufszentrum durchzuziehen. Selena hatte sofort zugesagt die Rolle derjenigen zu übernehmen, die das Geld übergibt, hatte aber damit gerechnet, dass sie einer fremden Person irgendwohin folgen sollte. Als jedoch im vierten Stock ein Mädchen in den Aufzug stieg, das kaum älter war als sie, hatte Selena sie nur schräg von der Seite angesehen. Katrin hatte ein Halstuch an, das sie fast bis zur Nasenspitze gezogen hatte, und die Haare ihres Ponys fielen ihr von vorne bis fast über die Augen, weshalb nicht allzu viel von ihr zu sehen gewesen war. Sobald sie im Aufzug gewesen war, hatte sie Selena angeguckt und laut gefragt: »Hast du das Geld?«

Selena hatte einen Briefumschlag aus ihrer Tasche genommen und ihn nur leicht vor ihren Körper gehalten, da hatte sie auch schon einen Faustschlag ins Gesicht bekommen, sodass sie nach hinten umgefallen war. Katrin hatte ihr den Briefumschlag aus den Fingern gerissen, den Knopf des Aufzugs für eine andere Etage gedrückt, sodass er sich wieder schloss und war wieder herausgesprungen. Dirk, der um die Ecke gesessen hatte, hatte das glücklicherweise gesehen und sein Handy war bereits auf Kamera geschaltet. Er hatte bloß noch den Auslöser zu drücken brauchen und schon hatte er ein Bild von Katrin geschossen, wie sie gerade hektisch den Aufzug verließ.

Es war ein Glück, dass Dirk schnell reagiert hatte, die Kamera ruhig gehalten hatte und die Qualität seiner Kamera so gut war, dass man Katrin noch erkennen konnte. Da der Aufzug gerade weg gewesen war und die Treppen sich auf der anderen Seite des Parkdecks befanden, hatte er versucht Katrin, die sehr schnell in ein neben ihr haltendes Auto gestiegen war, nachzulaufen, doch das musste er so gut wie sofort aufgeben. Also hatte er Rico angerufen, der vor dem Ausgang des Parkhauses Wache geschoben hatte und ihm erklärt, dass er auf einen silbernen Opel Corsa achten sollte und ihn nicht entkommen lassen dürfte. Rico hatte allerdings vom Aufzug bis zum Ausgang des Parkhauses knappe zwei Minuten gebraucht und hatte in der Zeit einen silbernen Opel Corsa herausfahren gesehen. Die Zeit hatte ihm nicht gereicht, um zu seinem eigenen Auto zu kommen und hinterherzufahren, also hatten sie sich an seinem Auto getroffen, um zu beratschlagen, was sie tun sollten. Etwa zwanzig Minuten hatten sie im Auto gesessen, als ein anderer Opel Corsa hinausgefahren kam, und Dirk hatte Katrins Halstuch wiedererkennen können, weshalb Igor und Rico das Auto verfolgt hatten und Marc, Dirk und Selena in Selenas Auto gewechselt waren, um hinterherzufahren. Aufgrund Selenas Schlag ins Gesicht war allerdings Marc Selenas Auto gefahren.

Von Mashid, Stone und Nora hatte Axel im persönlichen Gespräch beinahe weniger erfahren als von Clara im Voraus. Sie erklärten ihm, dass sie eine Menge Angst gehabt hatten, aber eben versucht hatten so klar wie möglich das Richtige zu tun. Clara dagegen lobte die drei in den Himmel. Alle drei hätten laut ihr nicht besser handeln können, als sie es getan hatten.

Yussuf und Mehmet waren in der Krisensituation über sich hinausgewachsen. Beide hatten nur ein paar Sekunden lang skeptisch reagiert, als Stone, beziehungsweise Nora, die sie nicht kannten, ihnen erklärt hatten, dass sie ihre Nummer von Clara hatten und Axel entführt worden sei. Yussuf war gerade mit zwei Freunden im Fitnesscenter gewesen, und Mehmet hatte zu Hause gesessen und gegessen. Yussuf hatte noch in seinen Fitnessklamotten auf die Straße laufen wollen, um Leute zu fragen, ob sie Axel gesehen hatten, doch seine beiden Freunde hatten ihn überzeugt, dass sie einen Plan brauchten, wenn sie mit der Suche anfangen wollten. Sowohl Yussuf, als auch Mehmet kannten unheimlich viele Leute und hatten ebenfalls beinahe alle Nummern der Securities von Security Schmitz. Nicht nur die, die im Flüchtlingszentrum arbeiteten, sondern Leute, die über ganz Waweln verteilt waren. So waren in kaum zwanzig Minuten über einhundert Leute über die Entführung von Axel informiert, und Leute telefonierten kreuz und quer durch ganz Marktstadt, wo dieser abgeblieben sein konnte. Schließlich war Yussuf mit dem Auto herumgefahren und zu bekannten Orten gegangen, wo er Leute kannte, die ihm beim Suchen helfen sollten, obwohl er selbst kaum Ahnung hatte, wo er eigentlich suchen sollte. Er hatte sich eher zufällig mit Mehmet vor einem türkischen Supermarkt getroffen, in dessen Hof meistens viele junge Türken saßen und sich unterhielten, als der Anruf gekommen war, dass er nach Scharsch fahren sollte. Sie waren vierundzwanzig Leute gewesen, verteilt auf fünf Autos, die allesamt nach Scharsch gefahren waren. Die meisten kannten Axel zwar nur über RiM und Yussufs Erzählungen, aber laut dessen, was sie gehört hatten, war Axel jemand, den man unbedingt retten musste, wenn er sich in der Klemme befand. Langeweile, gepaart mit dem Drang

337

ein Held zu sein, überredete die meisten auch sofort in ihre Autos zu steigen und Yussuf nach Scharsch hinterherzufahren. Die Durchsuchung der Häuser war für sie eine Aufgabe, die sie tatsächlich relativ ernst genommen hatten, und Axel kam nicht umhin breit zu grinsen, als er hörte, dass sie beinahe an jede Tür von Scharsch geklopft hatten, nur um zu sehen, ob er möglicherweise dort gefangen gehalten worden war. Auch später, als die Polizei eingetroffen war, hatten sie ihre Rolle großartig gespielt. Ein Haufen Türken hatte es geschafft die Polizei für einige Minuten aufzuhalten, indem sie zunächst so getan hatten, als würden sie kein Deutsch verstehen. Lange ließ die Polizei das jedoch nicht mit sich machen, das hatte Yussuf auch vorhergesagt. Dennoch war es die Zeit gewesen, in der Dirk herausgefunden hatte, dass sich Steffen und Annika im Garten des Hauses mit der Hausnummer 37 befunden hatten und diese Zeit hatten sie gebraucht. Während die Polizei sich formieren musste, war Yussuf der einzige gewesen, der sich aus seiner Gruppe losgerissen hatte, Marc erkannt hatte, wie er versucht hatte die Tür aufzubrechen, was ihm mit seiner Hilfe auch letztendlich gelungen war.

Abdelaziz, den Mashid in den Steinbock geschickt hatte, traf Axel nicht wieder, doch Clara hatte ihn gebeten, ihr aufzuschreiben, was passiert war. Das hatte er nach einiger Zeit getan und Mashid hatte ihr den Text übersetzt. Axel wusste nicht, wie viel aus diesem Text er Glauben schenken sollte, aber Abdelaziz berichtete, dass er erst seit einer Woche ohne Krücken hatte laufen können und im Steinbock beinahe noch einmal zusammengetreten worden war. Er meinte, Mashid hätte ihn viel mehr bedroht gehabt, als um einen Gefallen gebeten, und als er sich missmutig auf den Weg in den Steinbock gemacht hatte, waren dort lauter Nazis, die ihn zunächst schräg angesehen hatten. Als er dann noch kaum Deutsch sprechen konnte und nichts weiter als den Satz »Ich suche Daniel!« von sich geben konnte, waren die anderen Gäste sauer geworden und hatten ihm wohl nahegelegt, dass er die Kneipe jetzt besser verlassen solle. Lediglich die Wirtin hatte ihm letztendlich das Handy abgenommen und mit Clara telefoniert, danach hatte er sich schleunigst wieder aus dem Staub gemacht. Axel wusste nicht recht, was er dazu sagen sollte, aber da der Informationsgewinn aus seiner Tat doch recht hoch gewesen war, ließ er ihm von Clara ein herzliches Dankeschön ausrichten.

Sven hatte von allen Anwesenden zwar beinahe nichts getan, aber abgesehen von Marc hatte ihn eines der größten Unglücke erwischt. Als er, Ruben und Stone nämlich aus der Deckung hervorgegangen waren, während Hamid gerade die Pistole auf Annika gerichtet und danach auf sie gezielt hatte, waren Ruben und Stone zurückgesprungen, er jedoch nach vorne. Dabei war er mit dem Kopf gegen die angelehnte Küchentür geflogen und war mitten auf den toten, blutenden Körper von Sören gefallen. Die Schocksekunde, in der er froh darüber gewesen war, dass er keine Schussverletzung hatte, war augenblicklich der Panik gewichen, dass er auf einen toten Körper gesprungen war. In dem Moment, wo er sich jedoch von Sörens Körper herunterrollte, war bereits der nächste Schuss auf Marc gefallen und Hamid war, unter Druck der Polizei, die Wendeltreppe herunter zurückgewichen.

Axels Mutter hatte zunächst eine Ewigkeit in der Polizeistation gewartet, nachdem sie einem Mann hinter einer Glasscheibe erklärt hatte, dass sie ihren Sohn vermissen würde. Der hatte das anscheinend sehr gelangweilt hingenommen und sie an den nächsten freien Kollegen verwiesen, der jedoch erst nach knappen zwanzig Minuten eingetroffen war. Als sie ihm geschildert hatte, was

Clara ihr zuvor erzählt hatte, nämlich dass sie nicht wüsste, wo ihr Sohn sei, hatte der zunächst gelacht und erklärt, dass sich solche Fälle meist von ganz alleine klären würden. Dennoch hatte er versucht sie zu beruhigen und ihr dann gesagt, sie solle versuchen in verschiedenen Krankenhäusern anzurufen. Das hatte Ute auch gemacht, und nachdem das erfolglos geblieben war, war sie noch einmal zu dem Polizisten ins Büro gegangen und hatte ihm ihre Situation erklärt. Dann hatte er eine Vermisstenanzeige herausgegeben und Ute hatte Clara angerufen. Clara hatte sie sehr schnell am Telefon abgewürgt und ihr erklärt, dass sie ihr gleich ein Entführungsvideo und mehrere Bilder des mutmaßlichen Täters schicken würde. Ab da war Ute von Panik erfüllt gewesen. Sie war augenblicklich wieder in das Büro des Polizisten geplatzt, der gerade am Telefonieren war, und als der schon böse reagieren und sie hinauswerfen wollte, zeigte sie ihm das Video. Das hatte die Situation dann doch schlagartig geändert. Obwohl er Utes Gesichtsausdruck wahrnahm, ließ er es sich trotzdem nicht nehmen, sie darüber zu belehren, dass das hoffentlich kein Scherz sei und dass ein In-die-Irre-Führen eines Polizeibeamten strafbar sei. Ute hatte ihn angeherrscht, dass sie mit Sicherheit keine Witze über die Entführung ihres Sohnes machen würde, was der Polizist dann auch zur Kenntnis genommen hatte. Bei den drei Bildern, die gefolgt waren, hatte die Polizeistelle, inzwischen mithilfe von einem weiteren Kollegen, dann nach Fahndungsfotos oder Vorstrafen von Hamid Salim gesucht. Es hatte sich herausgestellt, dass er als Flüchtling nach Deutschland eingereist war und nie einen richtigen deutschen Pass besessen hatte. Die tatsächliche Herkunft Hamids war den Behörden völlig unbekannt, obwohl er angegeben hatte Syrer zu sein, und er hatte nur ein paar Male ihre Aufmerksamkeit erregt, als wegen Betrugsfällen Anzeige gegen ihn erstattet worden war. Er hatte auf eBay jede Menge teure Gegenstände verkauft, die jedoch nie angekommen waren. Diese Masche hatte er offenbar einem Ratgeber entnommen, den der IS oder andere Terrorverbände kostenlos und frei im Internet verfügbar gemacht hatten. Axel erfuhr über seine tatsächlichen Hintergründe auch beinahe gar nichts mehr, doch er glaubte sogar die Informationen, die Hamid ihm persönlich gegeben hatte. Viel später hörte Axel, dass auf Hamids Laptop alle möglichen Dokumente gefunden worden waren. Neben dem Koran und einer ganzen Bandbreite islamistischer Zeitschriften gehörten dazu Anleitungen zum Bomben basteln, mein Kampf, das Manifest von Anders Breivik, einige Zeitschriften radikaler, ultraorthodoxer Juden und eine Menge pseudo-ideologischer Nonsens, über den Axel lachend den Kopf schüttelte.

›Ich muss unfassbares Glück gehabt haben, dass mein Entführer so dämlich gewesen ist.‹, dachte Axel nur. ›Die Polizei und der Geheimdienst haben ja offensichtlich nicht allzu viel zu meiner Rettung beigetragen. Aber was für Vorwürfe kann ich ihnen schon machen? Ich weiß nicht einmal genau, was die tun und jemand der von solch einer Tat überzeugt ist, den wird auch eine strenge Überwachung nicht davon abhalten.‹

Im Endeffekt war Ute auf der Polizeistation so nervös gewesen, dass sie die gesamte Station in Panik versetzt hatte und selbst hatte beruhigt werden müssen. Als einer der Polizisten von ihrem Handy aus Clara angerufen hatte und Clara ihm derart über den Mund gefahren war, hatte sich die Situation zuungunsten von Ute geändert. Zwei Beamte hatten ihr erklärt, dass Clara sich extrem fahrlässig verhielt und sie anhand eines einfachen Bildes von Hamid nicht einfach so seinen Aufenthaltsort bestimmen könnten. Das hatte Ute wiederum so geärgert, dass sie den Polizisten Nutzlosigkeit vorgeworfen und ihnen erklärt hatte, dass Clara bisher mehr zur Lösung des Falls beigetragen hatte, als ihre gesamte Station zusammen. Dann war sie in einen Weinkrampf verfallen und hatte nur noch gestammelt, dass sie ihren Sohn doch bloß lebendig wiederhaben wolle. Die Polizei löste auch Großalarm aus, doch da sie nicht wussten, wonach genau sie suchten, war das zunächst recht ergebnislos. Erst als Dirk den Notruf gewählt hatte und erklärt hatte, dass Hamid sich wohl in Scharsch befand, war die ganze Aktion ins Rollen gekommen. Das SEK war verständigt worden, und auf einmal sah Ute, dass sich auf der Polizeistation doch etwas tat. Sie fuhr letztendlich in ihrem Auto selbst bis nach Scharsch, wartete einige Minuten, in denen die Polizei von mehreren ominösen Südländern am Ortseingang aufgehalten worden war und hatte dann in einer Sackgasse geparkt. Erst danach war sie den Einsatzkräften langsam zu Fuß gefolgt und hatte sich hinter der Absperrung zurückgehalten. Ein paar Mal hatten Polizisten sie zum Gehen drängen wollen, doch als sie erklärt hatte, dass sie die Mutter des entführten Mannes sei, hatten sie sie in einem Polizeiauto sitzen lassen. Die Erleichterung, als Axel lebendig vor ihr aufgetaucht war, war ihr wie ein Stein vom Herz gefallen.

Den Großteil dieser Informationen hatte Axel in knapp einer Woche zusammengetragen. Lediglich die näheren Informationen über Hamid erfuhr er teilweise erst nach Wochen und gar nicht unbedingt durch die Polizei, sondern teilweise durch die Nachrichten.

Ohne, dass er sich nähere Gedanken dazu gemacht hatte, hatte er Clara gefragt, ob sie ihm nicht inzwischen wirklich eine Stelle bei der Unternehmensberatung besorgen könne, bei der sie arbeitete und Clara hatte überrascht, aber freudig zugesagt. Sie brauchte lediglich seinen Lebenslauf, aber da Axel kein gedrucktes Exemplar mehr hatte, fuhr er zur Universität und traf sich dort mit Patrick, da er nicht mehr als Student eingeschrieben war und druckte ihn aus. Vor der Bibliothek traf er auf Johanna, die am Rauchen war und den Großteil seiner Entführungsgeschichte bereits über die Nachrichten mitbekommen hatte. Axel hatte keine große Lust ihr darüber zu berichten, aber Johanna schaffte es ihn davon zu überzeugen, ihrem Soziologieprofessor, den er bereits gesehen hatte, die Geschichte zu berichten. Auch hier hatte Axel keine Ahnung, was das alles eigentlich sollte, aber der fragte ihn nach einiger Zeit, ob er bereits ein Interview bei einer Zeitung oder einem Fernsehsender gegeben habe. Axel verneinte, weil er darauf bisher absolut keine Lust gehabt hatte, obwohl seine Haustür immer noch von Reportern belagert wurde. Der Soziologieprofessor schlug ihm vor seine Geschichte an der Universität im Audimax zu berichten, und Axel versprach, dass er darüber nachdenken würde.

Als er wieder zu Hause war, gab er Clara am Abend seinen Lebenslauf, und sie gab ihn am nächsten Tag im Personalbüro ab. Eigentlich stellte die Firma niemanden mit weniger als einem Masterzeugnis ein, aber bei Axel machten sie eine Ausnahme. Er führte sein Einstellungsgespräch, ohne das geringste Interesse zu zeigen oder deutlich zu machen, dass das die Firma sei, in der er unbedingt künftig arbeiten wolle. Die Tatsache, dass er die Idee zu RiM gehabt hatte und darin ein erstaunliches Vermittlungsgeschick und Einfallsreichtum bewiesen hatte, reichte dem Unternehmen jedoch aus, um Axel zunächst auf Probe einzustellen. Axel grinste nicht einmal, als sein

Vorgesetzter ihm die Hand schüttelte und ihm zu seiner erfolgreichen Bewerbung gratulierte.

Axel ging nie wieder ins Flüchtlingszentrum. Er brachte lediglich Eva Bamberg seine Security-Klamotten zurück, schüttelte ihr die Hand und dankte ihr für die erfolgreiche Zusammenarbeit. Dann erstellte er einen Post auf RiM, lediglich mit der Nachricht *»Farewell«* und schrieb als Kommentar darunter, dass er die Zeit sehr genossen hatte, aber sich nun anderen Projekten widmen wolle und das Phillipp und Mattes die Seite RiM aufrecht erhalten würden.

XXIX. Der Vortrag

Mit der Zeit normalisierte sich Axels Zustand wieder. Er war nur noch ab und zu nachdenklicher als früher, und er zog seine Kopfhörer nur noch auf, wenn er im Bus oder an sonstigen Orten war, wo er unter Leuten war. Darüber hinaus wurde aus ihm aber wieder der gut gelaunte Kerl, den Clara von früher kannte.

Mehr beiläufig als bewusst hatte Axel Clara erzählt, dass er von einem Soziologieprofessor der Universität dazu eingeladen worden war, die Geschichte seiner Entführung öffentlich im Audimax zu erzählen, doch Clara schien das sehr interessant zu finden. Zunächst vorsichtig, dann jedoch eindringlich fragte sie ihn, was er von dieser Idee hielt.

»Naja, so genau hatte ich eigentlich nicht darüber nachgedacht, aber ich habe schon überlegt, ob ich irgendwann mal einem Reporter ein ausführliches Interview darüber gebe, was eigentlich passiert ist. Mich haben auch schon E-Mails erreicht, dass ich in einer Talkshow im öffentlichen Fernsehen auftreten solle, aber wirklich beschäftigt habe ich mich damit noch nicht. Wieso fragst du?«, meinte Axel.

Clara seufzte: »Ich fände es gut, wenn du dir das alles von der Seele reden würdest. Nicht, dass du mit jemandem bestimmten oder mit der Öffentlichkeit reden musst. Du könntest es auch bloß aufschreiben. Aber ich glaube, es wäre ein Schritt in die richtige Richtung, wenn du das alles erzählst, damit du es loslassen kannst. Verstehst du?«

»Willst du, dass ich an die Uni gehe und das mache?«, fragte Axel etwas überrascht.

»Ich halte es für keine schlechte Idee.«, meinte Clara lächelnd.

»Hm.«, überlegte Axel. »Aber nur, wenn du mitkommst!«

Clara grinste: »Ich komme gerne mit, aber ich setze mich nur ins Publikum. Reden musst du allein!«

Damit war es beschlossene Sache. Axel schrieb dem Professor eine E-Mail, dass er sich dazu bereit erklärte an der Universität im Audimax einen Vortrag zu halten und dass es für ihn in Ordnung wäre, wenn das Ganze als Videoaufzeichnung und mit anschließender Diskussion stattfände. Der Professor legte den Termin auf einen Mittwochabend um 19 Uhr. Bis dahin hatte Axel noch etwas Zeit sich vorzubereiten, und er ging mehrmals im Kopf durch, wie er das alles erzählen wollte. Viel war dazu allerdings nicht nötig, denn er konnte den Ablauf seiner Entführung inzwischen im Schlaf erzählen, so oft war er ihn in Gedanken durchgegangen.

Als der Termin kam, waren Axel und Clara nur etwa eine halbe Stunde vorher an der Universität, doch der Andrang auf das Audimax war überwältigend. Die gesamte Halle stand voll von Studenten, worunter sich jedoch auch viele ältere Leute befanden. Dort waren Reporter, Professoren, Gasthörer, und Axel meinte ebenfalls den Stellvertreter des Oberbürgermeisters wiederzuerkennen, den er bereits einmal gesehen hatte. Aus seinem Freundeskreis waren neben Clara Patrick, Sven, Susanne, Nora und Mashid mitgekommen, die einen Ehrenplatz in der ersten Reihe erhielten. Johanna befand sich ebenfalls im Hörsaal, genauso wie der Professor für Volkswirtschaftslehre, dessen Gesicht Axel noch aus seinem letzten Vortrag bestens bekannt war. Johannas Soziologieprofessor übernahm die öffentliche Ansage und sorgte für Ruhe im Raum, während Axel schweigend auf dem Podium hinter ihm stand.

»Ich heiße Sie herzlich willkommen zu diesem besonderen Anlass.«, waren seine begrüßenden Worte. »Wie Sie alle sicherlich wissen, sind wir heute nicht aus wissenschaftlichen Zwecken hier, sondern um uns den Vortrag eines unserer ehemaligen Studenten anzuhören, der dem schweren Schicksal einer Entführung hier in Marktstadt entkommen ist. Ich möchte ihn kurz vorstellen, damit Sie über ihn Bescheid wissen und er sich langes Vorgeplänkel sparen kann: Axel Temres ist 26 Jahre alt und hat die Universität Marktstadt mit dem Bachelor in Betriebswirtschaftslehre verlassen. Ich hatte bereits einmal das Vergnügen ihn zu treffen, wobei er mich dort schon sehr beeindruckt hat. Er hatte nämlich eine Stelle als Security in unserem Flüchtlingsheim, und ich habe zusammen mit dem Kollegen aus der Volkswirtschaftslehre einen Vortrag über die Flüchtlingssituation gehalten, zu welchem er aufgetaucht ist. Er erschien dort mit einem massiven Anhang von Flüchtlingen hier aus Marktstadt, um unserem Vortrag zuzuhören und hat sich gegen Ende recht intensiv daran beteiligt. Dabei ist mir klar geworden, dass dieser Mann wusste, wovon er redet, da er die Situation aus nächster Nähe beobachtet. Er hat uns erzählt, dass er in Markstadt ein soziales Netzwerk eingerichtet hat, das den Flüchtlingen eine deutlich bessere Integration ermöglicht. Ich habe mir das später angesehen und fand es gleichzeitig beeindruckend, dass ein Student mit seinen Freunden so etwas ins Leben gerufen hat und trotzdem war ich hinterher geschockt, weil ich mir dachte, dass genau so etwas doch eigentlich Standard sein sollte. So groß seine Hilfe und seine Fürsorge für die Flüchtlinge war, umso schrecklicher ist es, dass er selbst von einem radikal-islamischen Fundamentalisten entführt worden ist und nur mit größter Not entkommen konnte. Wie Sie sicherlich bereits erfahren haben, sind bei dieser Entführung zwei Mittäter ums Leben gekommen. Wie das Ganze im Detail passieren konnte, das wird er uns gleich selbst erzählen. Bitte sehr!«

Ein höflicher, aber doch lange anhaltender Applaus fuhr durch den Saal, und Axel trat ans Rednerpult, das der Professor für ihn freigemacht hatte. Obwohl Axel ein Mikrofon am Hemd trug, fühlte er sich für den langen Teil der Entführungsgeschichte am Rednerpult für den Moment sicherer.

»Ja, vielen Dank.«, begann er. »Ich weiß nicht, ob ich diese Begrüßung so wirklich verdient habe, aber ich nehme das mal so hin.«

Ein verhaltenes Lachen ging durch den Raum.

Dann begann Axel alles bis ins kleinste Detail zu erzählen. Er fing damit an, dass er mit Clara zusammen eher beiläufig Hamid kennen gelernt hatte und ihn dann als Schichtleiter der Security im Flüchtlingsheim wiedergetroffen hatte. Dann erzählte er über die Erschaffung von RiM und das dazugehörige Spendenkonto, darüber hinaus ein paar Details zum Security-Job, bis er schließlich zur Entführung an sich kam. Diese erzählte er sehr detailliert, sowohl aus seiner Perspektive als auch aus der von Clara und den Leuten, die ihn gefunden hatten, wobei er dabei die Namen verschwieg. Dabei ließ er auch das Entführungsvideo laufen, welches er auf einem USB-Stick mitgebracht hatte, was für schockierte Gesichter sorgte. Er brauchte für seinen Vortrag fast 50 Minuten, und als er bei dem Teil war, als er aus dem Tiefkühlschrank herauskam und sagte, dass er noch nie in seinem Leben so froh gewesen war, die Polizei gesehen zu haben, beendete er den Vortrag. Das kam für die Anwesenden ein wenig zu plötzlich, und sie schienen zunächst nicht so richtig zu wissen, wie sie reagieren sollten, deshalb fügte Axel hinzu: »Das war meine Entführung.«

Der Saal fing zunächst verhalten an zu klatschen, bis es mit der Zeit etwas lauter wurde und dann wieder verebbte. Der Soziologieprofessor, der auf einem Stuhl an der Seite gesessen hatte, kam auf ihn zu und meinte laut in Richtung Publikum gewandt: »Wenn Sie möchten, dürfen Sie jetzt Fragen stellen. Wir haben drei Mikrofone und unsere Mitarbeiter gehen durch die Reihen durch. Wenn Sie sich melden, kommen wir auf sie zu.«

Axel trat vor das Rednerpult und sah in die Menge. Es dauerte fast zwei Minuten, bis die erste Hand nach oben ging. Wie Axel erwartet hatte, war es die Hand eines älteren Menschen, der vermutlich Reporter war. Als das Mikrofon zu ihm kam, nahm er es in die Hand und sagte laut: »Also zunächst mal meinen Respekt und meinen Glückwunsch, dass Sie es geschafft haben unbeschadet aus der Situation herauszukommen. Meine Frage lautet: Wem hat eigentlich das Haus gehört? Wie kamen die Entführer dazu, Sie dort in Scharsch festzuhalten?«

Axel zuckte mit den Schultern: »Ich habe gehört, dass es wohl einer Rentnerin gehören soll, die zu dem Zeitpunkt nicht da war. Vielleicht war sie im Urlaub oder hat es untervermietet, das weiß ich nicht genau. Die Komplizen von Hamid sollen wohl viele Häuser ausgekundschaftet haben, in denen sie ihre Aktion durchführen konnten, und dieses hat eben gepasst. Wie sie jetzt dazu kamen, das kann ich Ihnen nicht sagen. Meine Informationen stammen zum Teil von den Entführern selbst, zum Teil von der Polizei. Wenn Sie das im Detail näher interessiert, gehen Sie zu den Gerichtsverhandlungen von Steffen und Katrin Weinerl.«

Der Fragesteller bedankte sich und setzte sich wieder, doch die Begrüßungsfloskel »Auch von mir einen herzlichen Glückwunsch, dass Sie es geschafft haben unbeschadet aus der Situation herauszukommen.«, behielten alle folgenden Fragensteller bei. Nachdem mit der ersten Frage das Eis gebrochen war, stellten viele weitere Leute Detailfragen, die Axel ausführlich beantwortete. Einer wollte wissen, wie die Entführer an die Pistole gekommen waren, eine fragte ihn, wie ihn die Geschehnisse beeinflusst hätten und ob er jetzt in Angst leben würde, wieder andere fragten nach dem islamistischen Einfluss von Hamid und seiner Zugehörigkeit zu Terrororganisationen und vieles weiteres. Immer, wenn Axel ein klein wenig unsicher war, blickte er zu Clara hinüber, die ihn lächelnd ansah und ihm das ein oder andere Mal zuzwinkerte.

Letztendlich nahmen die Fragen deutlich zu und die Leute mit den Mikrofonen kamen kaum hinterher. Es waren schon über 25 Minuten lang Fragen gestellt worden, da bekam eine junge Studentin das Mikrofon in die Hand gedrückt, die relativ weit links oben am Rand gesessen hatte und die unter Tränen aufstand und als erste die Begrüßungsfloskel wegließ.

»Sie haben gesagt, dass Sie schon vorher im Flüchtlingsheim gearbeitet haben? Haben Sie nicht die Befürchtung, dass jetzt, wo wir in Deutschland ebenfalls so etwas wie einen Terroranschlag erlebt haben, die Rechten an Zuwachs bekommen? Ich finde das ganz schrecklich! Kaum passiert so etwas, da schieben die Leute es sofort dem Islam in die Schuhe, statt für Frieden und Toleranz zu werben. Ich persönlich habe schon Leute getroffen, die jetzt nicht einmal mehr mit Muslimen reden wollen.«

Der Rest ihrer Frage wurde durch ihren verkrampften, weinerlichen Ton erstickt. Ein Raunen ging durch die Menge, und Axel sah wie Clara sich mit bitterbösem Blick zu der Studentin umdrehte.

Axel zog die Brauen hoch und zögerte ein paar Sekunden. Dann sagte er: »Ich stehe hier als jemand, der nicht nur einen islamischen Terroranschlag überlebt hat, sondern auch als jemand, der über ein Jahr lang intensive Arbeit für die Integration von Flüchtlingen betrieben hat. Die Tatsache, dass alles, was Sie interessiert, die Frage ist, ob die Menschen jetzt, wo es Tote gegeben hat, nicht mehr nett zu anderen Moslems sind, finde ich persönlich ziemlich dreist. Ich will sie dennoch beantworten.«

Axel hatte offensichtlich den Nerv der zuvor noch relativ verwirrten Anwesenden getroffen und diese begannen leise die Fragestellerin auszubuhen.

Beschwichtigend hob Axel die Hände: »Also zunächst einmal folgendes: Ob es nun eine Entführung, geplanter Mord oder was auch immer ist, spielt eigentlich keine Rolle, denn ein Terroranschlag ist es im Sinne seiner Definition gewesen. Terror bedeutet nichts weiter als Angst verbreiten, und das war Sinn und Zweck des Ganzen. Hamid wollte mich umbringen und seine Tat als Anschlag des IS verkünden. Das macht es zu einem Terroranschlag auf deutschem Boden, auch wenn es vielleicht nicht so spektakulär war wie das Fliegen von Flugzeugen in ein Gebäude oder den Anschlägen im Bataclan-Theater. Zum Rest der Frage: Bekommen die Rechten nun Zuwachs? Ich glaube, Sie haben eine etwas verdrehte Vorstellung davon, was rechts und was links ist. Rechts ist nicht automatisch schlecht und links automatisch gut. Deutschland ist nicht das einzige Land, in dem rechte Parteien zurzeit Zuwachs gewinnen und Terroranschläge begünstigen das durchaus, da muss ich Ihnen natürlich Recht geben. Nur dürfen Sie das nicht mit dem Naziregime vergleichen, denn das war demokratiefeindlich und das sind die rechten Parteien, die an Popularität in Deutschland und anderen europäischen Ländern gewinnen, eben nicht. Das wäre auch verfassungswidrig. Darin liegt nun schon einmal ein gravierender Unterschied. Sollte es das doch sein, unterstütze ich selbstverständlich sofort sämtliche Proteste dagegen, denn ich bin natürlich ein Befürworter der Demokratie. Das ist Punkt Nummer eins. Punkt Nummer zwei ist, dass Sie ganz offensichtlich für eine blinde Toleranz und Befürwortung von Massenimmigration sind, ohne sich Gedanken darüber gemacht zu haben, was das für Probleme mit sich bringt. Alles was von diesem Standpunkt abweicht bezeichnen Sie dann bereits als rechts und meinen damit eigentlich schon rechtsextrem. Das geht sehr weit an der Realität vorbei. Es geht auch rechten Parteien nicht darum alle Muslime unter Generalverdacht zu stellen, sondern die Basis für ein gemeinsames Miteinander zu finden. Dieses muss mit harten Strafen für Fehlverhalten geschehen, damit jedem klar wird, dass man sich in Deutschland nicht benehmen darf wie man will. Das gilt für Deutsche natürlich genauso wie für Asylanten. Nebenbei will ich übrigens mal erwähnen, dass ich Sie gar nicht kenne und ich kenne alle freiwilligen Helfer, die im Flüchtlingsheim gearbeitet haben. Meine Bitte an Sie lautet: Wachen Sie auf aus Ihrer Multi-Kulti-Traumwelt. Wir hatten in Deutschland bereits vor der Flüchtlingskrise Parallelgesellschaften und No-Go-Areas, und wenn wir uns nun zusätzlich weitere Millionen an Immigranten ins Land holen, wird das nicht besser werden. Natürlich bin ich ebenfalls für ein friedliches Miteinander, aber die Realität sieht nun einmal anders aus. Linke kommen immer mit dem Argument: ›Aber die Deutschen begehen auch Straftaten!‹ Ich verstehe nicht im Geringsten, wie das ein stichhaltiges Argument sein kann. Wenn wir schon genug eigene Probleme haben, wieso holen wir uns dann zusätzliche Probleme ins Land? Selbstverständlich bin ich dafür, dass wir aus humanitärer Sicht Kriegsflüchtlingen helfen müssen, aber mit Sinn und Verstand. Sollte es nicht unser größtes

Ziel sein den Krieg in den Herkunftsländern zu beenden, sodass die Fluchtursachen erst einmal bekämpft werden und Menschen überhaupt nicht mehr flüchten müssen? Der nächste Punkt, den Sie angesprochen haben, war, dass die Leute das dem Islam in die Schuhe schieben. Na, was denn sonst? Es war nun einmal der Islam, der Hamid auf die Idee gebracht hat mich umbringen zu wollen. Der Islam in seiner Reinform sieht sich selbst als Krone der Schöpfung und alle Nicht-Muslime als ihnen untergeordnet. Wenn die Menschen erst einmal davon indoktriniert sind, dann bekommt man sie nur schwer davon weg. Natürlich gibt es Unterschiede zwischen dem normalen Moslem, der in seiner Freizeit seine Religion ausübt und sich der Kultur und den Gepflogenheiten Deutschlands anpasst und dem radikalen Moslem, der seine Kultur als die höchste ansieht und von allen anderen Respekt und Toleranz einfordert, aber nicht bereit ist selbst welche zurückzugeben. Mit der ersten Gruppe kann ich arbeiten, mit der zweiten nicht. Man muss auf beiden Augen blind sein, um nicht zu sehen, dass der Islam eine Ideologie beinhaltet, die alle Außenstehenden zu ihren Feinden erklärt. Es kommt nur darauf an, wie nahe man dieser Ideologie steht. Das ist den Nazis in so vielen Punkten so unheimlich ähnlich. Entweder man gehört meiner Ideologie an oder man ist mein Feind. Wenn dann ein Terroranschlag erfolgt sagen die Muslime, das hätte nichts mit dem Islam zu tun. Doch, das hat es! Das ist der Ursprung der Ideologie. Nach der gleichen Logik könnte man Mein Kampf predigen, und wenn dann ein Skinhead einem Schwarzafrikaner die Rübe zertrümmert, sagt man, das hätte aber nichts mit dem Nationalsozialismus zu tun.«

Ein heftiges Raunen ging durch die Menge, und Axel bemerkte, dass er in den Augen seines Publikums zu weit gegangen war. Er stoppte für eine knappe Minute und sah währenddessen die Studentin an, die geschockt und in Tränen aufgelöst auf ihrem Platz saß und sich selbst bemitleidete.

Er räusperte sich: »Es tut mir leid, aber ich habe kein Verständnis für diese Form von Krokodilstränen. Was wollen Sie denn damit erreichen? Mich emotional erpressen? Das funktioniert vielleicht kurzfristig, aber auf lange Sicht können Sie mich mit einer emotionalen Rede nicht beeindrucken, wenn meine Lebensweise bedroht wird. Überdenken Sie ein wenig Ihre Einstellung darüber, wen Sie als Nazi bezeichnen. Ich bin sicherlich deutlich toleranter gegenüber Flüchtlingen, als die meisten Deutschen. Ich habe den Vorwurf ›Nazi‹ so oft gehört, dass ich es nicht mehr zählen kann. Das ist ein Totschlagargument für Deutsche. Aber es verliert an Wirkung. Nennt man mich einmal einen Nazi, schlucke ich und überlege, was ich gerade rassistisches gesagt habe. Werde ich das zehnte Mal Nazi genannt ignoriere ich es. Werde ich zum hundertsten Mal Nazi genannt, gucke ich genervt und erkläre, dass es hier keine Sonderbehandlung gibt, egal welcher Nationalität oder Religion man angehört. Wenn ich aber zum tausendsten Mal ein Nazi genannt werde… tja, vielleicht ist es dann irgendwann mal an der Zeit, mich tatsächlich nach einer SS-Uniform umzusehen.«

Noch bevor ein lauter Protest im Saal aufflammen konnte, fügte Axel hinzu: »Ich hoffe Sie haben diese Metapher verstanden! Schwingen Sie keine Nazikeule, wenn Sie es nur halbherzig meinen, denn wenn Sie es übertreiben, bekommen Sie tatsächlich das, was sie heraufbeschworen haben.«

Der Soziologieprofessor war einige Schritte auf Axel zugegangen, und als Axel das bemerkte, sah er ihn belus-

tigt an: »Was ist? Wollen Sie mir das Mikrofon wegneh-
men und mich rauswerfen, weil ich Nazivergleiche gemacht habe? Betreibe ich Volksverhetzung? Oder passt
Ihnen meine Meinung einfach nur nicht in den Kram?
Wenn es das ist, wer ist dann der Nazi, der die Redefrei-
heit beeinträchtigt?«

Die Stimmen im Audimax wurden lauter, und da der
Professor kein Mikrofon hatte, konnte nur Axel ihn verstehen.

»Machen Sie aus dieser Veranstaltung keinen Affenzirkus!«, meinte er leise. »Politische Hetze gegen den Islam
hilft uns hier nicht weiter.«

»Da haben Sie Recht.«, antwortete Axel laut. »Es ist
nicht meine Absicht politische Hetze gegen irgendwen zu
betreiben. Religion ist im Endeffekt uninteressant, wenn
es um ganze Länder geht. Da sind Einflüsse wie Armut
und Arbeitslosigkeit das eigentliche Problem. Wenn man
diese Probleme halbwegs im Griff hat und die Zivilisa-
tion so weit vorangeschritten ist, dass man sich nur noch
nebenbei mit Religion beschäftigt, dann ist Religion kein
Thema mehr. Aber das ist ja hier nicht das Problem. Hier
glauben wir, wir müssten unter dem Deckmantel der Toleranz den Muslimen Rechte gewähren, auch wenn diese
unseren bereits bestehenden Rechten entgegenwirken.
Das ist etwas, was ich nicht dulde. Keine Toleranz der
Intoleranz!«

»Ich glaube, wir beenden das hier jetzt am besten!«,
meinte der Professor an Axel gewandt mit einem süffi-
santen Lächeln. Er stand nahe genug an Axel, dass seine
Worte in sein Mikrofon schallten und der ganze Saal ihn
deshalb vernehmen konnte. Axel nahm sich das Mikrofon ab und legte es auf das Rednerpult, worauf der Großteil im Saal anfing zu buhen. Axel sah sich um und stellte
fest, dass die Buh-Rufe nicht ihm galten, sondern dem

Soziologieprofessor, weil er ihn hinauswerfen wollte, und er begann zu grinsen. Der Professor jedoch nahm es gelassen, nahm das Mikrofon an sich und begann den Laptop abzubauen. Da sein Vortrag damit abrupt beendet worden war, waren zwar viele Leute offensichtlich sauer, standen aber auch auf und verließen geräuschvoll den Hörsaal. Axel stieg zu Clara, Patrick, Sven, Susanne, Nora und Mashid hinunter und sah sie vielsagend an.

»Guter Vortrag!«, hieß es von ihnen allen. Es dauerte knappe fünf Minuten, bis der Weg frei genug war, dass sie den Saal ebenfalls verlassen konnten. Währenddessen war Clara dabei, sich lauthals über die letzte Frage und Axels Quasi-Rauswurf zu beschweren, was Axel zum Lachen brachte.

»Ich finde, du hast das gut gesagt.«, hieß es von Mashid. »Es gibt zu viele Leute, die hierherkommen und sich nicht anpassen wollen. Sie sagen dann ›Deutschland ist scheiße!‹ und solche Sachen. Dann sollen sie doch zurück in ihr Land gehen, wenn Deutschland so scheiße ist! Hier muss man eben so leben, wie die Deutschen sagen!«

Axel grinste und klopfte ihm auf die Schulter: »Du bist ein Paradebeispiel für gelungene Integration. Bei dir würde ich mich nicht einmal wundern, wenn du irgendwann die deutsche Staatsbürgerschaft bekämst!«

»Oh nein!«, machte Mashid abwehrend. »Deutschland ist gut, aber ich will irgendwann zurück nach Hause. Bestimmt gibt es dort eines Tages Arbeit für mich, wo ich als Übersetzer arbeiten kann. Ich spreche Arabisch, Deutsch und Englisch, da bekomme ich bestimmt einen guten Beruf in Syrien.«

Draußen vor der Tür warteten eine Menge Menschen auf Axel, um ihm die Hand zu schütteln, ihm auf die Schulter zu klopfen und sich für seinen Vortrag zu bedanken. Nur vereinzelte Stimmen sagten zu ihm, dass sie seine letzten Worte nicht gut fanden, aber die Mehrheit war entrüstet, dass er quasi rausgeflogen war. Manche meinten, dass würde nur daran liegen, dass die Universität, wie so viele, von Linken regiert würde und der Professor sich nicht trauen würde, gegen diese Stimmen anzukämpfen, denn nachdem er erst einmal weg wäre, würde er garantiert jede Menge Beschwerden bekommen, wieso Axel dort auftreten durfte, obwohl er doch keine blind-tolerante Meinung zur Flüchtlingsdiskussion hatte.

Ein Reporter fragte ihn, ob er das Video bereits veröffentlicht hatte, und Axel stellte fest, dass er den USB-Stick im Laptop des Professors vergessen hatte.

»Ich hole ihn.«, sagte Clara sofort und ging noch einmal zurück in das Audimax. Kurz nachdem sie weg war, kam auch Johanna zu ihrer Gruppe und erklärte Axel ebenfalls, dass sie seinen Vortrag gut gefunden hatte und es eine Unverschämtheit gewesen wäre, dass ihr Professor ihn rausgeworfen hatte.

Axel zuckte mit den Schultern. Etwas ausführlicher erklärte Johanna ihnen, dass sie ihren Professor eigentlich als sehr kritisch eingestuft hatte und es sie überrascht hatte, dass er nun so reagiert hatte. Als Clara wieder auftauchte, war Johanna noch mitten in ihren Ausführungen. Sie sah Clara zwar an, ließ sich jedoch nicht unterbrechen.

»Ich muss nach diesem Semester zum Glück mit diesem Professor nichts mehr zu tun haben. Wenn der wirklich so feige ist, dass er keine freie Rede zulässt, obwohl er dich vorher noch eingeladen hatte, bloß weil er jetzt befürchtet, dass er Beschwerden und Klagen bekommt, die sowieso allesamt scheitern und teilweise vermutlich sogar auf meinem Schreibtisch landen, dann finde ich, sollte er sich mal ein paar Eier zulegen. Gott, ich hasse Menschen!«, wetterte Johanna.

Clara musste lachen, was Johanna aus dem Konzept brachte und sie sah Clara verblüfft an.

»Was ist?«, fragte sie.

»Du hasst Menschen?«, fragte Clara.

»Ja!«, antwortete Johanna. »Sie sind dumm, feige und nervtötend!«

Clara seufzte: »Du hasst Menschen nicht. Dich nervt die Tatsache, dass Menschen auf ihren Vorteil bedacht sind. Du kannst es nicht leiden, dass du Menschen deinen kleinen Finger reichst und sie nach deiner ganzen Hand greifen. Es stört dich, dass Menschen erst an sich denken, statt an ihre Umgebung, obwohl das ein antrainierter Überlebensinstinkt ist. Es sind nicht die Menschen, die du hasst, es sind bloß gewisse negative Verhaltensmuster, die dir nicht passen, aber das solltest du nicht auf den ganzen Menschen übertragen. Wenn du tatsächlich Hass in dir tragen solltest ist es deine eigene Einstellung, die du überarbeiten solltest, denn damit wirst du nicht glücklich. Erst wenn du dich damit abgefunden hast, dass du so manches nicht unter Kontrolle hast und trotzdem damit leben kannst, kannst du selbst glücklich werden.«

Johanna sah sie perplex an und schwieg.

Axel grinste breit und gab Clara einen festen Kuss auf den Mund, was sie überraschte. Als er losließ, schaute sie ihn lächelnd an und fragte: »Womit habe ich das jetzt verdient?«

»Immer, wenn du so redest, möchte ich am liebsten alles Vorherige wegwerfen, dich heiraten, dir ein Kind machen und mich mit dir auf eine einsame Insel verziehen!«, sagte Axel.

Clara lief rot an.

»Das meinst du nicht ernst!« sagte sie schockiert.

Doch Axel lächelte nur.

Ende

Gruß und Danke an (in alphabetischer Reihenfolge ohne doppelte Nennung von Namen):
Alex, Andrea, Bella, Bitburger, Björn, Captain, Chrissy, Daniel, Earn, Eli, Frey, Hammes, Heckel, Izi, Jan, Jenny, Julia, Katy, Kristina, Kyra, Lingqi, Luke, Macat, Maria, Marius, Max, Micha, Nadja, Nicole, Ossi, Patrick, Reiner, Romina, Sabrina, Sarah, Schiffer, Sebi, Sonja, Sören, Susi, Tati, Tobi, Torpedo und alle die ich vergessen habe oder die sich beim Lesen angesprochen fühlen.

M n E gela fi E d

Neue Wege:
Axel ist ein gelangweilter BWL-Student in der erfunde-
nen Stadt Marktstadt, der das Leben auf die leichte
Schulter nimmt, sich mehr schlecht als recht durch sein
Studium schlägt, stattdessen lieber mit seinen Freunden
einen trinken geht und gut bei Frauen ankommt.
Clara dagegen ist ein kluges, etwas übergewichtiges
Mädchen mit einer bewegten Vergangenheit, die sie jedoch eigentlich lieber für sich behält. Als sich die Wege
dieser beiden Menschen kreuzen, gerät Axels Leben aus
den Fugen.

M n E gela fi E d

Refugees Welcome:
Eigentlich hatte Axel durch das Finden der Liebe seines
Lebens auf eine Verbesserung seines Lebens gehofft,
doch Clara macht ihm einen Strich durch die Rechnung.
Obwohl sie ihn verlässt, verbleibt ihr Ratschlag, die
Welt zu einem besseren Ort zu machen, in Axels Ge-
dächtnis und er bemüht sich mit einem Engagement Teil
einer Willkommenskultur zu sein, wie sie Deutschland
selbst zu Hochzeiten der Flüchtlingskrise nur selten her-
vorgerufen hat.